FOLIO POLICIER

Mons Kallentoft
Markus Lutteman

Bambi

Une enquête de Zack Herry

Traduit du suédois par Hélène Hervieu

Gallimard

Titre original :
BAMBI

Mons Kallentoft et Markus Lutteman, nés respectivement en 1968 et 1973, sont tous deux journalistes et écrivains. Le premier s'est fait connaître en France grâce à la série des « Quatre Saisons », romans policiers mettant en scène l'enquêtrice Malin Fors. Le second est l'auteur de cinq ouvrages, non encore traduits en français – notamment *El Choco* (2007), qui évoque l'histoire de Jonas Andersson, un Suédois emprisonné en Bolivie pour trafic de drogue.

Avec les enquêtes de Zack Herry, le duo construit un cycle de thrillers coups de poing, libres transpositions du mythe grec d'Hercule dans la Stockholm contemporaine.

Qui sauvera les jeunes de la folie et de la mort ?
Qui capturera la biche égarée ?
Qui ne trouvera jamais la paix ?
Notre héros, notre héros, notre héros.

Prologue

Jeudi 8 septembre

L'univers se révolte. Tout n'est que tempête, hurlements. Les bourrasques de vent, le grondement de la moto. La mort qui cherche à lui cisailler les jambes.

Le monde est un mur qui se dresse contre le corps de Zack, dense et glacial dans la nuit noire. Comme s'il tentait de l'arrêter, de l'empêcher de s'envoler.

Des deux côtés de la route étroite qui traverse la forêt les arbres défilent, hauts et flous.

Zack jette un regard dans le rétroviseur, ne voit plus de phares derrière lui. Peut-être a-t-il malgré tout réussi à semer la voiture.

Le compteur de vitesse indique cent quarante-cinq kilomètres à l'heure.

Cent cinquante, cent soixante.

Il irait encore plus vite s'il n'y avait pas tous ces virages et le bitume rendu glissant à cause de l'humidité de la nuit. Par deux fois déjà, il a failli perdre le contrôle et s'écraser contre un arbre. Comme les insectes contre sa visière.

Le paysage se dégage sur sa gauche. Il aperçoit confusément les lumières de quelques maisons au loin.

Il se retourne, descend à cent dix.

La forêt sombre l'enveloppe de nouveau, peuplée de dieux impatients.

Les quatre phares éblouissants d'un énorme grumier caressent la crête devant lui, inondent la chaussée.

Le camion le croise et Zack ralentit encore, se recroqueville pour diminuer la surface touchée de plein fouet par l'appel d'air.

Tout est silencieux à présent.

Il entend son souffle haletant. Tente de le calmer. Prend le temps d'inspirer plus profondément.

Soudain les arbres sur le bas-côté s'éclairent, la forêt se remplit d'ombres fuyantes.

Il lance un coup d'œil derrière lui. Les phares de la voiture se rapprochent.

Merde.

Il met les gaz. Le moteur de sa Suzuki Hayabusa rugit et le vent s'engouffre dans sa veste.

C'est moi qui devrais les prendre en chasse. Pas l'inverse.

Quelque chose siffle contre son casque. Puis il entend la détonation.

Quelqu'un dans la voiture lui tire dessus.

D'autres sifflements, d'autres coups de feu.

La route monte et descend, tout en virages. De nouveau, une côte abrupte. Il accélère dès l'amorce de la pente, sans avoir la moindre idée de ce qui l'attend en haut. Mais il prend le risque.

La moto décolle du sol un instant en arrivant au sommet. La descente à présent, tout aussi raide. Avec un virage serré à droite. Zack se penche dangereusement. Son genou frôle le bitume.

La lumière des phares se fait de plus en plus intense. Plus proche.

Nouveau virage. Dans l'autre direction. Encore plus serré.

Putain.

Zack essaie de braquer vers la droite et de réduire sa vitesse. Le gravier du bas-côté jaillit sous les roues et une branche basse heurte violemment son casque, mais il parvient à se maintenir sur la moto.

Les arbres sont beaucoup trop près.

Il se cramponne aux poignées de toutes ses forces, dirige le guidon à gauche, mais dérape sur le gravier.

Je meurs maintenant.

Des arbres partout.

Ça va trop vite.

Quelque chose fait éclater la roue avant. Zack est désarçonné, éjecté de sa moto.

Tout semble se dérouler au ralenti. Il sent le parfum entêtant des résineux et du bois en décomposition, voit ses bras tourner dans les airs, la terre qui se rapproche.

Il se replie sur lui-même, rentre le menton contre sa poitrine.

Les épaules encaissent le premier choc. Il roule,

fait plusieurs culbutes, et heurte quelque chose de grand.

Un silence de mort.

Zack est maintenant allongé sur le dos. Avec l'impression que la cime des arbres se penche sur lui dans l'obscurité de la nuit, pour l'engloutir vivant.

Il essaie de bouger. Son bras droit est bloqué, coincé sous un enchevêtrement de racines. Il le dégage et le plie prudemment. La douleur est fulgurante, mais rien n'est cassé.

Une portière claque près de lui. Très près.

La voiture s'est arrêtée sur le bas-côté. Il lève les yeux et distingue une silhouette qui passe devant le faisceau des phares pour scruter la forêt.

Impossible de dire si c'est un homme ou une femme.

La personne est immobile, la tête haute, tel un animal se fiant à son odorat.

Une lampe de poche s'allume.

Éclaire les arbres.

Dans sa direction.

Précisément dans sa direction.

Sa main se porte vers sa hanche et tâtonne pour prendre son Sig Sauer.

Merde.

Il est dans l'armoire de sûreté au commissariat.

Est-ce maintenant qu'arrive la balle qui va me tuer ?

Chaque cellule de son corps proteste.

Je ne vais pas mourir, je n'ai pas le droit de mourir.

Zack se jette par-dessus des racines et se cogne durement contre un tronc. Des piques de glace l'élancent dans l'épaule. Quelque chose s'est cassé.

Il entend une détonation, de la terre et des bouts de racines pleuvent sur lui.

Il se lève, court. Manque de heurter un arbre.

Il ne voit rien avec ce foutu casque.

Il déverrouille l'attache de la jugulaire, le retire avec peine et le jette sur le côté.

Un nouveau coup de feu est tiré. La balle siffle près de son épaule droite.

Il prend une autre direction, lève les bras pour se protéger des branches sèches des sapins.

Vite.

Ne plus être dans le faisceau de la lampe de poche. Retrouver enfin l'obscurité.

Il trébuche, reste accroché à quelque chose.

Des poinçons aiguisés s'enfoncent dans son ventre.

Du fil barbelé.

Il se relève, essaie de se dégager. Il parvient à détacher son sweater, mais son jean lui aussi est coincé.

Il y a deux rangs de barbelés, comme dans un ancien enclos. Il rampe entre les deux, reste coincé à celui du bas. Donne des coups de pied, se débat. Il fait beaucoup trop de bruit, mais réussit à se libérer.

Il devine quelque chose du coin de l'œil et tourne la tête.

Son poursuivant n'est qu'à une dizaine de mètres.

C'est impossible, pense-t-il.

J'ai couru si vite.

Zack rampe sur le dos.

L'individu s'approche, s'arrête près des barbelés.

Zack continue à reculer, mais ses muscles lui obéissent à peine.

La personne qui veut le tuer fait un pas en arrière et enjambe facilement la clôture.

Comment en est-on arrivé là ?

À quelques mètres de lui, le bras se lève encore une fois.

Le bras armé du pistolet.

La lampe de poche est rallumée. La lumière est dirigée droit dans ses yeux, elle l'éblouit comme une cible dans une pièce obscure.

À cette distance, personne ne peut le manquer.

C'est la fin, maintenant.

Zack ferme les yeux.

Au fond, c'est normal, pense-t-il.

Je ne mérite pas mieux.

1

Vendredi 24 juin, nuit de la Saint-Jean
(quelques semaines auparavant)

Une douce lumière d'après-midi pénètre par les hautes fenêtres et semble flotter sur le tapis persan du salon, avant de se prolonger sur le parquet centenaire, les boiseries jaunes des murs et le poêle en faïence ouvragée.

Olympia Karlsson se tient devant un grand miroir, et passe ses longs doigts fins dans ses cheveux gris clair, coupés au carré.

Elle aime mieux son miroir maintenant, après son accès de fureur de l'hiver précédent qui a projeté des éclats sur le sol, tels des flocons de neige.

L'artisan voulait changer le verre, mais Olympia a insisté pour qu'il soit réparé.

La beauté peut être approfondie par les cicatrices de l'expérience.

C'est du bon travail, les fissures sont presque invisibles. Pourtant, elles modifient subtilement son visage, conférant à ses traits durs quelque chose d'indéfinissable. Faisant sourdre un désir qu'elle sait avoir en elle, mais qu'elle ne montre jamais à l'extérieur.

Qu'est-ce qui me manque tant ? se demande-t-elle parfois, sans trouver d'autres réponses que des banalités, comme la présence de quelqu'un… Ou l'amour, l'illusion des illusions. Elle déteste ce que ce sentiment a fait d'elle. Ce qu'il lui a fait faire. Mieux vaut prétendre que ça n'existe pas.

Elle recule d'un pas, se met de profil, et vérifie que la veste de son tailleur noir tombe comme il faut dans le dos. Elle tire un peu sur sa jupe, remonte son collant noir et admire les semelles rouges de ses Louboutin.

Elle se dirige vers son bureau en regardant les huit écrans suspendus au mur sur deux rangées.

Reuters, Bloomberg, cours des Bourses, différentes chaînes d'information internationales. Sur CNN, la vignette « Breaking News » laisse place à des images *live*, vacillantes, d'un hélicoptère américain qui s'est écrasé en Syrie. La BBC montre une séquence sur un homme d'affaires russe retrouvé assassiné à Londres. Et, sur un troisième écran, Donald Trump dans le sud du Texas, qui lève un poing menaçant en direction du Mexique.

Olympia le regarde avec un petit rire indulgent.

Le besoin d'être admiré ne doit jamais prévaloir sur les affaires. Les empires vont et viennent, mais l'argent demeure.

Elle glisse la main sous le bureau, débloque un verrou et fait glisser un plan de travail dissimulé, qui repose sur de minces tiges d'acier. Il est recouvert d'une feutrine grise, presque entièrement tapissée de photos et de coupures de presse, qu'Olympia parcourt des yeux. Sur tous les clichés et dans tous les articles figure Zack Herry, inspecteur de police à Stockholm, âgé de vingt-huit ans.

Un article en pleine page d'*Aftonbladet* montre une grande photo de Zack tenant un jeune adolescent blessé dans les bras, avec pour légende : « Le garçon sauvé des griffes de l'homme-lion. » Une photo de Zack en uniforme. Une photo volée de Zack et de la fille de ses voisins, Ester Nilsson, prise à la dérobée par la fenêtre d'un café. Une mauvaise photo pixellisée de Zack main dans la main avec sa petite amie, Mera Leosson, consultante en relations publiques. Un article du mois d'avril de l'année en cours, au sujet de Zack et de sa collègue, Deniz Akin, qui ont arrêté les braqueurs de transports de fonds les plus recherchés de Suède. Puis deux photos floues de Zack dansant dans une boîte de nuit avec une femme à la chevelure sombre.

En entendant s'ouvrir la lourde porte de chêne, Olympia repousse rapidement le plan de travail sous le bureau.

Son fils Peter entre dans le bureau. À trente ans, il a l'air d'en avoir quarante. Au moins. Sous la veste marron, déboutonnée, ses épaules frêles se prolongent par un cou étroit, et le tissu bleu ciel de sa chemise est tendu par son ventre bedonnant.

Son visage aurait été encadré par de beaux

cheveux bouclés, eût-il arrêté de se les faire couper si court, une fois par semaine, ce qui lui faisait cette coiffure insipide.

Elle sait qu'il a le béguin pour sa styliste, une nullité à seins siliconés du salon de Sturegallerian. Peut-être est-il vraiment tombé amoureux d'elle ? Si au moins il pouvait être capable d'éprouver un sentiment qui pût ressembler à une passion…

« Bonjour, Mère », dit-il.

Même sa voix est faible et incertaine. Sans conviction, et fuyante à l'image de son menton.

Ce n'est que dans ses yeux bleus que se loge sa force.

Olympia fait signe à Peter de prendre place dans le canapé en cuir rouge près de la fenêtre.

Il s'affale parmi les coussins et sort immédiatement son téléphone.

Pas du tout pour surveiller les affaires, se dit Olympia, *mais plutôt pour regarder des photos de ses amis faisant la fête, ou pour jouer.*

Jouer.

Combien de temps y consacre-t-il tous les jours ? La porte s'ouvre à nouveau, avec beaucoup plus de précaution cette fois-ci, et une jeune femme aux longues jambes fines et aux cheveux noirs de jais entre dans la pièce.

Elle porte un jean usé et un T-shirt blanc délavé. Ongles au naturel, pieds nus.

« Bonjour, Olympia », dit-elle.

Toujours Olympia. Jamais « Mère ».

Et Olympia apprécie la distance ainsi marquée. Que Hebe ait ses propres idées sur sa vie, contrairement à son frère, rend tout beaucoup plus intéressant.

Surtout à présent qu'elle a l'intention de l'entraîner dans un jeu sophistiqué.

Olympia sourit à Hebe. Observe le visage de sa fille, dont les traits semblent avoir été modelés par un dieu généreux.

Comme si la nature avait pris le meilleur de moi-même, et le meilleur de son père, pour former un tout encore plus grand que la somme des parties. Il est des choses que même moi je ne peux pas contrôler. Quand bien même nous ferions des avancées intéressantes dans mon entreprise de modification des gènes.

« Bonjour, Hebe », répond-elle.

Hebe salue Peter, lui fait la bise et s'assied à côté de lui sur le canapé.

Olympia s'installe en face d'eux, sur un fauteuil de style gustavien aux pieds légèrement courbés, et laisse glisser son regard par la fenêtre, sur les trois sculptures en bronze modelées d'après le *David* de Michel-Ange, qui se détachent sur les eaux scintillantes du Stora Värtan en arrière-plan. Puis elle tourne de nouveau les yeux vers ses enfants, et leur tend à chacun un dossier vert olive.

« Ce ne sera qu'une brève réunion aujourd'hui, annonce-t-elle. C'est quand même la Saint-Jean. Peter, dans ton dossier, tu trouveras ce que tu as besoin de savoir pour compléter le rapport qui doit être présenté concernant l'acquisition prévue en Espagne. Y compris les chiffres non encore officiels de la société pour le dernier trimestre.

N'oublie pas de me faire parvenir une version PDF du rapport dans ma boîte mail d'ici lundi treize heures. »

Peter acquiesce, ouvre le dossier et feuillette les documents.

« Hebe, ton voyage en Inde approche. Je veux que tu établisses un contact avec les deux personnes dont j'ai compilé les profils dans ton dossier. Elles sont prêtes pour une conversation à trois via Skype à onze heures. »

Olympia marque une pause, s'imagine le plan de travail devant elle. Elle se sent confiante pour ses prochains coups.

« Et mets un chemisier blanc. Boutonne-le jusqu'au cou.

— D'accord.

— C'est tout. Envoyez-moi un petit rapport par mail sur l'avancement avant de vous déconnecter. »

Peter et Hebe se lèvent et se dirigent vers la porte.

« Et Peter ! » appelle Olympia.

Son fils se retourne. Son regard est anxieux, comme s'il devinait ce qui va lui arriver.

« Oui ?

— Fais en sorte que le rapport soit relu cette fois-ci. »

Elle voit le rouge lui monter aux joues, avant qu'il ne se retourne pour refermer la porte derrière sa sœur et lui.

C'était pénible de lire l'anglais mal orthographié de son précédent rapport. Elle imagine trop bien la réaction des Japonais ou des Allemands s'il était tombé entre leurs mains. Ils auraient perdu tout respect pour quelqu'un qui néglige ces détails.

Olympia sort à nouveau le plan de travail secret.

Elle saisit la photo de Zack avec la jeune femme aux cheveux foncés – sa fille. Ils se tiennent tout près l'un de l'autre sur la piste de danse, une cuisse de Zack glissée entre celles de Hebe, les mains autour de sa taille.

Elle tient la photo comme pour la déchirer en son milieu, comme pour les séparer l'un de l'autre.

Mais elle se ravise et repose le cliché sur le bureau. Elle l'examine avec attention, le caresse doucement, comme fait le soleil sur les boiseries derrière elle.

2

S'il se penchait un peu plus sur sa chaise, Zack verrait l'eau parsemée d'or de Nybroviken, et le soleil couchant embraser des flammèches dans les fenêtres des maisons anciennes de Skeppsbron.

Mais au contraire, il se retourne en direction de la cuisine du nouvel appartement de Mera, dans la Skeppargatan. Elle dresse sur un plateau les harengs et le fromage de Västerbotten.

La Saint-Jean.

Juste tous les deux sur sa terrasse.

Exactement comme il en avait envie.

La soirée qui se transforme lentement en nuit est tiède, et Zack prend une gorgée d'eau minérale. Il ne veut rien boire d'alcoolisé, il a réussi à rester clean depuis un certain temps. Il désire garder ses forces, prévoit de sortir tôt le lendemain matin pour monter en courant la côte de Hammarbybacken.

Les yeux de Mera sont noirs dans le contre-jour, ses cheveux s'étalent comme de la soie fine sur ses épaules nues.

Ce printemps, il l'a laissée percer sa carapace.

Il a osé le faire.

Il a accepté d'admettre à quel point elle compte pour lui.

C'était une conséquence de son combat contre la drogue. Ce rude combat qu'il avait livré à la fin de l'hiver.

Il avait lutté en silence et dans la solitude, il ne voulait pas que Mera sache qu'il était tombé aussi bas. Mais elle avait remarqué qu'il se sentait mieux, et qu'il était devenu plus présent.

Jusqu'alors, leur relation aurait aussi bien pu s'arrêter que se renforcer, mais ils ont décidé de se donner une véritable chance.

Ils n'en ont pas parlé entre eux. Tous deux le ressentent ainsi. Ils diminuent leurs heures supplémentaires, font ensemble des choses qu'ils ne faisaient plus depuis longtemps.

Mera pose un plateau sur la table. De la bière et un peu d'alcool plus fort pour elle.

Elle lui dépose un baiser léger sur le front puis disparaît à nouveau à l'intérieur, sa robe en coton blanc volette d'un côté à l'autre comme prise dans le vent.

« Joyeux solstice d'été », murmure-t-il derrière elle, avant de voir le petit paquet sur le plateau, enveloppé dans du papier d'or, avec un ruban d'argent noué en rosette.

Assises sur un rocher au bord de l'eau, Isa Nehf et Madelene Dahlén contemplent la mer calme de l'archipel.

Juste sous leurs pieds, des vagues presque

imperceptibles, où se reflètent des traînées de nuages roses, caressent la pierre.

« C'est incroyable, dit Isa en sortant le paquet de cigarettes de son sac à main rose Michael Kors. Il est onze heures du soir et il fait presque clair comme en plein jour. Ah, si seulement ça pouvait être comme ça tout le temps… »

Une marguerite dépasse de la couronne de fleurs posée sur ses cheveux blonds. Madelene la glisse doucement avec les autres, remet sa propre couronne en équilibre et se love près de son amie, en s'enveloppant du même plaid, s'assurant de bien recouvrir leurs épaules que leurs robes d'été laissent nues.

« T'en veux une ? »

Isa tend le paquet de cigarettes à Madelene, effleurant ses cheveux roux défaits.

« Oui, merci. »

Isa allume les deux cigarettes, qu'elles fument en silence. Elles vérifient leurs messages sur Instagram, puis Madelene montre une vidéo sur Snapchat qu'une connaissance commune lui a postée, concernant la fête de la Saint-Jean dans son manoir familial du Södermanland.

« Ça a l'air drôlement coincé, dit Isa. Mais elle a l'air heureux. Tout est mieux qu'à Lundsberg, je suppose.

— Je n'aurais pas voulu être ailleurs qu'ici », dit Madelene en tendant la main pour attraper la bouteille de champagne à côté d'elle.

Elle boit une gorgée et regarde l'étiquette. Bollinger.

« Au pensionnat, dit-elle, les élèves s'ennuient tellement là-haut dans la forêt qu'elles jouent à se brûler avec un fer à repasser. »

Ça les fait rire.

« Pas de danger que ça nous arrive, dit Madelene.

— Non, ça jamais », dit Isa, puis elles rient de nouveau et s'allument une autre cigarette.

En entendant les garçons arriver, Isa rajuste la couronne dans ses cheveux et se retourne.

Theo Stranddahl marche en tête. Il porte un plateau d'argent devant lui. Hugo Löfwencrantz est sur ses talons, une bouteille dans une main et des flûtes dans l'autre.

Isa sait que Theo a volé le champagne dans la cave de son père. Il doit y avoir des milliers de bouteilles là-dedans, alors il ne remarquera rien.

C'est ce qu'elle aime chez Theo : il se fout de ce que les autres pensent et n'en fait qu'à sa tête. Il ose faire des choses pour de vrai, des choses même un peu limite. Les autres ont finalement l'air de lâches à côté de lui.

Theo pose le plateau avec six coupelles en céramique vernissée. Il en prend deux, qu'il tend à Isa et Madelene.

« Un peu de calories, dit-il. Pour remplumer vos culs maigrichons et pour tenir l'alcool.

— Qu'est-ce que c'est ? demande Madelene.

— De la panacotta avec des framboises suédoises.

— Des framboises suédoises, déjà ? dit Isa en écrasant son mégot.

— En tout cas c'est ce qu'ils ont prétendu à l'Östermalmshallen », répond Theo.

Hugo enlève le fil d'acier autour du bouchon de la nouvelle bouteille de champagne.

« Mange et tais-toi, dit-il.

— Fais gaffe à ne pas te prendre le bouchon dans l'œil, dit Madelene. Ça arrive souvent aux petits garçons.

— C'est mon père qui a acheté le hareng que nous mangeons ce soir, explique Theo. Il n'est pas aussi mauvais que le *Dagens Industri* le prétend. Et il nous a laissés emprunter son bateau. »

Hugo tord le fil d'acier entre ses doigts, le balance dans l'eau et jette un coup d'œil au grand yacht à moteur dont la coque effilée se reflète sur la sombre surface de l'eau.

Zack finit son verre d'eau minérale, pose un bras sur la rambarde en fer forgé de la terrasse, et se cale de nouveau dans sa chaise en teck. Il profite de la tranquillité qui règne là, sur les toits.

Ils ont dégusté le hareng, la soirée se fait un peu plus fraîche, et Mera finit par dire en souriant :

« Tu n'es pas curieux de savoir ce qu'il y a dans le paquet ? »

Il n'en a pas parlé pendant le repas et Mera n'a rien dit non plus.

De la rue en bas, on entend des enfants qui lancent des pétards et, d'un bateau près du ponton, des gens braillent des chansons à boire.

« Qu'est-ce qu'il y a dedans ? demande-t-il sans même chercher à deviner.

— Tu n'as qu'à l'ouvrir. »

Elle semble nerveuse.

Zack prend le paquet qui ne pèse rien, et il regarde Mera dont les doigts tambourinent sur la table. Elle ne fait jamais ça, qu'est-ce qui lui arrive ?

Il se doute de la réponse, mais ne sait pas ce qu'il devrait ressentir.

Son premier mouvement serait peut-être de prendre la fuite… Il reste, avec l'envie de profiter de ce qui se passe.

Il peut lire l'attente dans ses yeux.

« Ouvre-le, maintenant, dit-elle. »

« Où sont passés Ebba et Axel ? » demande Isa en prenant une dernière cuillérée de panacotta.

Theo et Hugo se regardent.

Theo tient fermement le bouchon de champagne dans une main et commence à tourner la bouteille avec l'autre. C'est la troisième de la soirée.

« Je ne sais pas, dit Theo. Ils doivent être occupés ailleurs.

— Tiens donc ! » dit Madelene dans un sourire, tout en haussant ses sourcils soulignés au crayon.

Le bouchon saute. Theo remplit les quatre flûtes, rend les leurs à Hugo et à Madelene, puis s'installe à côté d'Isa en lui tendant la sienne.

« C'est Père qui régale. »

Isa prend sa main et la serre un peu trop fort.

« T'as apporté autre chose que des bulles ? demande-t-elle.

— Tu me prends pour qui ? »

Zack dénoue le ruban autour du cadeau, en se faisant des reproches. Les choses n'auraient pas dû se passer ainsi. C'est lui qui aurait dû venir avec un paquet.

Une occasion parfaite pour se mettre à genoux devant Mera.

Il aurait voulu reposer le paquet sur le plateau, laisser le contenu caché pendant encore un moment, mais il se rend compte que c'est trop tard.

« C'est ce à quoi je pense ?

— Tu penses à quoi ? »

Mera rit, et au lieu de se pencher vers elle pour lui caresser la joue, il tâtonne, déchire le papier avec des gestes gauches, et se sent affreusement mal à l'aise. Indigne de cette situation.

Mera dit en le regardant :

« Ce n'est pas grave. Tout le monde ne peut pas avoir des mains de couturière. »

Puis elle glousse nerveusement.

Le papier d'or tombe sur le sol de la terrasse.

Zack se retrouve avec une petite boîte carrée dans la main.

Il est prêt.

Ils sont prêts.

Je l'aime, pense-t-il.

Je t'aime, Mera Leosson.

Puis il soulève lentement le couvercle de la boîte.

Sur la petite île, ils n'arrêtent pas de boire, de rire et de danser sous un ciel de juin qui repousse les ténèbres de la nuit.

Des flûtes à champagne éparpillées sur les rochers. Des bouteilles de bière, des verres de vin. De la panacotta renversée.

Une épaisse planche à découper avec plusieurs fromages presque intacts et trois sortes de crackers, abandonnée sur une table pliante. Dessous, des couteaux en plastique tombés de leur emballage.

En manches de chemise, Theo danse pieds nus sous un ciel voilé de rose.

On devrait toujours vivre comme ça, pense-t-il. *Vivre dans l'instant présent, profiter de tout ce que la vie peut nous offrir. Fuck it. Personne ne me dira ce qui est bien ou mal.*

Et bien sûr qu'il a apporté autre chose que des bulles à ses amis cette nuit.

Il danse en direction du bateau et monte à bord. Dans son sac, il prend un petit étui en métal qu'il glisse dans sa poche de pantalon.

Sur le chemin du retour, il voit Axel Hultqvist un peu à l'écart des autres, derrière des buissons de genévrier balayés par le vent. Il a glissé la moitié du bras dans son jean blanc et se gratte la cuisse.

« Qu'est-ce que tu fous ? » demande Theo.

Axel le regarde et ricane.

« Il y avait des fourmis dans l'herbe où Ebba et moi étions couchés pour… pour regarder les fleurs.

— J'espère faire la même chose avec Isa plus tard.

— N'espère pas trop.

— Je compte sur ça, répond-il en lui montrant l'étui. Distribution gratuite. »

Axel se marre. Ils naviguent entre les verres sur les rochers, et voient Isa se diriger vers l'enceinte pour choisir un autre morceau dans la playlist de son téléphone portable. Les basses d'*Indestructible* de Robyn remplissent l'air, c'est de la pure nostalgie et les amis recommencent à danser. Chantent chaque refrain. *Hands up in the air like we don't care*. Madelene jette sa couronne de fleurs fanées à l'eau et libère ses longs cheveux, tandis que sa mince robe d'été virevolte dans la nuit claire.

Theo ramasse un verre par terre, le remplit de vin d'une bouteille à moitié vide et ouvre l'étui. Six comprimés roses à l'intérieur. Il en distribue un à chacun. Ils lui sourient, car ils savent qu'il leur apporte toujours de la qualité. Il les laisse avaler le comprimé avec du champagne. En prend un lui-même, puis s'assied pour regarder ses amis.

Fuck it.

C'est comme ça que tout devrait être. Laisser venir ce qui doit arriver.

Zack soulève le couvercle avec précaution, conscient de ce qui se joue en cet instant.

Le ciel est à présent d'un bleu profond. Mera lui tend la main par-dessus la table.

Il entremêle ses doigts à ceux de la jeune femme.

L'écrin contient un large anneau aux reflets argentés qui scintille comme s'il captait toute la luminosité de cette nuit d'été. Mera serre sa main très fort.

« Je veux fonder une famille avec toi, Zack. »

Il la regarde, puis pose de nouveau les yeux sur la bague. Il lui faut une éternité, lui semble-t-il, pour réellement faire la connexion entre les mots et l'anneau dans la boîte.

Depuis le bateau en contrebas, des voix entonnent la chanson à boire *Helan går*.

Elle veut m'épouser ?

Elle veut que je sois le père de ses enfants ?

Moi qui ne sais même pas qui je suis…

Il baisse les yeux sur leurs doigts entremêlés.

Il regarde Mera.

Je ne suis pas mon histoire.

Je peux créer ma propre vie.

Je peux être un bon mari, un bon père.

J'en ai envie.

Il tend son autre main pour prendre l'anneau. Il est lourd. Puissant.

De l'or blanc, songe-t-il. Mera ne se contenterait jamais d'argent. Il lâche sa main, enfile difficilement l'anneau qui se met en place pour toujours.

Mera ouvre la bouche pour dire quelque chose, mais se ravise et l'attire vers elle pour l'embrasser.

À présent, la musique envahit tout. Les jambes bougent plus vite, les corps sont plus excités. Hugo est à genoux, secouant le torse de haut en bas, de droite à gauche. Isa a les bras en l'air, des larmes coulent le long de ses joues. Madelene, les pieds nus, saute partout, renverse un verre, piétine les éclats. Mais elle ne ressent rien et continue de danser. Les mouvements d'Ebba Langer suivent le rythme.

Theo reste au milieu. Il regarde ses mains et se rend compte qu'il peut diriger le monde entier avec elles. Il les lève devant lui et le volume de la musique augmente. Ensuite, il les abaisse lentement vers le sol jusqu'à ce que tout redevienne silencieux. Jusqu'à ce qu'il n'entende plus que le souffle de ses amis. Il ressent leur désir comme un nuage invisible qui les enveloppe.

Il peut respirer leur désir.

Leur désir de sang.

Zack et Mera sont assis tout près l'un de l'autre, regardant le ciel de la Saint-Jean qui annonce déjà l'aube. Un grand plaid en cachemire réchauffe leurs corps.

Ils ne disent rien, Zack sent l'anneau autour de son doigt. Il le comprime un peu, et pourtant il semble absolument fait pour lui. Du bout de l'index, il suit la courbe de l'anneau de Mera. Exactement pareil au sien. Il ferme les yeux, prend une grande inspiration et se dit :

À présent, je vais pouvoir me poser.

Tout va bien se passer.

Pour toujours.

Madelene prend la main d'Isa. S'assied en face d'elle sur le rocher, lui met la grosse couverture polaire autour des épaules.

« Regarde le sang », dit-elle doucement en se passant le doigt sur la plante du pied, avant de remonter sur le mollet. Une longue traînée rouge se dessine sur la peau.

« Il faut que ça saigne, tu comprends. Ça doit être comme ça. »

Isa hoche la tête. Murmure un « oui ».

Elle lèche le sang du pied de Madelene, remonte vers son visage, puis l'embrasse, mord sa lèvre jusqu'à ce que la peau cède. Les hurlements d'Hugo ne les dérangent pas. Car son monde n'est pas le leur.

Theo regarde Hugo qui a ramassé un couteau en plastique et commence à se trancher la gorge. Il sourit à son ami et sent une vague de chaleur dans sa poitrine. Il voudrait hurler : *Je t'aime pour toujours !*

Finalement, il prend un autre couteau en plastique du sachet et le tend à Axel.

« Ils sont efficaces contre les fourmis », dit-il.

Axel enlace Theo, l'embrasse sur la bouche, laisse sa langue rencontrer la sienne et entreprend de défaire la boucle de ceinture de son jean.

Il enlève ses chaussures, les pose à côté de lui, se laisse tomber lourdement par terre et essaie avec calme et méthode de s'enfoncer le couteau dans la cuisse.

Theo se demande s'il faut aider son ami. Mais l'obscurité fonce à présent sur eux ; elle s'abat comme un torrent qui balaie tout le reste.

Ça part en vrille.

Il le réalise maintenant, dans une ultime lueur de conscience. Il faut qu'ils s'en aillent, tous. Loin de toutes ces créatures maléfiques.

La mer rougeoie autour d'eux.

La roche tremble.

Il regarde ses mains, noires, puantes. Ce ne sont pas ses mains. Quelqu'un d'autre a pris le contrôle de son corps.

Il doit tuer l'intrus. L'anéantir avant qu'il ne soit trop tard. Avant que l'amour ne soit sali, avili.

Il lève son visage contre le ciel brûlant et s'enfonce le couteau, de toutes ses forces, dans le cou.

À quelques mètres de là, sur un rocher juste au-dessus de la surface de l'eau, Madelene assise contre Isa triture l'éclat de verre fiché dans son pied.

Lentement, elle l'extrait, y lèche le sang.

Elle caresse la joue d'Isa, puis se saisit fermement de son menton.

« Pour être réellement clairvoyant, il faut se libérer des fausses impressions de nos sens qui nous induisent en erreur », dit Madelene d'une voix douce.

Délicatement, elle introduit l'éclat de verre dans l'œil droit d'Isa.

Cette dernière, parfaitement immobile, se laisse faire. Si reconnaissante d'avoir une amie comme Madelene.

Bientôt, ce sera à son tour d'aider sa meilleure amie à y voir plus clair.

3

Samedi 25 juin,
jour de la Saint-Jean

Zack est penché en avant, les mains sur les cuisses, et halète. Le tissu délavé et élimé dc son pantalon de jogging est doux contre ses paumes. La sueur a laissé sur son T-shirt gris des taches plus sombres le long de son dos, et ses boucles blondes humides lui collent au front.

Il fait tourner l'anneau. Trouve qu'il gêne les autres doigts.

Il aurait peut-être dû l'enlever le matin ? Ou faut-il le porter en permanence ?

Au départ, il voulait rester à la maison avec Mera, il avait mauvaise conscience de quitter le lit si tôt, mais elle l'avait persuadé d'y aller :

« Nous avons toute la journée pour être de jeunes fiancés. »

Il regarde sa montre. Sept heures et demie. Cela lui laisse le temps de s'entraîner et de faire trois sprints en côte, avant de rentrer prendre une douche chez Mera et être prêt à partir à neuf heures.

Elle lui a préparé une surprise aujourd'hui. Il parie que ce sera un pique-nique en bord de mer pour célébrer leurs fiançailles, et l'idée lui plaît. Cela lui donne un coup de fouet pour piquer un dernier sprint.

Il se redresse, étire son dos. Une brise fraîche souffle de l'archipel et le soleil, déjà haut dans le ciel d'un bleu glacier, réchauffe son visage et sèche l'humidité sur la peau de ses bras.

Il repousse les cheveux de son front et embrasse la vue à partir du sommet de la colline de Hammarby, une ancienne décharge transformée en piste de ski.

Stockholm s'étale, splendide, à ses pieds. Une ville belle, mais sale sous la surface, à l'instar de la colline où il se trouve.

Le lac de Hammarby reflète le soleil qui filtre entre les maisons blanches de Sjöstad. Derrière le lac s'étend l'immense poumon vert du parc de Nacka.

Il tourne son regard vers l'ouest, aperçoit le Globe qui émerge de la brume tel un vaisseau spatial échoué, ainsi que les grues de couleur orange qui se dressent parmi les cheminées au sud du port de Hammarby.

Tant de nouvelles constructions. Tant d'argent investi.

Stockholm va bien.

Et moi aussi.

Zack replie sa jambe droite et attrape sa cheville des deux mains pour étirer sa cuisse.

Cela fait presque cinq mois qu'il est abstinent. Il a fêté les cent jours au début de mai. Avec Abdula, même si ça peut paraître surprenant.

Abdula venait de rentrer de Thaïlande où il s'était mis au vert suite à un règlement de comptes sanglant avec la bande afghane de Husby. Ils sont allés faire la fête au kebab et ont trinqué au Coca-Cola.

Le policier et le dealer.

Bizarre, au fond. Mais Zack ne se voyait pas fêter ça avec quelqu'un d'autre. Abdula est le seul à vraiment comprendre jusqu'où il avait plongé et l'effort qu'il a dû fournir pour se relever.

Des voix lui parviennent dans le vent et il aperçoit un groupe de garçons et de filles en joggings colorés, en cercle dans la partie plus plane de la colline, qui font des exercices d'assouplissement.

Zack se croyait le seul à vouloir se lever si tôt le jour de la Saint-Jean. Il s'éloigne et descend au pas de course le flanc abrupt de la colline. Les chardons et le cerfeuil sauvage atteignent presque un mètre de haut sur cette pente à quarante-cinq degrés. Il est obligé de se mettre sur les fesses dans les parties les plus raides pour éviter de chuter.

En essuyant la sueur de son front avec le bras, il reconnaît le léger parfum de Mera sur sa peau.

À cinq heures du matin, il s'est réveillé chez elle, dans son lit. Elle avait oublié de baisser les stores et le soleil lui était arrivé en plein visage.

Elle est restée immobile à ses côtés, le dos tourné contre lui. Anormalement immobile. Le trou noir à l'intérieur de lui s'est de nouveau ouvert, cherchant à l'entraîner vers les zones glaciales, et l'a fait frissonner sous la couverture.

Il s'est collé à elle et a doucement posé la main sur sa poitrine pour sentir son cœur.

Tout était normal, sous sa peau douce et chaude. Des battements paisibles et réguliers.

Il a laissé sa main à cet endroit, a inspiré profondément et fermé les yeux. Mais ce n'est pas Mera qu'il a revue derrière ses paupières closes.

C'est Hebe. Cette femme à la beauté surnaturelle, qu'il connaît à peine. Ils ont dansé ensemble, dans de vieux bâtiments industriels transformés en boîtes de nuit improvisées, surchauffées.

Ils se sont touchés. Ils se sont regardés.

Il a dansé de la même façon avec beaucoup d'autres, qu'il a toujours oubliées. Mais pas elle. Pourquoi ?

Il a essayé d'effacer ce visage, mais il était resté gravé dans sa mémoire.

Il a touché l'anneau, senti le cœur de Mera battre sous sa main, mais Hebe refusait de disparaître.

Il avait essayé de la contacter au cours de l'hiver, juste après l'affaire de l'homme-lion[1], mais elle n'avait jamais répondu à ses SMS.

C'était tout aussi bien.

« Qu'est-ce qu'il y a ? » a murmuré Mera, comme si elle avait perçu les tourments de son âme.

1. Voir *Leon*, l'enquête précédente de Zack, Gallimard, Série Noire, 2016. *(Toutes les notes sont de la traductrice.)*

Il l'a serrée encore plus près de lui. A effacé l'espace entre leurs corps.

« Ce n'est rien.

— Sûr ?

— Sûr. »

Il l'a embrassée dans le cou. A gardé les lèvres collées sur sa peau chaude.

La descente abrupte s'aplanit quand Zack s'approche du bosquet d'arbres qui sépare la colline de Hammarby des lotissements en contrebas. Il s'arrête et se retourne vers le sommet, une centaine de mètres plus haut.

Il n'a pas l'intention de prendre la longue route qui serpente jusqu'en haut, celle qu'empruntent les autres joggeurs.

Après quelques profondes respirations, il s'élance.

Au début, la pente est si raide que ses chaussures glissent. Ses mains s'agrippent aux herbes folles et aux chardons épineux.

Quand ses mollets et ses cuisses commencent à protester, il pousse encore plus fort. Force son corps à continuer.

Force son cœur à s'emballer.

L'acide lactique paralyse presque tous ses muscles maintenant, mais il n'écoute pas la souffrance. Seulement son cerveau. Et celui-ci lui ordonne : *grimpe, grimpe !*

Sa vue s'obscurcit, mais pas question de s'arrêter. Quand il atteint enfin le sommet, il se met à rire malgré le goût du sang dans sa bouche et la douleur brûlante dans ses cuisses.

Cela faisait longtemps qu'il ne s'était pas senti aussi fort. Aussi invincible.

Il faudrait qu'il rappelle son ancien entraîneur de karaté, Hiro *sensei*. Ce serait amusant de se mesurer à lui maintenant. De se tester pour de bon.

Peut-être réussirait-il à ne pas se faire humilier, comme la dernière fois.

Il regarde vers le nord, au-delà des tristes bâtiments industriels de Sickla, et plus loin encore, vers Djurgården et Lidingö. D'où il est, on aperçoit les premiers îlots de l'archipel.

Il songe à toutes les grandes villas sur les îles plus au large. À tous les homards et au champagne servis là-bas cette nuit, sur des nappes blanches. À toutes ces soirées alcoolisées dans les beaux salons.

Ce n'est pas son genre.

Pas davantage celui de Mera.

Quant à leurs opinions sur la Saint-Jean, ils sont du même avis, Dieu merci. Elle n'a pas gardé de bons souvenirs de cette grande fête du solstice d'été. Des beuveries qui dérapent, c'est tout.

Quand Allan, le père de Mera, buvait, il se métamorphosait, et de commerçant Ica[1] guindé devenait un pauvre bougre sentimental et pathétique. La soirée de la Saint-Jean était toujours la pire. Il aimait alors la serrer vraiment trop fort dans ses bras devant ses collègues invités, en déclarant :

1. Chaîne de supermarchés qui engrange de grands profits.

« Vous avez vu la fille canon que j'ai ! »

Zack jette un coup d'œil vers le bas de la piste de ski, couverte d'herbe en cette saison. Le groupe de jeunes gens qui s'échauffaient un peu plus tôt se dirige à présent vers les remonte-pentes.

Ils ont l'air d'avoir une vingtaine d'années. Les garçons ont des bras et des jambes musclés, les filles sont plus minces. Les brassards de running pour smartphones sont coordonnés à leurs tenues. Plusieurs membres du groupe portent des maillots moulants siglés au nom du Sthlm Triathlon Club.

Un homme à la tête rasée, vêtu d'un maillot bleu sans manches, semble être leur coach. Il vocifère des directives pour les motiver, tape dans ses mains, leur montre comment respirer et économiser ses forces.

Il leur explique sans doute comment, en tant que groupe, ils sont plus forts qu'individuellement.

Zack ne résiste pas à la tentation, il décide de descendre vers eux au pas de course et les rejoint bientôt.

Le groupe entier s'arrête comme un seul homme, tous regardent leurs oxymètres de pouls et leurs portables. Zack s'avance vers leur coach.

« Je peux me joindre à vous pour le prochain sprint ? Vous semblez avoir un bon rythme. »

Le coach le dévisage comme s'il avait mal entendu et se met à rire. Quelques-uns des garçons se regardent et secouent la tête. Des ricanements qui sous-entendent : *Vous n'avez aucune chance.*

« Si vous voulez, répond le coach d'une voix

indifférente. Suivez-nous ! On vous attendra au sommet. »

Ils s'alignent sur une seule file. Zack recule de quelques pas, le coach lui jette un rapide coup d'œil et crie :

« *Go !* »

Ils s'élancent à un rythme élevé. Zack se tient quelques mètres derrière le coach, le laisse prendre la tête pendant les cinquante premiers mètres.

À la première pente raide, il augmente la vitesse. En quelques secondes, il laisse les autres sur place. Il a trouvé son rythme et, dans la dernière moitié, il donne le maximum. Il imagine quelqu'un là-haut qui l'aide, qui le tire avec une corde invisible pour faciliter ses efforts.

Arrivé au sommet, il tape de la paume de sa main le dernier poteau du tire-fesses et se retourne. Celui qui le suit de plus près est un garçon au corps sec, mais il lui reste au moins vingt-cinq mètres à parcourir. Une jeune femme pas très grande aux cheveux tressés est derrière lui, suivie de près par le coach. Puis arrivent les autres, beaucoup plus bas.

Zack commence à redescendre avant que le coach n'ait atteint le sommet.

Une fois au pied de la colline, il ne fait pas de pause, mais réattaque immédiatement un nouveau sprint dans la montée. Il sait que les autres le regardent, ce qui décuple ses forces.

Quand il tape le poteau pour la deuxième fois, la bande du triathlon est encore en train de reprendre son souffle. Ils ont tous l'air épuisés et contrariés.

Zack adresse un grand sourire au coach et redescend immédiatement au pas de course. Essaie de garder le dos droit et de ne pas laisser transparaître sa fatigue.

Quand il s'élance pour la troisième fois, les triathlètes ont amorcé la descente. À son passage, ils s'écartent du tracé du tire-fesses. Le coach secoue la tête, rit et se met à applaudir. Les autres l'imitent.

« *Way to go, man !* crie quelqu'un. *Way to go !* »

Au sommet, dissimulé aux yeux des autres, Zack s'effondre et vomit d'épuisement. De la bile aigre lui monte à la gorge, il sait que ce n'est pas un signe de faiblesse mais de force. Une preuve de sa capacité à repousser ses limites.

Il reste étendu, le front posé par terre pendant un moment.

Il se rappelle en un éclair comment il gisait sur l'herbe d'une prairie il y a bien longtemps, alors qu'il n'était qu'un enfant, avec l'odeur du sang de quelqu'un d'autre. Il était dans le même état, n'avait plus la force de courir, mais ne pouvait pas s'arrêter. Ils étaient à ses trousses.

Il se remet debout et chasse ce souvenir. Les triathlètes, eux, descendent à leur rythme.

Il les suit des yeux.

Sur la route encore déserte, une voiture de sport noire se dirige vers la ville.

Il songe à Mera. À ses yeux, sa voix qui lui

annonce la surprise du jour. Comme si la journée d'hier ne suffisait pas.

Il aurait préféré éviter encore une surprise. Parce que ce qu'il aime chez Mera, c'est précisément qu'elle incarne quelque chose de solide dans ce monde qui ne cesse de se désagréger.

4

La coque en aluminium d'un bateau naviguant entre les îlots et les écueils fend la surface de l'eau brillante ce même matin.

Linus Jonsson bâille devant le tableau de bord, aperçoit deux grosses fientes de mouette sur le plexiglas de la cabine de pilotage et fait la grimace.

À trente ans, quand il est passé à un Buster XL, il s'est promis de ne jamais lever l'ancre sans avoir parfaitement nettoyé le bateau. Il ne lui a fallu qu'un mois pour rompre cette promesse.

Mais comment aurait-il pu faire autrement ce matin ? Il n'a dormi que trois heures. Et encore…

Le bateau manque de chavirer dans les remous d'un voilier à moteur et il sent les relents de la soirée de la veille remonter à une hauteur alarmante dans sa gorge.

Un coup d'œil sur l'horloge de bord. Huit heures moins le quart. Sera-t-il à temps au bureau à Nacka ? Peut-être. Sinon le patron risque de lui faire passer un sale quart d'heure.

Un sadique et un dingue, voilà ce qu'il est, ce foutu Pakistanais.

Comment peut-il exiger que ses employés soient à l'heure au travail après la fête de la Saint-Jean, uniquement parce que lui-même est resté chez lui la veille à bouffer du poulet tikka massala en ne buvant que du thé, avant de se masturber avec un nouveau rapport d'investissement sur des obligations grecques ? Après, il a dû s'essuyer la bite avec une putain de galette naan.

Cette caricature de son patron le fait bien marrer, même si de voir les râteliers de cannes à pêche qu'il a montés à l'intérieur du bastingage fin mai le met de nouveau en rogne. Toujours inutilisés.

Aura-t-il seulement des vacances cet été ?

Quelque chose de rond flotte sur l'eau devant le bateau. Il ralentit et se penche au-dessus du bastingage. C'est une couronne de fleurs fanées de la Saint-Jean ballottée par les vagues.

Sans trop comprendre pourquoi, son corps est parcouru d'un frisson. Il scrute les îlots dans les environs pour essayer de découvrir des indices d'une fête de la Saint-Jean. Il y a quelque chose sur la petite île à cent mètres à bâbord.

Dans le contre-jour et la forte réverbération sur l'eau, il a du mal à distinguer ce que c'est. On dirait des phoques.

Sur la pointe plus éloignée de l'île, un grand bateau à moteur est amarré, mais il ne voit personne.

Rien que ces phoques endormis.

Il ralentit encore, vérifie sur sa carte numérique.

D'après ce qu'il voit, il n'y a pas de haut-fond de ce côté.

Il quitte le chenal et se dirige vers l'île, en cherchant ses jumelles dans les compartiments de rangement les plus proches. Elles ne sont pas à leur place. Son fils a-t-il encore joué avec elles en oubliant de les rapporter par la suite ?

Il s'approche de l'île.

Se met debout.

Ce ne sont pas des phoques.

Putain de merde !

C'est quoi, ça, bordel ?

D'une main tremblante, il rétrograde, laisse le bateau au ralenti, et fouille dans sa poche pour sortir son téléphone.

5

L'hélicoptère de la police survole à grande vitesse un Stockholm désertique qui ne s'est pas encore réveillé après l'ivresse de la fête de la Saint-Jean.

Le casque de Zack a gardé un relent de la sueur de quelqu'un d'autre.

L'escapade avec Mera a dû être annulée, mais du moins a-t-il eu le temps de passer à la maison prendre une douche et se changer avant que le téléphone ne sonne.

Mera a vu dans les yeux de Zack que quelque chose de grave s'était passé avant même qu'il ne raccroche, et elle n'a pas protesté quand il est parti.

L'ombre de l'hélicoptère passe rapidement au-dessus des rues à la circulation clairsemée et aux boutiques fermées.

Zack regarde Deniz harnachée dans une ceinture de sécurité à quatre points, face à lui.

Elle semble déterminée et il voit les muscles de sa mâchoire se tendre sous la peau fine.

Cela fait longtemps, il le sait, qu'elle attendait qu'il se produise un événement spectaculaire, et il semble bien que ce soit le cas. Depuis sa rupture avec Cornelia au printemps, elle a besoin de se jeter à fond dans autre chose, pour ne pas penser.

De son propre chef, elle a proposé d'être de garde tout le week-end de la Saint-Jean. Elle est restée seule chez elle la veille au soir, n'ayant aucune envie de retrouver ses amies et d'entendre leurs bavardages sur le détournement de l'esprit de la Gay Pride.

Mais avait-elle vraiment souhaité se retrouver face à une affaire aussi horrible ?

Zack repense à l'appel au secours qu'ils ont reçu, après lequel ils se sont précipités à l'héliport :

« Bordel de merde, c'est un truc de malade. C'est comme si un putain de Breivik[1] était passé par là et avait… Et maintenant les mouettes aussi s'en prennent à eux. Il faut venir ici tout de suite, à Kopparkobben. »

L'Unité spéciale avait été immédiatement alertée.

C'était pour ce genre de cas que cette petite unité spécialisée avait été créée. Une équipe de six personnes qui n'auraient pas à traiter d'infractions ordinaires, mais d'affaires plus difficiles,

1. Anders Behring Breivik, le terroriste norvégien responsable des attentats du 22 juillet 2011 à Oslo et Utøya (qui a fait 77 morts dont 69 jeunes tués de sang-froid lors d'un camp du parti travailliste sur l'île).

voire extrêmes. Elles avaient pour mission de les résoudre au plus vite, avec professionnalisme et efficacité, et pouvaient compter sur des ressources supplémentaires, au cas par cas.

Zack jette un coup d'œil à travers la vitre, voit le quartier verdoyant de Gärdet et le port de Värtahammen, où sont alignés les ferries de Silja Line en partance pour la Finlande.

L'hélicoptère survole à présent l'île de Lidingö. De vastes toitures, des piscines dans les jardins.

Au nord-est de l'île s'étend une propriété s'apparentant à un palais. Un voilier et un bateau à moteur sont amarrés au ponton et trois sculptures en bronze bordent la place pavée entre le triple garage et la maison principale. Étale comme un miroir d'eau, la grande piscine tout en longueur comporte au fond une mosaïque représentant une déesse vêtue de blanc avec une pomme dans une main et un sceptre d'or dans l'autre.

Zack sent Deniz saisir sa main. La tirer vers elle si brusquement qu'il est obligé de se pencher.

« C'est quoi, ça ? demande-t-elle, fixant la bague, puis son collègue. Ça alors ! Je suis complètement… C'est arrivé quand ? »

Le rouge monte aux joues de Zack.

« Hier soir. »

Deniz desserre sa ceinture pour l'embrasser sur la joue. La voix du pilote crachote dans leurs casques.

« Arrêtez de remuer là-derrière. Vous voulez qu'on se crashe ? »

Deniz se rassied correctement sur son siège et reboucle sa ceinture.

« C'était seulement l'amour fou qui faisait monter l'hélicoptère vers le septième ciel », dit-elle dans le microphone intégré de son casque en adressant un clin d'œil à Zack.

« Si j'avais voulu transporter des passagers qui se bécotent, j'aurais été chauffeur de taxi », réplique le pilote.

Zack rigole. Regarde Deniz, aux yeux si pleins de chaleur.

Il cache le micro de sa main et lui dit :

« Tu es la meilleure.

— Je le sais bien », répond-elle.

Zack regarde à nouveau par la vitre.

Ils survolent l'eau maintenant.

Des îlots et des rochers défilent sous eux.

Pas beaucoup de bateaux dans le chenal. Les gens doivent rester au lit dans leurs résidences secondaires avec la gueule de bois, se dit Zack.

« Deux minutes avant l'atterrissage », annonce le pilote. Apparemment, il n'y aura pas de problème pour se poser sur les rochers.

« OK », répondent Zack et Deniz presque simultanément.

L'hélicoptère amorce la descente et Kopparkobben apparaît dans le champ de vision de Zack. Il distingue trois bateaux alignés. Un de la police, un hors-bord avec une coque en aluminium et un yacht aux lignes aérodynamiques qui doit coûter des millions.

C'était une excursion en bateau que Mera avait

prévu de faire. Ils auraient emprunté le voilier de son père pour jeter l'ancre sur une plage déserte et y passer la journée.

Un bateau-ambulance jaune est sur le point d'accoster. Un infirmier se tient à l'avant, une corde à la main, prêt à sauter sur le rocher. L'hélicoptère descend et quatre mouettes s'envolent d'une table avec des restes de nourriture.

Zack aperçoit une paire de souliers en toile bleu marine sur un rocher, quelqu'un s'est déchaussé en vitesse. Des verres de vin éparpillés scintillent au soleil quelques mètres plus loin, sous des pins rabougris.

Enfin il voit les corps.

Plusieurs.

L'hélicoptère atterrit sur une partie plus plane de l'île. Zack perd de vue les corps et se demande s'il n'a pas rêvé.

Qu'est-ce qui s'est passé ici ?

L'air est fouetté par les pales du rotor, les herbes folles et les pissenlits dans les anfractuosités de la roche semblent s'arracher quand Zack et Deniz sautent de l'hélicoptère et s'en éloignent en courant pliés en deux.

L'appareil redécolle aussitôt. Malgré le soleil matinal qui lui brûle la nuque, Zack grelotte dans son T-shirt et sa veste Rick Owens en cuir.

Un assistant policier en uniforme d'une quarantaine d'années vient à leur rencontre. D'une voix stressée, il leur dit :

« Il y a cinq personnes, des jeunes. Garçons et filles. Tous morts, on dirait…

— Êtes-vous certain qu'ils sont tous morts ? » demande l'un des deux ambulanciers qui viennent de les rejoindre, un homme costaud aux cheveux coupés ras, arborant de gros tatouages sur les bras.

« Je ne suis pas infirmier, mais il y a du sang partout et je n'ai pas pu trouver leur pouls. »

L'infirmier fait un signe de tête à son collègue et ils se précipitent vers les corps les plus proches.

Zack les suit du regard. Dix mètres plus loin sur les rochers, ils se sont déjà accroupis à côté de deux adolescents couchés sur le dos. Ils tâtent du bout des doigts le cou de l'un d'eux, puis allument une lampe de poche pour voir si les pupilles réagissent à la lumière.

Zack s'adresse à l'assistant policier en uniforme.

« Est-ce que l'homme qui a découvert les corps est encore là ?

— En ce moment, mon collègue procède à l'enquête préliminaire avec lui, sur le bateau de la police. Nous sommes arrivés il y a tout juste dix minutes. »

Il se retourne vers les corps.

« Regardez, encore un de ces foutus oiseaux. »

Zack voit une mouette au bec taché de rouge déchirer un mince lambeau de chair de la jambe de l'une des victimes.

L'assistant policier donne à Zack et à Deniz une paire de chaussons de scène de crime, puis crie vraiment pour chasser la mouette.

Ils enfilent les protections en plastique bleu sur leurs chaussures et le suivent. Du lichen sec crisse sous leurs pieds et il flotte dans l'air une puanteur douceâtre.

« Depuis combien de temps les corps sont là ? demande Zack.

— Je ne sais pas. Le type du bateau les a découverts un peu avant huit heures ce matin. Ils ont dû fêter la Saint-Jean, je dirais donc sept ou huit heures au maximum. »

Ils passent devant la table pliante que Zack avait entrevue depuis l'hélicoptère et la puanteur s'intensifie. Sur un plateau en bois, des restes de fromages bleus persillés fondent au soleil. Par terre, il y a un morceau de brie bien coulant avec un couteau en plastique fiché dedans.

Les infirmiers ont déjà délaissé les garçons pour examiner les autres corps.

La mouette rieuse décolle et s'enfuit à tire-d'aile.

« J'attends ici, dit l'assistant policier. Je les ai déjà vus. Appelez si vous avez besoin de moi. »

Zack et Deniz s'avancent vers les deux garçons morts. Leurs chemises et leurs chinos de couleur claire sont maculés de grandes taches de sang séché, et des objets blancs sortent de leur gorge, juste sous le menton.

Zack pense au couteau en plastique, dans le fromage. Est-ce que c'en est d'autres, enfoncés dans leurs cous ? Est-il seulement possible de le faire sans les casser ?

Zack se met à genoux. Regarde plus attentivement.

Ce sont bien des couteaux en plastique. Il y en a même deux dans la gorge de l'un des garçons.

À côté des corps traînent des lames ensanglantées d'autres couteaux en plastique cassés. Zack se demande si l'agresseur a dû s'y prendre à plusieurs reprises avant d'arriver à ses fins.

Est-il allé en chercher ou a-t-il seulement continué à enfoncer les manches ?

À moins que ce ne soit une femme qui ait fait ça ?

Un peu plus loin, un troisième adolescent est couché sur le ventre, le corps dans les hautes herbes et les jambes sur la roche. C'était lui que la mouette était en train de picorer.

Il ne porte qu'une chemise et un caleçon. Une grande partie de l'arrière de la cuisse droite a été dévorée. Qu'est-ce que cela veut dire ? se demande Zack.

Il essaie de garder son sang-froid, mais c'est difficile. Un monstre a-t-il surgi des profondeurs de l'eau ?

Deniz saute par-dessus une mare de sang pour se placer de l'autre côté du corps.

« Il a quelque chose dans la main », dit-elle en déglutissant avec difficulté.

Zack vient se positionner près d'elle.

Le poing gauche ensanglanté du garçon serre quelque chose qui ressemble à un morceau de viande. Zack sent son estomac se retourner.

« Ça vient de sa propre cuisse ? demande Deniz en regardant Zack. Dans ce cas, je n'y comprends rien.

— Ou ça vient des filles là-bas », hasarde Zack en faisant un signe de la tête en direction de la mer.

Les infirmiers se sont agenouillés à côté des deux filles en vêtements d'été légers, couchées l'une à côté de l'autre sur un promontoire rocheux à quelques mètres au-dessus de l'eau.

Derrière elles, un téléphone sonne.

Zack regarde autour de lui. Fait quelques pas en direction de la sonnerie et voit un jean jeté dans l'herbe derrière une pierre couverte de lichen.

« Ça vient de là », dit Zack en tâtant le jean. Il sort un iPhone 6 argenté d'une poche quand la sonnerie s'arrête.

Il regarde l'écran. Clique sur *Appels manqués*. *Maman* (3).

Puis ouvre les SMS, lit le dernier.

Salut. Je voulais seulement savoir comment ça s'est passé hier soir. Vous avez eu de la chance avec le beau temps qu'il a fait.

Deniz lit par-dessus l'épaule de Zack.

« Nous ne pouvons pas la rappeler maintenant, pas encore. Il vaut mieux attendre un peu avant de la mettre au courant. Il faut que l'on comprenne un peu mieux ce qui s'est passé. »

Zack approuve. Il voit d'ici la mère du garçon recevant l'appel et préfère repousser cette image.

Le travail d'abord, les sentiments après.

Il remet le téléphone dans le jean en se disant que Sam, Samuel Koltberg, le technicien de la police scientifique, sera furieux quand il découvrira dessus les empreintes digitales de Zack.

Il tourne ses regards vers l'eau. Koltberg et Douglas Juste, le chef de l'Unité spéciale, doivent être en route à l'heure qu'il est.

En bas, à côté des corps des filles, les infirmiers ont commencé à faire leur travail. Ils parlent à voix haute et celui qui est tatoué redresse la tête en criant :

« Venez vite nous aider ! Il y en a une qui est encore en vie ! »

6

La fille sur le brancard a les yeux fermés et son cœur pompe difficilement le sang dans ses veines. Les infirmiers la portent d'urgence au bateau, enveloppée dans une couverture de survie, en attendant l'arrivée de l'hélicoptère qui la conduira à l'hôpital. Deniz court à côté, tenant à bout de bras le goutte-à-goutte et la poche de sang.

Zack reste avec l'autre fille.

Le visage d'une pâleur extrême, elle est étendue sur le dos par terre. Une mouche essaie d'entrer dans sa bouche par la commissure de ses lèvres et il la chasse du revers de la main.

Il se demande quelle pouvait être la couleur de ses yeux, ceux qui auraient dû être là où il n'y a plus que deux trous. Obstrués par du sang coagulé, comme si quelqu'un avait voulu empêcher les rayons du soleil d'y pénétrer pour l'éternité.

Il pense à l'autre fille, celle encore en vie. Ses yeux à elle non plus n'étaient pas beaux à voir, l'un crevé et l'autre mutilé.

Il se redresse.

Putain de merde ! Qu'est-ce qui s'est passé ici cette nuit ?

L'assistant policier s'est écarté près d'un buisson ; Zack le voit s'effondrer, puis rester la tête entre les mains en laissant échapper un gémissement.

Zack a envie de lui crier de se reprendre, mais il comprend la réaction de son collègue, c'est pire que ce que la plupart des policiers verront au cours de toute leur carrière.

Il veut s'approcher, glisser quelques mots à l'assistant, mais dire quoi ?

Puis il voit Deniz venir auprès de lui, s'agenouiller et le prendre dans ses bras. Elle lui parle doucement tout près de son visage, et après quelques minutes, ils se mettent debout. Le jeune policier semble avoir retrouvé des forces.

Deniz revient vers Zack.

« Il va mieux ? demande-t-il.

— Je l'espère.

— Qu'est-ce que tu lui as dit ?

— Je lui ai dit qu'il ne fallait pas qu'il ait honte. Que nous ressentons tous la même douleur que lui et que c'est normal que nous réagissions ainsi. »

Zack acquiesce.

Elle a raison. Sauf qu'on ne peut pas tous s'effondrer en même temps.

Un bruit de moteur lui fait détourner la tête. Un bateau à pont ouvert avec trois personnes à bord arrive vers l'île en vrombissant, prend un virage serré et ralentit. Une jeune femme en bikini et un jeune homme en chemise de lin avec des lunettes de soleil tendent leurs téléphones portables au-dessus du bastingage pour filmer la scène du crime.

Un autre bateau venant de l'ouest s'approche à son tour.

Tous les fêtards de la Saint-Jean se sont réveillés, se dit Zack, et ils flairent le sang et la mort.

« Il faudrait envoyer l'un des assistants avec un bateau pour les tenir à distance, dit Deniz. Bon, allons interroger le type qui a trouvé les corps. »

Dans la cabine du bateau de la police, Linus Jonsson, aux cheveux noirs ébouriffés, a le regard affolé. Avant même que Zack et Deniz aient le temps de se présenter, il leur tend son téléphone portable en disant :

« S'il vous plaît, appelez mon patron pour lui expliquer que je ne peux pas encore m'en aller d'ici. Il ne me croit pas. Il pense que je suis à la maison à me la couler douce.

— Allons à terre pour discuter. Nous aurons besoin d'utiliser votre bateau, dit Deniz.

— Je vais me faire virer. S'il vous plaît, appelez-le maintenant.

— Vous pourrez demander une attestation de l'interrogatoire plus tard. Cela devrait lui suffire, répond Deniz. Mais pour le moment allons à terre, vous nous raconterez ce que vous avez vu ce matin. »

L'interrogatoire est bouclé en dix minutes. Dans l'intervalle, Deniz a eu le temps d'appeler l'épouse de Linus Jonsson qui confirme que son mari était bien à la maison la nuit précédente, et aussi son patron, qui atteste qu'il aurait dû être au travail il y a déjà deux heures et qui réclame même une indemnisation à la police pour ses revenus perdus.

Zack et Deniz quittent Linus Jonsson après lui avoir promis qu'il pourra quitter l'île dès que ses empreintes digitales auront été prises.

« Il t'a fait quelle impression ? » demande Deniz.

Un nouveau bateau de plaisanciers arrive et commence à tourner autour de l'île, se rapproche dès que le bateau de police s'en éloigne pour repousser les autres. Les téléphones mobiles sont brandis.

« Je crois qu'il n'a rien à voir avec tout ça. »

En raison de sa vitesse et de sa puissance, un autre bateau à moteur venant de Stockholm semble fendre la mer.

Zack croit d'abord à un énième bateau de fêtards curieux, avant de reconnaître les flotteurs gris et les antennes des bateaux pneumatiques semi-rigides de la police. Il suppose que Douglas Juste et Sam Koltberg sont à bord.

« Zack ! » C'est la voix de Deniz.

Il se retourne, elle lui demande de s'approcher.

« C'est incroyable qu'on ne s'en soit pas rendu compte plus tôt, dit-elle.

— Quoi donc ?

— Il y a une paire de chaussures en trop. »

Elle les lui montre pour qu'il comprenne.

Une paire d'escarpins rouges est parfaitement

rangée à côté d'une enceinte portable. Une paire de Converse roses se trouve dans l'herbe près du garçon à la cuisse déchiquetée. Et quelques mètres plus loin, une paire de bottines en daim noir à franges.

Deniz regarde Zack.

« Où est passée la troisième fille ? »

7

L'hélicoptère-ambulance qui transporte la fille gravement blessée décolle et disparaît rapidement vers la ville.

Accroupi sur l'herbe dans ses vêtements de protection blancs, Sam Koltberg fouille de ses mains gantées dans les poches du jean. Il sort un téléphone portable argenté et le tend vers Zack et Deniz.

« Pas de bêtises maintenant, dit-il. Et mettez-le dans un sachet quand vous aurez fini. Il y en a dans mon sac près du bateau. »

Zack prend le téléphone.

Il préfère garder le silence sur le fait qu'il l'a déjà touché sans gants.

Il ouvre l'application Photo et, avec Deniz, passe en revue les dernières images prises.

Elle fait de l'ombre à l'écran avec sa main pour mieux voir.

Des tonnes de selfies. Sur fond de coucher de soleil, à une table dressée pour la Saint-Jean, avec des amis qui dansent.

« Là, dit Deniz. Celle qui est en robe verte. »

Zack zoome sur la photo.

La fille, au visage rond, a des cheveux bruns et raides qui lui arrivent aux épaules. Elle semble avoir le même âge que les autres.

« Tu as vu ses chaussures ? dit Deniz. Ce sont ces bottines noires là-bas. Mais la fille, où est-elle ? »

Elle regarde vers l'eau, comme si elle s'attendait à la voir venir vers eux à la nage. Ou flotter sur le ventre.

Zack tourne la tête dans la direction opposée, voit Douglas Juste contempler les deux adolescents avec des couteaux en plastique plantés dans le cou.

La veste déboutonnée du chef de l'Unité spéciale flotte un peu dans le vent qui a forci. Zack lui trouve un air de croque-mort dans son costume noir. Des rides se sont creusées sur son visage auparavant lisse et ses tempes ont grisonné en seulement six mois.

Douglas regarde encore les corps un long moment avant de reculer de quelques pas, de baisser la tête, fermer les yeux et porter le bout des doigts à son front.

« Fais défiler », ordonne Deniz.

Mais Zack garde les yeux fixés sur Douglas.

En général, il ne réagit pas ainsi, il est de taille à voir n'importe quelle scène de crime avec un détachement froid. Comme s'il s'était attendu à quelque chose de ce genre, mais que pour une fois cela dépassait de loin son imagination.

« Putain de merde ! »

La voix de Koltberg derrière eux. Il a vu les deux assistants policiers se promener autour des corps.

Koltberg se précipite vers eux.

« Qu'est-ce que vous faites ici avec vos gros sabots ? Vous vous prenez pour des techniciens de la police scientifique ou quoi ?

— Du calme, dit l'un des assistants en levant un pied en l'air pour montrer qu'il porte une housse bleue sur sa chaussure. Nous portons des protections.

— Oui, c'est encore mieux pour disperser des mégots et d'autres preuves. Allez, ouste ! »

Les deux policiers s'éloignent, penauds.

Ils auraient dû le savoir, pense Zack. *Mais je n'ai pas fait mieux en prenant le portable dans le jean sans mettre de gants. Il y a un truc avec cet endroit. Il pervertit les esprits*.

« Allez, ça suffit. Fais défiler », insiste Deniz, et Zack se focalise de nouveau sur le téléphone.

Encore des photos de la fête. Du champagne. Du vin. De la bière. Ils ont bien carburé la veille au soir.

Puis apparaît un selfie où la fille disparue se tient joue contre joue avec le garçon à la cuisse mutilée.

Elle a des yeux d'un vert pétillant et tend ses lèvres rose shocking comme pour un baiser.

Zack la regarde intensément.

Qu'est-ce que tu as à voir dans tout ça ? se demande-t-il.

Pourquoi n'es-tu pas restée sur l'île ?

Tu t'es sauvée ?

Ou tu t'es échappée après avoir perpétré ton crime ?

Es-tu encore en vie ?

Il continue de faire défiler l'album. Ils voient des photos de l'excursion sur le bateau.

Ensuite apparaissent des photos à moitié floues et des vidéos prises des tribunes lors d'un match de foot ; il retourne en arrière. Essaie de découvrir des choses qu'il aurait pu rater. Quelqu'un d'autre, peut-être. Un bateau qui s'approcherait.

Mais rien ne leur apporte d'autres indices.

La dernière photo montre cinq personnes qui dansent pieds nus sur les rochers.

Elle a été prise à une heure dix-sept.

Que s'est-il passé ensuite ?

Il ouvre l'application Facebook.

Axel Hultqvist. C'est le nom de celui à qui appartient le compte. Apparemment, la photo du profil correspond au garçon à la cuisse déchiquetée.

Il trouve une publication à vingt-deux heures quarante-trois. Un vœu de bonne fête de la Saint-Jean à l'intention de ses amis.

Il fait défiler les publications vers le bas. À treize heures trente-huit, Axel Hultqvist a publié une photo de lui-même en maillot de bain, et quelques heures plus tôt, à neuf heures douze, il a écrit « Préparez-vous pour le meilleur jour de votre vie » au groupe fermé *The midsummerclub.*

Zack ouvre le compte du groupe, clique sur

Membres et voit surgir cinq noms en plus de celui d'Axel Hultqvist.

« Voilà, nous avons tous les noms. »

Il survole les profils des jeunes. Ils viennent tous de Lidingö, ont dix-sept ans et fréquentent le lycée Hersby Gymnasium.

Les semelles de Douglas claquent sur les rochers quand il arrive vers eux.

« Eh bien ?

— Il manque une fille. Ses chaussures sont là-bas. Elle s'appelle Ebba Langer », déclare Zack en désignant les bottines noires avant de lui montrer une photo d'elle.

Douglas regarde tétanisé la photo, puis respire péniblement.

« J'avais l'impression de reconnaître ce garçon, dit-il en faisant un signe de la tête vers Axel Hultqvist. Et maintenant je sais pourquoi. C'était le petit ami d'Ebba.

— Comment le savez-vous ? demande Deniz.

— Parce que je connais son père. »

Un silence pesant s'installe.

Un coup de vent leur ébouriffe les cheveux, et une fourchette en plastique glisse sur la roche. Sur la table en désordre, les mouettes sont de retour, criaillant et se querellant pour les fromages qui fondent au soleil.

« Est-ce qu'Ebba aurait pu causer toute cette horreur ? demande Douglas, semblant se poser la question à lui-même.

— Je ne sais pas, dit Zack. Je ne sais pas par quel bout prendre cette histoire.

— Comment ça ? demande Deniz.

— Ils ont l'air d'avoir été tués de différentes manières. Et avec différents types d'armes. J'ai du mal à m'imaginer que tout cela a pu être fait avec des couteaux en plastique. Et pourquoi aucun d'entre eux n'a donné l'alerte ? Certains ont dû vivre pas mal de temps après avoir été blessés. »

Douglas acquiesce. Puis il lance :

« Venez ! Allons entendre ce que Koltberg a à nous dire. »

Quand ils le rejoignent, ce dernier est en train de photographier deux mégots à côté de la fille morte près de l'eau.

« Il manque une personne, annonce Douglas. Une fille qui était présente à la fête. »

Koltberg remet son appareil-photo sur l'épaule, se penche et sort de son sac un sachet pour les preuves et une pince à épiler.

« Et maintenant vous croyez que c'est elle qui a commis le crime ?

— T'en penses quoi, toi ? » demande Douglas.

Koltberg prend les mégots avec la pince à épiler. Les renifle.

« Il n'y a pas que du tabac dans ceux-ci, remarque-t-il.

— Du cannabis ? » suggère Deniz.

Koltberg acquiesce et se met debout. Son front dégarni brille de sueur. Zack se dit qu'il est mal dans sa peau, il a autant de difficulté à s'aimer qu'à aimer les autres.

« Je pense que le meurtrier est encore sur l'île. Si meurtrier il y a. »

Il paraît apprécier leurs mines étonnées et se tait pendant un moment, puis pointe du doigt les deux garçons morts quelques mètres plus haut sur les rochers. Puis il poursuit :

« Tous deux ont été égorgés, quant à celle-ci – il hoche la tête vers la jeune fille à ses pieds –, elle et son amie semblent d'abord s'être mutuellement éborgnées avant de se trancher les veines des poignets. Tout cela sans aucun signe de lutte ou de résistance. Aucun bleu sur les bras, ni de peau ou de sang sous les ongles. Comme si elles s'étaient laissé faire. »

8

Deniz et Zack retraversent le pont de Lidingö dans la Volvo gris anthracite de l'Unité spéciale.

Zack songe à la mort qu'ils viennent de voir de près, à cette violence démente, même s'ils savent qu'ils doivent se protéger contre ces émotions.

Parce que alors tout pourrait déraper.

Quelque part au plus profond de lui sont tapies des ténèbres qu'il ne doit pas invoquer plus que nécessaire.

Ils se retrouvent bloqués derrière un camion de marchandises qui se traîne et Zack peste en silence de ne pas pouvoir le dépasser. Il étouffe dans ses vêtements soudain trop étriqués.

Il s'est changé : chemise, veste et chino gris foncé, une tenue toujours prête dans son placard, en cas de besoin. Deniz a quitté sa veste à capuche, endossé une blouse noire et enfilé un pantalon gris.

Il n'y a rien que Zack déteste davantage dans son travail que des entretiens de cette nature. Même enquêter sur les lieux de crime où des enfants et des adolescents ont été tués lui est moins pénible que de devoir annoncer aux parents ce qui s'est passé. Impossible de se défendre contre la douleur de perdre un enfant.

Il est néanmoins reconnaissant d'avoir à informer les parents de Theo Stranddahl plutôt que ceux d'Axel Hultqvist qui, selon Douglas Juste, sont complètement effondrés. Se doutant déjà de quelque chose, ils ont appelé la police à plusieurs reprises en exigeant d'être mis au courant.

« Suis-je la seule personne sur terre à ne pas savoir ce qui est arrivé à mon enfant ? Comment pouvez-vous nous faire ça ? » lui avait hurlé Cathrine Hultqvist dans les oreilles.

Zack la comprend. Cela fait des heures que la nouvelle a filtré sur les réseaux sociaux.

« Bain de sang dans l'archipel – plusieurs morts », titre *Aftonbladet*.

Et puis une photo de Kopparkobben avec les rochers ensanglantés et le yacht tout à fait visible.

Pas étonnant que les parents craquent.

Mais qu'est-ce que Douglas aurait pu faire d'autre ? Leur annoncer la mort de leur enfant par téléphone ?

Par expérience, il sait bien que dans de telles circonstances les parents veulent savoir pourquoi l'impensable est arrivé et comment cela s'est passé. Cependant, plus la police pourra travailler sans être dérangée, plus elle sera à même de leur répondre.

Mais de nos jours tout va trop vite.

Leurs collègues Rudolf Gräns et Sandra Sjöholm sont en route pour voir la famille Hultqvist. Pourvu qu'ils soient déjà arrivés. Douglas en personne ira prévenir les parents d'Ebba Langer. Il estime que c'est son devoir parce qu'il connaît son père.

En tout cas, ses parents à elle ont encore un petit espoir, se dit Zack.

Vraiment ?

Leur fille disparue est peut-être morte. Ou peut-être une tueuse en série. Voire les deux.

Les parents se poseront les mêmes questions que la police.

A-t-elle eu de l'aide pour quitter l'île ? A-t-elle agi seule ou avec quelqu'un ? Les jeunes se sont-ils massacrés eux-mêmes, comme le croit Koltberg ?

Peut-être a-t-elle tenté de fuir et qu'elle s'est noyée ?

Mais fuir quoi ?

Et où est-elle à présent ?

La police maritime ainsi que les services de sauvetage à terre et en mer poursuivent leurs recherches dans l'archipel. Mais jusqu'à présent sans résultat.

Une fois le pont franchi, Zack et Deniz quittent la route principale pour suivre le bord de mer vers le nord.

« Non mais, merde ! » dit Deniz en faisant défiler sur son portable les grands sites d'infos.

« Sur cette photo, on voit même le nom du bateau. À quoi ils pensent, ces idiots, quand ils mettent en ligne leurs photos ? »

Ils traversent une zone forestière dense, passent devant un terrain de golf, puis entrent dans le quartier résidentiel de Kyttinge.

De grandes villas en pierre de taille se dressent le long de la route, mais il y a aussi des maisons en bois plus modestes qui pourraient se trouver dans n'importe quelle petite ville. Sauf que dans ce quartier le prix est dix fois plus élevé. Au moins.

« Voilà la voiture de Douglas », dit Deniz en indiquant une Volvo bleue garée devant un portail ouvert qui mène à une villa blanche.

Zack ralentit, jette un coup d'œil vers la maison et aperçoit Douglas dans la cuisine, face à un couple. La femme a la tête enfouie dans ses mains, et ses épaules sont secouées de spasmes.

Zack poursuit sa route.

Il se demande comment cela se passe pour les deux équipes mises à leur disposition par la police de Norrmalm, et qui, à l'heure qu'il est, sont probablement avec les parents de Hugo Löfwencrantz et d'Isa Nehf. Est-ce que les parents de Madelene Dahlén, au chevet de leur enfant dans le service de soins intensifs de Karolinska, ont encore de l'espoir ?

Il se gare près d'un muret entourant une villa de deux étages récemment rénovée et qui donne sur les îlots verdoyants de Stora Värtan.

Deniz sort de la voiture, mais Zack reste dans le véhicule.

Il tripote l'anneau sur sa main gauche.

« Allez, dit Deniz. Tu peux le faire. »

Il s'extrait de la voiture. Une petite brise arrive

du large avec des relents de mort et de désolation. Comme si le vent de Kopparkobben soufflait jusque-là.

Sentent-ils cette puanteur à l'intérieur de la maison ?

Il referme la portière et lève les yeux vers la villa.

Tu vas y arriver, se dit-il.

La terrasse fait la taille d'un petit salon. Divers outils de jardinage sont appuyés contre un canapé noir en rotin synthétique et une paire de chaussures de jogging s'aère sous un banc.

Zack se demande si les chaussures appartiennent à Theo et si les parents vont les garder en souvenir de leur fils.

Il aimerait faire demi-tour, mais s'oblige à rester.

Tu peux le faire, se répète-t-il intérieurement. *C'est mille fois pire pour eux que pour toi.*

Deniz appuie sur la sonnette. Venant du hall d'entrée, ils entendent quelques notes de la *Petite musique de nuit* de Mozart.

Un homme en tenue de jogging grise ouvre la porte. La cinquantaine, athlétique et bronzé, des sourcils broussailleux noirs et des yeux noisette.

Jesper Stranddahl, devine Zack. *Actionnaire dans différentes sociétés, allant des produits chimiques en Europe de l'Est à l'extraction minière en Ouganda, en passant par l'importation d'articles de sport en provenance de Singapour.*

« Oui ? » demande Jesper Stranddahl, comme s'il s'adressait à deux colporteurs.

Les grands cernes noirs sous les yeux trahissent des lendemains de fête difficiles.

« Bonjour, je m'appelle..., commence Deniz.

— Désolé, nous n'avons besoin de rien et nous ne sommes pas intéressés par une secte, alors si vous voulez bien m'excuser... »

Une femme l'appelle de l'intérieur de la maison.

« Qui est-ce, Jesper ?

— Je ne sais pas. »

Ils n'ont aucune idée de ce qui s'est passé, comprend Zack. Ils n'ont pas dû lire ou entendre les infos aujourd'hui. Ils avaient dû laisser éteints leurs téléphones. Peut-être ignoraient-ils même que leur fils était dans l'archipel la veille au soir.

Deniz et Zack montrent leurs insignes de police.

« On peut entrer ? » demande Deniz.

Le bronzage de Jesper Stranddahl semble pâlir et il se tasse un peu.

« C'est Theo ? Ils ont eu un accident avec le bateau ? Je le savais, je n'aurais jamais dû le lui prêter.

— Nous aimerions nous asseoir un moment, si vous permettez », dit Deniz.

Jesper Stranddahl leur indique de le suivre au salon. Malgré ses vêtements de jogging, la femme dont ils avaient entendu la voix est allongée sur un canapé blanc et lit *The Spectator*.

Annica Stranddahl, présume Zack. La mère adoptive de Theo, selon l'expression consacrée.

Zack devine qu'elle a dû être une meilleure mère pour Theo que sa mère biologique installée à Bruxelles depuis une dizaine d'années.

Annica Stranddahl prend une fraise dans un bol bien garni, la trempe dans un autre empli de crème fraîche et la met dans sa bouche. Elle regarde d'abord distraitement son mari quand il entre dans le salon, puis à la vue de sa pâleur et de l'air grave des visiteurs elle se lève rapidement du canapé.

« Que se passe-t-il ? » demande-t-elle.

Zack et Deniz déclinent leur identité et lui demandent de se rasseoir.

Jesper Stranddahl se laisse tomber à côté de sa femme, Zack et Deniz prennent place sur le canapé d'en face.

Ce sont de longs canapés en cuir blanc, assez bas, qui ressemblent aux modèles italiens inconfortables que Mera admire à la Nordiska Galleriet, dont les prix peuvent dépasser le salaire annuel de Zack.

Ils restent un moment silencieux.

Jesper Stranddahl tambourine avec ses doigts sur le canapé et sa femme semble avoir trouvé une peluche sur son pantalon qu'elle gratte avec l'index.

Deniz se penche, cherche à croiser le regard des parents et annonce :

« Nous sommes désolés, mais nous devons malheureusement vous informer que Theo a été retrouvé mort dans l'archipel. »

Annica Stranddahl se tord les mains. Serre les dents.

« Ce n'est pas possible, dit-elle, et sa bouche se fige en un sourire nerveux et crispé. Vous devez vous tromper.

— Je crains que non, dit Deniz.
— Non… »
Deniz reste calme, et ils voient Annica Stranddahl s'effondrer. Le silence s'enroule autour d'elle comme un serpent pour lui faire admettre la vérité.
Jesper Stranddahl la prend dans ses bras, mais elle le frappe, s'éloigne, puis se recroqueville en fœtus sur le canapé et sanglote le visage dans les mains.
Zack a une furieuse envie de s'en aller.
De courir à perdre haleine.
Annica Stranddahl pose sa tête sur les genoux de son mari sans s'arrêter de pleurer.
Jesper Stranddahl lui caresse ses cheveux courts, puis lève les yeux vers Zack et Deniz.
« Comment c'est arrivé ? demande-t-il d'une voix étouffée.
— Nous ne savons pas vraiment, commence Deniz. Mais…
— Vous ne le savez pas ? »
Le ton devient agressif.
« Qu'est-ce que vous ne savez pas ? Il ne s'est pas noyé ? »
Annica Stranddahl se redresse, essuie ses larmes sur la manche de son pullover et met la main sur l'épaule de son mari.
« Calme-toi, Jesper. Laisse la police expliquer. »
Jesper Stranddahl respire bruyamment par le nez, comme un taureau. Il hoche plusieurs fois la tête et présente ses paumes vers les policiers dans un geste d'excuse.

« Désolé, je… Putain ! Comment vont Axel et Hugo ? Ils étaient ses meilleurs amis et ils allaient célébrer la Saint-Jean ensemble. Vous avez pu leur parler ? »

Deniz ne répond pas tout de suite. Puis elle lâche :

« Ils sont morts, eux aussi. »

9

Jesper Stranddahl pose les mains sur le canapé pour empêcher le sol de se dérober sous ses pieds. Il crispe les mâchoires puis hoche la tête :

« Continuez. »

Deniz commence par exposer ce qu'ils savent des événements sur Kopparkobben. Sa voix est douce, et elle laisse les mots venir lentement, en gardant un ton neutre.

En premier lieu, elle raconte en détail ce que la police a pu rassembler comme informations. Que les SMS dans le portable de l'un des jeunes gens indiquent qu'ils ont quitté Lidingö vers onze heures du matin et fêté la Saint-Jean sur l'îlot de Kopparkobben, où ils ont pris des photos avec leurs téléphones jusqu'à une heure et demie.

Ensuite, elle se fait plus évasive, déclarant simplement qu'au moins quatre des jeunes, dont Theo, sont morts, presque en même temps. Que Madelene est à l'hôpital en soins intensifs. Et qu'Ebba a disparu.

« Ils ont tous été soumis à différentes formes

de violence, mais il est encore trop tôt pour dire avec certitude comment les faits se sont produits.

— Ils ont donc été assassinés, c'est ce que vous dites ? »

Les tendons du cou de Jesper Stranddahl semblent près de se rompre.

« Ce n'est pas certain, répond Deniz. Certains signes indiquent qu'ils auraient pu s'infliger ces blessures eux-mêmes.

— Que voulez-vous dire par là ? » demande Jesper Stranddahl dont la voix s'étrangle. Jamais mon fils ne se serait suicidé. Il aimait la vie. Elle… commençait à peine. »

Les derniers mots sortent dans un souffle. Il porte la main à sa bouche pour ajouter autre chose, mais sa voix se brise.

« Nous comprenons que cela puisse vous paraître étrange et très confus, intervient Zack. Les circonstances sont assez particulières dans cette affaire.

— Je veux le voir, je dois le voir, dit Annica Stranddahl. Je l'ai aimé comme mon propre fils.

— Je ne pense pas que ce soit une bonne idée, dit Zack. Il est encore trop tôt. »

Face aux regards scrutateurs de Jesper et d'Annica Stranddahl, il se rend compte qu'en restant dans le flou il laisse le champ libre aux pires cauchemars.

« Que voulez-vous dire ? demande Jesper Stranddahl. Pourquoi ce n'est pas une bonne idée ?

— La police technique et scientifique n'a pas

encore terminé son travail. Des traces d'ADN ou d'autres choses sur les vêtements ou sur le corps pourront peut-être nous donner des indices importants. Il va falloir attendre que ce travail soit achevé. »

Au moins jusqu'à ce qu'ils aient arrangé un peu sa gorge, se dit-il. *Qu'ils aient retiré le couteau en plastique. Aucun parent ne devrait voir une chose pareille.*

« Nous allons malheureusement devoir vous poser quelques questions qui pourront vous sembler difficiles », enchaîne Deniz.

Les deux parents hochent la tête, comme s'ils n'étaient pas fâchés de chasser un instant les images horribles de leur fils mort.

« Savez-vous si Theo se droguait ? »

Jesper Stranddahl se met debout.

« Non mais ! Maintenant ça suffit. Theo est un garçon tout ce qu'il y a de correct. »

Deniz s'adosse calmement au canapé en soutenant son regard, forçant Jesper Stranddahl à se ressaisir. Mais il ne se rassied pas.

« Theo était très sportif, il avait de bons amis. Il comptait faire des études de droit à Uppsala dans quelques années. Ce n'était pas un toxicomane ! »

Il a du mal à rester immobile, semble avoir des palpitations, mais finit par se rasseoir sur le canapé et dit :

« Mon fils aurait été un camé ? »

Zack s'étonne du choix du terme. *Camé.*

Un terme qu'on employait surtout pour un fumeur de marijuana dans les années 1970.

Dans quel monde vit-il ? Ignore-t-il que la moitié de ses copains directeurs consomment de la drogue ?

Zack sait qu'Abdula a des livraisons régulières à Lidingö et à Djursholm. Aux requins de la finance, aux sportifs de haut niveau et à d'autres carriéristes à qui tout réussit.

Deniz reprend :

« Nous avons retrouvé des traces de cannabis sur place. Nous ne savons pas lesquels des jeunes ont fumé, ou s'il y a eu des visiteurs auparavant sur l'île, mais nous sommes obligés de vous le demander. Tout ce qui pourra nous faire avancer nous est utile.

— Nous comprenons », dit Annica Stranddahl, mais son mari reste muet, le visage tourné vers la fenêtre, les poings serrés. Il regarde sa femme et dit :

« Ce doit être Hugo. Cette histoire de dope, je veux dire. Il a toujours traîné dans des trucs foireux. »

Annica Stranddahl se tourne vers Zack et Deniz.

« En réalité, nous ne savons rien à ce sujet.

— Quelle relation avait-il avec Ebba Langer ? demande Zack. Étaient-ils de bons amis ?

— Ce n'est pas du tout sa petite amie, si c'est cela que vous sous-entendez, dit Annica Stranddahl. Mais ils font partie de la même bande de copains. Elle sort avec l'un de ses camarades, Axel Hultqvist. Ils se connaissent depuis l'école primaire.

— Theo avait-il des ennemis, quelqu'un qui aurait pu lui vouloir du mal ?

— Non, dit Annica Stranddahl en regardant son mari. Il y avait, bien sûr, des camarades de classe avec qui il ne s'entendait pas, mais c'est comme cela pour tout le monde, non ?

— Et vous, demande Zack. Avez-vous des ennemis ? »

Jesper Stranddahl fait non de la tête, serre le poing si fort que les jointures blanchissent, mais garde son calme.

« Vous voulez dire que quelqu'un s'en serait pris à mon fils pour cette raison ? C'est absurde !

— Qu'avez-vous fait le soir de la Saint-Jean ? » demande Deniz à brûle-pourpoint.

Jesper Stranddahl se relève brusquement du canapé. Se dresse au-dessus de Deniz, mais Zack s'interpose rapidement et le défie du regard.

Jesper Stranddahl leur montre la porte d'une main qui tremble et hurle :

« Maintenant c'en est assez ! Vous semblez dire que ce serait de ma faute ! Vous devriez avoir honte. Foutez le camp de chez moi ! »

Deniz se lève calmement du canapé et regarde Annica Stranddahl en disant :

« Nous partons, mais nous aimerions d'abord jeter un coup d'œil à la chambre de Theo, si c'est possible. »

Jesper Stranddahl s'écarte sans un mot. Zack voudrait le serrer dans ses bras, lui témoigner de la compassion, lui dire qu'ils vont découvrir la vérité sur la mort de son fils. Mais il reste immobile, en essayant de rendre son visage expressif. C'est ainsi, se dit-il, que le père doit faire le premier pas vers l'acceptation de l'inacceptable.

Le chagrin se vit toujours différemment d'une personne à l'autre.

« Oui, je vous en prie, murmure Annica Stranddahl. Que cherchez-vous au juste ?

— On ne sait pas. Mais parfois on peut trouver des indices inattendus.

— Prenez le couloir à droite, la porte de sa chambre est au fond. »

La chambre, qui dispose de grandes fenêtres donnant sur le jardin, est spacieuse et lumineuse.

Des photos de Theo Stranddahl à différents âges ornent le mur près de la fenêtre. Un petit garçon jouant au football, un adolescent bronzé sur une plage tropicale.

Un jeune homme plein de vie.

Au futur prometteur.

En face se trouve une vitrine avec des coupes de compétition, des badges et un diplôme encadré.

Deniz se dirige vers la penderie tandis que Zack passe en revue les livres dans la bibliothèque sur le mur opposé.

Beaucoup d'ouvrages sur le sport. Pour la plupart des biographies et des manuels de golf. Rory McIlroy. Tiger Woods. *The Inner Game of Golf*.

Il prend un magnifique livre de photos sur les plus jolis terrains de golf dans le monde et se tourne vers Deniz qui a sorti une coupe de l'étagère.

« Je parie que c'est une compétition de golf qu'il a gagnée.

— Oui, il semble avoir été plutôt bon jusqu'à l'âge de quinze ans. Mais les deux dernières années, il n'y a plus rien. »

Zack est sur le point de remettre l'ouvrage sur l'étagère quand il aperçoit le dos de quelques livres cachés par les autres.

Il glisse la main derrière les livres de golf pour les atteindre.

The Order of Solar Temple : The Temple of Death.

Helter Skelter.

The Ashes of Waco : An Investigation.

Marshall Applewhite : *Cult Leaders Unauthorized and Uncensored.* Raven : *The Untold Story of the Rev. Jim Jones and His People.*

Il n'y a pas de poussière sur ces livres, qui semblent avoir été lus et relus. Les pages sont écornées et l'une des couvertures est tachée par un liquide.

Il parcourt la quatrième de couverture de deux d'entre eux.

Le premier parle de la secte américaine Heaven's Gate, dont les membres ont commis un suicide collectif spectaculaire en 1997. Le second concerne un fou qui, dans les années 1970, a réussi à faire se suicider plus de neuf cents personnes dans la jungle de Guyane.

« Regarde ça, Deniz. Theo semble avoir été obsédé par la mort collective. »

10

C'est la fin de l'après-midi et, comme d'habitude, la climatisation de la salle de réunion fait des siennes. Mais le jour de la Saint-Jean, il n'y a pas de gardien pour la réparer.

Afin d'échapper à la sensation de se retrouver dans un sauna, l'Unité spéciale tient sa réunion extraordinaire autour d'une table vacante dans l'open space.

Zack a enlevé sa bague de fiançailles avec de l'eau savonneuse et l'a enfermée dans son placard de vestiaire. Il ne veut pas qu'elle lui rappelle plus tard ce qu'il a vécu sur l'île, et il supporterait encore moins les commentaires ou même les félicitations des autres. Pas après ce qu'ils ont vu là-bas, et après avoir rencontré les parents de Theo Stranddahl.

Il fait rouler sa chaise de bureau et s'installe à côté de Sandra Sjöholm.

Elle a noué une écharpe sur ses cheveux et porte un petit haut en coton assorti qui semble tout aussi serré sur sa forte poitrine que les vêtements moulants qu'elle porte d'habitude.

« T'as vu les derniers articles de presse ? C'est de pire en pire », dit-elle en se rapprochant de Zack pour lui montrer son portable.

Un parfum léger et estival se dégage de sa nuque.

Il regarde l'écran et hoche la tête.

Il a déjà vérifié les sites d'infos sur Internet tout à l'heure. Ce qui s'est passé à Kopparkobben est en une de tous les journaux et, en l'absence d'informations réelles, la spéculation prend des proportions folles.

Un ancien repris de justice aurait été vu dans une barque autour de la petite île lors de la fête de la Saint-Jean, et au moins deux autres témoins auraient observé un sous-marin dans les parages.

Deniz sort du vestiaire d'un pas si rapide qu'en passant à côté de la petite table en forme de croissant elle fait vaciller la flamme d'une bougie cube.

Ils s'étaient promis de maintenir la bougie allumée pendant au minimum un an. Le premier arrivé au bureau se charge de l'allumer. Le dernier à partir l'éteint. Chaque jour.

C'est souvent Sandra, la remplaçante, qui éteint la bougie. Elle travaille dur pour faire partie du groupe, ce qui jusqu'ici a plutôt bien marché.

Sur la photo encadrée derrière la bougie, Niklas Svensson leur sourit encore. Cela fait cinq mois maintenant qu'il a été tué en service[1]. Et Zack se rend compte qu'il n'a pas pensé à Niklas depuis plusieurs jours.

1. Voir *Leon*, *op. cit.*

Le quotidien reprend donc ses droits, malgré tout. La tristesse est toujours là, mais elle s'estompe.

Excepté chez Rudolf Gräns, se dit Zack en le voyant arriver en clopinant avec un café à la main, tâtonnant pour trouver la table.

Il a vieilli depuis la mort de Niklas. Son dos s'est courbé, sa démarche raidie.

Comme si on l'avait désigné pour porter le chagrin de tous les autres jusqu'à la fin de ses jours. Mais il semble avoir accepté Sandra, se dit Zack. Et il lui arrive de plaisanter, même si le ton s'est fait plus cassant.

Rudolf s'installe entre Sirpa Hemälainen et Sam Koltberg, touche la table du bout des doigts avant d'ajuster les lunettes noires qui cachent ses yeux aveugles. Une rupture d'anévrisme lui a coûté la vue, mais il n'en reste pas moins un enquêteur redoutable.

« On suffoque comme si on était sous terre, ici ! lâche-t-il.

— Comme en enfer, enchérit Sirpa en s'éventant avec une feuille de papier qu'elle a prise dans l'imprimante.

— Pensez-vous qu'il y ait de l'orage dans l'air ? »

Zack le ressent aussi. L'air est plus dense, irrespirable.

Douglas Juste est le dernier à se joindre à eux. Il arrive de son bureau, le téléphone vissé à l'oreille.

« Donc, toujours rien ? Je comprends. Rappelez-moi dès que vous aurez du nouveau. »

Il fourre le téléphone dans la poche de sa veste, pose une mallette en cuir lie-de-vin sur la table à côté de son ordinateur portable, mais choisit de rester debout.

« C'était le chef des services de secours. Ils n'ont toujours pas retrouvé Ebba Langer. Mais les recherches se poursuivront toute la soirée et une partie de la nuit. Il fera encore clair un petit moment », explique-t-il.

Douglas semble soucieux. Cela a dû être éprouvant pour lui à Lidingö, se dit Zack. Annoncer à des amis que leur fille a disparu, qu'elle a peut-être été assassinée comme ses camarades… Être obligé de préciser que personne pour l'instant ne sait exactement ce qui s'est passé. Que c'est peut-être elle qui a perpétré les meurtres… Mais cela, Douglas s'est bien gardé de le dire.

Zack lui tire son chapeau. Il a mouillé sa chemise pour le faire, alors qu'il lui aurait été facile de déléguer cette tâche à quelqu'un d'autre.

« Où font-ils leurs recherches ? demande Deniz.

— Au large du lieu du crime et sur les îlots à proximité. Elle aurait pu s'enfuir à la nage. On continue à frapper à toutes les portes dans la région et, comme vous l'avez vu, le gouvernement a émis un avis de recherche.

— Que disent ses parents ? »

Zack voit que Deniz regrette sa question, à peine posée.

« Ils sont anéantis », répond Douglas brièvement sans pouvoir refréner une grimace, puis il se tourne vers le tableau interactif sur le mur.

Il fait un bref résumé de la chronologie que Sandra y a tracée. Puis il appuie sur une touche de son ordinateur et un selfie flou de deux jeunes hommes apparaît, occupant presque toute la surface du tableau.

Zack les reconnaît : Hugo Löfwencrantz et Axel Hultqvist.

« Cette photo d'un téléphone portable a été prise par Hugo Löfwencrantz à une heure vingt-quatre. C'est la dernière photo de ces jeunes lors de la fête de la Saint-Jean. Après celle-ci, il semble s'être écoulé peu de temps avant qu'ils ne perdent tous la vie. Toute la question est de savoir comment cela est arrivé. »

Douglas se retourne vers Koltberg.

« Sam, faites-nous part de vos conclusions. »

Koltberg se met debout, s'assure que sa chemise à rayures est correctement glissée dans son pantalon et se met à côté de l'ordinateur portable.

« C'est un cas pour le moins déconcertant, mais les vérifications rapides des empreintes digitales effectuées cet après-midi renforcent ma théorie selon laquelle les jeunes se sont eux-mêmes infligés ces blessures. »

Il appuie sur une touche pour montrer une photo de trois des corps.

« En ce qui concerne Axel Hultqvist, Hugo Löfwencrantz et Theo Stranddahl, il n'y a pas d'autres empreintes digitales que les leurs sur les couteaux en plastique ayant causé leur mort. Axel semble s'être lui-même infligé les blessures importantes de sa cuisse. Mais dans le cas des filles c'est différent, et maintenant je vais vous montrer une image qui, je vous préviens, n'est pas très agréable à regarder. »

Un gros plan d'Isa Nehf et de Madelene Dahlén remplit le tableau blanc.

Zack entend un petit gémissement venant de Sandra, qui doit lutter pour ne pas détourner les yeux de la photo.

Putain, c'est notre boulot de supporter de voir ça, pense Zack. *Ce que Sandra finit par supporter, bien qu'on voie combien il lui en coûte.*

« Les filles paraissent s'être mutuellement mutilées. Sur l'éclat de verre utilisé pour crever les yeux d'Isa Nehf, on ne trouve que les empreintes digitales de Madelene Dahlén. Et inversement, sur l'éclat de verre introduit dans l'un des yeux de Madelene et également utilisé pour lui trancher les veines des poignets, on ne relève que les empreintes d'Isa. Si Madelene a survécu, c'est uniquement parce que Isa est morte avant d'avoir réussi à la blesser davantage.

— Comme les Bacchantes, dit Rudolf. Dans la mythologie. Celles qui pendant le culte orgiaque se livraient à des actes d'une violence inouïe.

— Il y a là sans aucun doute quelque chose de quasi primaire, comme chez l'homme des cavernes », glisse Sandra.

Koltberg pianote sur le clavier puis une autre photo apparaît avec les cinq corps bien visibles.

« Ce qui me frappe, c'est l'absence de résistance de toutes les victimes. Il n'y a aucun signe de lutte. Comme s'ils s'étaient laissé faire. Mais pour cela, il faut une autodiscipline du même niveau que celle des moines qui s'immolent en restant immobiles jusqu'à la mort.

— Sauf s'ils ont pris une drogue », intervient Zack.

Koltberg le regarde fixement et Zack se rend compte qu'il vient de prêter le flanc aux critiques. Koltberg va sûrement lui lancer une pique au sujet de son problème d'addiction. Personne ne lui en parle ouvertement, mais il parie que tout le monde est au courant.

« C'est aussi ma conclusion. Ils ont dû prendre quelque chose », dit Koltberg.

Aucun commentaire ironique. Juste une confirmation de l'hypothèse de Zack.

Que se passe-t-il ? se demande Zack. D'habitude, Koltberg fait tout ce qu'il peut pour le rabaisser, pour lui montrer qu'il ne l'estime pas à sa place dans cette unité. Comme s'il ne devait son ascension rapide dans la police qu'à ce qui est arrivé à sa mère, Anna Herry. Il sait qu'elle était une enquêteuse hors pair dans les affaires d'homicide.

Mais l'agacement de Koltberg a toujours été absurde. Les patrons se seraient mis d'accord pour promouvoir Zack afin de compenser leur échec à retrouver l'assassin de sa mère !

« Reste à savoir ce qu'ils ont pris, poursuit Koltberg. Nous savons qu'ils ont fumé du cannabis, mais pour l'heure je ne sais même pas s'ils ont pris autre chose. Je devrais bientôt recevoir les résultats des analyses.

— Il a dû y avoir quelque chose de beaucoup plus fort, dit Zack. Quelque chose qui booste le courage et diminue la douleur. De la benzodiazépine, par exemple. Des criminels prennent parfois de la “benzo” lorsqu'ils vont attaquer un transport de fonds ou violer quelqu'un. Cela les rend insensibles et donc extrêmement dangereux. »

Zack voit la tête de Sirpa se pencher légèrement vers sa poitrine. Elle joint les mains, pensant sans aucun doute à quelque chose de douloureux.

Ai-je dit quelque chose qu'il ne fallait pas ? Ou bien est-ce juste cette affaire qui lui pèse ? Je peux comprendre cela. Le massacre de Kopparkobben est une boucherie comme j'en ai rarement vu.

Puis Sandra lève la main pour demander la parole. Elle est la seule dans le service à le faire.

Koltberg lui fait un signe de tête.

« A-t-on trouvé des traces d'Ebba Langer sur les autres corps ou sur les armes utilisées ? »

Zack estime que Koltberg regarde de manière trop appuyée la poitrine de Sandra avant de répondre.

« Il y a effectivement une empreinte digitale non identifiée sur un morceau de verre retrouvé par terre, près d'Isa Nehf et de Madelene Dahlén. Mais tant que je n'ai rien pour faire la comparaison, j'ignore si c'est celle d'Ebba Langer.

— Pourquoi, selon vous, n'est-elle plus sur l'île ? » demande Sandra, et Zack entend une pointe d'agacement dans sa voix. A-t-elle remarqué le regard insistant de Koltberg ?

« Je n'aime pas jouer aux devinettes tant que je

n'ai pas quelque chose de plus concret », répond Koltberg.

Il s'assied et Douglas reprend la parole.

« Il faudra vérifier quel rôle Ebba Langer a joué dans ce contexte. Mais le plus important en ce moment est de la retrouver. Espérons que Madelene Dahlén se réveillera rapidement, si jamais elle doit se réveiller. »

Un raisonnement cynique et pragmatique, songe Zack. *Sortir du coma pour nous donner des informations, pas pour revenir à la vie.*

« Avez-vous des nouvelles de l'hôpital ? demande Deniz.

— Selon les médecins, l'état de la jeune fille est grave, mais stable, répond Douglas. Elle a été plongée dans un coma artificiel et on ne va pas pouvoir lui poser des questions dans l'immédiat. Pour l'instant, son pronostic est réservé. Personne ne sait quand elle se réveillera, ni même *si* elle se réveillera. »

Deniz se tourne vers Rudolf et Sandra.

« Que disent ses parents ? Ont-ils des hypothèses sur ce qui est arrivé ? »

Rudolf remonte ses lunettes noires sur son nez.

« Jusqu'ici, nous n'avons pas pu leur parler, dit-il. Ils sont sous le choc, c'est le moins qu'on puisse dire. »

Douglas lui demande, ainsi qu'à Sandra, de faire une nouvelle tentative le lendemain matin, puis se tourne vers Zack et Deniz.

« J'ai cru comprendre que vous aviez trouvé quelque chose chez les Stranddahl qui renforce l'hypothèse selon laquelle les jeunes se seraient infligés eux-mêmes les blessures mortelles. »

Zack passe sa main dans sa crinière blonde et parle des livres découverts dans la bibliothèque de Theo Stranddahl.

« Tous ces ouvrages ont un point commun : ils concernent les gourous charismatiques qui ont réussi à faire un lavage de cerveau si sophistiqué à leurs disciples qu'ils se sont suicidés sur leur ordre. Theo semble avoir été le chef déclaré de cette bande de copains. En tout cas, c'est l'impression que j'ai eue après avoir entendu ce qui a été dit à droite et à gauche. Mais il n'y a aucun signe selon lequel les jeunes auraient changé de comportement récemment. Qu'ils auraient formé un petit comité ou se seraient isolés des autres.

— J'examinerai l'ordinateur de Theo dès demain matin, dit Sirpa. Et ceux des autres, bien sûr. Je verrai bien ce que j'y trouve.

— Bien, dit Douglas. Je veillerai à ce que vous soyez secondée par quelques assistants policiers pour examiner les boîtes mails des jeunes, leurs activités sur les réseaux sociaux et leurs appels téléphoniques. Tout ce qui semble inhabituel peut être intéressant. »

Il marque une pause avant de continuer :

« Sandra, vous aurez comme mission de trouver un expert en suicides. Si vous ne trouvez personne en Suède, cherchez-le à l'étranger.

— Je m'en occupe », répond-elle.

Douglas jette rapidement un coup d'œil dans sa mallette en cuir et distribue les autres missions.

Les amis des jeunes, leurs enseignants et leurs professeurs de sport, tous doivent être interrogés. Il faut vérifier le trafic des bateaux dans les environs de Kopparkobben : il se peut que des pêcheurs ou des marins sur un navire transporteur aient vu quelque chose. Et il faut revoir les parents de Theo Stranddahl, en attirant leur attention sur la fascination de leur fils pour les sectes ayant pratiqué le suicide collectif.

« Je sais que le moment est mal choisi, continue Douglas. C'est le week-end de la Saint-Jean et toutes les administrations de Suède sont fermées. Même le commissariat est désert, comme vous avez pu le constater, mais je ferai tout ce que je peux pour obtenir des moyens renforcés. »

Il regarde sa Patek Philippe en or blanc puis tape dans les mains pour signifier la fin de la réunion.

« Il se fait tard. Rentrez chez vous pour vous reposer. Vous savez tous ce que vous avez à faire demain matin. Rendez-vous ici à treize heures pour le débriefing de la matinée. »

Ils se lèvent et poussent leur chaise sous la table.

Assise à califourchon sur la sienne, Sandra la repousse simplement du pied. En passant devant Koltberg, ce dernier lui lance :

« Alors comme ça, vous aimez ça, être à califourchon ? »

Deniz accourt et s'interpose entre les deux.

« T'as dit quoi là, bordel ? »

Zack est sur le point de s'en mêler, pour calmer le jeu, prendre le parti de Deniz, mais il reste finalement à sa place. Il sait qu'elle se débrouillera sans son aide.

« Répète un peu ce que t'as dit ! »

Koltberg souffle lourdement par les narines et détourne les yeux.

« Si on ne peut plus faire une petite plaisanterie, maintenant », lâche-t-il, puis il lui tourne le dos et se dirige vers la porte.

Zack observe la scène en silence depuis son bureau. Il voit Sandra s'avancer vers Deniz.

« Tu ne me crois pas capable de me défendre toute seule ? » demande-t-elle.

Deniz la regarde droit dans les yeux et lui dit :

« Moi, je peux te défendre. »

Juste derrière elles, Rudolf rigole dans sa barbe.

Deniz se retourne.

« Qu'est-ce qu'il y a de si drôle ?

— Tu ne vaux pas mieux que Koltberg », dit-il en prenant la direction du vestiaire.

11

« Tu veux le dernier morceau ? demande Zack.

— Non merci. Prends-le, toi », répond Ester Nilsson sans lever les yeux de son livre de mathématiques.

Zack tend la main pour attraper le reste de pizza Capricciosa dans le carton sur la table basse de son appartement. En fait, il aurait dû rentrer chez Mera, mais il n'en avait pas eu le courage, trop éprouvé par tout ce qui s'était passé. Mais quand Ester a frappé à la porte, il ne pouvait pas lui refuser de lui ouvrir.

« Comment tu vas depuis la dernière fois ? demande-t-il. Est-ce que tu as été suivie ?

— Non, je t'ai déjà dit que je te préviendrais si ça m'arrivait à nouveau.

— Je sais, je posais simplement la question. »

Elle lève les yeux du livre pour lui sourire.

« Laisse tomber. C'était sans doute juste un vieux dégueulasse qui faisait l'imbécile l'hiver dernier. »

Il regarde cette fille de treize ans et trouve

qu'elle a changé. Sa voix est plus grave et elle lui parle autrement.

Comme quand il lui a montré la bague de fiançailles et qu'elle lui a dit :

« Alors, tu vas devenir adulte maintenant ? Il était temps ! »

Cela faisait plusieurs semaines qu'elle n'était pas venue chez lui.

Peut-être qu'elle disparaît de ma vie pour entrer dans son monde à elle, celui des adolescents. Ester ne m'a été que prêtée un moment, comme tout le reste.

Ou peut-être sa mère, psychiquement malade, se sent-elle mieux, mais il n'en sait rien. Il ne le demande jamais à Ester. Il sait qu'elle considère son appartement comme un refuge contre ses problèmes à la maison.

Le crayon d'Ester court rapidement sur les grands carreaux de son cahier. Elle n'a jamais l'air d'avoir à réfléchir pour faire ses devoirs. Elle lit rapidement l'énoncé du problème mathématique, résout l'équation et note la solution.

Il aurait bien aimé être comme elle à son âge et pouvoir se concentrer de cette façon, mais c'était loin d'être le cas, alors il prend du plaisir à la voir calculer.

Dès son entrée au collège, elle s'était fixé comme but d'intégrer le lycée Engelbrecht pour suivre la filière mathématique. Il y a quelques mois, elle a débarqué en trombe chez lui en agitant la feuille d'admission prouvant qu'elle avait réussi. Alors cet été, elle prend des cours supplémentaires.

Le mouvement du crayon s'arrête au milieu d'une équation, et elle le fixe du regard.

« Quoi ?

— Quoi donc ?

— Tu me regardes comme si quelque chose n'allait pas.

— Non, je te regarde au contraire parce que ça va bien.

— Comment ça ?

— Tu sais très bien ce que je veux dire. »

Elle hoche la tête, le regarde longuement et poursuit :

« Tu as l'air d'aller mieux.

— Mieux que quoi ? » demande-t-il.

Ses lèvres frémissent, un soupçon de sourire. Puis elle repousse une mèche de ses longs cheveux roux et se replonge dans son livre de maths.

« Tu sais très bien ce que je veux dire », répète-t-elle.

Zack la dévisage à nouveau.

Il pense à tous les chagrins qu'elle a. La rattraperont-ils un jour ?

Sans le vouloir, ses yeux se portent vers un coin de la pièce de son appartement qui sert de salon-chambre à coucher. Vers le pan du tapis en plastique jaune où se trouve le dossier noir.

L'enquête qui a été abandonnée sur le meurtre de sa mère.

Il avait longtemps cru qu'il était devenu policier pour retrouver ses assassins. Pour la venger. Mais il n'en est plus si sûr.

Maintenant qu'il est clean et qu'il va bien, il

préfère regarder vers l'avenir. Laisser ce passé tranquille, et continuer d'avancer dans la vie, avec Mera.

Il se cale au fond du canapé, ferme les yeux. Il revoit les cadavres de Kopparkobben. Les jeunes femmes en robe d'été. Les garçons en chemises de couleurs claires.

Ils n'avaient que quelques années de plus qu'Ester.

Je résoudrai cette affaire, se dit-il.

Pour l'instant, c'est ce que j'ai à faire de plus important.

12

Assise dans son lit, Sirpa Hemälainen caresse la tête de Zeus, son chien de Rhodésie.

Elle a toujours mauvaise conscience de l'avoir corrigé plus tôt dans la soirée. La flaque par terre dans l'entrée était sa faute à elle, pas celle du chien : elle ne l'avait pas sorti de toute la journée.

Encore une fois.

Seulement vers dix heures du soir. Une demi-heure cette fois-ci, plus longtemps que d'habitude, et maintenant elle a si mal aux genoux qu'elle ne sait plus quelle position adopter pour moins souffrir.

Un bruit venant du porche fait lever la tête du chien et il grogne.

« Chut, dit-elle. Il n'y a pas de danger. »

Il est devenu si nerveux ces derniers temps. Le regard fixe. Pendant la promenade ce soir, il a grogné vers toutes les branches qui bougeaient dans le vent.

Heureusement que le tonnerre est passé. Sinon, elle aurait été bonne pour éponger de nouvelles flaques.

Est-il tombé malade à cause de la solitude ?

Malade dans l'âme ?

Comme ce qui est arrivé à son neveu Jari, à Åbo.

Ils s'amusaient si bien ensemble, Jari et elle, quand il était plus jeune.

Pendant les vacances d'été, il pouvait passer des semaines entières chez elle à Stockholm.

Puis elle avait eu cet accident de voiture qui l'avait rendue plus lente, moins amusante. Elle ne riait plus aussi souvent.

Et Jari était devenu un adolescent. Il ne donnait plus signe de vie. Avait de mauvaises fréquentations.

Depuis plusieurs années, il n'a plus d'adresse fixe et traîne à Helsinki avec une bande de toxicomanes. Le frère de Sirpa et son épouse semblent avoir abdiqué.

Ces maudites drogues. Avec seulement la misère et la mort au bout.

Elle repense au drame de Kopparkobben et à la théorie de Koltberg selon laquelle les jeunes se seraient eux-mêmes donné la mort. Peut-être sous l'emprise de stupéfiants.

Est-ce ainsi que Jari aussi va finir ses jours ?

Non, il ne faut jamais désespérer, se dit-elle.

Il n'y a qu'à voir Zack. Cet hiver il était bien bas, mais il semble avoir repris goût à la vie. Il a l'air de bien se porter et son esprit fonctionne clairement.

C'est grâce à Mera.

Tout comme Jari, quand j'étais là pour lui.

Les choses auraient-elles été différentes si je ne m'étais pas trouvé dans la voiture ce jour-là ? Si Jari avait continué à venir me voir ?

Si j'avais pu encore rire ?

Continuer à aller sur le terrain ?

Sirpa est parfois si lasse de rester cloîtrée dans les bureaux qu'elle aimerait balancer l'ordinateur et sortir, être dans la vraie vie. Mais ses genoux ne tiennent plus, alors elle ravale ses désirs et poursuit son travail.

Elle attrape le verre près du lit. Boit la dernière gorgée et sent la vodka réchauffer sa poitrine.

En regardant le verre vide, elle ne peut s'empêcher de se moquer d'elle-même. Une pauvre Finlandaise esseulée qui boit de la vodka pour endormir la douleur.

Putain, c'est pathétique.

Une tasse de thé à la main, Sandra Sjöholm jette un coup d'œil par la petite fenêtre carrée de sa cuisine, au deuxième étage, dans la Dalagatan à Vasastan.

Une vue plutôt minable. Un grand embouteillage provoqué par le sempiternel chantier de construction. Le bruit du marteau piqueur de la future entrée du métro fait vibrer sa porcelaine déjà ébréchée.

Mais c'est bien situé. Pour aller au travail, elle ne met que dix minutes à vélo. Huit si elle se dépêche.

Et elle a un travail de rêve.

Certes, jusqu'à présent, ce n'est qu'un remplacement, mais au cours de l'entrevue qu'elle a eue en mai, Douglas Juste lui a clairement fait comprendre qu'il était content de sa contribution.

Il a spécialement mentionné son « très bon travail de policier » dans l'enquête sur la grande escroquerie du printemps dernier.

Elle aimerait bien entendre la même chose lorsque l'affaire actuelle sera résolue. Si seulement elle pouvait être celle qui trouve la réponse à cc qui est arrivé aux jeunes de l'île…

L'idée de pouvoir rester dans l'Unité spéciale lui fait chaud au cœur.

Elle pense à sa collègue. À ses yeux, sa force, ses lèvres et son assurance presque arrogante. Elle fantasme sur une nuit avec elle.

Mais il ne faut pas y songer. Les affaires de séduction entre collègues n'apportent que des histoires.

D'un autre côté, on s'en fout.

Drapée dans une serviette, Deniz marque une pause dans la salle de bains. Elle vient de sortir de la douche et des gouttelettes lui coulent le long du dos. Froides, mais délicieuses comme une caresse.

Elle vient de jeter les dernières affaires de son ancienne petite amie. Ne veut même pas l'appeler par son prénom. Pourtant il y a de la place pour une autre personne ici. C'est évident.

Elle songe à tous ceux qu'elle a laissés derrière elle. Ce frère, dont elle ne sait pas où il se trouve. S'il est mort ou vivant, peut-être dans une ville quelque part en Syrie.

Reprends-toi, Deniz.

Penser à lui ne fait pas avancer les choses.

Alors son esprit se tourne vers Zack, c'est bon de voir qu'il va mieux et qu'il ne se drogue plus.

Elle accroche la serviette à un crochet, regarde ses seins qui n'ont pas encore servi pour allaiter, la touffe à peine visible sous le nombril.

Deniz, se dit-elle, *tu vaux la peine d'aimer et d'être aimée.*

Tout est noir.

Comme toujours.

Mais jamais de manière aussi tangible que lorsque Rudolf Gräns est couché dans son lit la nuit et qu'autour de lui tout n'est que silence.

Dans la journée, son cerveau recrée ses propres images des gens et des milieux qu'il rencontre, mais récemment elles se sont assombries.

Les images des parents d'Axel Hultqvist comportent des ombres presque noires. Comme si les sentiments lourds et sombres qu'il avait perçus dans leur salon avaient déterminé l'image qu'il se fait d'eux.

Dans la voiture sur le chemin du retour, Sandra a eu beau lui décrire les traits de leurs visages, rien n'y fait. Pour lui, le père a toujours des cheveux bruns et un front haut, la mère des cheveux bouclés et des lèvres rouges.

Mais le rouge dans ma mémoire, est-ce toujours du rouge ? s'interroge-t-il.

Onze ans se sont écoulés depuis qu'il a perdu la vue et parfois il se demande si sa mémoire correspond encore à la réalité ou si les images ont changé, si elles se sont mélangées entre elles pour prendre de nouvelles nuances. Comme pour tous les autres souvenirs.

Quelle était la phrase que l'écrivain Torgny Lindgren avait écrite une fois ?

Tout est stocké et composté au fond de nous-mêmes… Mais ce ne sont pas des souvenirs.

Et puis il ajoutait quelque chose sur le fait que les souvenirs sont tournés vers l'avant, qu'ils pointent vers l'anéantissement.

Est-ce la raison pour laquelle mes souvenirs sont devenus plus noirs ? s'inquiète Rudolf.

Il se retourne dans le lit, tend le bras et allume le radio réveil pour se changer les idées.

« Il est une heure du matin et vous écoutez Ekot. »

Les morts sur Kopparkobben continuent d'être la nouvelle principale. Et pendant que le journaliste transmet l'info dans un style télégraphique sans entrer dans les détails, Rudolf, peut-être pour cette raison, voit soudain dans toute cette violence une dimension mythique. Comme si quelque divinité en colère était descendue sur terre pour s'amuser un moment.

Un courant d'air frais venant de la fenêtre entrouverte lui caresse le visage et il sent le doux parfum d'une nuit de juin.

Il sait que les nuits sont claires en ce moment de l'année.

Mais il a tant de mal à se le représenter.

Douglas Juste se retourne dans son lit.

Il pense à Ebba Langer, la fille disparue de ses

amis – il n'a aucune difficulté à s'imaginer dans quel état ils sont…

Sans doute errent-ils dans leur maison comme des âmes en peine. Ou prient-ils un dieu, en qui ils n'ont jamais cru, pour que leur fille soit encore en vie ?

Lui aussi aimerait y croire.

Mais quelle en est la probabilité ?

Autant dire nulle.

Il se tourne d'un côté puis de l'autre. Il peut s'estimer heureux de ne pas avoir d'enfants. Le risque d'un chagrin qui vous terrasse est trop grand, une noirceur sur laquelle même l'amour n'a pas de prise.

13

Dimanche 26 juin

Zack se réveille, le buste relevé dans son lit, à court d'air, comme s'il avait dû retenir son souffle pendant plus d'une minute et qu'il pouvait enfin à nouveau remplir ses poumons.

Le soleil brille à travers la fente sous le store, et son torse est trempé de sueur.

Encore un cauchemar, comme si souvent ces derniers mois.

Il flottait sur le ventre, parmi les rochers de l'archipel. L'eau froide était noire. Il voyait pourtant des bras tentaculaires dans les profondeurs. Des mains qui voulaient l'attraper, le tirer vers le bas.

Est-ce la façon qu'a mon subconscient de gérer mon état de manque ? La vengeance de mon cerveau parce que j'ai arrêté de le nourrir de produits chimiques ?

Ou s'agit-il de l'enquête sur Ebba Langer ?

Est-elle engloutie quelque part dans les fonds

marins au large de Kopparkobben ? Dans ce cas, pourquoi n'arrive-t-on pas à la retrouver ?

Il repense à son rêve. Comment, en flottant dans l'eau, son corps était ballotté et emporté par les courants.

Ebba Langer a-t-elle été entraînée au large ? Par des courants profonds que les services de secours ne connaissent pas, ou qu'ils ont oublié de prendre en compte ? Il repousse les boucles moites collées sur sa joue et tend le bras pour prendre son ordinateur portable, en équilibre instable sur une vieille caisse en bois qui lui sert de table de chevet.

En ouvrant le capot, le disque dur se rallume et il tape sur Google « Archipel de Stockholm », « courants marins » et « Kopparkobben ».

Il fait défiler la liste des résultats de la recherche, clique sur certains liens qui se révèlent sans intérêt, puis s'arrête à un rapport qu'un océanographe a publié concernant un travail de forage sur une île près de Kopparkobben.

L'homme semble connaître son sujet.

Zack cherche impatiemment la fin du rapport et voit à sa grande satisfaction que le numéro de portable de l'océanographe y figure.

Il ramasse son téléphone sur le sol poussiéreux et compose le numéro.

« Gösta Karlsson, je vous écoute, répond une voix alerte après deux sonneries.

— Bonjour. Ici Zack Herry, enquêteur à la police criminelle de Stockholm. Puis-je me permettre de vous demander un service ?

— À sept heures moins le quart un dimanche matin ? » fait Gösta Karlsson.

Putain, se dit Zack. *C'est dimanche aujourd'hui ?*

« Excusez-moi, dit-il. Je ne pensais pas qu'il était si tôt. »

Gösta rigole à l'autre bout.

« Pas de quoi. C'est rassurant de constater que la police est à pied d'œuvre même un dimanche matin. Que puis-je faire pour vous ? »

Zack parle brièvement de la jeune femme disparue de Kopparkobben qui aurait pu tomber à l'eau.

« De quel côté ? C'est important pour pouvoir calculer les courants. »

Zack réfléchit à l'endroit où se trouvaient les deux autres filles. Il parie que c'est là qu'elle est tombée, à supposer que ce soit un accident. Car si elle avait sauté à l'eau volontairement, elle aurait choisi l'autre côté, qui permet de rejoindre à la nage l'île habitée la plus proche.

« Du côté sud-ouest, je pense. Mais ça pourrait aussi être du côté nord.

— Eh bien, dans ce cas, il va falloir que je fasse deux estimations, répond Gösta Karlsson, sans montrer aucun agacement. J'aurais aussi besoin de savoir le jour et l'heure. »

Zack lui donne les informations dont il dispose et Gösta Karlsson promet de revenir vers lui le plus rapidement possible.

Zack estime qu'il lui faudra quelques heures, au moins.

A-t-il le temps de courir avant d'aller au

bureau ? Il choisit finalement de faire quelques rapides exercices à la maison.

Il fait une centaine de tractions, le même nombre d'abdominaux, puis met la cafetière en marche et va se doucher.

L'eau qui coule sur lui éveille son désir de Mera. Sa peau douce et chaude.

Il songe à ses yeux, pense qu'elle sera à lui. Ils n'ont pas encore parlé mariage, mais rien ne presse. Peut-être l'été prochain ?

En sortant de la douche, il voit un appel manqué de l'océanographe.

Zack le rappelle.

« C'était un peu compliqué. Dans la mer Baltique, en particulier dans les zones côtières du Svealand, il existe des courants d'eau douce en surface qui créent un contre-courant compensatoire dans les profondeurs, où il y a de l'eau salée. Ce qu'on appelle une circulation estuarienne. Et juste au large de Kopparkobben, il y a précisément un courant de ce type. Très fort.

— Donc vous ne pouvez pas calculer la direction où le corps pourrait avoir été entraîné ?

— Bien sûr que si. J'ai déterminé des endroits possibles. Vous avez de quoi noter ? »

14

L'école d'équitation de Lidingö est entourée d'une végétation luxuriante, de paddocks et d'enclos aux barrières en bois peintes en blanc.

Il est près de huit heures du matin, Sandra Sjöholm et Rudolf Gräns discutent dans l'écurie avec l'instructeur d'équitation d'Ebba Langer. C'est le premier des nombreux interrogatoires de leur liste qui les attendent ce jour-là. Au bout de quelques minutes seulement, Sandra se rend compte qu'ils ont tiré un mauvais numéro.

Elle supporte mal la puanteur suffocante dans l'écurie, et encore plus mal la monitrice en face d'elle, une femme élancée dans la cinquantaine, des cheveux bruns relevés, un pantalon d'équitation blanc et des bottes impeccablement cirées.

« J'ai vu ça sur Facebook. C'est vraiment terrible », dit-elle d'une voix nasale une fois que Sandra et Rudolf lui ont exposé le motif de leur venue.

« Mais que s'est-il passé là-bas sur l'île ?

Comment… enfin… comment sont-ils morts ? J'ai entendu dire que sur place c'était une scène affreuse. »

Elle semble curieuse, mais pas peinée.

« Comme nous venons de vous l'expliquer, dit Rudolf avec son calme habituel, nous aimerions savoir si vous avez remarqué quelque chose d'anormal dans le comportement d'Ebba Langer ces derniers temps. S'il y a eu un changement dans son attitude, si elle vous a parlé de nouveaux amis, ou que sais-je ? »

La monitrice se tapote la cuisse avec une cravache rouge.

« Non, elle était comme d'habitude. Douce et gentille comme toujours. Mais je vais à une réunion demain soir. Certains parents d'amis d'Ebba seront présents et je pourrai leur poser des questions si vous voulez. »

Les yeux de la femme brillent et Sandra se dit que pour elle, ce n'est qu'une occasion de plus pour se rendre intéressante.

Elle aurait voulu la secouer, lui faire comprendre la gravité de ce qui s'est passé : cinq jeunes sont morts et une sixième a disparu. Mais puisque cela ne servirait sûrement à rien, elle se contente de répondre :

« Non merci, il vaut mieux éviter. Par contre, nous aimerions avoir une liste avec les coordonnées des autres participants du groupe d'équitation d'Ebba. »

Cinq minutes plus tard, ils se dirigent vers la sortie. Dans l'entrée de l'écurie, Sandra prend le bras de Rudolf pour s'assurer qu'il ne pose pas sa canne blanche dans du crottin.

Une fois dehors, ils se remplissent les poumons d'air frais.

Sandra déverrouille la voiture.

« Quand je pense qu'il existe des parents qui paient dix mille couronnes par trimestre pour laisser leurs enfants monter à cheval avec une telle femme.

— Espérons que le prochain interrogatoire sera plus fructueux », dit Rudolf en ouvrant la portière côté passager.

La route communale 222 est déserte ce dimanche matin. Une rare voiture dans le sens opposé, personne à dépasser. Des forêts sombres de sapins des deux côtés de la route.

Deniz bâille, puis bois une gorgée du café qu'elle a acheté au kiosque à journaux, avant que Zack ne passe la prendre.

Ils se dirigent vers Skärmaräng sur Värmdö, à cinquante kilomètres à l'est de Stockholm et juste à l'est de Rindö.

« Alors tu t'es déjà mis au boulot avant sept heures du matin, constate Deniz en se massant les tempes. C'est la bague de fiançailles qui te donne des superpouvoirs ? »

Elle l'observe lever sa main devant lui pour regarder la bague. C'est la plus large bague de fiançailles qu'elle ait jamais vue. Une bague imposante. Comme lui.

« Peut-être, dit-il. En tout cas, je sens que c'est bien. Même si ça me fait un peu bizarre. »

Il garde les yeux sur la route pendant qu'elle continue de l'observer.

Il a un beau profil, classique, comme une statue de marbre grecque. Le nez droit, les pommettes saillantes. Ses beaux cheveux bouclés tombent sur son front.

Il a l'air d'aller bien. Elle ne l'a jamais vu aussi bien depuis qu'elle le connaît.

Elle pense à la triste affaire de l'hiver précédent où des enfants ont été kidnappés. À son état d'alors. Le visage blafard, le corps sous l'emprise de la drogue. Les yeux éteints, sans l'acuité bleu turquoise qu'ils ont à présent.

Il l'a trahie dans le travail au moment où elle avait le plus besoin de lui.

Ce qui a failli mettre un terme à leur amitié.

Pendant les deux mois qui ont suivi, ils ne se sont plus parlé comme deux vrais amis.

Mais après s'être renseignée sur la toxicomanie, elle a enfin compris son problème et ils ont retrouvé un peu de leur ancienne complicité. Il s'est ouvert à elle. Du moins suffisamment pour qu'elle se rende compte qu'il voulait lui demander pardon. Et elle a été impressionnée qu'il ait réussi petit à petit à s'en sortir.

À présent il dit qu'il ne prend plus rien, et elle le croit.

Peut-être que l'anneau l'aidera à s'accrocher à ce qu'il a.

L'ancrera dans ce qui est bien. Le protégera de l'obscurité.

Ils continuent et dépassent Gustavsberg. Puis ils

tournent à gauche sur la route de Värmdö avant de se retrouver en rase campagne. Les forêts, les prairies et les champs baignent dans une belle lumière matinale.

C'est la Suède bucolique, songe Deniz. Celle qui cache toujours quelque chose.

Ils passent devant la ferme de Siggesta aménagée en centre de conférences, puis prennent de petites routes sinueuses jusqu'à l'endroit où l'océanographe Gösta Karlsson estime que le corps a pu être rejeté par les courants sous-marins.

Le dernier bout de route cahotante en gravier se termine par un petit parking face à la mer.

Celle-ci est agitée et houleuse malgré la faible brise.

Comme si elle voulait nous raconter quelque chose, songe Deniz.

Les deux adolescentes s'étreignent et pleurent tout au long de l'interrogatoire. À croire que c'est à celle qui aura le plus gros chagrin, se dit Sirpa Hemälainen assise à côté d'elles, dans le canapé du salon d'une grande villa patricienne près de Millesgården sur l'île de Lidingö. Le stuc au plafond semble avoir été récemment repeint. Dans le jardin, un groupe de pigeons gris a élu domicile dans un érable.

Sirpa a dû insister pour obtenir cet interrogatoire, c'est si rare maintenant qu'elle puisse quitter le bureau. Douglas Juste a fini par le lui accorder, même s'il lui a clairement signifié que cela ne se reproduirait pas.

« Votre rôle dans cette unité se cantonne au domaine numérique », a-t-il scandé.

Mais pour comprendre des chiffres binaires, il faut aussi comprendre les gens qu'il y a derrière eux, pense-t-elle.

Comme ces deux filles.

Elle aurait préféré leur parler à chacune en tête à tête, mais elles avaient besoin, toutes deux, de l'appui de l'autre.

« Et cette salope de Smilla a mis en ligne plein de choses, avant même que nous, on sache ce qui s'était passé, renifle l'une des filles, la plus maquillée des deux. Nous qui étions leurs vraies amies, oh ça fait tellement mal. Je veux dire, ce n'est pas par une telle personne qu'on aimerait apprendre la mort de ses amis. »

La jeune fille se remet à pleurer et son amie la serre dans ses bras en regardant Sirpa, le visage baigné de larmes, avec du mascara qui a coulé.

« Mais vous n'allez pas parler à Smilla, hein ?

— Ce n'est pas prévu pour le moment », répond Sirpa.

Les filles échangent un sourire rassuré, puis l'une dit :

« On peut faire un selfie avec vous pour montrer qu'on vous a parlé ? »

Sur la terrasse, un garçon de dix-sept ans remue d'un air absent son jus de fruits frais. Les manches de chemise retroussées, lunettes noires dans les cheveux, il regarde distraitement Rudolf et Sandra assis en face de lui.

Derrière eux, dans la Sankt Eriksgatan, les voitures font gronder leurs moteurs devant les imposantes façades des maisons du tournant du siècle. Mais le vacarme et les gaz d'échappement ne semblent guère gêner les adolescents désœuvrés qui assiègent les tables en extérieur, leurs smartphones à l'oreille, en faisant de grands gestes.

« Je ne comprends pas, déclare le garçon pour la troisième fois en quelques minutes.

— Je sais que c'est difficile à accepter, dit Rudolf. J'ai moi-même subi la perte d'êtres qui m'étaient chers.

— Ils m'ont demandé si je voulais venir avec eux, mais dans ma famille nous avons toujours célébré la Saint-Jean ensemble, alors j'ai décliné l'invitation. »

Il lève les yeux vers les deux policiers.

« Vous vous rendez compte ? J'aurais peut-être pu empêcher ce qui s'est passé. Ou au moins, en sauver certains ? »

La toile de la marquise au-dessus de leurs têtes bat légèrement dans le vent.

« Savez-vous si Theo Stranddahl s'intéressait à des rituels sataniques ? À l'occultisme ? En a-t-il jamais parlé ? demande Rudolf.

— Il s'intéresse à tout ce qui est cinglé. Si vous voyiez les films tordus qu'il a dans son ordinateur… Mais ce n'est pas un obsédé, si c'est ça que vous voulez dire. En tout cas, moi je ne le vois pas comme ça. »

Rudolf acquiesce.

« On a retrouvé des drogues sur l'île, poursuit-il. Savez-vous quelque chose à ce sujet ? »

Le garçon se retourne pour s'assurer que personne des tables voisines n'écoute. Puis il se penche vers eux.

« Cherchez du côté de David Mathias, murmure-t-il avec une moue de dégoût. Il a un site sur Internet où il vend un tas de pilules qu'on ne trouve pas en pharmacie. À mon avis, Theo et Axel faisaient partie de ses clients. »

Zack et Deniz trouvent le corps d'Ebba Langer au bout de dix minutes de recherches.

Doucement ballotté, le tissu de sa robe verte flotte sur l'eau, à quelques centaines de mètres au nord de la petite anse où ils ont garé la voiture.

L'un de ses pieds est coincé dans une racine noueuse au bord de l'eau, et, dans les cheveux, les algues se sont mêlées à la terre argileuse.

Ils s'étaient doutés qu'ils la retrouveraient ainsi, tout en espérant secrètement que ce ne serait pas le cas.

Ils auraient voulu retrouver la jeune femme en vie.

Deniz prend quelques photos d'elle avec son portable.

Zack s'agenouille. Dégage le pied blanc et glacé de la racine et retourne Ebba sur le dos.

La rigidité cadavérique rend le corps lourd et compact. C'est comme rouler un tronc d'arbre dans l'eau.

Il s'était préparé à voir un visage gravement

endommagé. Peut-être avec des yeux manquants ou avec des couverts en plastique fichés dans les joues.

En écartant les cheveux noirs, ce qu'il voit est pire encore. Elle lui sourit.

Elle a l'air heureux.

Comme si ce qu'elle venait de vivre était la meilleure chose qui lui soit arrivée. Le voyage le plus merveilleux qui soit.

15

Il est deux heures passées et l'air est humide lorsque Deniz gare la Volvo à l'arrière du magasin Åhlénshuset, dans le centre ville. La façade de brique rouge semble se pencher sur eux, menaçant de les ensevelir sous plusieurs tonnes de pierre.

Ils sont restés silencieux pendant tout le retour en voiture.

Leurs pensées occupées par la fille qu'ils ont retrouvée. La cinquième des adolescentes mortes en quasiment vingt-quatre heures.

Son sourire s'est imprimé sur la rétine de Zack. Ce sourire détient la réponse à ce qui s'est passé, il en a la certitude. Reste à la trouver…

Douglas Juste les a appelés peu après que Koltberg et deux techniciens sont arrivés à l'endroit où ils avaient retrouvé Ebba Langer. Zack s'attendait qu'il leur demande, à Deniz et à lui, de venir pour débriefer tout ça. C'est toujours ce qu'il fait dans le cas de drames particulièrement horribles, pour essayer de savoir comment ils gèrent la situation.

Mais Douglas ne lui a même pas demandé comment ils allaient. Il lui a juste dit :

« Je veux que vous alliez voir le plus vite possible quelqu'un qu'on soupçonne d'être un dealer et qui habite dans la Mäster Samuelsgatan. Nous avons été informés qu'il a pu vendre des préparations illicites à Theo Stranddahl et à Axel Hultqvist. Si c'est vrai, je veux que vous vérifiiez exactement la nature de ce qu'il leur a vendu. Ce sont peut-être ces drogues qu'ils ont emportées sur Kopparkobben. »

Zack a entendu sa respiration lourde à l'autre bout de la ligne avant que ce dernier ne se racle la gorge et n'ajoute :

« Je me rends chez les parents d'Ebba pour leur annoncer la nouvelle. Ensuite, je m'occuperai de l'identification. »

Sur ce, Douglas a raccroché.

Zack et Deniz traversent la Mäster Samuelsgatan, arrivent à la porte d'entrée à l'instant où sortent deux hommes d'affaires. Ils pénètrent dans l'immeuble et prennent un bel ascenseur aux portes en laiton poli jusqu'au sixième étage.

« Tu connais ce David Mathias ? demande Deniz.

— Non, je suis censé le connaître ? »

Deniz éclate de rire.

Zack sent d'abord l'irritation le gagner, puis il sourit.

« D'accord, d'accord. La question est justifiée, mais non. Je n'ai même jamais entendu son nom avant que Douglas ne l'ait prononcé. »

En sortant de l'ascenseur, ils se retrouvent à l'air libre. Des maisons mitoyennes à deux étages ont été construites sur le toit d'origine du bâtiment et, au bout, un univers d'autres toits s'étale sur des kilomètres : tout le centre-ville s'étend devant eux.

Ils font le tour des maisons à la recherche de l'appartement de David Mathias.

Dans un bac à sable, un père est en train de jouer avec son petit garçon et un peu plus loin, sous un patio, trois femmes de l'âge de Zack boivent du rosé en riant.

Tout semble normal, et pourtant si différent. Après quelques secondes, Zack comprend pourquoi.

C'est le silence. Et l'air.

Ils ont pénétré dans un univers caché, au-dessus du bruit de la circulation, invisible et fermé au reste du monde. Comme une communauté isolée, à haute altitude.

Ils trouvent la porte de David Mathias dans un étroit passage entre deux maisons. Quand Deniz sonne, Zack se demande s'il aurait dû en parler à Abdula auparavant. Il sait peut-être qui est ce type, s'il est armé ou s'il est protégé par des gorilles.

Mais non, il ne veut pas l'impliquer. Pas encore.

Il ne lui a même pas parlé de ses fiançailles.

Comment vais-je l'annoncer à Abdula ? Que va-t-il penser ?

Ils sonnent à nouveau, et Zack se concentre. Jette un coup d'œil par la fenêtre de la cuisine.

Au fond, derrière la cuisine ouverte, il aperçoit une silhouette dans la salle de séjour. Une porte – fenêtre donnant sur une terrasse s'ouvre de l'autre côté de la maison.

Putain, pense Zack. Puis il hurle à Deniz :

« Il se sauve ! Surveille l'autre côté ! »

Zack se précipite, contourne l'angle de la maison et manque de trébucher sur une voiture à pédale qu'un enfant a laissée au milieu du passage.

Une porte-fenêtre est ouverte à côté d'un immense barbecue à gaz en acier inoxydable. Zack voit quelqu'un s'enfuir entre les courettes encombrées. Un homme de petite taille en jean et T-shirt noir.

Il se lance à sa poursuite.

Gagne du terrain.

David Mathias tourne au coin et disparaît de sa vue. Il sème Zack dans ces venelles labyrinthiques.

Zack tourne à un angle et l'aperçoit de nouveau.

David Mathias fonce alors dans un autre passage entre les maisons.

Il a une longueur d'avance d'environ vingt mètres, mais arrive bientôt à l'extrémité du toit.

Je l'aurai ce bâtard, se dit Zack. *Je vais lui faire cracher ce qu'il a vendu aux jeunes à Kopparkobben.*

Parce que ce doit être lui le vendeur. Sinon pourquoi s'enfuirait-il ?

Un garde-fou en verre d'un mètre de haut marque la limite extrême du toit. Au-delà, il n'y a que le vide et la Bryggargatan très loin au-dessous d'eux. Mais David Mathias ne ralentit pas.

Il est presque au bord maintenant.

Prend son élan et saute par-dessus la balustrade.

Disparaît.

S'est-il donné la mort ?

Il n'y a pas eu de cri.

Zack se précipite et regarde en bas.

Il y a un rebord, deux mètres plus bas. Recouvert de bardeau bitumé et large d'un petit mètre.

Il ne repère pas tout de suite David Mathias. Mais en tournant les yeux vers la gauche, il le localise dix mètres plus loin.

Il a placé une longue échelle métallique entre le rebord et une lucarne de l'autre côté de la rue. Levant les yeux vers Zack, il ricane en s'engageant sur l'échelle branlante.

Un vent tourbillonnant qui monte de l'étroite rue piétonne le déséquilibre un peu. Il semble être sur le point de tomber sur les dalles de pierre au-dessous, mais parvient in extremis à se redresser. Il est presque arrivé de l'autre côté.

Merde !

Zack saute par-dessus la balustrade et se réceptionne en douceur sur le rebord à l'étage inférieur. Puis il court vers l'échelle.

David Mathias est déjà de l'autre côté. D'une main, il saisit une échelle vissée dans les plaques noires du toit entre deux lucarnes.

Il ne faut pas que je le laisse filer, se dit Zack.

L'échelle, dont l'extrémité repose sur à peine

quelques centimètres du rebord, est en équilibre instable.

Zack est sur le point de la tirer vers lui quand David Mathias donne un coup de pied dedans, et l'échelle bascule dans le vide.

« Attention, regardez en haut ! » hurle Zack le plus fort possible vers les promeneurs du dimanche en bas dans la rue.

Paniqués, les gens crient et se jettent sur le côté lorsque l'échelle s'abat sur les pavés dans un vacarme assourdissant.

Sans s'arrêter pour regarder, David Mathias s'éloigne déjà sur les toits.

« Que se passe-t-il ? »

C'est la voix de Deniz au-dessus de Zack. Elle s'est penchée par-dessus la balustrade.

« Prends vite l'ascenseur, dit-il. Vérifie s'il descend bien dans la Gamla Brogatan. Moi, je vais le suivre.

— Hein ? Tu ne penses quand même pas sauter ? »

Zack regarde par-dessus le vide.

Ça fait quelle distance ? Quatre mètres, peut-être. Cinq tout au plus.

Et le toit de l'autre côté semble être plus large de deux mètres que le rebord où il se tient.

Il peut le faire. Il est en excellente condition physique.

Il voit David Mathias descendre encore une autre échelle, très loin sur le toit d'en face. On dirait qu'il veut escalader un balcon. Chercherait-il à accéder à la cour intérieure ?

« T'es complètement fou ? crie Deniz. Tu ne vas quand même pas sauter ! Écoute-moi ! »

Zack se place tout au bout de la corniche.

Quatre à cinq mètres avec un élan court.

Pas les meilleures conditions.

« Zack, non ! »

Un coup de vent le déstabilise, il manque de tomber. La distance semble terriblement longue, mais il n'a plus aucune hésitation. Il est soudain rempli d'une force étrange, comme toujours dans pareilles situations.

Il recule contre le mur. Prend son élan.

Et saute.

Un coup de vent, beaucoup plus fort que le précédent, s'empare de son corps et le repousse en arrière.

16

Les gens crient.

Montrent du doigt les toits, filment avec leurs portables.

Zack saigne du nez et il cligne des yeux pour voir clair à nouveau.

Il pend par les mains à une plaque de toit réchauffée par le soleil, en haut d'une maison jaune à trois étages, et tente de reprendre ses esprits après avoir heurté de plein foué le mur de pierre.

« Mais, aidez-le ! crie quelqu'un d'en bas. Faites quelque chose ! »

Zack essaie de se hisser jusqu'au bord, mais ses mains sont trop moites. L'une d'elles lâche prise, il se balance dans le vent suspendu par un seul bras. Il sent ses pieds heurter une fenêtre et entend les gens dans la rue hurler encore plus fort.

Il essuie sa main sur son jean, la tend de nouveau vers la plaque et réussit à trouver une meilleure prise.

Encore une fois, il essaie de se hisser et parvient

cette fois à remonter sa jambe droite par-dessus le bord. À se mettre enfin en sécurité.

Il se lève et voit David Mathias descendre par le tuyau de la gouttière, sur la façade jaune de la cour intérieure.

Zack se met à courir sur le toit en pente.

Les plaques noires craquent sous ses pieds. Des pigeons qui venaient de s'y poser s'envolent effrayés.

Il arrive déjà à l'échelle empruntée par le fuyard.

Il la descend rapidement, saute sur le balcon, puis par-dessus la rambarde pour s'accrocher au tuyau de descente.

Il entend une porte s'ouvrir tout en bas et voit Mathias disparaître sous un portail.

En se tenant d'une main au tuyau, il sort sa radio de l'autre pour appeler Deniz.

« Il se dirige vers la Drottninggatan ! Rattrape-le là-bas ! »

Zack descend, saute les derniers mètres, court, passe le portail et se retrouve sur la Drottninggatan.

Il y a des gens partout. Impossible de voir dans quelle direction David Mathias est parti.

La radio crachote.

La voix de Deniz, haletante :

« Je l'ai loupé. Il est parti vers la place de Sergel et la station de T-Centralen. Je vais le rattraper. »

Zack zigzague parmi cette foule de touristes qui s'obstinent à se promener dans la rue la plus triste de toute la ville.

Il se précipite dans le T-Centralen par les

escalators devant Åhléns, saute les barrières derrière une jeune femme, et croit apercevoir les cheveux noirs de Deniz au moment où elle dévale les escalators vers la ligne de métro rouge en direction du sud.

Vers le Stockholm mal famé.

Le terrain de jeu de Zack, enfant.

L'escalator est encombré de gens. Zack voit Deniz bousculer plusieurs personnes dans la descente, elle fait presque tomber une vieille dame qui porte deux cartons.

La dame vocifère et un homme d'âge mûr en chemise à manches courtes, d'un croc-en-jambe, essaie de faire tomber Deniz.

« Retourne en Syrie, espèce de pute de Daech ! » hurle-t-il.

Zack n'est plus qu'à quelques mètres derrière elle. En dépassant l'homme à la chemise à manches courtes, il lui file avec le poing serré un grand coup à l'entrejambe, un coup en traître.

L'homme beugle et Zack voit du coin de l'œil qu'il se tord de douleur.

Une rame de métro arrive dans leur direction.

Loin devant sur le quai, Zack voit Deniz lutter pour se frayer un chemin parmi les gens qui sortent et entrent.

Encore plus loin, il repère David Mathias qui a une avance d'au moins dix mètres et fonce comme un bulldozer, repoussant les gens dans les voitures bien qu'ils veuillent sortir, renversant une poussette. Quelqu'un l'agrippe, mais il réussit à se dégager.

Les portes se referment et le métro commence à rouler.

David Mathias court vers les escaliers mécaniques à l'autre bout du quai. Mais, arrivé au pied de l'escalator, il s'arrête et, au dernier moment, saute sur les rails.

Disparaît dans le tunnel noir.

Des gens hurlent.

Deniz sort son arme de service et se lance à sa poursuite. Zack n'est plus qu'à cinq mètres derrière elle.

« Je suis là ! » crie-t-il.

Le tunnel est sombre, ça sent le moisi, avec une légère odeur d'huile et de métal brûlé. L'odeur réveille ses souvenirs d'un autre tunnel, à Bredäng. Combien de fois a-t-il couru là-dedans avec Abdula quand ils avaient douze ou treize ans ? À taguer les murs, à parier qui oserait rester le plus longtemps possible quand le train s'approchait.

L'obscurité s'intensifie. Zack court sur le côté pour éviter soigneusement le contact avec le rail électrifié.

Un grincement et un rugissement résonnent au loin, annonçant l'approche d'une autre rame.

Des phares éclairent la paroi brute du tunnel et les câbles qui courent partout.

Zack ne voit plus Deniz, mais il sait qu'elle est quelque part devant lui.

Le bruit augmente.

Une silhouette noire dans le contre-jour. Au milieu des rails.

« Mets-toi contre le mur ! » crie Zack.

La lumière devient de plus en plus forte, le bruit tape contre les tympans.

Zack plaque fermement son dos contre la paroi.

Tout est lumière maintenant. Lumière, vent, rugissement et grincement.

Deniz se rend-elle compte qu'elle doit s'agripper à quelque chose pour ne pas être aspirée vers le train par l'appel d'air ?

Il hurle dans sa direction, mais n'entend même pas le son de sa propre voix.

La rame passe devant eux dans un fracas assourdissant, tel un serpent géant. Zack ferme les yeux et colle sa joue contre la paroi rugueuse.

Le vent s'engouffre dans son pull et son jean. Veut l'aspirer. Tout sera alors fini.

Le grondement disparaît. Tout est noir à nouveau, et le hurlement ne résonne plus que dans ses oreilles.

« Ça va ? crie Zack.

— Oui, je pense qu'il est entré par ici.

— Est-ce que t'as vu s'il était armé ? demande Zack.

— Non. »

Ils courent dans le tunnel latéral en essayant de faire le moins de bruit possible, mais reviennent rapidement dans le tunnel principal.

« Là ! » crie Deniz, et elle se précipite dans l'obscurité.

Zack est sur le point de la suivre, mais une lumière intense remplit l'espace, les rails hurlent et un vent moisi lui souffle au visage.

« Deniz ! » crie Zack, qui se jette dans le tunnel qu'ils viennent de quitter.

Le vacarme augmente, il entend un cri et un choc sourd.

« Deniz ! »

Est-elle restée là-bas ?

Qui a crié ?

Putain ! Qui a crié ?

17

Douglas Juste se trouve sur la terrasse de la villa de ses amis sur l'île de Lidingö. De l'autre côté de la porte d'entrée, il entend son vieil ami Oscar Langer gémir tout bas, comme tout à l'heure quand Douglas lui a annoncé qu'Ebba avait été retrouvée morte.

Eva, sa femme, sanglote bruyamment.

L'écho de leur chagrin fait regretter à Douglas de ne pas être sourd, pour admirer uniquement la beauté qui s'offre à ses yeux : le jardin verdoyant, la nature qui semble avoir accepté d'être domptée pour devenir encore plus belle.

« Fais quelque chose, mais fais quelque chose, le supplie son ami qui finit par s'emporter. N'est-ce pas la responsabilité de la police d'empêcher de tels drames ? »

Douglas a connu Oscar Langer à l'université d'Uppsala. Ils se sont liés d'amitié durant leurs années d'études et ont gardé un lien fort, même quand Oscar a travaillé à l'étranger. Il s'est marié tard et a eu un enfant encore plus tard.

Il n'en aura pas d'autres, pense Douglas en descendant l'escalier.

En même temps, il entend la porte d'entrée s'ouvrir derrière lui. Il s'arrête et se retourne.

Oscar Langer se tient là. Silencieux à présent.

Les yeux rougis.

Troublé et paniqué à la fois.

Il a mille ans.

Un homme brisé qui prend une profonde inspiration, puis crie :

« Il faut que tu retrouves le salaud qui a fait ça. Promets-le-moi, promets-le-moi ! »

18

La rame disparaît dans l'obscurité tandis que rugit le système de freinage d'urgence.

Zack l'entend s'arrêter plus loin dans le tunnel. Il voit les murs éclaboussés de sang dans la lumière de la dernière voiture.

Au bruit infernal succède un silence profond.

Il veut appeler Deniz, mais aucun son ne sort de sa bouche.

Il déglutit péniblement et essaie à nouveau :

« Deniz ! »

Le souffle de la rame est tout ce qu'il entend. Puis une voix, beaucoup plus proche.

« Merde ! »

La voix de Deniz.

Les jambes de Zack se mettent à trembler. En sortant du tunnel latéral et en l'apercevant enfin, il se croit presque défoncé.

Deniz éclaire le sol devant elle avec sa lampe de poche.

Les rails sont ensanglantés. Un bras gît à côté. Plus loin, ils voient le reste du corps qui a été heurté de plein fouet. Déchiqueté et réduit en bouillie.

Les murs du tunnel semblent se refermer sur eux, leur souhaiter la bienvenue dans le royaume de la mort.

Deniz tourne le dos au corps. Regarde Zack avec des yeux qui semblent avoir vu trop d'horreurs, mais elle reste calme.

« Il faut croire qu'il a préféré la mort plutôt que de nous parler.

— Il doit avoir quelque chose à voir avec les jeunes à Kopparkobben, dit Zack. Il faudra obtenir un ordre de perquisition pour fouiller sa maison. »

Deniz prend la radio, essaie de passer un appel, mais il n'y a pas de réseau.

« Je monte sur le quai pour appeler des renforts. Tu restes ici ?

— Évidemment. »

Zack regarde le bras près du rail. Revoit le sourire d'Ebba Langer.

Si paisible.

Comme si la mort était une amie.

Il jette de nouveau un regard à David Mathias.

Était-ce pareil pour toi ? La mort ne t'a pas fait peur ? Ou est-ce que la rame du métro était seulement la moins mauvaise des solutions ?

Si j'avais été le responsable du bain de sang à Kopparkobben, je me serais aussi jeté sous le métro.

Ou peut-être que tu planais trop haut quand nous avons sonné chez toi et que tu as été pris de paranoïa ?

Zack sait trop bien ce que ça fait. Sous amphétamines, il a conduit une moto en se croyant réellement poursuivi par une voiture, persuadé qu'on en voulait à sa vie. Il a aussi pointé une arme vers la porte quand Ester a frappé chez lui, la prenant pour une espionne chargée de le démasquer.

Il pense à Abdula, à tous leurs amis communs déjà décédés. Eux-mêmes, combien de fois ont-ils frôlé la mort ?

Il voit la lueur vacillante d'une lampe de poche sur le mur et entend Deniz s'approcher, il reconnaît le rythme de ses pas.

« Une patrouille est en route. Douglas aussi, annonce-t-elle. Le conducteur du train est un homme efficace, de sa propre initiative il a lancé la procédure d'intervention de crise. Il semblait lessivé. Apparemment, quelqu'un d'autre s'est jeté sous la rame hier aussi. »

Zack regarde les rails ensanglantés.

C'est quoi, cette épidémie de mort qui frappe Stockholm ?

Il faut que je voie Abdula.

Que je lui demande ce qu'il sait sur David Mathias.

19

Zack se trouve dans une voiture quasiment vide, en cette période de vacances, sur la ligne verte du métro en direction de la plage de Farsta. Il est trois heures moins cinq et une voix dans le haut-parleur annonce que le trafic sur la ligne rouge est toujours immobilisé en raison d'un problème technique.

Une autre façon de décrire un corps déchiqueté, songe-t-il.

Sur le siège en face de lui, un vieil homme puant la sueur tousse sans cesse. Zack voudrait lui hurler de mettre au moins sa main devant sa bouche, mais préfère changer de place.

Deniz aurait pu mourir là-bas.

Cela aurait pu être son corps, écrasé sur les rails. Il sort à la Medborgarplatsen, dans le quartier Söder, et s'engouffre dans un relais presse juste après les tourniquets. Il commande un café, s'installe sur une chaise près de la fenêtre, et regarde les passants. Des jeunes à skateboard, des hipsters et des bobos trentenaires à l'allure décontractée, qui viennent d'acheter un appartement à sept millions de couronnes, mais trinquent au Bajen, le club de foot de Hammarby, pour essayer de ressembler à la classe ouvrière.

Et puis ces parents consciencieux avec leurs poussettes pimpantes, dans lesquelles des enfants habillés de vêtements de grandes marques boivent à la paille des smoothies bio.

Vous croyez ainsi contrôler la situation, pense Zack. *Connaître déjà tout ce qu'il faut savoir sur la vie.*

Mais vous ne savez rien du tout. Que ce soit sur la vie ou sur la mort.

Il caresse sa bague de fiançailles.

Serais-je capable de me promener avec une poussette en ayant l'air heureux ?

Vivre une vie rangée et m'occuper de quelqu'un d'autre que moi-même ? Chercher l'adrénaline dans un sourire plutôt que dans la noirceur et le danger ? Rester avec Mera, former une vraie famille ?

C'est probablement ce que je veux.

J'aimerais qu'on emménage ensemble. Je vais le lui proposer ce soir. Peut-être qu'une vraie famille pourrait m'aider à me recentrer quand je vis des atrocités comme ces derniers jours ?

Abdula frappe à la fenêtre, faisant sortir Zack de ses pensées.

Il ouvre la porte si brusquement que les gonds craquent, et il s'installe à côté de Zack.

Il remplit tout l'espace comme chaque fois. Pourtant, il est devenu plus mince, plus mou.

Est-ce parce que nous nous voyons si rarement

que je le remarque ? Il lui semble que leurs rencontres sont de plus de plus espacées.

Ils se saluent en se tapant les poings serrés de la main droite.

« Tu t'es battu ? » demande Abdula en regardant sa tempe.

Zack effleure l'égratignure, heureux que son nez ait tenu. Il craignait de se retrouver avec un visage tuméfié après avoir heurté le mur, mais la bosse est à peine visible.

« Seulement avec un mur.

— Ils ne sont pas si inoffensifs que ça.

« T'as l'air d'aller bien. *En pleine forme*, comme ils disent dans la pub !

— À part l'égratignure, je pourrais dire la même chose de toi. En fait, t'as l'air sacrément posé. »

Ils se regardent et rient de leurs compliments respectifs.

« On dirait qu'on participe à une de ces conférences de merde sur la santé, dit Abdula. Au train où ça va, on s'échangera bientôt des recettes vegan.

— C'est peut-être ton nouveau truc. T'as sûrement été inspiré pendant ton voyage en Thaïlande ?

— Oh que oui. Les Suédois là-bas sont complètement fous. Ils courent sur les plages et font plein d'exercices de bootcamp par quarante à l'ombre. »

Il secoue la tête.

« Tu devrais peut-être changer de filière. Le culturisme est clairement le nouveau dopage des mecs et ils en abusent à mort. Les yogis sont les pires. Des putains de *losers*. »

Zack ne sait toujours pas grand-chose sur le séjour de trois mois d'Abdula en Thaïlande. Si ce n'est qu'il semble avoir eu la belle vie et que les embrouilles avec les Afghans à Husby sont du passé. Il a réussi à se sortir de ces affaires de drogue qui ont failli lui coûter la vie.

Zack préfère ne pas en savoir davantage. Abdula non plus ne voit pas l'intérêt d'entrer dans les détails.

Peut-être qu'il s'est passé quelque chose là-bas, songe Zack. *Abdula s'est montré plus renfermé depuis son retour. Plus sur ses gardes.*

À moins que ce ne soit moi qui aie changé…

Moi qui dis non à ses lignes de coke et qui rentre à la maison à minuit au lieu de cinq heures du matin.

Abdula va acheter un Coca. Quand il revient, Zack sort de la poche de son jean un tirage papier d'une photo d'identité froissée.

« Tu le connais ?

— On dirait David Mathias, répond Abdula.

— Qu'est-ce que tu sais sur lui ?

— C'est une petite main. Il vend des drogues sur Internet pour les gamins. Ils reçoivent un SMS lorsque la marchandise est livrée, ensuite ils se rendent à leur bureau de poste local pour la récupérer dans un emballage discret, sans que leurs parents soient au courant. Son modèle d'entreprise est de refourguer les produits avant qu'ils ne soient déclarés illégaux. Assez malin, en soi.

— Il faudra que tu parles de lui à l'imparfait. Il est passé sous le métro tout à l'heure. »

Abdula hausse les sourcils, et Zack lui raconte

brièvement le tuyau qu'ils ont reçu, la poursuite qui s'est achevée dans les tunnels.

« Il a paniqué, dit Zack. À croire qu'il préférait mourir plutôt que d'être pris. Je ne comprends pas pourquoi.

— Peut-être qu'il avait des affaires plus importantes en cours et qu'il a cru que vous en aviez après lui à cause de ça. »

Zack réfléchit à la théorie d'Abdula. Est-ce que ça pourrait être aussi simple ? Il se serait imaginé être recherché pour une autre raison que la mort des jeunes ?

Quelque chose lui dit que non.

« Ou alors, après ce qui s'est passé, il a eu les jetons à l'idée d'être accusé de vendre de la drogue aux gamins et il a disjoncté, dit Abdula.

— Peut-être. Est-ce que tu as entendu parler d'une nouvelle drogue qui pousse les gens à faire des trucs de malades contre eux-mêmes ? demande Zack.

— Toutes les drogues font ça, non ? répond Abdula en ricanant.

— Je ne plaisante pas. Les adolescents qui sont morts là-bas à Kopparkobben se sont enfoncé des couteaux dans la gorge et se sont mutuellement éborgnés. On pense qu'ils ont peut-être pris quelque chose. »

Abdula semble réfléchir.

« Là, tout de suite, je vois pas. Mais je peux me renseigner si tu veux.

— S'il te plaît. Et si tu peux aussi avoir des infos sur David Mathias. Sur ses activités.

— Dans ce cas, tu peux m'obtenir une liste d'alerte à jour pour moi ? J'ai besoin de savoir quels endroits éviter les prochaines semaines. »

Zack acquiesce. Puis il touche en silence sa bague de fiançailles.

Il montre sa main gauche à Abdula.

« Tiens, au fait. Regarde. »

Abdula se lève de la chaise.

« Putain… Merde ! Waouh ! »

Il tire Zack de sa chaise et le prend dans ses bras. Le serre très fort.

« J'en reviens pas. On va faire la fête. Tu viens avec moi ce soir ? De toute façon, t'auras qu'à te rabattre sur l'alcool. »

Le gouffre noir s'ouvre à l'intérieur de lui et Zack ressent le manque. Pas le manque d'alcool, mais celui de se retrouver dans des chiottes crades pour sniffer rail après rail jusqu'à ce que plus rien ne compte.

Il regarde l'heure. Il ne doit pas manquer la réunion reportée en fin d'après-midi au commissariat.

« Malheureusement je ne peux pas, il faut que je bosse. »

Abdula dissimule sa déception, mais elle se lit dans ses yeux. Et quand ils se quittent en se tapant dans les mains, la force dans ce geste n'y est plus.

20

Zack et Deniz se dirigent vers la salle de réunion peu avant quatre heures de l'après-midi quand Douglas les rattrape pour leur demander d'attendre à l'extérieur.

Il fait entrer en premier les autres membres de l'Unité spéciale, puis referme la porte de la pièce et ajuste son costume bleu à boutonnage croisé.

Il les observe un moment, tandis qu'eux s'attendent à être questionnés sur la course-poursuite avec David Mathias, puis leur demande avec une certaine douceur dans la voix :

« Comment vous sentez-vous ?

— Ça va, dit Zack. Mais la journée a été rude. »

Deniz ne dit rien. Hausse juste les épaules.

« Bien, dit Douglas. Le groupe de débriefing interviendra plus tard mais, pour l'instant, le plus important est que vous ayez quelqu'un à qui parler, que vous n'essayiez pas de refouler quoi que ce soit. Si vous avez besoin de mon soutien, faites-moi signe à n'importe quel moment de la journée. D'accord ?

— Vous savez bien que nous ne voulons ni n'avons besoin d'un débriefing », déclare Zack.

Deniz approuve :

« On n'a pas besoin qu'on nous tienne la main. »

Douglas leur sourit.

« Je suis obligé de vous informer de la possibilité, vous le savez bien. Allons, espérons maintenant qu'on y verra plus clair dans cette affaire. »

La climatisation de la salle de réunion est supposée avoir été réparée, mais l'air est toujours aussi saturé d'humidité.

Zack s'avance vers sa place habituelle à côté de Deniz, mais celle-ci est déjà occupée par Sandra Sjöholm, il s'assied entre Sirpa Hemälainen et Rudolf Gräns.

Sirpa approche sa main de la tempe de Zack pour repousser ses cheveux.

« Tu as l'intention de jouer dans le film *Cinquante nuances de bleu* ? lui demande-t-elle.

— Seulement si tu es ma partenaire », répond-il.

Douglas se racle la gorge et dit d'une voix plus faible que d'ordinaire :

« Commençons par Ebba Langer. Elle a donc… »

Il déglutit péniblement et reste silencieux pendant plusieurs secondes.

« Pouvez-vous continuer, Koltberg ? » dit-il.

Zack s'imagine sans difficulté l'épreuve que cela

a dû être chez les parents d'Ebba Langer. Douglas peut sembler dur et froid, mais annoncer à un ami le décès de sa fille l'a marqué.

Koltberg se penche au-dessus du bureau.

« Ebba Langer a donc été retrouvée morte ce matin. Elle n'a pas de blessure semblable à celles de ses camarades, mais une fracture derrière l'os crânien, une grosse entaille dans le cuir chevelu et de l'eau dans les poumons. Ma théorie est que sa tête a heurté un rocher sur Kopparkobben et qu'ensuite elle est tombée à l'eau. Je ne peux pas en dire plus pour l'instant.

— Elle ne semble donc pas avoir joué un rôle plus actif que les autres dans ce qui s'est passé ? s'enquiert Deniz.

— Rien de ce que j'ai découvert ne l'indique. Des prélèvements ont été envoyés pour analyse. Reste à savoir si on retrouve dans son organisme les mêmes substances que chez les autres.

— Les résultats du laboratoire de Linköping sont déjà arrivés ? demande Zack. Eh bien, ils n'ont pas chômé. »

Koltberg acquiesce d'un mouvement de la tête.

« Ils ont travaillé de nuit pour nous. Trois des jeunes présentent des traces de cannabis dans les urines, ce qui ne surprendra personne. En revanche, tous les morts sur Kopparkobben ont des traces incontestables de buprénorphine à la fois dans le sang et dans les urines. C'est une substance réglementée, fortement analgésique, utilisée en chirurgie contre les douleurs postopératoires. Cela pourrait expliquer comment ils ont pu supporter de s'infliger à eux-mêmes des blessures d'une telle gravité. Mais dans les échantillons de sang, une substance inconnue a également été découverte, qui intrigue mes collègues de Linköping.

— Une autre drogue ? » s'étonne Sandra.

Zack tourne son regard vers elle.

Elle a ouvert deux boutons de sa chemise bleu ciel, formant un décolleté plongeant. Les manches sont retroussées et son avant-bras n'est qu'à un centimètre du bras de Deniz.

« Si je savais que cette substance était un stupéfiant, je l'aurais dit, répond Koltberg sur un ton condescendant. Il pourrait tout aussi bien s'agir d'une substance chimique ou d'un médicament fortement dosé que normalement nous ne comptons pas parmi les drogues, même si cela rentre dans la même catégorie. Les techniciens en chimie judiciaire continuent à travailler sur les prélèvements, mais s'ils n'arrivent pas à identifier la substance, j'ai de bons contacts avec les spécialistes de chimie du FBI. »

Quand Koltberg prononce ce mot, Zack sent que cela lui fait de l'effet. Comme si tout le corps du scientifique frissonnait de plaisir. Son plus grand rêve doit être d'obtenir un emploi au FBI et de devenir un véritable agent.

Douglas plisse le front et prévient avec un agacement manifeste que, pour l'instant, il n'en est pas question. Zack sait qu'il n'est pas très emballé par les grosses factures qui arrivent à l'Unité spéciale à cause de l'empressement de Koltberg à travailler avec les Américains.

« Est-ce que nous avons vérifié la chose auprès de la brigade des stups ? demande Rudolf. Ils sont peut-être au courant de nouvelles substances mises sur le marché.

— Ils ont eu une copie des résultats de l'analyse et Jacobi a promis que ses hommes prêteront spécialement attention aux informations ou aux rumeurs à ce sujet », précise Douglas.

Zack trouve qu'il a l'air fatigué. Qu'il semble ne vouloir qu'une chose : rentrer à la maison et se mettre sous sa couette, en laissant toute la responsabilité de l'Unité à Jacobi.

Une mauvaise idée. La patronne de la brigade des stups, Sabine Jacobi, qui vient d'avoir quarante ans, est réputée pour son agressivité et ses méthodes brutales de management.

« Alors, qu'est-ce qui s'est passé sur l'île ? demande Sandra. Est-ce que les jeunes se seraient fait avoir ? En d'autres termes, leur a-t-on refilé autre chose que d'habitude, ce qui a provoqué chez eux une sorte de confusion mentale collective ? »

Le bras de Sandra frôle celui de Deniz.

Deniz ne bouge pas.

Qu'est-ce qu'elles fabriquent ? se demande Zack. *Est-ce juste la façon de Sandra de la réconforter après tout ce qu'elle a dû vivre ces deux derniers jours ou y a-t-il autre chose ?*

« Il semble qu'ils avaient l'air au contraire de savoir ce qu'ils achetaient, répond Douglas. Sirpa, dites-nous ce que vous avez trouvé. »

Les joues de Sirpa sont rouges à cause de la

chaleur qui règne dans la salle de réunion, et Zack remarque qu'elle masse ses genoux pour apaiser la douleur récurrente.

« Des indices permettent d'affirmer que Theo était obsédé par l'idée du suicide collectif, dit-elle en posant les mains sur la table.

« Il semble avoir acheté son premier livre sur le sujet en 2014, d'après l'historique de son ordinateur. Un mois plus tard, il a acheté un autre livre et a commencé à fréquenter un forum, à discuter du culte de la mort avec des inconnus partageant les mêmes idées, souvent en termes positifs. Peu de temps après, il a cessé de jouer au golf. Selon son ancien entraîneur, que j'ai eu au téléphone, sa défection était tout à fait surprenante. Il s'attendait à ce que Theo passe à la vitesse supérieure pour commencer à s'investir sérieusement dans le golf.

— Y a-t-il quelque chose dans l'historique qui montre qu'il recherchait des drogues spécifiques ? demande Rudolf.

— Non, dit Sirpa. Ni dans son téléphone portable. Mais en soi, cela ne veut rien dire. Ils ont peut-être voulu garder le secret en évitant d'utiliser leurs propres appareils pour cela. Ils ont pu passer leurs commandes à partir d'un ordinateur de la bibliothèque, par exemple. J'en connais d'autres qui ont fait ça. »

Elle a l'air bizarrement triste quand elle le dit, songe Zack.

Comme si elle parlait de quelqu'un qu'elle connaît.

« Qu'ont donné les entretiens avec les parents, les amis et les autres ? veut savoir Zack. De nouveaux mobiles ont-ils émergé ? »

Douglas fait non de la tête.

« Hélas !

— Ce qui veut dire que pour l'instant nous n'avons pas d'autres motifs, sinon qu'ils auraient voulu commettre un suicide collectif ? »

Le silence se fait dans la pièce. Zack croit entendre toute l'enquête résonner dans le vide.

« Il doit y avoir d'autres pistes à explorer, déclare-t-il. Nous ne les avons pas encore trouvées, c'est tout.

— Alors, cherchons-les, dit Douglas. Sirpa, avez-vous passé au crible les ordinateurs, tablettes et autres téléphones des autres jeunes ?

— Je viens juste de commencer. Il y a beaucoup à faire.

— Je vais insister pour obtenir du renfort pour l'informatique. Ce sera plus facile demain, puisque c'est lundi », dit Douglas.

Son téléphone vibre, un appel entrant. Il le sort de sa veste, soupire en silence en voyant le nom sur l'écran et le remet dans sa poche intérieure.

« Il reste de nombreuses questions à résoudre, dit-il. Mais on peut affirmer avec de plus en plus de certitude qu'il y a un aspect secte dans tout cela, et que les drogues ont joué un rôle déterminant. Ce qui nous mène à David Mathias, le pourvoyeur qui, lors de sa fuite pour échapper à Zack et Deniz, a trouvé la mort aujourd'hui dans le métro. Que savons-nous de lui ?

— J'ai relancé mes contacts, déclare Zack. Et pour l'instant, tout ce que je peux dire, c'est qu'il ne semblait jouer de rôle dans aucune organisation. Sa niche était de vendre par Internet des substances qui n'ont pas encore été interdites. Et selon les informations découvertes par Rudolf et Sandra, il en aurait peut-être vendu à au moins deux des jeunes décédés.

— Il n'apparaît pas dans le fichier du casier judiciaire, explique Sirpa qui ajoute : Nous avons retrouvé sa mère. Elle a été avertie du décès.

— L'ordinateur confisqué cet après-midi pendant la perquisition de la maison semble avoir été bien protégé, n'est-ce pas ? » demande Sandra.

Zack remarque que son bras et celui de Deniz se touchent toujours.

Sirpa soupire lourdement.

« Oui, et c'est encore plus difficile depuis qu'un technicien a cru malin d'appuyer sur des boutons. Tous les fichiers sur l'ordinateur ont été supprimés. Il ne nous reste plus qu'à espérer qu'une partie des informations pourra être récupérée. Cela nous permettrait de savoir quelles drogues il vendait, à qui et par quel site Web.

— N'avait-il pas une sauvegarde de son disque dur ? demande Zack.

— Non, aucune que nous ayons retrouvée, répond Sirpa.

— Et sur son portable ?

— Nous n'en avons pas trouvé non plus. Je me suis renseignée auprès des grands opérateurs de téléphonie, mais il n'y a aucun abonnement à son nom. Il a probablement utilisé une carte prépayée non enregistrée. »

Douglas commence à pointer les tâches pour la journée à venir.

Zack se perd dans ses pensées, songe à David Mathias. Aurait-il vendu quelque chose qui lui a fait choisir la mort pour échapper à la justice ? Dans ce cas, il s'agirait de quelque chose d'extraordinaire. Quelque chose d'extrêmement puissant. De novateur, peut-être. Plus merveilleux que tout le reste.

Au moins au début.

Il se souvient d'un rush à la méthamphétamine. Les premières minutes avaient été l'expérience la plus démente qu'il eût connue. Il s'était senti le roi d'un monde où plus rien n'avait de secret pour lui.

Douglas dit quelque chose que Zack n'entend pas, puis referme son dossier. Les chaises raclent le sol quand les autres se lèvent et quittent la pièce.

Zack se lève aussi. Devant la porte, il se retourne vers Deniz restée assise avec Sandra.

« Tu viens, Deniz ?

— Je dois juste discuter d'une chose avec Sandra. »

Zack a envie de leur lancer une vanne, mais se retient. Ferme la porte un peu trop fort derrière lui.

Deniz baisse les yeux sur le bras droit de Sandra, toujours tout près du sien.

La peau de Sandra est enfiévrée et Deniz sent les battements de son cœur s'emballer d'un désir interdit. Elle se rend compte que Sandra cherche son regard mais n'ose pas le soutenir.

Elle est ma collègue.

De surcroît, elle est nouvelle ici.

Je ne peux pas. Je n'en ai pas le courage.

Pas maintenant, avec ma tête remplie de désolation et de mort.

Deniz se met debout, rajuste son chemisier ct se dirige vers la porte.

« On ne peut pas empêcher ses sentiments », dit Sandra dans son dos.

Deniz s'immobilise, se retourne et regarde Sandra droit dans les yeux.

« Non, mais on peut les contrôler. »

21

Zack s'incline en entrant dans le dojo de Skärholmen. La tenue de karaté fraîchement lavée est douce sur sa peau.

Dans le métro, il était taraudé par la mauvaise conscience de ne pas rester au bureau pour travailler sur l'affaire. Parce que Sandra Sjöholm et Deniz étaient restées, elles. Et Sirpa Hemälainen aussi.

Mais il avait bossé tout ce week-end où le sang n'avait cessé de couler, comme englué dans un flot ininterrompu de morts incompréhensibles.

En position assise sur le tapis d'exercice rouge, Hiro *sensei* a les yeux fermés et les mains posées sur ses cuisses.

Zack s'assied à côté de lui.

Il ferme les yeux et tente de repousser les images des corps lacérés dans l'archipel et des lambeaux de ce qui a été un jour David Mathias.

Le système de climatisation bourdonne. Au bout d'une minute, il ne l'entend plus.

Plus rien n'existe, hormis ici et maintenant.

Et à peine cela.

Un vide apaisant.

Le bruit de Hiro *sensei* se remettant debout incite Zack à ouvrir les yeux. Il s'est peut-être passé cinq minutes ou un quart d'heure, difficile à déterminer. Il sait seulement qu'il se sent bien dans sa tête, que ses épaules sont décontractées et que tous ses sens semblent bien plus alertes maintenant qu'à son arrivée au dojo.

Ils font dix minutes d'échauffements et continuent par quelques exercices à deux et des étirements faciles. Puis ils se mettent l'un en face de l'autre avant de s'incliner.

Zack se souvient comment cela s'est terminé la dernière fois, il y a un peu plus d'un an et demi. Son entraîneur de soixante-sept ans s'était joué de lui, l'avait humilié sans le moindre effort.

Zack s'était pourtant aidé de ses bâtons télescopiques, qu'il avait appris à utiliser dans ses exercices d'arts martiaux.

Mais à l'époque il était dans les ténèbres.

Tout au fond de l'abîme.

Il repousse le souvenir. Se concentre sur le présent.

Ils se mettent en position de commencer le *kumite*, le combat.

Zack attend et laisse Hiro *sensei* attaquer en premier.

Il pare sans problème la série de coups rapides de l'entraîneur. Ensuite il arrive à le contrer avec un coup droit bien envoyé qui touche la tempe droite de Hiro *sensei*. Qui ne bouge pas d'un pouce. Mais surprend Zack par une gauche que ce dernier arrive néanmoins à bloquer.

Ils se déplacent en cercles lents sur le tapis. Ils attaquent et parent leurs coups, testent mutuellement leurs capacités. Obligent l'adversaire à donner tout ce qu'il a.

Cependant, Zack garde toujours un léger avantage. Il est plus rapide et profite de sa taille pour tenir Hiro *sensei* à distance. Son corps réagit parfaitement aux signaux du cerveau. Il est clean et ça change tout. Il sait qu'il pourra poursuivre autant qu'il le faudra.

La sueur coule le long des tempes de Hiro *sensei*. Il essaie de maîtriser sa respiration et ne semble pas être touché, mais Zack voit qu'il commence à perdre un peu de son énergie. Il en profite pour augmenter la cadence, attaque sans cesse et force Hiro *sensei* à reculer de nombreuses fois.

Il réalise quelques combinaisons de coups de poing et de pied rapides qui déséquilibrent l'entraîneur. Puis il fait une feinte vers la tête de Hiro *sensei* pour l'obliger à hausser sa garde, et l'attaque par un rapide balayage des jambes, pivote avec la hanche et le fait tomber.

Zack tape légèrement avec le talon sur le ventre de Hiro *sensei* pour indiquer comment il aurait terminé l'attaque si elle avait été réelle. Le maître se relève et ils s'inclinent l'un devant l'autre.

« Je constate avec joie que vous prenez maintenant bien soin de votre corps et de votre tête », dit Hiro *sensei* sur un ton neutre.

Il se dirige déjà vers la sortie quand Zack lui lance :

« Je reviendrai bientôt pour que vous puissiez prendre votre revanche. »

Hiro *sensei* s'arrête et se retourne.

Il a une ride de contrariété entre les yeux.

« Alors vous croyez toujours que la vie n'est qu'une éternelle revanche où il faut toujours gagner ?

— Ce serait quoi sinon ? »

Hiro *sensei* ne répond pas et sourit. Son jeune adepte a encore du chemin à faire. Puis il va vers la porte, s'incline à l'entrée et quitte le dojo.

22

Deniz sent la fatigue dans tout son corps quand elle met en route la machine à café de l'Unité spéciale.

L'écran indique vingt et une heures cinq.

« Tu veux un café ? » propose-t-elle à Sandra, juchée sur le meuble de l'évier, balançant ses pieds nus.

Son jean est troué à l'un des genoux et Deniz aperçoit sa peau hâlée. Elle voudrait la toucher pour savoir si elle est fraîche ou chaude.

Comment Sandra trouve-t-elle le temps de parfaire son bronzage ? se demande Deniz. *Elle semble passer sa vie au travail. Elle se démène pour obtenir le poste permanent qui bientôt sera créé.*

« Non merci. Je n'arriverai pas à dormir si je bois du café si tard. Mais je prendrais bien du thé. »

Deniz sort une tasse du placard et la remplit d'eau chaude au distributeur automatique. Sandra saute du meuble de l'évier et cherche un sachet de rooibos dans une petite boîte en bois pour le mettre dans la tasse.

Elles restent silencieuses pendant un moment. Savourent le silence.

Elles ont effectué ce soir-là beaucoup des tâches qui leur incombaient. Appelé d'autres amis et des parents éloignés des victimes. Parlé avec un expert des cultes de la mort et enfin réussi à mettre la main sur le témoin qui a parlé à la presse du présumé criminel vu dans un bateau au large de Kopparkobben le soir de la Saint-Jean.

Mais cela n'a rien donné, si ce n'est plus de spéculations encore.

Le témoin cherchait apparemment à se venger d'un voisin. Une vérification rapide a montré que l'homme en question n'a jamais été condamné, pas plus qu'il ne s'est trouvé près de l'archipel la nuit en question.

Deniz observe Sandra qui boit lentement son thé. Regarde les boucles blondes qui retombent devant son visage. Les lignes douces de ses cils, et la peau que découvre sa chemise largement déboutonnée.

Elle maudit ses sentiments.

Sandra lève les yeux vers elle et lui sourit comme si elle lisait dans ses pensées.

Deniz lui rend son sourire. Puis elle regarde l'horloge sur le mur, mais sans s'intéresser à ce qu'elle indique.

Le désir peut-il être trompeur ? songe-t-elle.

Absolument.

L'amour ?

Absolument.

L'amour réciproque ?

Peut-être pas.

« Koltberg, dit Sandra, il a toujours eu ce côté vieux pervers ?

— Oui, c'est une relique. Il n'aime pas non plus les immigrés. Sans ses indéniables compétences, il aurait été viré il y a longtemps.

— Tu as déjà eu des problèmes avec lui ?

— Non, je l'ai cassé dès le départ. Je l'ai engueulé devant Douglas quand j'ai commencé à l'Unité spéciale. Alors depuis il se tient à carreau avec moi. »

Deniz boit une gorgée de café et continue :

« Mais il n'est pas le seul. La moitié de tous les quadras ici sont comme lui.

— J'ai remarqué ça, en effet. J'ai soulevé le problème une fois avec mon premier patron, mais comme il ne faisait que fixer mes seins, j'ai abandonné.

— Non, il ne faut pas. Ou plutôt, "Continuez à être une bonne policière. Ensuite, ça changera… peut-être dans vingt ou trente ans ».

Elles rient.

Sandra vide le restant de son thé dans l'évier, dépose la tasse et regarde Deniz dans les yeux :

« Tu as dit que tu voulais prendre soin de moi. Comment tu comptes t'y prendre ?

— Comment tu aimerais que je m'y prenne ? »

Sandra rit à nouveau. Un rire lent, prolongé. Puis elle va à son bureau, attrape la sacoche suspendue à sa chaise et l'enfile sur son épaule en disant :

« Maintenant, j'ai envie d'être au lit. Pas toi ? »

23

Des semelles en caoutchouc dur claquent sur le sol du laboratoire rudimentaire mais soigneusement organisé.

De grosses mains dans des gants en caoutchouc jaune s'avancent vers l'une des étroites étagères de rangement qui recouvrent le mur de béton humide. Elles se saisissent d'une balance numérique, d'un appareil de mesure, d'un microscope et de plusieurs ouvrages de référence. Une respiration lourde s'entend sous le masque de protection buccale.

La pièce comporte un angle tapissé d'un revêtement anti-humidité qui se décolle aux angles. Là ont été installés une douche d'appoint équipée d'un flexible ordinaire et un lavabo à deux buses orientées vers le haut pour se rincer les yeux. À côté du lavabo a été fixé au mur un crâne de chevreuil dont les bois servent désormais à accrocher serviettes et vêtements.

Une autre personne vêtue d'une blouse blanche, de gants en caoutchouc et d'un masque chirurgical entre dans la pièce et passe devant la porte vitrée du réfrigérateur, vers le haut placard sécurisé.

La porte du placard s'ouvre. Une boîte frappée d'une tête de mort est retirée d'une étagère où sont rangés des contenants de formes et de tailles différentes.

Des lunettes noires sont chaussées pour protéger les yeux. Le masque de protection respiratoire est ajusté.

La première personne observe l'ensemble à distance. Frotte les mains l'une contre l'autre, ressent la friction de la deuxième peau de caoutchouc.

Sur le plan de travail tout en longueur, un bec Bunsen chauffe une poudre rose dans un flacon. Des gouttelettes remplissent un tube à essai, le liquide trouble s'écoule dans un autre flacon, secoué puis incliné automatiquement afin que le contenu tombe dans un tube et se transforme à nouveau en vapeur.

Une machine en acier inoxydable émet un bourdonnement sourd. Les minutes s'égrènent.

Une heure.

Des yeux clignent de fatigue sous les lunettes de protection.

Une lampe témoin sur la machine se met à clignoter, en rouge, et une alarme stridente retentit.

Une trappe s'ouvre sur le devant de la machine et doucement de petits comprimés roses commencent à sortir et à rouler dans un bol en porcelaine.

24

Hebe se tient immobile dans le bureau de sa mère, dans la demeure majestueuse de Lidingö. Son ombre se dessine sur le parquet, tel un poignard elle semble vouloir s'avancer vers les portes-fenêtres et le jardin au-delà, sans pouvoir les atteindre.

Sur le mur derrière la table de travail d'Olympia, les images d'écrans tremblent : mises à jour des infos, cours de la Bourse en continu et programmes de télévision sans le son.

Elle se dirige vers la table. Laisse glisser ses doigts sur la surface lisse. Elle ne peut pas tout à fait expliquer pourquoi elle est là, pourquoi elle est entrée dans la pièce.

Olympia n'aimerait pas..

Hebe ouvre un tiroir du bureau et prend une photo en couleur arrachée d'un journal. Un gros plan sur Zack Herry portant un blouson en cuir ouvert, des lunettes de soleil à verres miroir, une monture qui épouse étroitement les tempes.

Puis encore une photo.

De Zack et d'une autre femme. Elle est belle et Hebe sait qui elle est. Il est avec cette femme, mais elle ne se souvient pas de son nom, ne tient d'ailleurs pas à le savoir.

Quelque chose se réveille en elle quand elle regarde la photo. Un sentiment qu'elle a rarement éprouvé.

Peut-être encore jamais.

Un sentiment noir, abject.

La jalousie. Elle veut déchirer la photo, mais se retient.

Olympia a dû avoir une raison pour la garder. Mais laquelle ?

Elle regarde ce gros plan de Zack.

Pense-t-il encore à elle ?

Il lui avait envoyé un texto cet hiver. Elle n'avait pas osé répondre, par peur de ses propres sentiments à l'époque.

Un mouvement derrière elle la fait se retourner. Mais il n'y a personne. Seulement les images de télévision qui se reflètent dans le mur de miroirs.

Pourquoi Olympia a-t-elle gardé cette photo ? Et celle de Zack avec l'autre femme ?

Ce n'est peut-être qu'un côté d'elle que je ne connais pas, se dit Hebe.

Des hommes jeunes et beaux. Peut-être que quelque chose s'est éveillé en elle, quand le policier aux boucles blondes et au profil divin est entré en interrompant l'une de leurs réunions de direction, cet hiver.

Olympia avait-elle craqué pour son insolence, celle qu'elle interdit pourtant chez tous les autres ?

On ne sait jamais avec Olympia.

Maman.

Tu penses contrôler le monde.

Peut-être que c'est le cas.

Sur un écran, Olympia Karlsson voit Hebe remettre en place la photo. Sa fille reste un instant indécise, hésite à ouvrir d'autres tiroirs, mais se ravise.

Olympia Karlsson suit ses mouvements par les écrans de surveillance, dans la salle de contrôle fermée du troisième sous-sol.

Elle choisit une autre caméra pour observer sa fille sous un angle différent. Zoome sur son visage.

L'image est nette malgré le manque de luminosité.

Hebe semble pensive. Elle quitte la table de travail et se poste près d'une fenêtre.

Olympia change de nouveau de caméra. À la faible clarté des étoiles, Hebe ressemble à une déesse mythologique, à la fois invincible et fragile.

Hebe prend son téléphone dans la poche de son pantalon.

Elle écrit quelque chose, mais Olympia ne voit ni quoi ni à qui.

Elle peste intérieurement. Elle a dépensé une fortune pour cette installation de surveillance et même payé un supplément pour éviter tout angle mort.

À présent quelque chose lui a échappé.

Elle voit Hebe remettre le téléphone dans sa poche et quitter la pièce.

25

Zack se réveille sur le canapé, à cause du signal SMS de son portable.

Il ressent une douleur lancinante aux tempes ; il fait presque noir dans l'appartement.

Quelle heure peut-il être ?

Il avait prévu de rentrer à la maison chez Mera ce soir-là. Ils se sont à peine vus depuis leurs fiançailles à la Saint-Jean.

Il pensait faire un somme de quelques minutes dans le canapé avant de prendre une douche et d'y aller.

Il regarde sa montre. Dix heures trente-cinq. Il a dormi plus de deux heures.

Il rêvait de rougeoiements inconnus et de chaleur torride, d'une peau et d'un visage dans une boîte de nuit.

Le visage de Hebe.

Dans son rêve, ses cheveux virevoltaient dans la lumière hachurée du stroboscope, elle lui souriait, l'attirait vers elle.

C'était un rêve merveilleux.

Le premier depuis longtemps.

Il tend sa main vers la table basse poussiéreuse, met ses doigts dans le carton de pizza du samedi, repousse un morceau de jambon et trouve enfin le téléphone.

Au début, la lumière forte de l'écran l'oblige à cligner des yeux, mais il se redresse en voyant qui a envoyé le texto.

C'est elle.

Hebe.

Qu'il vient de voir dans son rêve.

Jung avait un mot pour cela. La synchronicité.

Il relit le texto.

Je pense à toi.

Rien de plus. Pas même un expéditeur. Ce qui veut dire qu'elle suppose qu'il a sauvegardé son numéro.

Il écrit :

Viens me retrouver.

À l'instant même où il envoie le message, un sentiment de culpabilité s'abat sur lui.

La honte.

Mera. Comment pourrais-je lui faire une chose pareille ?

Maintenant que je ne devrais penser qu'à elle.

La réponse arrive quelques secondes plus tard :

Quand ?

Jamais, se dit-il, mais il écrit :

Quand tu veux.

Où ?

Où tu veux.

La réponse arrive vingt secondes plus tard.

Au Burger King. Sur la Vasagatan. Demain à 13 h.

Le choix inattendu du restaurant le fait rire.

Il repense aux endroits où il l'a déjà vue. Des boîtes de nuit louches. Il se rend compte que son choix de lieu de rencontre n'est peut-être pas si surprenant.

Il écrit :

Parfait.

Il s'extrait du canapé, touche sa bague de fiançailles.

Comment puis-je ?

Il voudrait rentrer à la maison, chez Mera, mais ne peut s'y résoudre.

26

Lundi 27 juin

Il est plus de sept heures du matin, mais sur l'horloge murale ronde dans la salle d'attente, les aiguilles se sont immobilisées sur cinq heures moins vingt. L'aiguille des minutes semble lutter pour avancer, mais revient toujours où elle était.

Comme si le temps s'arrêtait là.

Dans une chambre aux soins intensifs à Karolinska.

À la fin, Robert Dahlén n'en peut plus et arrache l'horloge de son attache au-dessus de la porte, pour en retirer les piles.

Son épouse Jessica ne réagit même pas à son comportement.

Elle ne fait que caresser la joue de sa fille. Murmure :

« Madelene. Lutte. Pour ton bien. Et pour le mien. »

Le respirateur pompe régulièrement de l'air dans les poumons de la jeune femme dans le coma.

L'horloge murale reste abandonnée dans un fauteuil.

Les aiguilles sont désormais immobiles.

27

À onze heures, tous les bureaux de l'Unité spéciale sont occupés, y compris les tables supplémentaires installées à la dernière minute.

C'est lundi. Toutes les ressources disponibles ont été appelées en renfort et les personnes travaillent intensivement pour recueillir des tuyaux, examiner des informations entrantes et rappeler pour effectuer les vérifications obligatoires.

Zack est devant son ordinateur. Il a lu plusieurs fois les SMS de Hebe, veut annuler leur rencontre, a même écrit une réponse dans ce sens, mais sans l'avoir envoyée.

Ce matin-là, il s'est attardé longtemps devant le miroir, a soigneusement choisi ses vêtements et s'est décidé pour un jean et un simple T-shirt bleu. Un bleu qui met en valeur la couleur de ses yeux.

Il a eu honte de sa vanité. De se soucier plus de son apparence qu'il ne le ferait jamais avant un rendez-vous avec Mera.

Il a essayé de la voir, de prendre le petit déjeuner

avec elle, mais elle n'avait pas le temps, à cause d'une réunion à l'hôtel Grand.

« On se verra ce soir », a-t-elle répondu.

Mais il doit repousser tout ça maintenant. Se concentrer sur le travail.

Il se ressaisit, lit attentivement les derniers articles sur les victimes à Kopparkobben. L'intérêt de Theo Stranddahl pour les sectes et les suicides collectifs est arrivé aux oreilles des journalistes, et les articles sur les cultes de la mort, sur les chiffres alarmants des problèmes de santé mentale parmi les jeunes, dominent les titres des journaux.

Comme si l'affaire était déjà résolue.

Zack n'en est pas si sûr.

Ils ont fait le tri parmi tous les SMS, mails et messages des jeunes victimes parus sur les réseaux sociaux ces derniers mois, sans rien trouver qui validerait la thèse d'idées suicidaires ou d'un sérieux mal de vivre chez quelqu'un d'autre que Theo Stranddahl.

Aurait-il vraiment pu avoir un tel pouvoir sur les autres ?

Ou l'aurait-il obtenu par les stupéfiants ?

Sirpa Hemälainen est parvenue à retrouver un site lié à David Mathias. Un site protégé par un mot de passe où il a commercialisé une longue liste de produits pharmaceutiques pas encore classés comme stupéfiants, notamment des cannabinoïdes de synthèse tels le Spice. Mais aussi des Legal Highs, encore moins connus.

Sur le forum attaché à la page Web, plusieurs

personnes sans confirmation de leurs dernières commandes expriment leur mécontentement. Zack en déduit qu'il travaillait seul. Qu'il n'a pas de collaborateur pour maintenir la page après son décès.

Ils ont maintenant été informés que la substance non identifiée a également été retrouvée dans le corps d'Ebba Langer et que les collègues de Koltberg à l'institut médico-légal à Linköping travaillent d'arrache-pied pour savoir si elle peut correspondre à l'une de celles que vendait David Mathias.

Zack doute qu'ils réussiront. Le Spice n'induit pas un état qui provoquerait un bain de sang.

Et si David Mathias avait eu plusieurs sites sur Internet ?

Zack jette un coup d'œil à Deniz penchée sur son écran. Un peu plus loin, Sandra est aussi à son bureau, à côté de Rudolf qui a de gros écouteurs sur la tête. Derrière ses lunettes noires, il semble toujours traquer la vérité.

Zack lève les yeux sur le tableau blanc au mur où les passeports des jeunes morts ont été affichés. Leurs bouches closes, leurs yeux inexpressifs. Comme on est censé paraître sur les passeports de nos jours.

Ils semblent déjà morts. Ou se douter qu'ils le seront bientôt.

Zack a l'impression d'être observé par eux, qu'ils exigent de lui qu'il fasse quelque chose.

Il tourne le dos aux photos et rejoint Sirpa.

Comme d'habitude, elle est derrière ses grands

écrans d'ordinateur et ses doigts courent rapidement sur les touches comme des pattes d'araignée.

« Que dit le disque dur de David Mathias ?

— Malheureusement, je crois que c'est raté. Il a utilisé un nouveau programme de sécurité avancé qui efface définitivement les informations. Mais j'ai chargé un assistant d'en savoir plus sur son passé.

— Bien. »

Zack regarde les deux écrans de Sirpa.

L'un est convenablement rangé, l'autre un patchwork de fenêtres ouvertes. La messagerie, une base de données, un site d'actualités, deux fichiers PDF avec des documents judiciaires et un portrait de Tom Hultqvist, le père d'Axel.

« A-t-il fait quelque chose ? demande Zack en montrant la photo.

— Il a apparemment escroqué quelques partenaires au fil des ans. Mais je ne sais pas si c'est important pour notre affaire. Je viens seulement de recevoir les documents, et je n'ai pas encore eu le temps de les étudier. »

Zack regarde la photo. Un homme au visage rond et aux cheveux clairsemés, avec une chemise marron à carreaux et affichant un sourire chaleureux, fixe l'objectif.

« Est-ce avec lui que Rudolf et Sandra se sont entretenus à Lidingö ? demande Zack.

— Oui, et quand on lit le rapport de l'interrogatoire, il n'apparaît pas directement comme quelqu'un de sévère. Plutôt comme un père responsable qui met la pédale douce à ses affaires pendant les jeunes années de ses enfants pour rester présent dans leurs vies. »

Tout le monde devrait avoir de tels pères, songe Zack.

« Qu'espérais-tu trouver ? demande-t-il.

— Je ne sais pas, répond Sirpa. Des relations entre les parents, peut-être. Quelque chose qui pourrait nous faire avancer.

— Que penses-tu de la théorie selon laquelle ils auraient commis un suicide collectif ?

— Il est difficile de s'imaginer un tel délire, répond Sirpa. Ils avaient toute la vie devant eux. Et toi, tu en penses quoi ?

— J'hésite. Peut-être que les drogues ont joué un rôle déterminant. Ça peut rendre les gens cinglés. On peut mourir en prenant des drogues, mais aussi les utiliser pour tuer.

— Comment ça ?

— Je ne sais pas encore très bien… »

Zack esquisse un sourire et ressent le manque terrible. Pouvoir planer, tomber dans des ténèbres sans rêves. Seules les drogues peuvent vous procurer ça.

C'est peut-être même le seul domaine où je me sente bien ?

Il laisse Sirpa et s'en va. Il a besoin de marcher un moment pour réfléchir.

Sur l'affaire.

Sur Mera.

Et sur Hebe qu'il va bientôt rencontrer.

28

Zack marche le long de la Norr Mälarstrand. Une paire de lunettes de pilote le protège du soleil intense, tout en rendant l'eau de la baie d'un bleu aussi dense qu'un éclat métallique qui luit dans l'ombre. Il est midi et demi, soit une demi-heure avant son rendez-vous avec Hebe.

Il n'est arrivé nulle part dans ses réflexions sur l'affaire, mais laisse son inconscient travailler tout seul.

Le vent est doux contre son visage. Les gens sur les terrasses sont d'humeur estivale et il voudrait être entouré de ce monde, mais c'est comme s'il passait en voiture avec une vitre ouverte. Comme s'il était seulement autorisé à s'arrêter là où la mort et l'obscurité l'emportent, et que son seul espoir de sortir dans la lumière était Mera.

Ou Hebe.

Il prend le Kungsbron qui traverse le canal Karlberg et toutes les voies ferrées. Enlève la bague de fiançailles et la glisse dans la poche avant de son jean.

En passant devant le tapis rouge du Casino Cosmopol, il voit la longue BMW noire garée devant l'entrée du Burger King. C'est plutôt comique, comme si le chauffeur qui se tient droit comme un I à l'extérieur de la voiture avait voulu aller au casino, mais s'était mal garé.

En costume noir et avec une oreillette, il guette dans toutes les directions. Certainement autant un garde du corps qu'un chauffeur.

De Hebe ?

Elle m'attend à l'intérieur.

Zack sent son estomac se nouer et le rouge lui monter aux joues.

Il fait chaud dans le local. L'odeur de l'huile de friture et des sprays nettoyants pour barbecue sature l'air. Des jeunes de banlieue en sweat à capuche font la queue avec des employés de bureau en costards, quelqu'un renverse un gobelet de Coca et celui qui reçoit le soda sur le pied jure bruyamment.

Zack jette un coup d'œil à l'intérieur de la pièce.

Où est-elle ?

Peut-être qu'elle est restée dans la voiture ?

Non.

Dans un coin tout au fond, elle attend à une table isolée sous une affiche représentant un Whopper stylisé.

Elle porte une tunique blanche rebrodée et un jean pré-usé bleu ciel. Ses cheveux sont d'un noir luisant et la ligne de ses pommettes semble être la signature d'un maître de calligraphie japonaise.

Elle se retourne vers lui.

Sourit, lui fait des signes.

Il se fraie un chemin entre les tables. Entend de jeunes types dire :

« Ce qu'elle peut être canon ! À côté d'elle, Alicia Vikander a l'air d'un boudin. »

Zack constate que tous les hommes regardent Hebe avec envie, alors que les femmes lui lancent des regards jaloux.

En arrivant à sa hauteur, il se sent fier d'être celui qu'elle attend.

Elle se lève.

Ouvre ses bras et il sent sa chaleur, ses lèvres contre sa joue.

Elle s'éloigne de lui, dit :

« C'est sympa d'avoir pris le temps de me voir. »

Ils s'assoient. Ne sachant pas quoi faire de ses mains, Zack les pose sur le plateau en contreplaqué de la petite table. Sa jambe touche celle de Hebe et il se recule, se sent maladroit ; elle lui sourit à nouveau, pas du tout gênée, comme si elle avait le contrôle de la situation.

Ils restent silencieux un moment.

Puis elle demande :

« Comment vas-tu ? »

Oui, comment vais-je ?

Dans son esprit, les jeunes gens décédés et le dealer déchiqueté tentent de refaire surface, mais il réussit à dissiper les images avant qu'elles ne s'imposent à lui.

Grâce à son regard amical à elle.

« Ça va, maintenant, répond Zack en la trouvant étrangement proche, comme s'il n'avait attendu qu'elle toute sa vie.

« Il faudrait peut-être que je commande.

— C'est fait, répond-elle en le regardant.

« Tu t'es blessé ? »

Elle regarde la blessure à la tempe qu'il n'a pas réussi à dissimuler sous ses cheveux.

« Ce n'est rien, dit-il. Juste une égratignure.

— J'ai entendu parler de ce qui s'est passé dans l'archipel, dit-elle. C'est affreux. »

Elle a l'air sincère et il devine qu'elle a dû voir sa photo dans quelque article concernant l'affaire.

« Oui, répond-il en luttant de nouveau pour garder le souvenir à distance. C'est comme un cauchemar, sauf que c'est réel. »

Une jeune femme en uniforme de l'enseigne qui porte des dreadlocks sous un filet à cheveux s'approche et pose devant eux un plateau avec des hamburgers, des frites et des Coca.

Mais Hebe ne touche pas à la nourriture, semble attendre qu'il dise quelque chose.

« Tu travailles toujours dans l'entreprise familiale ? demande finalement Zack.

— S'il n'y avait qu'une seule entreprise, dit-elle. Mais nous en avons tellement. »

Elle rit. Sans condescendance, mais d'une manière qui montre qu'elle est bien consciente d'être privilégiée.

« Et maintenant tu es sortie pour t'encanailler, la taquine Zack.

— Ce n'est pas le terme que j'utiliserais pour dire que je suis avec toi. »

Il sent le rouge lui monter aux joues.

« Merci », dit-il en se sentant immédiatement stupide. De quoi la remercie-t-il ?

Mais, sans y prêter attention, elle déclare qu'elle partira en Inde le jeudi suivant pour visiter les usines du groupe à Madras, et les sociétés informatiques à Bangalore.

Elle sort son hamburger de son emballage et ils mangent en silence. Zack verse du ketchup d'un sachet et Hebe met du poivre dessus, comme si elle savait déjà que c'est ainsi qu'il aime le manger.

Ils trinquent au Coca et, en reposant leurs gobelets, leurs mains se frôlent. Ils les retirent vite, comme s'ils s'étaient brûlés.

Il recule encore ses jambes.

« Explique-moi un peu ce que tu vas faire en Inde, dit Zack.

— Ça risque d'être assommant.

— Bon, alors dis-moi plutôt ce que tu vois en moi.

— Que vois-tu, toi, quand tu es devant le miroir ?

— Je ne me suis jamais posé cette question. C'est moi, voilà tout.

— Je suis comme toi, alors. Je te regarde, et c'est simplement toi. »

Et ils parlent longtemps de tout et de rien car ce qu'elle dit importe peu. Ce qu'il veut, c'est juste entendre sa voix, pour toujours. Il voudrait que sa voix mélodieuse le berce pour s'endormir la nuit, et pour se réveiller le matin.

Le restaurant bruyant n'existe plus et sous la table la cheville de Hebe frôle le mollet de Zack, mais aucun d'eux ne retire sa jambe. Zack songe tout à coup qu'il s'est montré trop sévère en condamnant Deniz et Sandra lors de la réunion de la veille.

Hebe s'arrête de parler, sourit ; Zack a du mal à respirer : il voudrait se pencher vers elle pour l'embrasser. Peut-être devrait-il le faire ?

La fille rastafari revient à leur table pour débarrasser le plateau.

« Vous pourriez arrêter un moment de vous dévorer des yeux et manger ce qu'il y a là », leur dit-elle d'un air grincheux.

Ils s'écartent pour qu'elle puisse le reprendre, puis en leur montrant les files d'attente à la caisse, elle leur lance :

« Il y en a d'autres qui voudraient s'asseoir. »

Le visage de Hebe s'assombrit.

« Cet endroit appartient à ma mère. Nous resterons assis aussi longtemps que cela nous chante. OK ? »

Sa voix est froide comme une nuit polaire et la serveuse s'en va penaude, les épaules baissées.

Zack cherche la serviette en papier sur ses genoux et sent la main de Hebe ; elle referme ses doigts sur les siens, et il serre les siens en retour. Ils restent ainsi, interdits, baignés d'odeurs et de bruits que leurs sens ne perçoivent pas.

Puis le regard de Hebe change de nouveau.

Elle jette un œil par-dessus son épaule, à travers les grandes fenêtres donnant sur la Vasagatan, se fend d'un grand sourire et se lève, retirant sa main de celle de Zack, à qui ce contact manque aussitôt. Elle fait un signe vers l'extérieur.

« C'est pas vrai, dit-elle. Jossan ! »

Hebe continue de faire des signes, et trente secondes après une jeune femme aux cheveux noirs ébouriffés les rejoint à leur table. Elle est vêtue d'un chemisier en lin à motif d'yeux marron et, au vu de ses bras, elle doit faire de la musculation en salle.

Hebe et Jossan s'embrassent. Zack voudrait faire disparaître l'intruse, être le seul à embrasser Hebe.

« Ça fait une éternité qu'on ne s'est pas vues !

— Trop longtemps !

— Toujours la même !

— Toi aussi ! »

Jossan salue brièvement Zack sans lui serrer la main, et il craint que Hebe ne lui demande de s'asseoir, mais elles restent debout, se racontant rapidement ce qui se passe dans leurs vies.

Jossan dit qu'elle cherche une maison :

« J'ai toujours voulu vivre dans un endroit comme celui où tu as grandi, un grand espace lumineux à côté de la mer. »

Finalement, elles promettent de se recontacter bientôt, et Jossan quitte le restaurant.

« Qui était-ce ? » demande Zack quand Hebe se rassied.

Sa jambe ne repose plus contre la sienne, leurs mains ne se cherchent plus.

« Une amie d'enfance. Nous avons été plusieurs années dans la même classe avant que ma mère ne me mette dans une école privée. Enfant, je l'admirais beaucoup. Elle était si différente, si libre en quelque sorte. Et forte. Elle a grandi dans un quartier pas très loin de chez nous, mais c'était tout de même un monde différent. Elle aimait les grandes pièces que nous avions à la maison. Elle se sentait à l'étroit dans les petits espaces. »

Le regard de Hebe se perd de nouveau dans la Vasagatan. Elle esquisse un bref sourire.

« Quoi ? demande Zack.

— Oh, juste quelque chose qui me revenait à l'esprit. Je ne sais même pas si je devrais te le dire.

— Ça semble promettre une bonne histoire. »

Elle repose son gobelet. Se penche par-dessus la table, sourit et dit :

« D'accord. Quand nous avions dans les dix-sept ou dix-huit ans, Jossan et moi nous avons fumé du cannabis à plusieurs reprises. Tu ne peux pas savoir à quel point c'était excitant pour moi de faire quelque chose d'aussi interdit. »

Hebe boit une gorgée de Coca.

« Puis ma mère nous a surprises, poursuit-elle en hochant la tête. Ce n'était pas drôle, si tu savais. Je n'ai plus eu le droit de voir Jossan et elle n'a plus eu la permission de mettre les pieds chez nous. Pour toujours. Enfin, c'est ce que je croyais. Mais quelques années plus tard, elle est revenue dans les bonnes grâces de ma mère, qui l'a invitée à la maison pour un dîner. J'en suis encore surprise. Ma mère n'a généralement pas le pardon facile. »

Hebe se tait et son regard devient vague. Zack mesure à quel point son expérience de la drogue est innocente, un jeu, rien de sérieux.

« Nous n'avons plus beaucoup de contacts, poursuit Hebe, mais je sais qu'elle serait là pour moi.

— Je sais ce que tu veux dire, dit-il lentement en cherchant son regard. J'ai moi aussi un ami de ce genre. En fait, il ressemble un peu à ton amie. Quelqu'un de costaud et qui n'a peur de rien. Toujours prêt à prendre des risques. »

Hebe regarde l'heure, sourit à Zack, un sourire qui irait mieux dans une réunion d'affaires, et annonce :

« Je dois partir. »

Elle se lève, il l'imite et la suit pour sortir du Burger King, sent à nouveau le regard des autres clients posé sur eux. Puis ils se retrouvent devant la BMW dans la lumière crue du jour sur la Kungsgatan. Zack soupçonne le chauffeur-garde du corps d'attendre déjà sur le siège conducteur, dissimulé derrière les vitres teintées.

Hebe se tait et Zack voudrait s'approcher d'elle, mais quelque chose le retient. C'est elle qui fait un pas dans sa direction, et lui qui, sans le vouloir, recule d'un pas.

« Qu'est-ce qui nous arrive ? lui demande-t-il.

— Je ne sais pas, dit-elle. À ton avis ?

— J'aimerais bien le savoir.

— Il y a des réponses qu'il ne faut pas chercher à connaître. »

Hebe repousse les cheveux de son front, semble vouloir ajouter quelque chose, mais se ravise. Elle regarde Zack et lui tend la main, il fait de même. Les bouts de leurs doigts se touchent, puis la portière de la BMW s'ouvre et Zack voit le chauffeur derrière le volant.

Ils retirent leurs mains.

« Tu vas où maintenant ? demande Hebe, et ses yeux redeviennent noirs.

— Au commissariat.

— Tu veux que je te dépose ? » propose Hebe, tandis que l'obscurité au fond de ses yeux disparaît aussi vite qu'elle était apparue.

Pour la première fois, il remarque ses boucles d'oreilles, des pierres serties d'or blanc, des saphirs et des brillants qui coûtent certainement plus que son salaire de plusieurs années.

« Merci, j'y vais à pied, dit-il.

— Comme tu veux », répond Hebe qui disparaît à l'intérieur de la voiture.

La BMW démarre et Zack reste seul sur le trottoir.

29

Après une minute d'indécision au milieu de la foule, Zack ressort la bague de fiançailles de la poche de son jean et la remet à son doigt.

Il devrait retourner au travail. Pourtant, il descend la Kungsgatan, continue jusqu'à la Norrlandsgatan et oblique vers la place Norrmalmstorg.

Le bureau de Mera est là-bas. Dans une maison construite pour un riche commerçant en bois, dans les années 1910.

Il n'y est jamais allé sans avoir été invité, mais maintenant il n'a pas le choix. Il faut qu'il la voie.

La rencontre qui vient d'avoir lieu au Burger King n'existe plus, pense-t-il, et à Norrmalmstorg, au portail près du H&M, il sonne à la réception du bureau de Mera. On le fait entrer, il traverse le hall et prend l'ascenseur pour le dernier étage.

La réceptionniste derrière le comptoir arrondi en teck lui sourit et dit :

« Est-ce qu'elle vous attend, Zack ?

— Je voudrais lui faire une surprise.

— Alors, allez-y. »

Une minute plus tard, il frappe à la porte de Mera et l'entend dire « Entrez ». Il la trouve assise derrière son grand bureau en verre, devant la fenêtre, comme encadrée par les cimes des châtaigniers de la place à l'extérieur. Il se dégage d'elle un mélange de puissance, d'intelligence et de féminité.

« Zack ! s'écrie-t-elle. Que fais-tu ici ? Nous devions nous voir seulement ce soir. »

Elle est là comme si elle avait toujours été assise là. Et il se rend compte de ce qu'il possède, de ce qu'il a été si près de perdre. Il veut le reprendre. Maintenant.

Il s'avance vers elle en silence. Elle se lève.

Il dit :

« Tu m'as manqué.

— Toi aussi tu m'as manqué. »

Il lui prend les mains, l'attire contre lui. Il l'embrasse violemment et elle lui mordille la lèvre inférieure. Il la pousse en arrière vers le bureau, mais elle résiste.

« Le plateau n'est pas assez solide », murmure-t-elle en se laissant glisser sur le tapis gris.

Il suit son mouvement.

Remonte sa jupe sur les hanches, lui enlève son slip, la cherche avec sa langue, sent trembler le corps de la jeune femme.

Après, ils restent allongés par terre l'un à côté de l'autre. Il la tient dans ses bras, essaie de l'absorber en lui par tous les pores de son corps.

C'est toi l'amour, se dit-il.

C'est toi que j'aime réellement.
Seulement toi.
Personne d'autre.

Plus tard, il prend le métro pour retourner au commissariat. Il ressent la présence de Mera à l'intérieur de lui, son amour pour elle, mais Hebe s'y trouve aussi, dans les vibrations des rails.

Pourquoi suis-je attiré par Hebe ?

Il ne trouve pas de réponse, sachant seulement qu'il voudrait lui faire l'amour des nuits et des nuits d'affilée. Tout aussi normalement qu'il vient de faire l'amour avec Mera.

Peut-être n'est-ce que pur désir ? Rien de plus.

Concentre-toi sur l'enquête, se dit-il quand la rame entre à la station de la mairie.

Il faut qu'ils progressent.

Parce que cela arrivera à nouveau.

Mais quand ?

Et où ?

30

La porte-fenêtre de la villa blanc-gris à Huddinge est ouverte et de légers nuages se reflètent sur l'eau calme de la piscine.

Dans le salon, Desiree Larsson, dix-sept ans, verse encore du vin blanc liquoreux dans les trois verres et rajoute des glaçons du seau à glace.

Il n'est que cinq heures de l'après-midi, mais qu'importe. Ce sont les vacances d'été et les parents sont partis voir des connaissances à Roslagen.

De plus, elles sont restées à l'intérieur plusieurs heures à travailler sur leur projet caritatif. Elles ont donc le droit de s'amuser un peu.

Elle sert tout le monde, puis se penche vers Evelina Bergmark pour mieux voir l'écran de son MacBook.

« Tu as super bien réussi les couleurs, dit-elle. Les yeux du garçon sont très bien. Cela souligne sa tristesse quand il marche dans les ruines avec son ours en peluche.

— Ça marchera super bien. La meilleure collecte », conclut Alva Jonsdotter.

Evelina referme le rabat de l'ordinateur et lève son verre.

« Aux réfugiés mineurs », lance-t-elle.

Les autres l'imitent.

« Et à nous, dit Desiree.

— Et à l'été », ajoute Alva.

Elles boivent de grandes gorgées de vin.

« Allons dans l'eau avant de mourir de chaleur, suggère Desiree en s'extirpant du canapé.

— Venez !

— Mais je n'ai pas de bikini avec moi, dit Alva.

— Je t'en prête un. Ou tu te baignes nue. Ça plaira bien à notre cochon de voisin. »

Quelques minutes plus tard, elles sont toutes dans la piscine. Elles hurlent de rire en essayant de grimper à trois sur le matelas gonflable, et quand finalement elles abandonnent et rejoignent le bord à la nage pour attraper les verres de vin elles gloussent derechef à la vue de cet idiot de nain de jardin qui tient une lanterne sur la terrasse en bois entourant le bassin.

« Il a l'air frappadingue, dit Alva. Regarde ses yeux. Comme s'il avait pris des trucs.

— À ce propos, dit Desiree en ressortant de la piscine, j'ai quelque chose de spécial pour ce soir. Attendez-moi ici. »

Dégoulinante d'eau, elle se précipite dans le salon pour prendre son sac à main. Elle fouille dedans et en sort une pochette en tissu.

Elle revient s'asseoir sur le bord de la piscine, défait le nœud doré et renverse quelques comprimés roses dans sa main.

L'eau calme est d'un bleu irréel. On n'entend que le vrombissement des bourdons parmi les fleurs du jardin.

Evelina prend l'un des comprimés de la main de Desiree et examine la tête de Bambi qui orne l'une de ses faces.

« Qu'est-ce que c'est ? Une sorte de bonbon ou quoi ? »

Desiree repousse une mèche de cheveux et la glisse derrière l'oreille.

« Tu te rappelles le trip qu'on s'est fait avec les comprimés que j'avais apportés pour la fête du Walpurgis ? »

Les autres acquiescent en hochant la tête.

« C'est quelque chose dans ce genre, en beaucoup mieux.

— Mais qu'est-ce que c'est ? Ça contient quoi ? veut savoir Evelina.

— Je ne me souviens pas du nom, mais ça vient d'une source sûre. Promis. »

Evelina pose le comprimé sur le bord de la piscine et se jette dans l'eau.

« Non, je ne sais pas si j'ai envie, dit-elle.

— Allez ! insiste Desiree. C'est vraiment le top. Aucun de tes potes ne pourra en obtenir, je te le garantis. Eux, ils n'ont que l'herbe ou la coke. Tu leur en boucheras un coin quand tu leur raconteras ça la prochaine fois que tu les verras. »

Alva se retient par un bras sur le bord de la piscine.

« Je veux bien essayer, dit-elle.

— Tiens, je t'en file un. »

Desiree ajoute encore deux autres comprimés sur le bord et garde le reste dans le sac. Mais le vin l'a rendue maladroite et l'un des comprimés roule de la desserte sous un fauteuil en bois à coussin bleu, où il se coince dans l'interstice entre deux lattes.

Elle fait nonchalamment un signe de la main vers le fauteuil en se disant qu'elle le cherchera plus tard, et se glisse dans la piscine. Elle prend son verre de vin et l'un des comprimés, qu'elle tient entre le pouce et l'index.

« Vous faites comme moi ? »

Alva montre son comprimé rose. Elle et Desiree regardent Evelina restée dans la partie la plus profonde de la piscine avec de l'eau jusqu'au cou. Les bourdons continuent de vrombir dans le jardin. Le soleil du jour qui décline est chaud et agréable.

Evelina hausse les épaules et rejoint les autres à la nage.

— Bon, bon. *Whatever*.

Elles posent les comprimés sur leurs langues et les font descendre avec plusieurs gorgées de vin blanc frais.

Evelina se met à nager dans l'eau. Fait la planche. Se détend.

Les autres la suivent.

Les trois jeunes filles flottent pendant un moment. Complètement immobiles.

Elles regardent le ciel d'un bleu cristallin. Les voiles de nuages suspendus là-haut comme de fines plumes d'oiseaux.

Evelina se redresse, prend plaisir à la caresse douce de la surface de l'eau sur ses épaules.

Elle attire Alva plus près d'elle et la serre dans ses bras, fait signe à Desiree de venir les rejoindre.

Se tenir plus près les unes des autres.

Entourées d'une eau aussi bleue que le ciel.

Best friends forever.

Leurs bras sont comme des serpents qui s'enroulent autour des corps, les resserrent les uns contre les autres, pour qu'ils ne fassent plus qu'un.

Evelina lève les yeux vers le nain de jardin. Remarque qu'il a légèrement tourné la tête et la regarde.

Le nain a soulevé un bras, celui avec la lampe.

Mais il n'y a plus de lampe.

Il sourit gentiment vers la tête qu'il tient dans sa main.

La tête de Desiree.

31

Il a surveillé la villa pendant plus d'une demi-heure.

Il n'a pas observé le moindre mouvement, n'a pas vu une télévision ou une lampe allumées.

Alors pourquoi la porte de la terrasse est-elle ouverte ?

Ils ont dû oublier de la fermer.

Les Suédois sont un peu bizarres sur ce plan. Ils peuvent investir plein d'argent dans une porte d'entrée massive, blindée et tout, mais laisser ouverte la porte-fenêtre branlante de la terrasse.

Il baisse le fin tissu devant son visage et se faufile sur la pelouse neuve.

Elle est douce et moelleuse. Les jointures bien visibles. Achetée en rouleaux, sans aucun doute.

La piscine est éclairée par en bas. Il peut deviner la surface de l'eau de là où il est, et l'air au-dessus qui semble briller dans la lumière artificielle.

Il grimpe sur le plancher en bois, cherche des yeux les capteurs de mouvement sur la façade.

Il sait qu'il y en a un au-dessus de la porte du garage. Mais aucun ici.

De loin, il peut jeter un coup d'œil par la porte-fenêtre entrouverte.

Le silence règne à l'intérieur.

C'est presque trop facile. Comme si on lui avait déroulé le tapis rouge.

Il avance lentement sur le caillebotis en bois et s'arrête en voyant monter des bulles du fond de la piscine.

Elles sortent d'où ?

Mais qu'est-ce qui s'est passé avec l'eau ?

Elle n'est plus bleue. On dirait que quelqu'un a renversé un pot de peinture rouge dedans. Quelque chose flotte à la surface. Comme une balle de ping-pong plongée dans une blessure ouverte.

Dégoûtant.

Un animal qui se serait noyé ?

Il s'approche à pas lents.

Se met tout près du bord.

Putain !

Il chancelle, a l'impression qu'une force veut l'attirer dans l'eau.

Au fond de la piscine gît une belle jeune femme qui le regarde fixement.

Ses cheveux ondulent dans l'eau, brillent à la lueur d'un spot, tout comme les lambeaux de chair qui pendent de son cou tranché.

Ses yeux s'enfoncent dans les siens, et elle sourit. Lui chuchote telle une sirène de la mythologie antique.

Viens.

Viens vers moi.

Et elle n'est pas seule. Il y a plusieurs corps en bas.

Une gamine recroquevillée sur le côté, comme si elle avait froid. Une troisième, les bras écartés, dans la position d'une crucifiée avec des clous invisibles.

Même si son visage est tourné vers lui, elle ne peut l'entraîner vers elle uniquement avec son regard. Pas comme la première. Car là où devraient être ses yeux, il n'y a que deux trous rouges, vides.

Il recule d'un pas, se dégage de l'emprise des morts. Balbutie des prières qu'il n'a pas prononcées depuis qu'il était enfant.

Aucune puissance supérieure ne peut l'aider désormais.

Ne peut *les* aider.

Il sort son téléphone, le fait tomber sur le caillebotis, se précipite juste avant que l'appareil ne glisse dans l'eau.

Dans le sang.

Il prend appui avec sa main libre et se relève ; s'éloigne de la piscine et compose un numéro qu'il n'aurait jamais cru faire un jour.

32

Mardi 28 juin

Zack est réveillé par la sonnerie.

Le corps chaud de Mera contre le sien. Le drap fin en soie qui les enveloppe comme un nuage, les murs gris qui paraissent presque noir dans la nuit.

À contrecœur, le corps et le cerveau émergent du sommeil.

Il tend le bras vers le portable, voit qu'il est quatre heures cinquante-sept.

« Allô ? C'est moi. »

La voix de Deniz.

Zack se redresse doucement pour ne pas réveiller Mera.

« Allô ? Tu t'es rendormi ? demande Deniz.

— Non, je suis là.

— Ça s'est reproduit.

— Quoi donc ?

— Trois jeunes filles ont été retrouvées mortes à Huddinge. Un vrai carnage apparemment. Comme à Kopparkobben.

— T'es où ?

— Devant la porte de ton immeuble dans cinq minutes.

— Je suis chez Mera.

— OK, je te retrouve là-bas. »

Zack s'habille. Dans la cuisine, il trouve du papier et un stylo. Écrit pour Mera un petit message qu'il pose par terre de son côté du lit et il l'embrasse légèrement sur la joue.

Lit les mots qu'il vient d'écrire :

Le boulot m'appelle. Je t'aime, Z.

Plusieurs véhicules de patrouille et des ambulances sont déjà sur place quand Deniz et Zack s'engagent dans la rue.

Ils se garent devant la maison voisine, une grande villa à deux étages aux murs chaulés, construite dans le style fonctionnaliste, avec vue sur le lac Trehörningen.

Une femme aux cheveux décolorés, en robe de chambre, jette un coup d'œil curieux par la fenêtre du second étage.

Zack regarde le lac. De minces voiles de brume flottent à sa surface tels des elfes en peine et entourent un îlot boisé dans sa partie méridionale.

« Tu viens ? » dit Deniz.

Ils entrent, saluent les policiers dans l'entrée, et voient deux ambulanciers parler à voix basse dans la cuisine. Ils traversent la salle de séjour et sortent sur la terrasse, où ils saluent Koltberg dans sa combinaison blanche. Il a posé des morceaux de bâche sur le sol pour protéger la surface des empreintes de pas qui pourraient polluer la scène de crime, et il est en train d'examiner un verre de vin à moitié bu.

« On peut jeter un coup d'œil ? demande Zack.

— Oui, si vous marchez sur les bâches. »

Ils s'approchent de la piscine.

« Oh, putain », murmure Deniz, les dents serrées.

Ils échangent un regard et s'obligent à tourner les yeux de nouveau vers la piscine. Sur les corps.

Sur le sourire qui les met mal à l'aise.

Aussi insouciant et paisible que celui d'Ebba Langer.

Ils sont liés, pense Zack. *Les décès à Kopparkobben et ceux-ci.*

Liés par une folie furieuse.

Comment est-ce possible ?

Que s'est-il passé dans le monde de ces adolescents ?

Il pense à ce que Deniz lui a raconté dans la voiture, que les parents de la fille qui habite là sont sur le chemin du retour, ils reviennent de Roslagen.

Sont-ils obligés de voir cela ?

Koltberg examine quelque chose par terre. Visse un objectif macro sur son Nikon, prend quelques gros plans puis ramasse ce qu'il a vu avec une pince à épiler et le dépose dans un sachet.

« Quelqu'un d'autre est venu ici, dit-il. Un homme, vraisemblablement. Il y a des traces de pas, taille 43-44, sur le caillebotis. J'ai envoyé des techniciens fouiller le terrain pour voir où ces traces nous conduisent.

À l'extrémité du jardin, près d'une haie mal taillée, Zack aperçoit deux hommes se pencher sur quelque chose.

« Qui a donné l'alerte ? demande Deniz.

— Un homme au numéro masqué qui voulait rester anonyme. Il avait un vague accent, c'est tout ce que nous savons », répond Koltberg avant de reprendre son appareil photo et de continuer à photographier d'autres détails de la scène de crime.

Le téléphone de Deniz sonne et elle entre dans la maison.

Un technicien appelle Koltberg pour lui dire de venir voir.

Zack le suit, mais se tient un peu en arrière.

« Oui ? dit Koltberg en s'approchant.

— Il y a des traces de pas ici aussi. Et elles ne sont pas vieilles. Quelqu'un a foulé le gazon qui venait d'être posé et je ne crois pas que ce soit le propriétaire de la maison.

— Pourquoi ? demande Koltberg.

— Ce genre de rouleaux de pelouse coûte la peau des fesses. Ceux qui les achètent font attention de ne pas les abîmer avant qu'ils n'aient pris racine correctement. »

Qui est venu ici, cette nuit ? songe Zack.

Quelqu'un qui a vu mourir les gamines ?

Ou qui les a vues s'entretuer ?

Un taxi s'arrête derrière une voiture de patrouille. Zack voit Sandra en sortir d'un bond et passer sous le ruban du périmètre de sécurité.

Quelque chose dans sa tenue le surprend : elle

porte exactement la même veste grise que la veille, le même jean. Seul le T-shirt est différent, violet avec une impression argentée.

Deniz en a un comme ça.

Sandra lui fait un signe de la main et entre dans la maison.

Le taxi fait marche arrière et manque d'emboutir une autre voiture qui s'est rangée derrière elle.

Un photographe et un journaliste sautent du véhicule.

Zack retourne à l'intérieur de la maison. Il ne veut pas les laisser monter une histoire sur la présence du « superflic » en ces lieux.

C'est le nom que les médias lui ont donné après l'affaire des loups mangeurs d'hommes l'été précédent et la chasse à l'homme-lion, dans l'hiver[1], et ce surnom lui est resté.

Dans la cuisine, Sandra a pris Deniz dans ses bras pour la réconforter.

Koltberg se faufile devant Zack pour passer un outil sous le robinet. Il s'arrête en voyant les deux femmes enlacées, ouvre le robinet d'eau en grand et marmonne à Deniz qu'elle n'a qu'à faire ses saletés chez elle…

Deniz lâche Sandra, saisit Koltberg par le col de sa combinaison blanche et le plaque contre le mur.

« Tu vas la boucler, espèce de… »

Zack l'attrape par les épaules et l'écarte.

1. Voir *Zack*, Série Noire, Gallimard, 2016, des mêmes auteurs, et *Leon*, *op. cit.*

« Pas maintenant, pas ici. »

Il ne sait même pas de quel côté il est. Koltberg et Deniz ont tous deux un comportement si peu professionnel.

Est-ce que personne n'a une attitude normale dans cette foutue unité ?

Koltberg secoue l'eau de son outil et disparaît sans rien ajouter.

« Imbécile », chuchote Deniz dans son dos.

Zack la lâche. Il se détourne pour regarder par la fenêtre. A-t-elle réagi au quart de tour parce que Koltberg a touché un point sensible ? Deniz hait les hommes qui jettent leur dévolu sur de jeunes et jolies stagiaires. Mais au fond, ne fait-elle pas comme eux ?

Sandra pose une main sur l'épaule de Deniz, et Zack doit avouer qu'il n'aime pas voir ce geste.

Non pas parce qu'il l'envie d'avoir une nouvelle partenaire. Au contraire.

Mais au boulot il veut être le premier choix de Deniz. C'est avec elle qu'il travaille le mieux.

Cette nouvelle relation va-t-elle changer la donne ?

Et puis merde. Il a d'autres chats à fouetter.

Il retourne sur la terrasse. Essaie d'avoir une vue plus analytique cette fois-ci, pour comprendre le déroulement des événements.

Des débris d'un verre de vin traînent sur le bord de la piscine. Les deux plus gros éclats sont ensanglantés, comme si deux des jeunes filles les avaient utilisés l'une sur l'autre.

Un peu plus loin, sur le caillebotis à l'ombre de

la façade, Koltberg fouille dans son sac, le visage encore rouge après l'altercation dans la cuisine. Il fait signe à Zack de venir vite.

Je vais encore en prendre pour mon grade parce que je me suis interposé, pense-t-il, *parce que je me mêle de ce qui ne me regarde pas.*

Mais Koltberg dit simplement :

« Je veux te montrer quelque chose. »

Avec ses mains gantées de latex, il prend une pochette en tissu d'une caisse posée sur une table en pin où il a entreposé les preuves matérielles.

Puis il en sort un comprimé rose qu'il tient entre le pouce et l'index.

« C'est quoi ? demande Zack.

— Je pensais que tu serais mieux placé que moi pour répondre. »

Zack examine le comprimé. Lisse, rond, avec une tête de Bambi imprimée sur une face.

De la drogue, pense-t-il aussitôt. Avec un design pour séduire les jeunes.

Il a déjà vu ce genre de produits. Des comprimés d'acide avec des fleurs bleues, d'autres avec des elfes de couleurs vives.

« Eh bien ? demande Koltberg.

— Je n'en ai jamais vu de comme ça, mais je pense qu'on va enfin savoir quelle est la substance inconnue qu'on a retrouvée dans le sang des jeunes. »

Koltberg remet le comprimé dans la pochette. Ses yeux brillent comme ceux d'un enfant qui a découvert une boîte à secrets et aura bientôt le droit de soulever le couvercle.

Zack regarde de nouveau la piscine. La surface immobile est comme un couvercle de verre au-dessus des ombres qui gisent au fond.

Que contiennent donc ces cachets ?

Pourquoi les avez-vous pris ?

Il jette un regard alentour sur la terrasse.

Deux solides fauteuils en bois avec des coussins bleus encadrent une table carrée, et sur une étagère sous la table se trouvent une pile de livres et quelques revues.

Zack sort des protège-chaussures du sac de Koltberg et les enfile. Il s'accroupit et lit le dos des livres. Cherche s'il n'y aurait pas des titres rappelant ceux qu'il avait trouvés chez Theo Stranddahl.

Ce dernier avait caché ses livres, mais si ces filles savaient leurs parents absents cette semaine, elles auraient fort bien pu les sortir.

Des polars, encore des polars. Et des revues de décoration.

Il s'apprête à se relever quand il aperçoit quelque chose sous un des fauteuils.

Un comprimé rose, coincé entre deux lattes du caillebotis.

Il cherche Koltberg des yeux, mais ce dernier est ressorti dans le jardin où il discute avec les autres techniciens.

Zack cherche dans sa poche de veste et trouve une serviette en papier froissée. Il se retourne, enveloppe vite le comprimé dans la serviette et la fourre dans sa poche.

33

Wilhelm Pettersson, soixante-sept ans, un verre de whisky à la main, s'assied dans le canapé en cuir en tournant le dos à la vue magnifique sur le lac.

« Il me faut bien ça dans un jour comme celui-ci », dit-il à Zack et Deniz, mais il semble en réalité assez content d'avoir trouvé un prétexte pour commencer à boire avant le petit déjeuner.

« Avez-vous vu ou entendu quelque chose d'inhabituel chez vos voisins hier soir ?

— Chez les Larsson, vous voulez dire ? »

Zack acquiesce.

Sirpa Hemälainen leur a envoyé par mail les photos de passeport de la famille et Koltberg a identifié leur fille Desiree, âgée de dix-sept ans, parmi les victimes.

À l'aide de photos et de documents trouvés dans l'ordinateur portable qui était dans la salle de séjour, ils ont même pu identifier les deux autres : Alva Jonsdotter et Evelina Bergmark. Elles aussi âgées de dix-sept ans.

Wilhelm Pettersson secoue la tête et prend une grosse gorgée de whisky.

« Normalement, j'aime bien regarder les filles qui se baignent, dit-il en faisant un clin d'œil à Zack, mais hier j'étais parti à la pêche dans la soirée. Rien n'a mordu. Vous êtes sûr que vous ne voulez pas un verre ? »

C'est à Zack qu'il a posé la question. Il a ignoré Deniz depuis qu'il les a laissés entrer.

Peut-être parce que c'est une femme, pense Zack. *Ou une immigrée. Ou les deux.*

« Vous connaissiez bien Desiree Larsson ? demande Zack.

— On se saluait quand on se croisait, mais vous savez bien que les jeunes vivent dans leur monde à eux.

— Vous n'avez rien remarqué de différent dans son comportement ou celui de ses parents ces derniers temps ? Des visites de nouvelles personnes ou d'autres changements qui vous auraient frappé ? »

L'homme fait non de la tête et remplit de nouveau son verre.

« Oh que si, elle menait une vie un peu débridée, dit Elisabeth Erixon en regardant Sandra Sjöholm assise en face d'elle à la table de sa cuisine, dans la villa fonctionnaliste de l'autre côté de la rue par rapport à celle de la famille Larsson. Je l'ai vue traîner avec un type un peu miteux devant la maison, la nuit, avant de rentrer chez elle. Et pas qu'une fois, dois-je dire. »

Elle boit une gorgée de café, prend un morceau de gougère, regarde négligemment par la fenêtre les pommiers du jardin, puis la maison de ses voisins sécurisée par la police.

« Savez-vous qui est le garçon ? demande Sandra.

— Non.

— Vous avez dit qu'il était un peu miteux. De quelle façon ?

— Oh, vous savez bien. Des trous aux genoux, les cheveux en bataille. Ça ne m'étonnerait pas que ce soit lui qui ait donné ces comprimés à Desiree et ses amies. »

Nous n'avons encore rien dit sur ce qui est arrivé aux adolescentes, songe Sandra, *et pourtant tout le monde a l'air d'être au courant. Que ce soit l'autre femme arrogante ou tous ces curieux qui se pressent derrière le ruban de sécurité.*

« Et Desiree, comment était-elle ?

— Gaie, agréable. Un peu rebelle par moments, comme il y a quelques jours quand elle est venue me voir pour que je donne de l'argent à son projet pour les demandeurs d'asile. Mais sinon, elle était comme je l'ai dit, une enfant très agréable. »

Elisabeth Erixon se lève, rectifie sa veste et jette de nouveau un regard par la fenêtre. Elle observe les techniciens qui travaillent dans le jardin de l'autre côté de la haie, puis les badauds derrière le ruban bleu et blanc.

« Oh, mon Dieu, tout ce monde. Qu'est-ce que ces gens ont à faire ici ? La rumeur va se répandre qu'il y avait toute une bande de drogués qui habitaient là. Nous qui avions pensé mettre bientôt en vente la maison pour déménager dans une copropriété à Sjöstaden. Pour sûr, la valeur va certainement baisser de plusieurs centaines de milliers de couronnes. »

Dans la cuisine de la villa sécurisée, Rudolf Gräns est assis en face des parents de Desiree Larsson et capte les sons presque inhumains que laissent échapper leurs gorges. Des animaux blessés qui tenteraient de garder la mort à distance.

Douglas Juste se tient dans le jardin avec la mère de l'une des autres jeunes filles, Alva Jonsdotter. Rudolf est allé chez eux plus tôt ; elle a réagi très différemment des parents de Desiree, s'est contentée de poser des questions factuelles, d'apprendre le maximum de choses.

Mais Rudolf sait que la vraie réaction viendra après coup.

Il se demande comment vont les parents d'Evelina Bergmark. Une patrouille s'est rendue chez eux pour leur annoncer ce dont aucun parent ne peut se remettre.

De l'autre côté de la table, Torsten et Marielle Larsson tentent encore une fois de se ressaisir. Respirent profondément. Boivent un peu d'eau. Mais à peine veulent-ils dire un mot que leurs voix se brisent.

Votre vie deviendra aussi noire que la mienne, pense Rudolf.

Mais à l'intérieur.

Dans votre âme.

34

Sirpa Hemälainen lâche son clavier et recule sa chaise à roulettes pour pouvoir masser ses genoux douloureux.

Comme de coutume quand il se passe quelque chose de spectaculaire, elle se retrouve seule au bureau.

Elle devrait marquer une pause, rentrer à la maison et sortir Zeus. Faire travailler un peu ses jambes comme l'a conseillé le médecin.

Mais elle ne peut pas s'y résoudre.

Elle sent qu'elle est à deux doigts de trouver quelque chose.

Elle pense à Jari. À son regard perdu, défoncé, quand elle l'avait vu au printemps à Helsinki. Elle allait retrouver de la famille et était tombée sur lui par hasard dans la gare centrale. Pitoyable, maigre, couvert de boutons, après un shoot. Il avait eu honte, avait baissé les yeux et fait semblant de ne pas la reconnaître.

Quelqu'un lui avait donné le premier comprimé ou la première seringue.

Tout comme quelqu'un avait donné les comprimés roses aux jeunes filles à Huddinge. Peut-être la même personne qui avait fourni la drogue à la bande de copains à Kopparkobben.

Est-ce que David Mathias leur aurait vendu de la drogue à eux aussi ? Lui ou quelqu'un d'autre qui s'octroie le droit de gagner de l'argent sur la mort de jeunes gens.

Mais plus personne ne va mourir à cause de ces comprimés roses. Plus personne n'aura le droit de gagner de l'argent en répandant la mort.

Sirpa a passé la dernière heure à étudier le profil des trois adolescentes mortes. Elle a vérifié si leurs noms n'apparaissaient pas dans des dossiers de délits, mais ce n'est pas le cas, et s'il pourrait y avoir des liens apparents avec d'autres jeunes décédés à Kopparkobben.

Elle n'a rien trouvé. Pas là.

Mais elle a commencé à passer en revue leurs amis sur Facebook, et c'est là qu'elle a enfin mis le doigt sur quelque chose.

Axel Hultqvist, un des jeunes qui sont morts à Kopparkobben, était ami sur Facebook avec Desiree Larsson.

La douleur aux genoux de Sirpa l'élance de nouveau.

Cela doit signifier quelque chose. Forcément.

Elle lance une nouvelle recherche.

Ses doigts pianotent.

Quelques étages plus bas, dans le labo de la police technique au sous-sol, Sam Koltberg entre dans un ordinateur les empreintes digitales relevées à Huddinge. Un travail qu'il laisse normalement aux autres.

Mais il est pressé et sait qu'il gagne du temps en s'en chargeant lui-même.

Il y a énormément de traces de doigts sur le bord de la piscine, les poignées de la porte-fenêtre et l'encadrement de la porte. La plupart sont celles de la famille qui habite là, mais pas toutes.

Ce sont celles-là qu'il entre dans l'ordinateur.

Le logiciel travaille, essaie de trouver des empreintes similaires dans l'énorme base de données qui couvre toute la Suède.

Il va mettre en route la machine à café, mais revient dès qu'il entend un signal sonore de l'ordinateur. Une occurrence.

Unc photo dc passeport apparaît sur l'écran à côté du casier judiciaire de la personne.

Victor Valdez.

Vingt-trois ans. Domicilié à Skarpnäck, dans le sud de Stockholm. Condamné à cinq reprises pour violences aggravées, cambriolages et recel.

Après quelques courts séjours en prison, il vient d'être remis en liberté après sa dernière peine, en avril de cette année.

Koltberg parcourt le signalement.

Trouve la pointure des chaussures.

Du quarante-trois.

Il prend son téléphone et appelle Douglas Juste.

35

L'appartement est situé dans un immeuble de brique rouge à quelques centaines de mètres de la station de métro Sparknäck au sud de Stockholm.

Zack triture la serviette enroulée dans la poche de son jean tout en suivant Deniz qui franchit le porche. Pourquoi a-t-il emporté le comprimé rose ? Que va-t-il en faire ?

Imbécile.

Deniz le regarde et voit l'inquiétude sur son visage.

« Ça va ? »

Il fait signe que oui et se concentre sur sa tâche.

Le carrelage rouge du hall d'entrée a commencé à se décoller des murs. Ils montent au premier étage et sonnent.

De la musique hip-hop à plein volume résonne dans l'appartement.

Deniz se place vite derrière Zack et sort son arme.

Les empreintes digitales de Victor Valdez ont été relevées sur le bord de la piscine où les trois jeunes filles sont mortes. Un jeune criminel, récemment libéré de prison. Il avait apparemment cassé la gueule à un ado de quatorze ans.

Est-ce Victor Valdez qui distribue les comprimés Bambi ? Travaillait-il avec David Mathias ?

Zack sonne une nouvelle fois. Tient longtemps le doigt appuyé.

Un bruit de chaîne de sûreté. La porte s'entrouvre et Zack saisit la poignée.

Un homme aux cheveux coupés court, avec un lien en argent autour du cou, apparaît, hésitant. Un maillot noir et un pantalon de jogging en tissu brillant gris foncé complètent le look.

Il les regarde fixement. D'abord leurs visages, puis le pistolet de Deniz et les cartes de police qu'ils lui présentent. Il a une main sur la poignée de la porte, serre le poing de l'autre et semble réfléchir à ce qu'il doit faire.

Zack avance un pied pour bloquer la porte, l'empêcher de la leur claquer au nez.

« Vous êtes Victor Valdez ? » demande Zack.

L'homme examine Zack comme un boxeur de rue jauge un adversaire.

Puis il lâche la poignée, se détend et hoche la tête.

Ils le suivent dans l'appartement, Deniz toujours l'arme au poing.

Victor Valdez se déplace avec nervosité. Parce qu'il a peur, pense Zack, ou parce qu'il va disjoncter ?

La musique continue à hurler dans le séjour. Un Américain répète en rappant que tous les flics doivent crever.

Les basses font trembler les vitres.

Victor Valdez baisse le volume d'une enceinte sans fil et Zack perçoit une faible odeur de cannabis. Trois cartons non ouverts de téléviseurs Sony sont appuyés contre un mur, sur la table basse traînent des iPhones, des téléphones Samsung et une pile d'iPad dans leurs emballages d'origine.

En voyant que Zack s'étonne de la présence de tout ce matériel, Victor Valdez s'explique :

« Je sais que ça a l'air un peu louche, mais je les garde ici pour un pote. Son dépôt a eu droit à de la visite.

— Pas de chance, vraiment, réplique Zack en haussant un sourcil.

— On n'a qu'à s'asseoir dans la cuisine », propose Victor Valdez.

Deniz vérifie la chambre à coucher et les toilettes, mais il est seul dans l'appartement.

Deux chaises dépareillées se font face autour d'une table rayée dont la moitié de la surface disparaît sous les publicités distribuées dans les boîtes aux lettres.

Sur le plan de travail se trouvent deux caisses avec des appareils électroménagers. Victor Valdez les range vite dans un placard.

Ensuite il baisse les stores, comme s'il craignait qu'on ne le voie parler à la police.

« Vous savez pourquoi on est là ? demande Deniz qui, comme Zack, reste debout.

— À cause de la villa à Huddinge. »

Deniz confirme d'un mouvement de tête.

« J'étais là, vous l'avez déjà compris. Mais je n'ai rien à voir avec les meurtres, je le jure. »

La peur dans ses yeux est palpable. Il cherche ses mots :

« J'avais pensé cambrioler la maison, OK ? Je le reconnais. Mais quand j'ai vu les filles dans la piscine, oh putain, j'ai filé direct. Je n'ai rien embarqué du tout. Vous n'avez qu'à demander aux proprios s'il leur manque un truc.

— Ils ont autre chose à penser pour le moment, dit Zack.

— C'étaient leurs mômes ? Oh merde… Faut vraiment être un psychopathe pour faire un truc pareil…

— C'est vous qui avez appelé la police ? demande Zack.

— Oui, mais j'ai pas dit qui j'étais. Je veux rien avoir à faire avec ça. Mais ça m'a trotté dans la tête toute la journée. J'ai l'estomac tout chamboulé. Si jamais le meurtrier m'a vu… il va me buter aussi.

— Ça fait combien de temps que vous vendez des comprimés Bambi ? veut savoir Zack.

— Que je vends quoi, t'as dit ? demande le type l'air sincèrement surpris.

— Parle-nous un peu de David Mathias », dit Deniz.

Victor Valdez hausse les épaules.

« Jamais entendu ce nom-là. C'est lui qui a fait ça, qui a tué les filles ? »

Zack et Deniz échangent un bref regard.

Et s'il disait la vérité ? Au fond, ce n'est pas

si improbable que ça. Ils n'ont pas devant eux l'intelligence du siècle…

« Nous voulons que vous nous racontiez ce que vous avez fait hier soir, minute par minute. Dans les moindres détails, dit Zack.

— D'accord, d'accord. Par où commencer ? J'ai d'abord été en ville avec des potes. On est allés au McDo, j'ai pris un cheeseburger, ensuite…

— On ne va pas faire ça ici, dit Deniz sur un ton amical. Vous allez nous suivre au commissariat. »

36

Il est peu après cinq heures et le soleil reste écrasant quand Zack et ses collègues de l'Unité spéciale quittent le café sur la Pilgatan et traversent la Bergsgatan pour retourner au commissariat. Encore heureux que Douglas Juste ait proposé à chacun de ramener un café et une glace, et de déplacer la réunion dans la cour intérieure du bâtiment. L'air confiné des bureaux est presque irrespirable.

L'atmosphère dans cette cour est lugubre comme dans la pire des institutions. De hauts murs de béton s'élèvent de tous côtés, du pissenlit pousse entre les dalles de pierre fendues.

Ils tirent chacun leur chaise en plastique aux couleurs passées dans la partie ombragée de la cour et forment un demi-cercle comme s'ils assistaient à une réunion d'Alcooliques anonymes, prêts à raconter leur dernière rechute.

Zack voit ses collègues. Épuisés, en sueur, mécontents.

Il se sent dans le même état.

Tout se ligue contre eux.

Même en ayant fait le lien entre un criminel et une scène de meurtre, ils n'ont pas avancé d'un iota.

Le premier interrogatoire avec Victor Valdez vient de se terminer et son récit pour la soirée semble crédible. Sa présence a même été attestée par la caméra de surveillance du McDonald's à l'heure où il avait affirmé y être. Ce qui correspond à l'heure où les jeunes filles se sont suicidées.

« Ce n'est pas possible, gémit Sandra Sjöholm en baissant la tête de sorte que ses cheveux dissimulent tout son visage. Valdez n'est donc qu'un vulgaire cambrioleur qui a juste eu un timing incroyable ? »

Sa glace à la vanille a déjà commencé à fondre et à couler sur les dalles de pierre.

« Bon, nous pouvons donc exclure un des dix mille dealers potentiels de Bambi, dit Sirpa Hemälainen sur un ton amer. C'est toujours ça. »

Zack voit Douglas retirer sa veste et la suspendre au dossier de sa chaise. Mais il ne desserre pas son nœud de cravate.

« Il est trop tôt pour tirer la moindre conclusion, dit Douglas. Les analyses scientifiques de l'appartement ont à peine commencé. »

Ils ne trouveront rien, songe Zack. Il a compris ça tout de suite quand ils sont allés le chercher. Ce type n'a pas le calibre qu'il faut pour fabriquer ce genre de drogue.

Deniz soupire à côté de lui. Rudolf Gräns

essuie la sueur de sa nuque avec un mouchoir en tissu et pousse, lui aussi, un soupir.

Le téléphone de Douglas sonne. Il le sort de la poche intérieure de sa veste, refuse l'appel et se lève.

« Ça va ? Vous avez tous fini de soupirer ? Bon, il serait temps de reprendre les choses avec méthode. Tout d'abord : Que penser de la théorie du suicide collectif ? Sandra et Rudolf, vous avez passé la journée à interroger les proches et les amis des jeunes filles, quelle est votre opinion ? »

La vieille chaise en plastique émet des craquements inquiétants quand Rudolf change de position.

« Je dirai qu'Evelina Bergmark, Alva Jonsdotter et Desircc Larsson sont des adolescentes qui n'ont absolument pas un profil suicidaire, répond-il. Elles avaient un large cercle d'amis, plein de projets, voulaient changer le monde et croyaient avoir les moyens et la force pour le faire. Alors, s'il s'avère qu'elles ont pris la même drogue que les jeunes à Kopparkobben, ce n'était certainement pas pour mourir. »

Douglas se tourne vers Sirpa.

« Que savons-nous sur Axel Hultqvist et Desiree Larsson, hormis qu'ils étaient amis sur Facebook ? Étaient-ils vraiment proches ?

— J'ai parlé avec la mère d'Axel, et, selon elle, ils n'étaient pas du tout amis. Ils se connaissaient vaguement, rien d'autre, et c'était par l'intermédiaire de leurs pères qui apparemment géraient ensemble une société florissante. Ils se voyaient tout au plus quelques fois dans l'année, et toujours dans le cadre d'une fête organisée par l'entreprise.

— Est-ce que tu peux regarder la relation entre les pères d'un peu plus près ?

— Ce sera fait. »

Douglas garde un instant le silence et mange son esquimau glacé enrobé de chocolat. Zack est frappé par l'extrême fatigue qui se lit sur ses traits. En peu de temps, ses rides au front se sont creusées, ses paupières se sont alourdies.

« Nous devons donc supposer que ces comprimés roses vont apparaître sur le marché à grande échelle et que David Mathias n'est qu'un pion dans une organisation beaucoup plus importante.

— Alors nous devons nous attendre à une putain d'hécatombe parmi les jeunes », dit Deniz.

Zack sent de nouveau la serviette froissée dans la poche de son pantalon. Ce comprimé rose lui brûle la peau à travers le tissu du jean.

Pourquoi l'as-tu pris ?

Que penses-tu en faire ?

Douglas se tourne vers Sam Koltberg.

« Est-ce que les prélèvements sur les jeunes filles de Huddinge ont été envoyés à Linköping ?

— Oui, ils sont déjà là-bas. Je viens d'avoir un SMS de mon contact au laboratoire de chimie judiciaire. Les analyses sont en cours. »

Douglas hoche la tête et réfléchit, en finissant sa glace et en buvant son café.

« Je ne m'attends pas à des révélations extraordinaires à ce stade, finit-il par dire. Je contacterai

Petersén, le chef du service de presse, dès que nous aurons terminé cette réunion, pour qu'il organise une conférence dans une heure. Nous devons mettre en garde le public contre ces comprimés roses. »

C'est bien, pense Zack. *Jusqu'à ce que nous trouvions la source de ces comprimés, il faut à tout prix empêcher que d'autres en achètent.*

Si David Mathias était l'unique revendeur, le problème serait résolu de lui-même, mais ils n'en ont aucunement l'assurance. D'autres doivent se presser au portillon pour prendre sa place.

À moins qu'il n'ait lui-même fabriqué les comprimés.

Dans ce cas, combien a-t-il réussi à en écouler ?

« Zack, dit Douglas comme s'il lisait dans ses pensées, as-tu entendu quoi que ce soit concernant David Mathias grâce à tes sources ? »

C'est vrai qu'Abdula n'a pas donné signe de vie depuis qu'ils se sont vus le dimanche précédent, et Zack se demande ce que cela signifie.

« Non, rien. Mais je peux passer quelques coups de fil et vérifier ça. »

Douglas se tourne vers Sirpa.

« Et l'ordinateur de David Mathias ?

— Il ne nous apprendra rien. Mais j'ai été faire un tour sur Flashback et Darknet », ajoute-t-elle, et Zack s'étonne pour la énième fois de tout ce qu'elle parvient à faire.

Darknet, la partie cachée d'Internet, lui a toujours paru une jungle inextricable. Impossible d'y faire des recherches normales.

Mais Sirpa s'y meut à l'aise, tout en jonglant avec une dizaine d'autres tâches.

« Il est beaucoup question des comprimés Bambi sur le plus grand site de vente de drogues du Darknet, poursuit Sirpa, mais même là il semble régner une grande confusion, et beaucoup d'incertitude. Des gens ont proposé d'acheter le produit pour d'importantes sommes en bitcoins, mais sans avoir de réponse.

— Ce qui pourrait laisser penser que les comprimés ne sont pas encore sur le marché. Les jeunes qui sont morts peuvent avoir connu le vendeur et lui avoir servi de cobayes, hasarde Zack.

— Alors, on peut seulement espérer qu'il s'est rendu compte que ça a mal tourné et qu'il a bazardé toutes ses réserves », dit Rudolf.

Sandra se penche pour lui essuyer un peu de glace qui est tombée sur sa chemise à carreaux. Rudolf la remercie d'un signe de tête.

« Ou bien il a su avec précision l'effet que produisaient les comprimés Bambi, dit Zack. Ce qui voudrait dire que nous avons affaire à un nouveau type de tueur de masse. Quelqu'un qui tue aveuglément et qui n'a sans doute pas l'intention de s'arrêter avant qu'on ne l'interpelle. »

37

Zack rapproche sa chaise de la table et soulève son verre.

La lumière tamisée du bar et le bourdonnement des voix des autres clients sont plutôt agréables.

Sa première réaction quand Mera l'a appelé au travail était de refuser.

Ces deux dernières heures après la réunion ont été tout aussi désespérantes que les précédentes, et un bon dîner était vraiment la dernière chose qui lui fasse envie après une journée pareille.

Mais en l'espace de quelques secondes, il a changé d'avis.

C'était exactement ce dont il avait besoin.

Un moment de calme, d'apaisement.

L'amour au lieu de la mort.

À présent assis devant une jolie table, il contemple Mera et sourit face à ses yeux pleins de vie. Comme la bague est belle à son annulaire…

Mera lui retourne son sourire et ils trinquent, laissant leurs verres produire un son clair et fragile.

Elle est arrivée au restaurant avant lui et l'attendait avec leurs verres déjà pleins.

Elle porte une nouvelle robe noire et ses cheveux tombent sur ses épaules nues, des boucles souples jouent sur ses clavicules.

La petite lampe sur la table jette des ombres douces sur son visage et quand le serveur arrive avec l'entrée, il adresse à Mera un sourire si galant que Zack se demande si c'est ironique ou pas.

Il reprend une gorgée de prosecco et laisse les bulles titiller sa langue. S'adosse à sa chaise et goûte une des queues de homard grillé. Sucré et tendre, comme si une bouchée pouvait guérir toute la folie du monde.

C'est Mera qui lui a appris à apprécier la nourriture comme celle-là.

Autrefois, il méprisait tout ce qui était servi sur des nappes blanches. Pour lui, c'était pur snobisme. Mais ses papilles se forment petit à petit et il commence à savourer les bons plats savamment préparés.

« C'était gentil, ton petit mot ce matin, dit Mera. Je t'aime aussi.

— Je ne voulais pas te réveiller.

— Tu as bien fait. Tu te rappelles la première fois que nous sommes venus ici ? »

Zack fait oui de la tête.

« Je n'avais encore jamais été dans un endroit où il y avait plusieurs sortes de fourchettes et de couteaux près de l'assiette. Quand tu m'as dit qu'on allait manger italien, je m'étais imaginé qu'on irait dans un boui-boui avec des pâtes. J'ai presque eu l'impression de m'être fait avoir quand tu m'as entraîné ici. »

Ils rient et prennent une gorgée de prosecco.

Zack est heureux que Mera ait voulu retourner dans ce restaurant, mais le choix de la table l'étonne.

D'habitude, elle aime voir et être vue. Il y a toujours un client – ou un futur client – de son bureau de relations publiques dans la salle. Pour certains des habitants d'Östermalm, c'est une seconde maison.

Mais ce soir-là, ils sont attablés dans une alcôve à part, hors de vue des autres tables.

Il se dit qu'elle doit avoir ses raisons. Comme la nuit de la Saint-Jean.

Mera plonge la main dans son sac à main et sort un petit paquet. Étroit, dix centimètres de long. Empaqueté dans du papier argenté.

« Encore un cadeau ? C'est quoi ? demande-t-il.

— La meilleure chose qui puisse nous arriver. »

Il l'ouvre sans attendre. Tire un objet allongé en plastique. Bleu sur les côtés et au milieu un petit écran qui montre un signe plus.

« Tu sais ce que c'est ? »

La main de Zack se met à trembler et son cœur s'emballe.

« Je sais, dit-il. Le signe plus signifie que…

— Je suis enceinte. Nous allons avoir un enfant. Ton enfant. C'est ce que ça signifie. »

Zack regarde Mera.

Qu'a-t-elle dit ?

Il sait ce qu'elle a dit.

Ils s'observent en silence.

Mais ses yeux deviennent ceux de quelqu'un d'autre.

Des yeux flous, morts qui le regardent du fond d'une piscine et il chasse l'image obsédante. La repousse dans l'obscurité, là où personne ne la voit.

Elle tente de déchiffrer son visage et plisse le front.

« Tu n'es pas heureux ? demande-t-elle.

— C'est tout ce dont j'ai rêvé, répond-il et il le pense vraiment. C'est tout ce que je désire. »

Il se lève, l'attire contre lui. L'embrasse.

« Zack Herry. Tu vas être père. »

Il acquiesce. Essaie de s'habituer à ce mot.

« Tu seras un père merveilleux », dit-elle.

Dans l'appartement, Mera s'endort sur son bras.

Sa respiration est douce et rassurante.

Zack lève les yeux au plafond. Bientôt il sera aussi chez lui ici.

Au restaurant, il a suggéré qu'ils emménagent ensemble et elle a répondu qu'elle n'envisageait pas les choses autrement.

Moi non plus, pense-t-il.

Elle attend mon enfant.

Je vais être père.

Le meilleur père au monde. Le parent que j'aurais souhaité avoir.

Il tourne la tête et la regarde.

Je vais t'aimer, Mera. Pour le restant de mes jours, je vais t'aimer. Et je vais aimer l'enfant que nous allons avoir plus que la vie elle-même.

38

Mercredi 29 juin

Il est six heures et demie du matin et Zack rentre chez lui en traversant des quartiers encore endormis.

Les cauchemars sont revenus cette nuit-là, encore pires que les autres fois.

Il se trouvait à Kopparkobben avec ses matraques télescopiques à la main. Du sang gouttait de l'acier sur les rochers, et autour de lui des enfants avaient été frappés à mort.

Leurs futurs enfants, à Mera et à lui.

Celui qui grandit dans son ventre maintenant. Et les enfants qu'ils auront peut-être plus tard.

C'est lui qui a fait ça.

Qui a battu à mort ses propres enfants.

Comme si c'était son destin de le faire.

Pourquoi ?

Il traverse le pont de Barnhusbron et descend sur la piste cyclable et le chemin piétonnier qui longent le canal de Karlsberg avant de se retrouver en parallèle avec sa rue, la Kungsholms strand.

Les branches du saule se penchent au-dessus de l'eau et une cannette de bière passe en flottant sous le feuillage.

Dans son rêve, il a retouché à la drogue et, dans sa défonce, s'est imaginé que Mera l'avait trompé. Pris d'une rage folle, il a décidé de se venger de la manière la plus abominable qui lui vienne à l'esprit.

Il se souvient encore de la sensation qu'il a éprouvée dans son rêve, en se rendant compte tout à coup, sur la falaise, dans le froid du petit matin, qu'il n'a en réalité pas la moindre preuve de l'infidélité de Mera. Que ce n'est peut-être pas vrai.

Il s'est réveillé dans le lit de Mera. L'a entendue murmurer quelque chose dans son sommeil.

Il a voulu la serrer contre lui, mais s'est senti trop sale pour ça. Comme si le sang du rêve pouvait déteindre sur sa peau et pénétrer sa conscience. Alors il a préféré se lever, s'habiller et rentrer chez lui.

Il voit une cane suivie de ses petits tout duveteux traverser la Kungsholms strand pour glisser dans l'étroit canal et nager en direction de Vasastan.

Zack emprunte la rue perpendiculaire, et bientôt il est chez lui. Il tape le code, ouvre la porte d'entrée et regagne son appartement.

Dans l'entrée, il repousse du pied des brochures publicitaires, accroche sa veste et parcourt du regard son studio mal entretenu.

Combien d'années ai-je vécu ici ?

Six, sept ?

Pourtant, je ne me suis jamais senti chez moi, songe-t-il. Cela a seulement été un endroit provisoire.

Un foyer devrait être quelque chose de plus. Un lieu où l'on aspire à revenir quand on a été loin.

La situation sera différente quand il aura vendu l'appartement et aura emménagé chez Mera. Quand il rentrera à la maison après une longue journée de travail et entendra les babils d'un enfant de l'autre côté de la porte. Une voix qui dira « Papa ».

Il s'allonge dans le canapé et repense à son cauchemar. À ce qu'il faisait à ses enfants.

L'angoisse subsiste comme une pierre pointue dans sa poitrine, et l'odeur chaude du fer flotte encore dans ses narines.

Le rêve était si réel. Comme s'il avait physiquement été présent, sauf que c'était dans un autre temps, une autre vie.

Est-ce que ma famille a la violence dans ses gènes ?

Il pense à toutes les fois où il a utilisé la violence contre d'autres. Où il est allé jusqu'à tuer.

Je serai un père qui serre son enfant contre lui avec du sang séché sur les mains ?

Quel est mon héritage ?

Puis il pense aux dossiers médicaux qu'il a réussi à consulter l'année précédente, sur ses premières années de vie. Ceux qui montrent qu'il était selon toute vraisemblance maltraité par sa mère.

Ils ont confirmé les souvenirs qui commençaient à revenir. Sur la fureur de sa mère. Sur ses coups.

Mais il avait remarqué que certains documents manquaient. Rien de la maternité, rien des dix-huit premiers mois de sa vie.

Comme si quelqu'un les avait sciemment fait disparaître.

Pourquoi ?

Pourquoi les gens font-ils disparaître des documents ? Parce qu'ils contiennent des données sensibles. Parce qu'ils ne correspondent pas à la version officielle.

Il se lève et va dans un coin de la pièce. Arrache le bord du tapis plastique jaune à côté du bureau, soulève une latte du plancher et sort la serviette en cuir noir. Il s'assoit dans le canapé, ouvre la serviette et regarde le portrait de sa mère en uniforme de la police.

Avant, il trouvait qu'elle ne ressemblait pas à la photo, qu'elle n'avait pas l'air aussi douce et gentille que dans le souvenir qu'il avait gardé d'elle.

Maintenant, il juge qu'elle était exactement ainsi.

Dure.

Froide.

Il entend de nouveau les cris. Ressent la douleur.

La paume qui s'abat sur sa joue d'enfant de cinq ans.

La poêle dont elle se sert pour frapper son bras au point de lui briser les os.

Il se revoit recroquevillé sur le sol de la cuisine, à essayer d'éviter les coups, retenir ses larmes.

Sa fureur.

Pourquoi ?

Qu'avais-je fait ?

Avais-je fait quoi que ce soit ?

Ou avais-je simplement le tort d'exister ?

Il pense à l'interrogatoire dans la villa chic de Lidingö. À ce qu'Annica, la mère de substitution de Theo Stranddahl, a dit :

« Je l'aimais comme mon propre fils. »

Zack pose la serviette en cuir sur ses genoux et regarde dans le vide.

Et si dans mon cas c'était le contraire ?

Si maman me haïssait parce que je n'étais pas son fils ?

Est-ce pour cela qu'il est impossible de retrouver mon attestation de naissance ?

Il reprend la serviette. Cherche une enveloppe kraft format A6 qu'il sait être là.

Il la retrouve au milieu des photos de l'autopsie.

L'ouvre délicatement. Le papier kraft est raide, il est devenu fragile avec les années.

Puis il prend la douce boucle blonde. Celle de sa mère.

Celle qu'il a respirée tant de fois pour faire ressurgir ses souvenirs. Celle qu'il a tenue contre sa joue.

Il la porte de nouveau à ses narines. Ne ressent qu'une impérieuse envie de se bourrer d'amphétamines.

De la coke.

N'importe quoi, merde.

Il repose la boucle dans l'enveloppe.

Pourquoi l'a-t-il seulement ouverte ?

Il ne devrait pas broyer du noir, mais poursuivre résolument l'enquête, comme Ester le fait.

Un coup d'œil à sa montre. Sept heures moins cinq.

Il décide d'enfiler ses baskets et de courir cinq kilomètres à un rythme d'enfer avant d'aller au boulot.

Une heure plus tard, Zack franchit le seuil du commissariat et va trouver Koltberg.

La porte de sa pièce est fermée comme d'habitude, et quand Zack frappe il entend un « Entrez » peu engageant.

« Salut, dit Zack.

— Qu'est-ce que tu veux ? » demande Koltberg sans lever les yeux du document qu'il est en train de lire.

Zack pose une enveloppe de papier kraft sur sa table.

« Il y a deux boucles à l'intérieur. Est-ce que tu peux vérifier si j'ai des liens de parenté avec la personne à qui appartient l'autre boucle de cheveux ? »

Koltberg regarde Zack avec un drôle de sourire.

Mais ce sourire disparaît et il prend l'enveloppe.

« Cela a à voir avec l'enquête ?

— Non.

— Est-ce que cela a à voir avec une quelconque enquête ? »

Zack pense aux photos en noir et blanc de Tysta Marigången.

Le corps de sa mère sur le sol froid en pierre.

L'assassin qu'on n'a jamais retrouvé.

« Oui. »

Koltberg pose l'enveloppe au sommet d'une pile de documents.

« Tu n'es pas prioritaire sur ce coup-là, comme tu peux le comprendre.

— Rien ne presse, dit Zack. Merci. »

Koltberg replonge le nez dans ses papiers et ne semble pas remarquer quand Zack quitte la pièce.

39

Une cinquantaine de policiers sont assis dans la grande salle et les conversations vont bon train.

Huit adolescents morts en quatre jours. Les médias sont comme fous. Même les journaux étrangers. L'arrestation du « meurtrier Bambi » occupe toutes les pages et Victor Valdez, avec son nom et sa photo, a déjà été livré en pâture par plusieurs journaux alors qu'il reste présumé innocent.

Zack se demande comment les bureaux de rédaction vont réagir en apprenant qu'il n'a rien à voir avec les morts.

Il parcourt des yeux les rangées. Il aurait aimé s'asseoir à côté de Deniz, lui raconter qu'il va être père, mais elle s'est déjà installée à côté de Sandra Sjöholm et toutes les places sont prises.

Il s'assied donc dans la rangée devant elles, à côté d'un fonctionnaire en uniforme, le crâne presque chauve, qu'il a déjà vu mais où ?

Au premier rang est assis Petersén, le chef du service de presse de la police de Stockholm, ainsi que la chef de la brigade des stups, Sabine Jacobi. Une femme de petite taille qui en impose.

Douglas Juste résume brièvement l'affaire des jeunes filles retrouvées mortes à Huddinge.

Tout comme les jeunes gens à Kopparkobben, les adolescentes semblent s'être infligées elles-mêmes les blessures mortelles, sans l'aide d'une personne extérieure.

« Rien dans les interrogatoires ou dans l'analyse de leurs comptes sur les réseaux sociaux ne laisse entrevoir que ces jeunes filles étaient suicidaires. Il apparaît donc que la théorie d'un suicide collectif, comme nous l'avons envisagé après les événements à Kopparkobben, n'est plus prioritaire dans cette enquête. »

Il parle ensuite de la découverte des comprimés roses et souligne que la personne interpellée la veille ne permettra malheureusement pas à la police de dormir sur ses deux oreilles.

« Victor Valdez sera sans doute relâché dans quelques heures. Je viens d'apprendre qu'il a été filmé par une caméra de surveillance appartenant à un des voisins de la famille Larsson à Huddinge. Sur la vidéo, on voit qu'il s'est introduit dans la propriété plusieurs heures après la mort des trois adolescentes et qu'il en est aussitôt reparti quelques minutes après. En dehors des empreintes digitales sur le bord de la piscine, rien ne permet de le rattacher à ce crime. Ni son nom ni son numéro n'apparaissent d'ailleurs dans les téléphones portables des jeunes filles. »

Zack perçoit la déception de la salle.

« En outre, et je voudrais que vous y réfléchissiez tous, dit Douglas après une brève pause, nous n'avons toujours pas decouvert l'origine des comprimés. Nous pensons avoir identifié celui qui les a vendus à ces jeunes, à savoir David Mathias, récemment décédé, mais nous n'avons à ce stade aucune preuve formelle et nous ignorons toujours qui les a fabriqués. Tant que nous n'aurons pas de réponse à ces questions, d'autres vies sont en danger. »

Il clique sur son ordinateur portable et une grande photo d'un comprimé rose avec une tête de Bambi souriante est projetée sur un écran blanc.

« Koltberg, faites-nous part de vos observations sur ces comprimés. »

Koltberg se lève et Zack reconnaît dans sa main le document qu'il lisait lorsqu'il était passé le voir dans la matinée.

Il repense à la boucle de cheveux et se rend compte que son enfant ne pourra jamais jouer ni avec sa grand-mère ni avec son grand-père.

Comment annonce-t-on à un enfant que sa grand-mère a été assassinée ?

La voix nasale de Koltberg le ramène à l'instant présent.

« Nous avons retrouvé la même substance inconnue dans le sang des adolescentes de Huddinge et dans celui des jeunes gens à Kopparkobben. Une première analyse rapide des comprimés montre la présence de cette substance chez eux. Qui plus est, de manière très concentrée.

— Si je comprends bien, cette substance n'a

toujours pas été identifiée ? demande Sabine Jacobi.

— Non, pas encore, répond Koltberg. Les comprimés contiennent aussi de la buprénorphine, une substance qu'on a retrouvée dans le sang des jeunes gens, mais il semblerait que ce soit la substance inconnue qui ait joué le rôle principal dans la préparation. Les laboratoires de chimie judiciaire ont procédé à des comparaisons avec d'autres drogues de synthèse connues, dont les fameuses drogues dites cannibales comme la MDPV ou l'alpha-PVP, mais sans trouver de similitude jusqu'ici. Le problème est qu'il sort sans arrêt de nouvelles variantes de ces drogues psychostimulantes, mais d'habitude elles restent suffisamment proches pour que le laboratoire puisse retrouver des similitudes, s'il s'agit de ce type de préparation. Il semblerait que nous ayons affaire à tout autre chose. »

Douglas passe la parole à Sabine Jacobi.

La chef de la brigade des stups se lève, rectifie son chemisier pastel et Zack pense qu'on voit clairement que Jacobi s'entraîne beaucoup physiquement. Son dos est bien droit, elle est fine, le regard déterminé.

« C'est terrible, dit-elle. Mais je vous épargne mes sentiments personnels et je vais aller droit au but. Des pilules colorées, il y en a plein sur le marché, pourtant nous n'avons encore jamais rencontré à Stockholm cette variante-là. Spontanément, je pense qu'il s'agit d'une nouvelle sorte de drogue de synthèse qui, pour une raison encore inconnue, a commencé à être testée au stade de l'expérimentation et qui était clairement mal dosée. Peut-être est-ce un produit destiné à être détruit, mais qui est tombé entre de mauvaises mains.

— Pourquoi pensez-vous que ce n'était pas destiné à la vente ? demande Deniz.

— Les fabricants de drogue et les revendeurs se considèrent comme des hommes d'affaires. Ils veulent créer un effet euphorisant ou du moins une forte accoutumance chez les consommateurs pour qu'ils rachètent leurs produits. Il n'y a aucun intérêt à vendre de la drogue qui fait mourir ses clients dès la première fois. À moins que l'intention ne soit précisément que les gens se suicident de la manière la plus abominable possible… »

Zack reconnaît son propre raisonnement de la veille.

« Vous voulez dire que quelqu'un a pu leur donner les comprimés intentionnellement, pour qu'ils meurent ? demande-t-il.

— On ne peut pas l'exclure. »

Le silence se fait dans la salle comme si tout le monde pensait la même chose.

Combien d'autres jeunes gens ont eu accès à cette drogue ?

Le téléphone n'avait pas cessé de sonner après la conférence de presse de la veille, mais ça n'a pour l'heure débouché sur rien de concret. La plupart des gens qui ont appelé étaient des parents inquiets qui désiraient eux-mêmes avoir des infos.

Zack regarde l'écran blanc où les photos de passeport des huit jeunes gens morts sont projetées.

Huit personnes, avec la vie devant elles.

Est-ce qu'il y aura assez de place pour toutes les photos sur le tableau blanc quand l'été touchera à sa fin ?

« Et le motif Bambi ? intervient Deniz. Y a-t-il là une dimension symbolique qui nous aurait échappé ?

— Un danger mortel présenté comme tout à fait innocent : c'est un grand classique chez les trafiquants de drogue pour attirer les jeunes », répond Sabine Jacobi.

Zack sait qu'elle a raison. Les pilules colorées de drogue sont la réplique des boissons désaltérantes alcoolisées qui connaissent un tel succès chez les jeunes.

Et il en a une dans sa planque chez lui.

Pourquoi l'a-t-il mise là ?

Quelque part au plus profond de lui, il connaît la réponse, mais refuse de l'admettre.

« Il n'y a pas de raison pour que ça s'arrête, entend-il Sandra chuchoter à Deniz. Il y a un cinglé qui a pris goût à ce petit jeu.

— Nous n'avons pas une minute à perdre, dit Douglas comme s'il avait entendu son chuchotement. Nous n'avons aucune idée de la quantité de drogue de ce type en circulation et si d'autres livraisons sont à prévoir. Jacobi, je pense que vous avez vos équipes sur le coup. Sirpa, prenez des renforts au service informatique et continuez vos recherches sur le Net. Si jamais vous tombez sur un vendeur de comprimés Bambi, essayez d'établir un contact en tant qu'acheteur. »

Une main se lève et un assistant policier à la voix rauque demande s'il y a d'autres liens que les comprimés Bambi entre les décès à Kopparkobben et à Huddinge.

« Deux des pères sont actionnaires de la même société, mais leurs enfants semblent ne pas s'être vraiment fréquentés. Jusqu'ici, cette piste n'a rien donné. »

Il continue à répartir les tâches et termine la réunion avec ces mots :

« Maintenant nous devons résoudre cette affaire et vite. Avant que cette drogue ne tue à nouveau. »

Le téléphone de Zack sonne au moment où il se lève de sa chaise.

Il sort dans le couloir pour répondre.

Une voix sévère à l'autre bout du fil.

« Est-ce que je parle bien avec l'inspecteur Herry ?

— Oui, c'est moi.

— Parfait. Je m'appelle Anders Dahlström et je suis le médecin-chef de l'hôpital universitaire Karolinska à Solna. Il s'agit de Madelene Dahlén. On m'a prié de vous appeler si l'état de la patiente évoluait. »

Sa voix est lente et grave.

« Elle est morte ? demande Zack.

— Non, elle s'est réveillée. »

40

Les stores de la chambre individuelle de Madelene Dahlén au service de soins intensifs sont baissés et le plafonnier éteint. Seule une faible lampe de chevet est allumée. Le cône de lumière est tourné contre le mur et une mouche solitaire est posée au milieu, frottant ses pattes avant l'une contre l'autre.

Zack et Deniz ont doucement entrouvert la porte pour entrer et l'ont refermée aussitôt.

« La lumière est comme des aiguilles dans son œil blessé », les a prévenus le docteur Anders Dahlström dans le couloir.

Ils sont assis chacun d'un côté du lit de Madelene. Des bandages recouvrent son visage et toute la pièce sent le désinfectant.

Une poche d'urine à moitié pleine est suspendue à un crochet et une perfusion est installée derrière le lit. Au-dessus de sa poitrine, un clavier lui sert pour communiquer.

Elle leur jette un regard las, comme si elle avait vu ce que personne ne devrait voir.

Zack se demande si elle se souvient de ce qui s'est passé sur l'île. De la violence.

Qu'elle a tué son amie.

Comment une jeune fille de dix-sept ans peut-elle continuer à vivre après cela ?

Anders Dahlström se tient debout, les mains dans le dos, près de la tête du lit. La poche de sa blouse est pleine de stylos de différentes tailles, et il a des lunettes au bout d'un cordon rouge autour du cou.

« Vous avez dix minutes », dit-il.

Zack prend la main droite de Madelene Dahlén dans la sienne, se présente et explique la raison de leur présence.

Puis il demande :

« Pourquoi avez-vous pris ces comprimés roses ? »

Madelene tend le bras droit et son index se pose lentement sur les grosses touches.

Elle a eu une hémorragie cérébrale qui a endommagé sa faculté de parler. Mais qu'elle puisse communiquer à l'aide d'un clavier est un signe encourageant.

Zack et Deniz regardent l'écran sur le mur. Voient les mots se former et devenir de courtes phrases.

On voulait faire la fête. S'amuser.

Zack observe Deniz et pense : *Maintenant nous pouvons définitivement enterrer la théorie du suicide collectif.*

Il se tourne de nouveau vers Madelene.

« Comment avez-vous obtenu les comprimés ? »

Theo a acheté. Sur Internet.

« Comment s'appelle le site ? »

Lentement, la réponse surgit. Encore plus lentement pour chaque lettre, comme si son énergie se tarissait.

Thinice… n… e… t.

Il faut à Madelene presque une minute pour écrire les deux dernières lettres.

Thinice.

Ce n'est pas le nom du site que Sirpa a trouvé, se rappelle Zack. Serait-ce une autre page de David Mathias pour vendre de la drogue ?

Il veut demander à la jeune fille si le nom de David Mathias lui dit quelque chose, mais il voit qu'elle a fermé les yeux.

Sa respiration est difficile.

Elle paraît s'être endormie.

« C'est assez maintenant », décrète Dahlström.

Dans la cafétéria au rez-de-chaussée de l'hôpital, Zack sort son portable et entre l'adresse Web.

Le site ne semble pas exister. Il tombe seulement sur une page pour acheter des domaines.

Il tape le nom sur Google, mais ne trouve rien.

Deniz prévient Douglas Juste et lui fait un résumé de leur visite à Madelene Dahlén. Zack téléphone à Sirpa Hemälainen pour lui parler de Thinice.

« Est-ce que tu peux voir si tu trouves une page à ce nom, et qui est derrière ce site ?

— Je ferai de mon mieux. »

Zack reste le téléphone à la main. Regarde la une des journaux à côté de la caisse.

La police prévient :

BAMBI PEUT TE TUER

La police soupçonne :

DE NOUVELLES DROGUES MORTELLES SONT RESPONSABLES DE LEUR MORT

Ensuite il regarde Deniz qui lui tourne le dos et discute avec Douglas.

Elle n'a pas particulièrement réagi quand, dans la voiture pour venir, il lui a annoncé qu'il allait être père.

Elle l'a d'abord félicité, naturellement, et puis a dit « C'est super », mais cela lui a paru un peu forcé.

Nous avons trop de morts autour de nous.

Il le remarque aussi avec ses autres collègues. D'ordinaire, ils sont capables de rire même quand ils ont des enquêtes lourdes. L'humour macabre est un bon moyen de s'aérer l'esprit.

Mais pas maintenant. C'est comme si plus personne n'avait la force de gérer davantage d'émotions.

Pourtant, je n'ai pas l'intention de me laisser tirer vers le bas. Je vais continuer à savourer l'idée d'être bientôt père.

En face de la cafétéria se trouve un fleuriste. Quelques oursons en peluche d'autrefois trônent parmi les arrangements floraux en vitrine et Zack pense que son enfant tiendra exactement un doudou comme ça dans son petit lit à barreaux.

Il entre dans le magasin et prend un des nounours sur l'étagère. Puis il prie la vendeuse de choisir dix roses rouges et de les faire livrer avec la peluche au bureau de Mera.

Il vient de payer quand son portable vibre dans sa poche.

Abdula.

Zack quitte la boutique et répond.

« J'ai quelque chose pour toi, dit Abdula. Sur David Mathias.

— C'est Thinice ?

— C'est quoi ? demande Abdula, apparemment surpris.

— Un site Internet dont nous pensons qu'il s'est occupé.

— Ça me dit rien du tout. Mais j'ai autre chose qui va t'intéresser. »

Son débit est rapide.

« Un type m'a appelé hier. Disons que c'est une connaissance éloignée qui me devait un service. Il m'a dit qu'il avait entendu une rumeur. David Mathias essayait de devenir un big boss, en fabriquant lui-même des machins synthétiques.

— Je t'écoute.

— J'espère bien, car je vais te filer une adresse.

— Pour quoi faire ?

— Je ne sais pas. Il n'a pas voulu m'en dire plus. Mais fais gaffe. Ça m'a l'air d'être des trucs de tarés. »

41

Zack et Deniz garent la Volvo sur la place de Rinkeby Torg.

« Une chance que nous soyons en civil pour ce que nous allons faire », dit Deniz en verrouillant la voiture.

Zack sait à quoi elle fait allusion. Elle a lu les nombreux rapports sur les jets de pierre contre les véhicules de police, les voitures de pompiers et les ambulances dans certains quartiers. Les difficultés croissantes que rencontrent les autorités pour faire leur boulot.

« C'est bien pire plus au nord, répond-il.

— Jusqu'à maintenant, dit-elle. Putain, comment peut-on s'en prendre à ceux qui viennent sauver des vies ? »

Ils longent les boutiques hétéroclites sur la place et s'avancent entre les hauts immeubles.

Ils n'ont pas parlé à Douglas du tuyau. Ils ne veulent pas risquer de voir quelque chose leur échapper, et Douglas est du genre à leur demander d'attendre l'arrivée de renforts.

Le bâtiment situé à l'adresse que Zack a obtenue d'Abdula a huit étages. La façade est recouverte de dalles en pierre vertes et mates, et les cadres des fenêtres ont été fraîchement repeints.

Ils doivent se rendre au dernier étage, mais l'ascenseur ne va qu'au septième. Lors du trajet en voiture, ils ont essayé en vain de joindre le bailleur.

Ils se taisent tandis que l'ascenseur monte, se préparant à toute éventualité. Tout peut arriver.

Ils sortent, se faufilent entre deux bouées roses parfaitement identiques qui traînent devant un des appartements et prennent l'escalier pour grimper au huitième.

À mi-chemin dans la cage d'escalier se trouve une étroite et haute fenêtre qui aurait besoin d'être nettoyée. Quelqu'un a écrit quelque chose en arabe dans la poussière.

Zack jette un coup d'œil à l'extérieur. Un avion a décollé de l'aéroport de Bromma au sud. Plus à l'est, il aperçoit le toit de la Friends Arena, et plus loin encore, près de Norrtull, le Wenner-Gren Center.

La frontière du centre-ville.

Si proche.

Mais un autre monde.

Deniz a trouvé la bonne porte. Il n'y a pas de plaque avec le nom et la boîte à lettres est accrochée avec du ruban adhésif.

Exactement comme Abdula l'a décrit.

Zack voit Deniz inspirer profondément, ouvrir son holster et sonner.

Personne n'ouvre.

Zack s'agenouille et entreprend de trafiquer la serrure.

Il sort une fine tige de métal recourbée, qui ressemble à la clé hexagonale de chez Ikea. Il prend ensuite un bout de métal beaucoup plus large qu'il introduit dans la vieille serrure de type Assa. Il le bouge doucement pour savoir dans quel sens il faut tourner la clé. Puis il presse légèrement contre l'amorce du verrou, pour ensuite avancer au fur et à mesure la tige en alignant les cylindres intérieurs.

Ça y est, c'est bon.

Le verrou tourne.

Il baisse la poignée, ouvre la porte et lance un regard à Deniz.

Elle a la main sur son holster. Ne bouge pas, écoute.

Ils pénètrent le plus silencieusement possible dans l'appartement, voient un coin cuisine totalement vide, continuent dans une salle de séjour, tout aussi vide. Il y a des trous dans le papier, à l'endroit où étaient accrochés des tableaux, et des traces de brûlures sur le linoléum.

Zack et Deniz se tiennent immobiles, côte à côte. Ça sent les produits nettoyants, et aussi autre chose. Une faible odeur de quelque chose qui pique le nez. Les stores sont baissés et sur un mur se trouve un orifice dans le béton, comme s'il y avait eu là un gros tuyau de ventilation.

« Cet appart a été un labo de drogue, dit Zack. Nous devons faire venir Koltberg.

— C'est donc ici que David Mathias a fabriqué ses comprimés Bambi ?

— Peut-être, répond Zack. Auquel cas, les techniciens devraient pouvoir retrouver des traces des ingrédients utilisés. »

Ils restent silencieux un moment.

Zack repense à la conversation avec Abdula.

Que croyait-il que Zack allait trouver ?

Un appartement vide ?

Ils ont dû le nettoyer récemment. D'où l'odeur de détergent.

« Je ne crois pas que ce soit David Mathias qui ait vidé l'appartement », déclare-t-il.

Deniz le regarde.

« Ce qui signifierait… »

Zack hoche la tête.

« Ce qui signifierait que Mathias n'a pas agi seul. »

42

La pluie martèle les fenêtres de la salle de réunion de l'Unité spéciale.

De grosses gouttes ruissellent lentement sur les vitres et disparaissent.

Ils ont toujours un temps de retard. Ils sentent qu'ils sont sur les traces de la mort au lieu de la devancer pour l'arrêter.

« Bambi nous nargue, dit Rudolf Gräns. Il surgit et s'enfuit exactement comme la biche de Cérynie. »

Zack voit Sandra Sjöholm interroger du regard Deniz, mais celle-ci se contente de hausser les épaules.

Lui non plus ne comprend pas à quoi il fait allusion, mais n'en a cure. Ses pensées vont au labo de Rinkeby.

Ils ont pu joindre le propriétaire. Il avait bien loué l'appartement à David Mathias, mais n'était absolument pas au courant que son bien servait de labo pour fabriquer de la drogue.

Qui a nettoyé l'appartement ? Mathias l'aurait-il

fait en se doutant qu'il avait été repéré et qu'il fallait vite effacer les traces de ses activités illicites ?

Douglas Juste ouvre sa mallette en cuir lie-de-vin et feuillette son carnet.

« Commençons par Rinkeby, dit-il en regardant ses collaborateurs. Koltberg, qu'avez-vous trouvé ? »

Sam Koltberg s'éclaircit la voix et boit une gorgée de café avant de répondre :

« L'appartement a très clairement servi de laboratoire. Les techniciens sont restés sur place pour faire des prélèvements, mais nous ne savons pas encore s'il s'agit des comprimés Bambi. Il faudra attendre le résultat des analyses. »

Douglas se tourne vers Sirpa Hemälainen et lui demande de leur dire ce qu'elle a retrouvé comme infos sur David Mathias.

« Pour ce qui nous intéresse, il a étudié la chimie à Lund vers la fin des années 90, dit-elle. Il a décroché des études au bout de deux ans, mais il peut tout à fait avoir eu les compétences nécessaires pour mettre au point ces fameux comprimés. C'est par ailleurs quelqu'un qui a toujours fait profil bas. Il n'a aucun compte Facebook, Twitter ou Instagram à son nom.

— Et la page que Madelene Dahlén a mentionnée, Thinice ? »

Sirpa secoue la tête.

« Je ne l'ai pas trouvée. Pas même sur le Darknet. Mais la personne à l'origine de ce site peut parfaitement l'avoir fermé et en avoir effacé toutes les traces. Ce genre de personnes contrôle les utilisateurs de leur site. Il suffit qu'il y ait eu des visiteurs qui aient inquiété l'administrateur pour que ce dernier baisse le rideau.

— Ça pourrait correspondre, dit Zack. David Mathias avait apparemment une peur bleue quand nous nous sommes lancés à sa poursuite. Qui sait s'il n'était pas en train de mettre un terme à ses activités ? Fermer le site, nettoyer le labo.

— Mais pourquoi ? demande Sandra.

— Il a peut-être vu les infos et s'est rendu compte qu'il avait concocté un poison mortel, hasarde Zack.

— Laissez-moi vous rappeler qu'à ce stade de l'enquête aucun élément concret ne permet de faire un lien entre David Mathias et les comprimés Bambi, dit Douglas. Tant que nous n'avons pas les résultats des analyses de l'appartement à Rinkeby, nous devons partir de l'hypothèse que la personne recherchée est toujours en liberté. Et continue à vendre d'autres comprimés. »

Dehors, la pluie a redoublé d'intensité et fouette les carreaux. Elle semble leur rappeler qu'ils doivent mettre les bouchées doubles, tant qu'il y a des traces.

Et avant que d'autres jeunes gens ne meurent.

« J'ai fait aussi des recherches sur les parents, dit Sirpa. Les pères d'Axel Hultqvist et de Desiree Larsson. »

Douglas paraît pensif, comme s'il ne se souvenait plus pourquoi il lui avait confié ce travail.

« Quelque chose de particulier ? demande-t-il en rajustant sa cravate bleu marine.

— Ils ont longtemps fait des affaires ensemble, dit Sirpa. Avant d'écouler des montres surévaluées, ils vendaient des voitures de luxe. Il y avait aussi un troisième actionnaire dans la société, un certain Conny Åkesson, mais ils n'ont collaboré que peu de temps. Quand les autres sont passés dans la branche de l'horlogerie, il a racheté leurs parts et dirigé seul la société. Mais il est mort il y a une vingtaine d'années. Bon, tu veux que je fasse des recherches sur quoi maintenant ?

— Est-ce qu'il a des enfants qui connaissent certains des jeunes qui sont morts ?

— Il n'avait pas d'enfants.

— Ça ne paraît pas très intéressant pour notre affaire. Mais tu peux y jeter un coup d'œil si tu as le temps. Pour l'heure, je veux que tu te concentres sur Thinice et ces comprimés. Si tu as besoin de renforts en informatique, je ferai en sorte que tu aies ce qu'il te faut. »

Douglas referme sa mallette.

« Bon, je crois qu'on a fait le tour de la question. Je vais faire un petit topo avec les autres enquêteurs. Vous me prévenez dès qu'il y a du nouveau. »

Zack quitte la salle de réunion et va dans le couloir. Il s'assoit dans un fauteuil vert inconfortable, près de l'issue de secours, et appelle Abdula. Il a envie de lui parler de l'appartement à Rinkeby.

« Je ne peux parler maintenant, répond son ami. On peut se voir plus tard ?

— D'accord, mais où ça ?

— Au café des taxis à Norrtull. Dans une heure ?

— OK. »

Ils raccrochent.

Zack voit qu'il a reçu un SMS de Mera. Il l'ouvre.

Cent cœurs rouges.

Il sourit et retourne au bureau.

43

Le café des taxis à Norrtull sent vaguement le cuir synthétique, la fumée et les vêtements en sueur. Six heures viennent de sonner à l'église et une vingtaine de chauffeurs de taxi sont attablés, ils boivent du café et enlèvent le film plastique de leurs sandwiches aux anchois et aux œufs durs. Certains viennent de terminer leur service tandis que d'autres se préparent à une longue nuit à sillonner les rues de la ville.

Zack et Abdula sont assis à une table carrée en plastique tachée. La circulation de la trois-voies s'entend derrière les vitres sales, et de l'autre côté de la rue s'étend un chantier qui engloutit des milliards de couronnes, mais destiné à changer fondamentalement la physionomie de ce quartier, dans dix ans. Une autoroute couverte, six mille nouveaux logements et un hôpital gigantesque dont les prix augmentent chaque jour qui passe.

« Tu te rappelles la fois où l'envie nous a pris de piquer une tête dans le Brunnsviken ? On était complètement bourrés et tu t'es ouvert la moitié du pied sur un débris de bouteille au fond de l'eau », dit Abdula.

Zack rit et regarde par la fenêtre. La pluie a cessé et quelques rayons de soleil se fraient un chemin entre les nuages.

« Et quand on s'est retrouvés aux urgences, tu as essayé de dévaliser l'armoire à pharmacie et on t'a foutu dehors. »

Abdula prend une gorgée de sa bouteille de Coca et jette un coup d'œil au chantier.

« Je me demande si on peut encore aller d'ici au Hagaparken. »

Zack goûte son café. Brûlant et corsé. Un breuvage pour tenir les chauffeurs de taxi éveillés toute la nuit.

Il parle du labo de drogue dans l'appartement à Rinkeby.

« Mais nous ne savons toujours pas ce qui a été fabriqué là-bas et pourquoi tout avait été nettoyé. Tu en sais plus ?

— Non, rien de plus. Je ne savais même pas qu'on avait mis la clé sous la porte. Je croyais que vous alliez trouver toute une pharmacie à l'intérieur.

— Même des comprimés Bambi ?

— Il y a quand même un truc pas net, dit Abdula. Tout le monde parle de ces comprimés, et en fait on a l'impression que personne ne sait rien. Même pas ceux dont c'est le boulot d'être au courant des dernières nouveautés. C'est assez tendu, tu sais. Il y en a qui se demandent si on n'a pas affaire à un nouveau trafiquant qui cherche à s'établir en ville, ou s'il y a quelqu'un qui fout sciemment le bordel pour tirer ensuite son épingle du jeu.

— Alors tu ne sais pas si c'est David Mathias qui a vendu cette merde ? »

Abdula secoue la tête.

« Et pourquoi ce nom de Bambi ? Y a une symbolique qui m'échappe ou quoi ? demande Zack.

— Dans ce cas, ça m'a échappé à moi aussi. Je pense que c'est juste pour faire un contraste tordu. Tu sais, la mort et le faon innocent… »

Ils se taisent, songeurs. Regardent de nouveau par la fenêtre, puis de l'autre côté quand un chauffeur de taxi à une longue table éclate de rire.

C'est un rire contagieux qui gagne tous ses collègues autour de la table, et même Zack et Abdula s'y mettent aussi.

« Je vais encore chercher à savoir, je te promets, reprend Abdula. Je déteste la came qui tue, non seulement c'est mauvais pour le business, mais ça va à l'encontre de mes principes.

— C'est Abdula-la-santé-avant-tout qui parle ?

— Je suis sérieux. On peut trouver des justificatifs à presque tout. Si des gens ont envie de se défoncer pour échapper quelques instants à ce monde, pourquoi ils ne le feraient pas ? Mais vendre de la merde à des ados pour qu'ils se crèvent les yeux et se suicident après, c'est vraiment n'importe quoi. »

Abdula met la main dans sa poche de jean et sort un sachet plastique enroulé.

« Tiens, ça, c'est de la bonne came. Je l'ai reçue hier, spécialement importée des Pays-Bas. »

Il ouvre le sachet et le tend à Zack qui aperçoit au fond une dizaine de comprimés blancs, ovales.

Zack regarde autour de lui dans le café, mais aucun des chauffeurs ne leur prête attention.

« Des amphets ? » demande Zack.

Abdula fait non de la tête.

« Ça peut ressembler à de la kétamine, mais c'est plus raffiné et l'effet dure plus longtemps, ça enveloppera tes rêves dans de la ouate rose. »

Zack est conscient de ce qui se passe. Abdula ne veut pas simplement lui montrer ses nouveaux produits, il veut les lui vendre.

Doit-il raconter à Abdula qu'il va être père ? Ce serait la chose à faire, pourtant. Pourquoi hésite-t-il ?

« Il faut que j'y aille, dit-il en se levant. Préviens-moi si tu apprends du nouveau. »

Abdula referme le sachet et le remet dans sa poche.

« Et toi, tu n'as pas d'infos pour moi ? »

Sait-il pour le bébé ? Comment l'aurait-il su ?

Non, il comprend qu'il s'agit d'un tout autre type d'info.

« Évite *Riche* la semaine prochaine. La brigade des stups va faire une descente un de ces jours. »

Une fois dans la rue, Zack prend à gauche et se dirige vers Odenplan.

Ça enveloppera tes rêves dans de la ouate rose.

Cinq minutes de plus à cette table et c'en était

fait de lui. Aucune famille n'aurait pu le dissuader de prendre cette drogue.

Si Deniz avait été présente, elle aurait abattu Abdula sur-le-champ. Elle le hait, n'a jamais pu comprendre comment il peut vendre de la came à son meilleur ami.

Mais Zack comprend, lui.

Ça a toujours été leur vie, à tous les deux.

C'est par la came qu'ils ont construit leur histoire commune. C'est grâce à elle qu'ils ont passé des moments mémorables, qu'ils ont le plus ri, qu'ils ont fait les plus grosses conneries.

Zack sait que son abstinence a un impact sur leur amitié. Cela les oblige à avancer à découvert, à essayer de trouver de nouvelles façons de se comprendre.

L'amitié est plus importante que la défonce, tous deux le savent, mais comment le montrer ?

Il faudra trouver une solution quand Zack et Mera emménageront ensemble, et construire les fondations pour une nouvelle vie. Ils devront se fréquenter sur d'autres bases.

L'air du soir est synonyme de fraîcheur et de pureté après la pluie et Zack inspire lentement à pleins poumons. Il est fier de lui, fier d'être parti.

Maintenant, il va rentrer chez lui et commencer à faire ses bagages. Prendre le plus important. Se préparer à vivre avec Mera pour de bon. Laisser son petit studio poussiéreux une bonne fois pour toutes.

44

Olympia Karlsson est assise à son bureau ancien et a agrandi une photo couleurs sur un écran. Une photo floue de Zack qui sort du Burger King avec Hebe.

Elle se cale dans sa chaise. Tambourine légèrement avec ses ongles vernis rouge foncé sur les accoudoirs en cuir.

Voilà qui ne me plaît pas, songe-t-elle.

Qui ne me plaît pas du tout.

Et à cet endroit-là, précisément.

Mais je vais mettre un terme à leurs petits rendez-vous.

Elle ferme le fichier de la photo, lève les yeux et sourit.

Un étage plus haut dans la même demeure, Hebe est allongée sur le côté dans son grand lit, et regarde la pièce d'eau au bout du jardin.

Il faut qu'elle revoie Zack.

Qu'elle apprenne à le connaître.

Ils ont beaucoup parlé ce lundi au Burger King,

et pourtant elle a l'impression de ne toujours pas savoir qui il est réellement.

Ses yeux recèlent un grand chagrin, mais elle n'a aucune idée de ce qui l'a provoqué.

Il est comme un feu, pense-t-elle. On voudrait sentir sa chaleur, mais si l'on s'approche trop près, on risque de se brûler.

Pourquoi est-ce que je ressens ça ?

Qu'y a-t-il avec Zack Herry qui me fait peur ?

Il faut que je le revoie.

Assis dans le canapé de son appartement, Zack regarde la serviette qu'il tient, avec le comprimé rose.

Quels secrets caches-tu ?

Que révèles-tu à celui qui t'avale ?

Il éclaire le comprimé avec la lampe sur pied.

Y a-t-il quelque chose que Koltberg et les techniciens scientifiques ne voient pas ? Quelque chose qui pourrait expliquer pourquoi des jeunes pleins de vie choisissent de se suicider de la façon la plus violente qui soit ?

Il y a une manière de le savoir.

Ma manière à moi.

C'est mortellement dangereux.

Mais peut-être fascinant.

Son portable sonne.

Hebe.

« Salut, dit-il.

— Je veux te voir. »

La voix est fragile, rêveuse.

Il entend son souffle dans l'appareil et voit les deux sacs-poubelle noirs appuyés contre le mur.

Remplis de vêtements qu'il a l'intention d'emporter chez Mera dès le lendemain.

De nouveau la voix de Hebe :

« Retrouve-moi devant l'hôtel Ett Hem dans une demi-heure. »

Zack pense à Mera, à l'enfant, aux comprimés Bambi, à tout ce qu'il veut avoir maintenant, là, tout de suite.

Je ne suis pas un dieu, pense-t-il. *Je ne suis qu'un homme et, qui plus est, pas spécialement un homme bien.*

« Je viens », dit-il.

Hebe prend l'ascenseur pour descendre au garage, qui se trouve au sous-sol.

Elle se regarde dans le miroir, rectifie sa queue-de-cheval et enlève un fil de son pull fin en laine mérinos.

Les portes de l'ascenseur s'ouvrent, elle sort et appuie sur la clé électronique de la voiture. Les phares clignotent.

La piqûre dans le bras la prend par surprise et elle n'a pas le temps de penser qu'il est étonnant qu'il y ait des moustiques par là.

Puis tout devient flou.

Le monde disparaît.

S'assombrit.

Olympia Karlsson est dans la salle de contrôle et observe la scène.

Elle voit Hebe soulevée par des bras puissants et portée de nouveau dans l'ascenseur.

La fille la plus ravissante qui soit, pense-t-elle.
Ma fille.
Je ne veux que ton bien.
Rien d'autre.
Si, peut-être autre chose aussi.
Mais tu n'as pas besoin de le savoir.

45

Zack se tient dans la Sköldungagatan à Östermalm, devant le mur de brique rouge qui dissimule l'ancienne villa somptueuse reconvertie en hôtel sous le nom d'Ett Hem.

Une sonnette anonyme sous un porche en bois dans la voûte du mur.

Discrète, protégée, à l'abri des regards.

Mais Hebe n'est pas là.

Elle a vingt minutes de retard maintenant, elle avait dit qu'ils se rencontreraient devant.

Il la croyait du genre à être toujours à l'heure.

Surtout que c'est elle qui l'a appelé. Elle qui voulait le rencontrer.

Il sort son portable et lui envoie un SMS.

Attend quelques minutes.

Une grosse goutte de pluie lui tombe sur le bout du nez. Suivie de beaucoup d'autres. Les pavés couleur rouille du trottoir en sont constellés.

Il pourrait entrer et attendre à l'intérieur, mais si on n'est pas un client, on n'entre sans doute pas aussi facilement. Et il ne sait pas si Hebe les a prévenus de leur arrivée. Alors mieux vaut attendre à l'extérieur. La pluie redouble d'intensité et Zack se met sous une fenêtre en encorbellement de l'immeuble voisin.

Il attend encore cinq minutes de plus avant d'admettre qu'elle ne viendra pas.

Et puis merde.

Il s'éloigne, remonte la Valhallavägen, se plante sur le trottoir et regarde dans les deux directions.

Ses cheveux sont déjà trempés. Les gouttes de pluie telles de petites bulles sur le cuir noir de sa veste Rick Owens.

Il ferait mieux de rentrer chez Mera.

À ce qui va devenir leur foyer commun.

Ce n'est qu'à un quart d'heure de là.

Il pourrait dire qu'il en avait asscz dc fairc scs cartons et qu'il était trop impatient de la revoir.

Mais il prend l'autre direction. Il n'a pas envie de traiter Mera comme un second choix.

C'est elle qui m'importe.

Avec l'enfant qu'elle porte. Mon fils ou ma fille.

Pas Hebe.

Pourquoi quelqu'un comme Hebe s'intéresserait-il à un type de mon genre ?

Elle s'est amusée un peu avec moi, ça l'a distraite un moment. Et maintenant elle s'est lassée.

Il a honte de son comportement, honte vis-à-vis de Mera. Il se sent sale, comme après son cauchemar, lorsqu'il avait battu à mort leurs enfants.

Il ressent un manque terrible, plus fort que celui qu'il a éprouvé ces derniers mois. Une envie irrésistible de sortir en boîte et de faire la fête avec

Abdula. De danser jusqu'au bout de la nuit, de tout oublier pendant un moment.

Il tâte les poches de sa veste.

Sent la serviette avec le comprimé rose.

Il a pensé la remettre dans son tiroir secret avant de rencontrer Hebe, mais il ne voulait pas s'en séparer. Impossible.

Je ne vais pas aller en boîte, pense-t-il.

Je vais faire autre chose.

Il voit les visages morts d'Ebba Langer et de Desiree Larsson qui lui sourient, heureuses comme le sont rarement les défunts, et il se demande ce qu'elles ont ressenti au moment de leur mort. D'où leur vient ce sourire énigmatique ?

Il prend son téléphone et compose le numéro d'Abdula.

46

L'entrepôt abandonné sent le vernis, la peinture et le bois moisi.

Trois matelas humides traînent sur le parquet brut et à côté d'eux des seringues, des bouts de papier aluminium et deux cuillères noircies.

Abdula ferme la porte derrière eux et remet le verrou rouillé à sa place.

« Sympa comme endroit, dit Zack. Tu viens souvent ici ?

— Seulement pour des circonstances exceptionnelles, répond Abdula. Tu te rappelles le vieux magasin de bricolage où nous piquions des bombes de peinture quand on était plus jeunes ? Leur entrepôt était ici. »

Une chaise en bois renversée. Zack la redresse, enlève un peu de poussière et une toile d'araignée, et la place au milieu de la pièce. Ensuite il s'assied dessus.

La chaise craque mais tient.

Il jette un coup d'œil à la porte fermée.

Il n'est pas trop tard.

Il peut ressortir dans la douce soirée d'été. Prendre un taxi et rentrer chez Mera. Rester dans le canapé avec elle et discuter de l'organisation de leur mariage.

Il y aura une centaine de personnes de sa famille à elle.

Aucune de la sienne.

Il remplira les bancs avec des amis. Mais il n'en a pas tant que ça non plus.

Il regarde Abdula, tente de se le représenter en témoin de mariage.

Cette pensée le fait rire.

« Quoi ? dit Abdula.

— Rien. Attache-moi maintenant. »

Il n'a toujours pas raconté à Abdula qu'il va être père. Il refuserait sans doute de l'aider à faire cette expérience.

Je le lui dirai plus tard.

Car ce genre d'expérience ne peut pas se faire dans un labo.

Et personne de notre groupe ne peut le faire. Sauf moi.

Abdula sort le rouleau de ruban adhésif de la poche de son sweat noir à capuche. Tire une longue bande. Hésite.

« T'es sûr ?

— Oui, vas-y carrément. »

Abdula attache les chevilles de Zack aux pieds de la chaise. Puis ses poignets derrière le dos. Continue en enroulant plusieurs couches de ruban adhésif autour de son torse pour le plaquer au dossier de la chaise.

« Essaie de te libérer pour voir », dit-il.

Zack tire et gigote comme il peut. Tente de se dégager, de donner des coups de pied. En vain.

« C'est bon. File-moi le comprimé maintenant. »

Abdula ouvre d'abord une cannette de Coca, puis sort la pilule.

La dépose sur la langue de Zack qui a ouvert grand la bouche.

Ça a un goût amer, mais le contact est doux contre son palais.

Abdula porte la cannette de Coca à ses lèvres.

Zack boit une petite gorgée mais n'avale pas.

Il n'est pas trop tard.

Je peux recracher.

Recrache, imbécile. Fais-le.

Ça ne vaut pas le coup de mourir pour ça.

Mais il ne s'agit pas de moi.

Il s'agit des autres.

Des jeunes gens qui avaient toute la vie devant eux.

De plusieurs autres qui vont mourir si l'enquête n'avance pas.

Il lève les yeux vers Abdula, voit la mine préoccupée de son ami.

La peur dans ses yeux. Et la curiosité.

« Tu as déjà avalé le cachet ? » demande Abdula.

Zack avale.

« Ça y est. »

Putain, pourquoi je fais un truc aussi débile ?

Putain…

Je ne veux pas.

Abdula ! a-t-il envie de crier.

Fais quelque chose, enfonce-moi deux doigts dans la gorge. Oblige-moi à vomir.

Mais il ne dit rien.

Ce n'est pas la peine.

Car il n'y a pas de danger.

Pas de danger du tout.

Au contraire. Tout va bien. Tout va s'arranger.

Des vapeurs vertes et rouges d'anciennes éclaboussures de peinture s'élèvent des lattes du parquet. S'entremêlent en douces volutes qui caressent son corps, chatouillent ses narines comme un parfum étrange.

Les vapeurs colorées redescendent. Enserrent sa cage thoracique, la réchauffent et mille doigts se promènent sur sa peau à présent, étalent dans la pièce tout ce qui est lui.

Zack ferme les yeux, balance la tête d'avant en arrière.

Il a la sensation de comprendre pour la première fois ce que signifie avoir un corps, il ressent une jouissance dans chacune de ses fibres. Il n'est que bien-être, l'air qu'il inspire est comme de la chaleur d'une tendresse infinie, et rien de mal n'existe plus ou ne peut lui arriver, et il entend très loin une voix, pourtant si proche :

« C'est bon ? »

La voix d'Abdula.

Abdula adoré.

On est pareils toi et moi.

Détache-moi maintenant, mon ami.

Laisse-moi te prendre dans mes bras.

Te goûter.

Te déchirer les entrailles. Sentir ton merveilleux sang si chaud couler sur mes doigts. Arracher ton cœur qui bat et le presser contre le mien. Sans aucune peau entre.

Sans la moindre carapace.

Nous devons nous débarrasser de notre carapace, mon ami. La découper.

Cela ne fait pas mal. Au contraire, il n'y a rien de plus beau. Rien de plus merveilleux. Regarde-moi, je ris, mon rire est mieux que la vie elle-même.

Les vapeurs enveloppent leurs corps. Plus sombres à présent, menaçantes.

Elles en ont après Abdula.

Cherchent à entrer dans sa bouche.

Il faut que je me détache.

Il faut que j'empêche les ténèbres d'entrer dans son corps.

Que je transperce sa gorge avec quelque chose.

Pour le libérer.

Et ensuite je rentrerai chez Mera.

Je lui écarterai les jambes et j'enfoncerai mes mains en elle.

Pour faire sortir de force notre enfant.

Le protéger.

Le mettre en lieu sûr.

Mais je ne peux pas bouger.

Est-ce que ce sont ces vapeurs qui me retiennent ?

Qui me veulent tant de mal ?

Il y a un problème.

Rien ne va.

Quelque chose tremble. Il est bloqué. Et il ne se sent plus bien du tout, le compte à rebours a commencé et il trébuche dans une obscurité, année après année, sans pouvoir respirer.

Ça sent la vieille peinture.

Il tremble.

Le monde penche. Tourne. Lui assène un coup violent sur le côté de la tête.

Tout devient noir.

Quelque chose le pique dans la joue et le nez.

Du bois rugueux.

Une forte odeur de solvant.

Le monde chavire encore. Il est soulevé.

Quelqu'un se tient devant lui.

Abdula.

Qu'est-ce qu'il fout là ?

Il tient les épaules de Zack entre ses poings monstrueux.

Pourquoi ça ?

Ses lèvres bougent. Mais le son est si bas et arrive avec un temps de retard.

« Comment ça va ?

— Je ne sais pas.

— Tu as renversé la chaise. Je t'ai relevé. Tu n'as pas remarqué ?

— Non. Ou si, peut-être. Quelque chose a chaviré. Mais je ne croyais pas que c'était toi. »

Zack cligne des yeux. Voit Abdula plus clairement.

« Tu as été là tout le temps ? »

Abdula lui lâche les épaules et croise les bras.

« Comment ça ?

— J'étais parti si loin.

— T'es parti deux minutes chrono.

— Ça m'a paru des années. »

Quelque chose s'écoule de l'esprit de Zack, comme les dernières gouttes d'eau après une douche. La défonce est en principe déjà terminée.

« Tu m'as fait peur, dit Abdula. La façon dont tu m'as regardé. Un vrai psychopathe.

— Je sais ce qui s'est passé à Kopparkobben. Et à Huddinge. »

Abdula s'accroupit et commence à enlever les rubans adhésifs autour des chevilles de Zack.

« Moi aussi. Ils sont morts.

— Je veux dire que je sais comment ça s'est passé. Je comprends ce qui leur est arrivé. Ce qui les a poussés à faire ce qu'ils ont fait. Et pourquoi deux des filles avaient le sourire aux lèvres quand elles sont mortes. »

Le pied gauche de Zack est libéré. Abdula poursuit avec le droit.

« Au début c'est génial, reprend Zack. C'est pour ça qu'Ebba Langer souriait quand on l'a retrouvée. Elle a dû se cogner la tête contre le rocher et basculer dans l'eau quelques minutes après avoir avalé le comprimé. Même chose avec celle qui me souriait au fond de la piscine à Huddinge. Elle aussi a dû mourir sans avoir eu le temps de redescendre. Car à ce moment-là, on ne désire plus qu'une chose : tuer. Tous ceux qui sont autour de vous, y compris soi-même. Et le pire, c'est qu'on a l'impression de le faire pour la bonne cause. »

Abdula fait une boule des bandes de ruban adhésif. Les jette par terre et continue à libérer le torse de Zack.

« Ça t'a fait ça comme effet ? »

Zack acquiesce.

« Tu voulais me tuer ?

— Oui. »

Abdula plisse le front et paraît hésiter un instant à enlever les bandes de ruban adhésif qui entravent les poignets de Zack.

« Mais pourquoi ? »

Zack ne peut s'empêcher de rire. Il est si soulagé que ce soit terminé. Qu'il ait survécu à son expérience de fou.

« Pour l'amour, mon ami. Pour l'amour. »

47

Jeudi 30 juin

La fenêtre à croisillons de la chambre à coucher est grande ouverte et l'air frais de la nuit caresse le visage de Zack.

Mera est allongée derrière lui, un bras autour de son torse, le nez enfoui dans sa nuque. Son souffle est paisible et régulier, aussi tiède que la nuit dehors.

Par la fenêtre ouverte, on aperçoit les silhouettes des toits sous un clair de lune jaune clair.

Zack pense à ce à quoi il a participé dans la réserve à Skärholmen, quelques heures plus tôt. Comment la drogue l'a transformé.

Que se serait-il passé si je n'avais pas été attaché ? Est-ce qu'Abdula aurait pu m'arrêter ? Aurais-je essayé de le tuer avant de me suicider ?

Cette drogue est une arme pour tuer. Un outil pour une tuerie de masse.

Il prend la main de Mera et serre son bras

contre lui. Il sent son ventre contre son dos, se représente la vie qui grandit à l'intérieur d'elle, le petit être humain qui est son fils ou sa fille.

Il faut que je me cramponne à tout ce qui est bien. Que je suive où m'entraîne la lumière, que je laisse les ombres du passé en paix.

Je ne toucherai plus jamais à la drogue, pense-t-il. Cette nuit aura été la dernière.

Mera, moi et l'enfant. Une trinité plus forte que toutes les drogues.

Et je vais oublier Hebe. Ou du moins l'éviter. Sinon elle aussi finira déchiquetée et détruite.

Il caresse la main de Mera. Touche du bout des doigts les ongles longs de la jeune femme.

Pourquoi suis-je si faible ? De qui ai-je hérité cette faiblesse ?

Il pense à la boucle de cheveux qu'il a confiée à Koltberg. L'a-t-il déjà envoyée pour la faire analyser ?

Sans doute pas. Il a bien assez à faire avec cette enquête. Comme eux tous.

« Zack, tu ne dors pas ? demande Mera dans un chuchotement.

— Non.

— Est-ce qu'on ne pourrait pas aller voir des affaires pour bébé demain ? À l'heure du déjeuner ? Il y a un magasin à Kaptensgatan. »

Zack pense que c'est comme défier les dieux. La grossesse n'est pas encore très avancée et beaucoup de choses peuvent mal se passer. Il a envie de lui dire d'attendre un peu, mais d'un autre côté pourquoi, au fond ?

« Tu trouves que c'est trop tôt, je sais, murmure-t-elle.

— Non, pas du tout.

— Alors tu peux à l'heure du déjeuner ?

— Bien sûr.

— Disons à midi dans la Kaptensgatan, Monsieur Papa. »

Zack se tourne sur le dos et Mera se blottit contre lui, posant un bras et une jambe sur son corps.

Il a la sensation qu'elle le recouvre avec un tissu magique, protecteur.

Une étoffe qui permet de s'endormir.

48

Une lumière grise matinale s'infiltre dans une autre chambre à coucher et réveille les fils d'argent des tapisseries au mur. De fins voilages en dentelle flottent au vent et jettent des ombres sur le lit où dort la jeune femme.

Le changement de lumière fait ouvrir les yeux à Hebe.

La tête profondément enfoncée dans son oreiller en duvet d'eider, elle se demande ce qu'elle fait là.

Elle s'apprêtait à faire quelque chose.

Mais quoi ?

Elle tend la main vers son téléphone pour regarder son calendrier et elle voit qu'elle a reçu trois SMS. Un de l'Inde, un d'une amie et un de Zack.

Elle se redresse sur un coude, et lit le dernier.

Je t'attends. Il s'est passé quelque chose ?

Elle s'assoit sur le bord du lit. Regarde fixement ces mots.

Elle devait le rencontrer la veille au soir.

Qu'est-ce qui s'est passé ?

Elle se souvient de s'être pressée, de n'avoir pas même pris le temps de faire une retouche de maquillage.

Mais ensuite ? Qu'est-ce qui s'est passé ensuite ?

Pourquoi ne se souvient-elle de rien ?

Elle cherche le numéro de Zack.

Laisse son pouce sur l'écran

L'appelle.

Il faut qu'elle sache ce qui s'est passé.

Une unique sonnerie, avant qu'il ne refuse l'appel.

On frappe à la porte de sa chambre. Elle tire la couverture sur elle. Crie :

« Qui est-ce ? »

La voix sèche du majordome de l'autre côté de la porte :

« Votre mère désire vous parler.

— Je descends dans un petit moment. »

Elle regarde fixement le téléphone qu'elle tient à la main.

Pourquoi a-t-il refusé son appel ?

La voix du majordome de nouveau. Plus insistante cette fois.

« Tout de suite. »

49

Zack refuse l'appel de Hebe au moment où il frappe à la porte du bureau de Douglas Juste.

Pas maintenant, pense-t-il en remettant le téléphone dans sa poche.

Peut-être devrait-il bloquer son numéro pour se protéger d'elle et de ses tentations ?

Il entend un « Entrez » et ouvre la porte.

Douglas porte un costume bleu marine à boutonnage simple dont l'élégance ne fait que souligner son regard fatigué et ses cernes.

Il est huit heures moins le quart et Zack tient à lui communiquer l'info à part, avant la réunion matinale.

« Assieds-toi, Zack », dit-il en faisant un signe de tête vers la chaise de l'autre côté du bureau.

Zack s'assied et promène son regard sur le bureau d'une propreté clinique et sur les deux peintures à l'huile au mur.

Une pile de chaises dans différentes teintes de marron. Une femme qui tient les mains devant ses yeux.

Douglas aime changer ses tableaux personnels au bout de quelques mois, mais ces deux-là sont accrochés depuis presque un an maintenant.

Comme s'ils symbolisaient leur enquête, se dit Zack. Un amas de questions en vrac avec des réponses qu'ils ne voient pas.

Douglas croise une jambe sur l'autre. Se racle la gorge et déclare :

« Il n'y avait aucune trace de notre drogue dans ce qui semble avoir été le labo privé de David Mathias. En revanche, on a retrouvé des traces de méthamphétamine. Selon Koltberg, ce labo a servi à fabriquer ça et rien d'autre.

— Mais David Mathias peut très bien avoir vendu aussi des comprimés Bambi, dit Zack. Il peut les avoir achetés à quelqu'un d'autre, tout comme il l'a fait pour les autres merdes qu'il revendait sur son site Web.

— La brigade des stups peut y jeter un œil mais, à mon avis, nous pouvons mettre Mathias hors de cause dans l'enquête Bambi. »

Peut-être, songe Zack. *Cela expliquerait qu'ils stagnent dans leurs investigations. Ils ne cherchent pas dans la bonne direction.*

La fuite désespérée de Mathias peut s'expliquer par la panique à l'idée qu'on ait trouvé son labo à Rinkeby. Qui sait s'il n'a pas préféré la mort à dix ans d'emprisonnement ?

« Bon, qu'est-ce que tu as sur le cœur ? demande Douglas.

— Il s'agit des comprimés Bambi, répond Zack. Une de mes sources les plus fiables m'a fait le récit d'une expérience dingue qui a été réalisée il y a quelques jours seulement, où un type a accepté, contre rémunération, de tester cette drogue. »

Douglas hausse un sourcil et attend la suite.

« Le type était attaché par du ruban adhésif quand il a fait ça, ou plus exactement a accepté d'être attaché. Quoi qu'il en soit, il a raconté à ma source que la défonce était complètement étrange. Il a dit qu'il a très vite atteint le sommet, que c'était un trip d'amour, mais que cela lui a donné une furieuse envie de tuer son pote qui était dans la pièce.

— Cela paraît contradictoire.

— C'était comme s'il avait besoin de sauver cet ami d'une menace. Comme si la mort était nécessaire pour permettre d'accéder à un état supérieur. Selon ma source, le type est sûr qu'il aurait frappé son pote à mort s'il n'avait pas été entravé. Et peut-être se serait-il aussi frappé à mort. »

Douglas l'observe en silence.

Il lit en moi comme un livre ouvert, pense Zack.

Il sait que je parle de moi.

Et puis merde. Il faut qu'il sache.

« D'après ma source, n'importe qui sous l'emprise de cette drogue est capable de tuer, poursuit Zack. Aussi bien des jeunes que des adultes.

— Et comment les gens qui ont mené cette expérience ont-ils fait pour se procurer la drogue ? »

Le regard de Douglas s'est fait glacial. Il semble demander : *On peut savoir comment TU t'es procuré la drogue, Zack ?*

« Ma source affirme qu'il ne le sait pas. Il n'était même pas présent quand le test a eu lieu. »

Douglas croise ses doigts sur les genoux. On dirait un psychologue qui essaie de lire dans le cerveau de son patient.

« Et pourquoi tu me racontes ça maintenant, et non pas lors de la réunion habituelle qui commence dans… (il regarde sa montre)… cinq minutes ? »

Zack s'attendait à cette question et il sait ce qu'il va répondre. Mais il redoute la réaction de Douglas.

« Je crois que cela vaudrait mieux que cette info vienne de toi. Tu sais comment j'allais cet hiver. On pourrait s'imaginer que c'est moi-même qui ai pris la drogue. »

Douglas hoche lentement la tête. Pose sur lui ce regard paternel auquel Zack avait droit si souvent la première année dans l'Unité spéciale.

« Tu n'es pas en train de me dire, Zack, que c'est toi qui l'as prise ? »

Zack se demande si la chaleur dans ses joues se voit.

« Je dis simplement que des gens peuvent facilement s'imaginer des trucs, tu ne crois pas ?

— Je veux rencontrer ta source.

— Les sources sont sacrées, dit Zack. Tu le sais. »

Une fois Zack sorti de son bureau, Douglas reste longtemps silencieux à réfléchir à ce qu'il vient d'apprendre.

Chercher la source des comprimés Bambi revient à trouver une bombe à retardement. S'ils ne la trouvent pas à temps, elle menace de faire un carnage.

Il avait cru que la conférence de presse donnerait des résultats, que d'autres personnes ayant eu accès à cette drogue se feraient connaître une fois qu'ils en auraient compris les dangers.

Mais aucun appel de ce genre n'est arrivé.

Comment est-ce possible ?

Quelqu'un sait forcément quelque chose.

Son téléphone vibre dans la poche intérieure de sa veste.

Il regarde l'écran.

Oscar Langer.

Ce dernier a appelé deux fois rien qu'aujourd'hui et Douglas n'a répondu à aucun de ses appels.

Il sait ce que son ami va lui demander :

« Avez vous trouvé le meurtrier ? Vous arrivez à quelque chose ou pas ? Si tu es mon ami, tu dois arrêter l'assassin de ma fille. »

Il refuse l'appel, prend son front dans ses mains, sent des pulsations sourdes au niveau de ses tempes.

50

Mera se déplace entre les rangées de poussettes à Golden Baby. Elle sourit et Zack voit qu'elle s'imagine huit mois plus tard.

Quand leur enfant sera né.

Au plafond sont suspendus des mobiles avec des personnages de couleurs vives et sur les étagères le long des murs s'entassent des trotteurs, des berceaux et des jouets en plastique. Dans un coin du magasin s'alignent des dizaines de lits à barreaux et au moins une vingtaine de sortes différentes de poussettes. Des haut-parleurs diffusent de la musique relaxante, une chanson en français susurrée par une douce voix.

Ma vie va donc ressembler à ça ? se demande Zack dont le ventre gargouille un peu après le hot-dog qu'il a avalé en vitesse avant de venir.

Oui, c'est ma vie et ça me va, c'est même bien. C'est chouette d'être ici avec Mera et de se projeter dans l'avenir, de rêver à cette vie qui va naître.

Oublier la mort pour un temps.

Il pense à la conversation du matin avec Douglas.

M'a-t-il percé à jour ?

Sûrement.

Tant pis.

Il était nécessaire qu'il dise ce qu'il avait appris et Douglas avait écouté ses informations avec gravité. Il avait paru plus à cran que d'habitude lors de la réunion matinale, leur avait promis des moyens supplémentaires alors que la moitié du commissariat semblait être partie en vacances.

Pourtant, il a l'impression d'avoir passé toute la matinée à rejeter des hypothèses plutôt qu'à découvrir de nouvelles pistes.

C'est un travail qui compte, ils doivent circonscrire l'enquête. Mais c'est frustrant quand ça ne débouche sur rien de concret.

« Tu ne trouves pas qu'elle est bien, celle-là ? »

Mera s'est arrêtée devant une poussette à trois roues avec des parties qui ont l'air d'être en argent massif, Zack regarde l'étiquette et lit à haute voix :

« Vingt-trois mille couronnes. Des roues de luxe.

— Nous avons les moyens, dit Mera.

— *Tu* as les moyens », rectifie Zack en riant et en l'enlaçant.

Il a bien fait de venir. Quel mal y aurait-il ? Il faut vivre ses rêves, vivre ses désirs. Il n'est pas trop tôt pour commencer. Il n'y a pas de raisons pour que ça ne se passe pas bien.

Ils marquent une pause devant un présentoir de papiers peints. Tournent les pages des catalogues. Des motifs roses ou bleus.

« J'opterais pour quelque chose de super traditionnel, dit Mera en lançant à Zack un regard décidé.

— C'est toi, la spécialiste de l'aménagement, dit-il.

— Mais il faut que tu participes et choisisses aussi.

— Je participe et je te laisse choisir, tu veux dire. »

Mera rit et regarde sa montre.

« Il est temps que je retourne au bureau. Je vais juste faire un crochet par la maison. J'ai des papiers à récupérer avant la réunion. Nous espérons avoir un nouveau gros client.

— Je peux te raccompagner. »

L'enquête peut attendre une demi-heure. J'ai le droit de privilégier des moments comme ceux-ci.

Quand ils ressortent du magasin, il pleut et ils se pressent l'un contre l'autre sous le grand parapluie de Mera.

« Quand viens-tu t'installer chez moi ? » demande-t-elle.

Il sourit. Il s'est posé la même question la veille.

« Quand veux-tu que ce soit ?

— Ce soir.

— Alors je viendrai avec mes sacs-poubelle après le boulot », répond-il en la serrant plus fort contre lui.

À l'ouest, les rayons du soleil percent la couche

de nuages et l'air paraît plus pur. Peut-être que le temps se dégagera dans l'après-midi.

Ils s'approchent de la porte d'entrée de l'immeuble de Mera.

Sur le trottoir d'en face, une vingtaine d'écoliers se promènent avec leurs vestes jaune fluo. Deux par deux, en se tenant la main et en bavardant, pleins de vie.

Zack chuchote à l'oreille de Mera :

« À ton avis, lequel pourrait être notre enfant ? »

Elle marque un arrêt et regarde la petite troupe d'enfants.

« Celui avec les bottes en caoutchouc bleues, peut-être. Celui avec les boucles dorées. »

Zack l'observe à son tour. Un garçon de quatre ans environ. Il porte une casquette et un imperméable rouge, et quand il saute ses cheveux bouclés partent dans toutes les directions.

Oui, pense-t-il. *J'aimerais bien un enfant comme celui-là.*

Le petit garçon disparaît quand une Volkswagen Passat noire passe lentement à sa hauteur.

La pluie redouble d'intensité.

« Ou alors nous aurons des jumeaux, dit-il à Mera. Ou des triplés. Tu te rends compte le ventre que tu auras alors !

— Ça c'est sûr. Il sera si gros que je ne verrai plus mes orteils. »

Elle sourit de nouveau, se serre encore plus fort contre lui sous le parapluie.

Il la regarde, puis s'intéresse à la voiture.

Elle passe au ralenti.

Quelque chose cloche.

Il s'arrête et Mera aussi.

Mais elle se trouve du mauvais côté. Celui qui est le plus près de la rue.

Les vitres teintées se baissent et deux personnes vêtues de noir avec des cagoules apparaissent.

Il devine les yeux foncés presque noirs sous les cagoules. Des armes automatiques pointent de la fenêtre et Zack a juste le temps de penser que c'est la fin, que toute la merde qu'il a pu faire dans sa vie le rattrape finalement.

Mais pas maintenant. Pas quand Mera est avec lui.

Il doit se jeter sur le côté, éloigner de Mera le canon des armes. Mais il n'y parvient pas, car dans la pénombre de la voiture, il devine des doigts qui appuient sur la détente, alors il ramène Mera vers lui, tente de la plaquer au sol et de faire écran avec son corps.

Il a presque réussi à la tirer derrière lui quand il trébuche, et tout se déroule soudain au ralenti, et au lieu de la protéger il a l'impression de la pousser en direction de la voiture.

Non.

Non.

Il se jette en arrière pour se retrouver dans la ligne de tir, mais c'est trop tard. Il voit son corps agité de soubresauts quand il entend la rafale des armes automatiques.

Elle lui est comme arrachée, semble aspirée vers le mur de l'immeuble.

Il voit un grand cercle rouge sur sa joue. Et

un autre beaucoup plus bas sur son chemisier blanc.

Les cercles augmentent.

NON.

Mera.

Notre enfant.

Notre enfant est en elle.

Notre enfant avec des boucles qui seront comme des rayons de soleil.

Des balles sifflent au-dessus de leurs têtes et viennent se ficher dans la façade.

Cela sent le bitume mouillé et l'eau traverse le tissu du jean quand, sur le sol, il peut enfin la couvrir de son corps.

Le moteur de la voiture vrombit. Le bruit s'éloigne rapidement.

Quelque part, des enfants et des adultes crient.

Mera gît dans ses bras et le regarde avec des yeux étonnés.

De lourdes gouttes de pluie tombent sur son visage, dissolvent l'épais filet de sang qui coule du trou dans sa joue.

Elle ouvre la bouche pour dire quelque chose, mais il entend seulement un faible gargouillis.

Il lui caresse les joues trempées par la pluie, elle ferme les yeux et son corps devient inerte.

Il pleut à verse maintenant, des élèves de l'école maternelle pleurent à chaudes larmes et, quelques étages au-dessus de Zack, une fenêtre s'est ouverte et de la musique résonne dans la rue. Un tube d'été d'une autre époque.

Zack serre le corps de Mera très fort. Il la berce

dans ses bras, soulève son visage vers la pluie et pousse un hurlement.

De l'eau rougie tombe sur le bitume sous leurs corps et tout là-haut, Mungo Jerry chante *In the summertime* comme s'il ne s'était rien passé.

51

Zack tombe.

En lambeaux.

Il sombre dans le trou noir qui est au fond de lui qui, il y a un instant encore, n'était qu'une ombre, mais qui désormais menace de l'engloutir.

Quelque chose bouillonne à proximité.

Grésille.

Il ouvre un œil et aperçoit une grosse main passer de la fumée sous son nez.

« Allez, inspire un grand coup », dit une voix rauque.

Il inhale la fumée.

Ferme de nouveau les yeux.

Le carrelage est froid contre son dos nu.

Une odeur de pisse.

Mais ça va.

Il se sent mieux. Un bref instant, avant que les ténèbres ne reviennent planter leurs crocs dans sa chair.

Il se recroqueville en position fœtale.

Disparaît.

Personne ne le voit.

Il est tapi dans les buissons devant une maison mitoyenne à Sollentuna.

Cela fait longtemps qu'il attend. Des heures.

Cela lui est égal d'attendre.

Il travaille avec méthode.

Il a déjà barré quatre noms sur la liste.

Il en reste beaucoup. Mais il n'a pas l'intention d'abandonner.

La voiture arrive maintenant. Une Volkswagen Passat noire qui remonte l'allée en bitume du garage.

Zack se précipite quand le moteur est coupé. Ouvre brutalement la portière et sort la conductrice. Des lunettes tombent par terre et Zack les écrase avec son pied.

« Pourquoi tu lui as tiré dessus ? hurle-t-il. Pourquoi tu as tué Mera ? »

La femme d'âge mûr ne profère pas un son.

Il l'examine. Voit que sa tête est trop petite. Pas aussi allongée que les têtes sous les cagoules des tueurs.

Il la lâche et s'enfuit en courant.

Encore un nom à rayer de la liste.

Il est fatigué maintenant. Il voudrait s'asseoir, mais un homme plus âgé le tient par le bras. Lui chuchote que ce n'est pas le moment de s'asseoir.

Zack lui jette un regard.

C'est le père de Mera, Allan Bergenskjöld.

Il est bien habillé. Costume noir, chemise blanche et cravate blanche.

Zack baisse les yeux sur sa poitrine.

Il porte les mêmes habits.

Ils se tiennent près d'un cercueil dans une chapelle funéraire sombre.

Le cercueil est blanc. Allan pose une rose rouge dessus.

Zack aussi.

Mera repose dans ce cercueil.

Elle ne devrait pas être là et pourtant elle y est.

Mera et l'enfant qui aurait dû continuer à grandir dans son ventre et devenir *leur* enfant.

Il ferme les yeux.

Chancelle.

Une main le soutient par l'aisselle.

Le conduit hors de la chapelle.

Il pleut, des gouttes dures et froides, et il voudrait dire au père de Mera que ce n'est pas une bonne idée de sortir sous la pluie.

Mais Allan Bergenskjöld lui a tourné le dos.

La porte s'est refermée avec un bruit sourd.

Zack s'éloigne.

Son corps est lourd sur le sol, comme si la terre voulait l'avaler, l'enterrer vivant.

Et pourquoi pas ?

Tout ce que je touche meurt.

Il quitte l'église. Marche au hasard.

La pluie fouette sa veste en cuir.

Il a besoin de plus d'amphétamines.

Il cherche dans les rues.

La nuit est tombée quand il s'est mis à marcher. Maintenant il fait jour.

Et chaud.
Mais il a gardé sa veste.
Elle est mouillée.
Pourquoi ?
Qui s'en soucie ?
Des mouches volent autour de son menton.
Il se gratte.
Sent des poils drus. En grande quantité.
Quand s'est-il rasé pour la dernière fois ?
Il l'ignore.
Des immeubles gris de neuf étages se dressent devant lui, comme des dominos gigantesques.
Il suffirait d'en renverser un seul pour que tout s'effondre.
Bredäng. Il a habité là autrefois.
Est-il encore revenu dans le coin ?
Pour faire tomber les immeubles.
Il prend son élan contre un mur.
Pousse. De toutes ses forces.
La maison ne s'écroule pas.
Pourquoi ne s'écroule-t-elle pas ?
Il faut qu'il se repose.

Il marche le long d'un sentier en gravier, s'arrête et fait demi tour.
Il revient d'un pas rapide vers la villa, rattrape Sam Koltberg, l'agrippe par l'épaule et l'oblige à se retourner.
« Garçon ou fille ! crie-t-il. C'était quoi ? »
Koltberg le repousse. L'entraîne loin de la maison.
« Un fils ou une fille ? »
Zack chuchote à présent, hésite, comme si la

réponse pouvait redonner vie à l'enfant qui n'est pas né.

« Ce n'était pas possible de déterminer le sexe, je te l'ai déjà dit. Le placenta était déchiqueté.

— C'est parce que tu n'es qu'un sale ivrogne ! »

Koltberg donne un coup à Zack dans le ventre, l'obligeant à s'asseoir sur l'allée en gravier.

Ensuite il se penche vers lui, le visage rouge.

« T'as pas intérêt à revenir traîner par ici quand t'es défoncé. »

Il s'est remis à pleuvoir.

Il traîne sur un banc du parc, couvert de fientes d'oiseaux, un exemplaire mouillé de *Metro* dans les mains.

Il y a marqué « 30 juillet » en haut sur la première page.

Ce doit être une erreur.

On est en juin.

Pas en juillet.

La chaleur est revenue.

Il est assis au soleil et tient un hamburger.

Quelqu'un lui dit qu'il devrait reprendre quelques bouchées.

C'est Abdula.

Il a acheté le hamburger pour Zack.

Zack le jette au loin.

C'est pas des hamburgers qu'il veut, putain.

Mais Abdula refuse de lui donner ce qu'il réclame.

Zack se lève et s'en va.

Il hait Abdula.

Comment peut-il me laisser tomber maintenant, cet enfoiré ?

Zack est à bout de souffle, stressé.

Il ne trouve pas ce qu'il cherche.

Ou est-ce autre chose qui le stresse ?

Avait-il un rendez-vous à honorer ?

Mais oui, c'est ça. Il devait aller chercher son fils à la crèche. Son fils blond avec des bottes en caoutchouc bleues.

C'était à son tour aujourd'hui. Mera travaille.

Il s'essuie le nez. De la morve et une sorte de poudre blanche s'étale sur le dos de sa main.

Il se tient sur lc pont de Västerbron et crie à pleins poumons.

Retire son anneau en or blanc.

Le serre fort dans son poing.

Puis le jette par-dessus la rambarde, le voit décrire un arc de cercle avant de sombrer comme une vie perdue dans les profondeurs vert foncé de la Riddarfjärden.

Quelqu'un le lui a fauché.

Arrêtez-les ! crie-t-il.

Arrêtez-les, ces enfoirés !

Deniz se lève de son bureau.

Accourt vers lui, le serre dans ses bras.

Ils tombent ensemble par terre.

Il enfouit son visage contre sa poitrine et pleure comme l'enfant qu'il n'a pas eu.

52

La pièce fait la taille d'une cellule de garde à vue, sauf qu'elle est plus soignée. Avec des rideaux à la fenêtre. Des plantes en pot. Du lino par terre et une tête de lit avec des broderies.

C'est Douglas qui l'a fait admettre là.

« C'est un centre de désintoxication très renommé, avait-il expliqué à Zack dans son bureau. Il affiche le taux le plus bas de récidive du pays. »

Quelle importance pour Zack ? Il n'y mettrait pas les pieds avant le 15 août. Il restait du temps.

« C'est demain », avait dit Douglas.

Le personnel est attentionné. Parle à voix basse. Ne le juge pas quand il le provoque en racontant qu'il a maltraité des gens innocents.

Chaque nuit, il vomit. Parfois aussi la journée.

Il demande qu'on lui donne du Subutex, mais les employés refusent.

Il prend un des livres qu'Ester lui a donnés, mais le repose au bout d'une demi-page.

Elle passe un peu de temps dans sa chambre,

lui raconte ce qu'elle a fait dans l'été. Ça ne dure pas longtemps. Puis elle reste silencieuse à faire des exercices de maths sur sa petite table.

Zack l'observe. Le soleil de l'après-midi enflamme ses cheveux légèrement roux.

Il aime sa présence. Son silence.

L'obscurité tombe désormais plus vite le soir. Du fond de son lit, il observe des visages qui le regardent à travers la vitre.

Mera.

Et sa mère.

Il veut leur dire qu'il n'a rien pris depuis dix jours.

Qu'il lutte vraiment.

Mais elles paraissent déçues.

Nos meurtriers sont dans la nature. Pourquoi ne fais-tu rien, Zack ?

Pourquoi restes-tu allongé comme une larve ?

Nous te poursuivrons sans relâche, ton passé finira par t'étrangler.

Elles disparaissent.

Le laissent seul.

C'est ta faute, chuchotent les ombres.

Tu portes la contamination de la mort. Et tu la transmets à tous ceux qui te sont proches.

Deniz a apporté le rapport préliminaire d'enquête sur le meurtre de Mera.

Elle semble gênée de lui annoncer ce qu'ils ont trouvé jusque-là. Ou plus exactement : ce qu'ils n'ont pas trouvé.

« La Passat a disparu aussi vite qu'elle est apparue. Des témoins l'ont aperçue à Humlegården, peut-être encore plus au nord dans la Birger Jarlsgatan, mais la piste s'arrête là. »

Quand elle est partie, il parcourt lentement le rapport. Ils sont arrivés à la même conclusion que lui : il était l'homme visé par les meurtriers, mais c'est Mera qui a été touchée.

Apparemment, ils voulaient qu'il cesse de se mêler de l'affaire Bambi.

Mais qui ça, « ils » ?

Je ne peux pas rester ici, se dit-il.

La pénombre qui règne dans cette pièce est comme une camisole de force.

Les assassins de Mera sont toujours en liberté. Et celui qui fabrique les comprimés Bambi aussi.

Qu'arrivera-t-il si d'autres pilules circulent sur le marché ? Si le drame se reproduit encore une fois ? Je ne peux pas moisir ici.

Au diable, tous ces traitements ! J'ai des choses plus importantes à faire.

La nuit, il s'enfuit.

Coupe par les bois, rejoint la ville.

Pour se faire un shoot.

Quand il arrive à la E4, il s'arrête.

À la croisée des chemins.

La vie ou la mort.

Si je continue à courir, c'est la fin.

Je ne retrouverai jamais ceux qui ont tiré sur Mera.

Ni ceux qui répandent la mort parmi les jeunes de Stockholm.

Il faut que je retrouve ma force. Que je me reconstruise pour trouver les pistes que les autres ne voient pas.

Les tentations de la ville luisent dans la nuit, tout là-bas.

Il leur tourne le dos et repart en courant au centre de désintoxication.

53

Mercredi 7 septembre

L'air matinal est frais et le soleil perce à travers le feuillage doré quand Zack pousse la porte en acier orange du commissariat à Kungsholmen.

Il ne sait pas s'il est prêt. Si sa tête et son corps sont avec lui…

Hier, il a couru cinq kilomètres, mais s'est arrêté pour se reposer au bout de trois.

Il faut qu'il se remette au travail. Qu'il ait une occupation concrète. Pour chasser les pensées de l'enfant tué, des meurtriers sans visage.

Il va chercher son arme de service, monte ensuite dans l'ascenseur et appuie sur le bouton du sixième étage.

La réunion matinale commence dans deux minutes. Il pense dire quelques mots d'introduction. Les prier de l'excuser pour son comportement de cet été. Les remercier pour leur soutien lors de sa cure de désintoxication et leur dire qu'il est prêt à en baver pour retrouver leur estime.

Un serpentin coloré atterrit dans ses cheveux dès qu'il ouvre la porte de l'Unité spéciale et Deniz souffle dans une trompette pour enfants.

Une guirlande à son nom pend du plafond et un grand gâteau trône sur une table dressée dans l'open space. Tous lui souhaitent la bienvenue parmi eux. Deniz, Sandra Sjöholm, Rudolf Gräns, Sirpa Hemälainen et Douglas Juste. Même Sam Koltberg.

Zack, éberlué, reste sur le pas de la porte, son regard va de l'un à l'autre. Il voit la photo de Niklas Svensson et la bougie allumée sur la table. Aperçoit les photos des jeunes morts accrochées sur le tableau blanc.

Il n'y a pas que les vivants qui fêtent son retour.

Puis la colère le gagne. Comment peuvent-ils faire une chose pareille ? Mera n'est plus et il a des serpentins dans les cheveux… Mera a été froidement abattue, son corps n'est plus que cendres, leur enquête est au point mort et ils ne pensent qu'à bouffer une putain de tarte !

Mais il se calme, se rend compte que ce n'est pas nécessaire de se mettre dans des états pareils, que même dans l'obscurité on peut trouver une petite lumière.

Il jette un regard à ses collègues et leur lance :

« Vous n'avez pas du boulot qui vous attend ?

— Pas sans toi », dit Deniz qui s'avance en lui tendant les bras.

Les autres lui emboîtent le pas. L'embrassent, lui tapent sur l'épaule.

« Allez, viens, on fête ça avec un peu de gâteau.

— Donnez-moi une minute seulement », dit Zack.

Sirpa veut protester, mais il leur a déjà tourné le dos pour se précipiter aux toilettes. Il s'enferme et s'assoit sur le battant baissé, la tête entre les mains, essayant de calmer l'hyperventilation qui le guette.

Ressaisis-toi, Zack, ressaisis-toi.

Il repense à l'enquête préliminaire qu'il a lue et relue pendant sa cure. Celle sur le meurtre de Mera.

Personne ne peut disparaître sans laisser de traces.

Qu'ont-ils négligé ?

Le pire, c'est qu'il n'a découvert aucune bourde, au contraire, il a été frappé par le sérieux, la rigueur des investigations et des interrogatoires.

Ils ont même émis l'hypothèse, au départ farfelue, que les meurtriers en avaient après Mera. Ils ont cherché des ennemis parmi les contacts d'affaires de son père ou d'autres personnes à qui Mera aurait pu faire de l'ombre. Des concurrents qui auraient vu leurs revenus lésés par son action.

Comme si des conseillers en ressources humaines allaient se mettre à tuer !

Cela n'a rien à voir avec elle.

Non, il s'agit de moi.

Il sort des toilettes.

Deniz lui avance une chaise et lui sert une part de tarte aux fruits une fois qu'il s'est assis.

« Ça va ? » demande-t-elle.

Elle observe ses yeux. Il sait qu'elle cherche à voir s'il a pris quelque chose aux toilettes.

Il la laisse analyser ses pupilles.

« Ça va », répond-il en goûtant à la tarte.

On entend la voix de Douglas, un poil énervé.

« Bon, je crois que la fête est terminée. Je viens d'apprendre que je vais être convoqué au bureau de la directrice générale de la police nationale pour m'expliquer sur notre absence de résultats dans l'affaire Bambi. On craint en haut lieu une récidive. L'opinion publique le redoute et nous aussi devrions le faire.

— C'est le cas », répond Deniz.

Sirpa, Rudolf et Koltberg se lèvent, jettent les assiettes en carton dans la poubelle et retournent à leurs postes de travail respectifs.

Zack regarde encore une fois les photos affichées sur le tableau blanc. En découvre une nouvelle.

L'espace d'une seconde, son visage prend les traits de Mera, mais il cligne des yeux et voit qu'il s'agit de Madelene Dahlén, la seule rescapée de Kopparkobben.

Le seul témoin.

« Quand est-elle morte ? » demande-t-il à Deniz qui reste à côté de Sandra.

Deniz qui allait fourrer un morceau de gâteau dans sa bouche repose sa cuillère.

« Je croyais que tu le savais. Elle est décédée peu de jours après que nous l'avons interrogée. Le médecin a dit que des complications étaient survenues. Je ne sais plus exactement ce que c'était. Des hémorragies internes, je crois.

— Donc plus rien à espérer de ce côté », conclut Zack.

Deniz et Sandra échangent un regard et Zack peut voir qu'elles brûlent de lui raconter quelque chose.

« Nous venons d'avoir une nouvelle piste, annonce Sandra. Tu sais que les chimistes du laboratoire universitaire à Karolinska ont réussi à identifier la substance chimique inconnue dans les comprimés Bambi ? »

Zack secoue la tête.

« Bon, la substance active est la benzodioxiprine. Il est très difficile de s'en procurer. À l'origine, elle a été créée comme un pesticide pour un fabricant américain dans les années 1990, mais n'a été en vente qu'une courte période avant que l'entreprise ne retire ce produit. Aujourd'hui, une seule firme au monde continue de la fabriquer : Wiszła Chemicals à Varsovie. »

Elle explique qu'au bout d'une longue bataille juridique ils ont réussi à obtenir un document d'exportation qui prouve qu'une commande modeste est partie de Wiszła Chemicals à l'entreprise Prechemo à Sollentuna.

« L'information nous est parvenue hier, dit Deniz. On avait une envie folle d'y aller tout de suite, mais nous avons voulu t'attendre. »

« Nous » n'est plus Deniz et Zack, mais Deniz et Sandra.

Il devine la chaleur qui circule entre elles, même si elles ne sont plus autant collées l'une à l'autre qu'au début de l'été, il voit bien qu'il ne peut pas rivaliser avec ce que Sandra peut donner à Deniz.

« Alors quelle est l'hypothèse de travail actuelle ? demande-t-il.

— C'est encore flou. Des jeunes en quête de sensations fortes ont voulu essayer de nouvelles pilules fortement dosées, mais nous ne savons pas comment ils sont tombés sur ces comprimés, qui les leur a vendus et pourquoi on n'a rien entendu pendant plus de deux mois.

— Mais est-ce que ça ne pourrait pas être David Mathias, malgré tout ? demande Zack. Le silence serait la conséquence naturelle de sa mort ? »

Deniz soupire.

« Nous n'avons toujours rien qui le rattache aux comprimés.

— Le silence, c'est ce qu'il y a de pire, dit Sandra. On a l'air d'attendre que la prochaine catastrophe se produise. Que les pilules soient distribuées à grande échelle, dans une boîte de nuit, ou une fête d'intégration dans quelque université. C'est même une de tes hypothèses, plus tôt cet été, Zack, que l'agresseur peut être un tueur de masse qui veut assassiner au hasard. »

Zack se les représente. Des centaines de jeunes décédés au même endroit, les yeux arrachés, les cous tranchés. Comme une scène de film d'horreur.

Et il se rend compte qu'ils ne sont pas à l'abri d'un tel scénario s'ils ne résolvent pas rapidement cette affaire.

Qu'est-ce qu'ils n'ont pas su voir ?

Quelle piste n'ont-ils pas explorée ?

Il repense à ce que Sirpa lui a raconté peu après qu'ils ont retrouvé les jeunes dans la piscine à Huddinge : que les pères d'Axel Hultqvist et de Desiree Larsson étaient associés dans la même entreprise.

« Qu'est-ce que ça a donné comme piste, le lien entre deux des jeunes et leurs pères ?

— Sirpa a creusé un peu, mais ça n'a rien donné. Pour nous, en tout cas, dit Deniz.

— Qu'est-ce que tu veux dire ?

— Torsten Larsson et Tom Hultqvist ont pour le moins franchi la ligne jaune, mais ils ne semblent pas avoir fait assez de tort à quelqu'un pour que leurs enfants se fassent assassiner. Et surtout pas au point qu'une foule d'autres adolescents innocents y perdent aussi la vie. Je crois que Sirpa a mis au jour des malversations financières, mais je ne suis pas sûre.

— Il n'y avait pas aussi un troisième associé ? Conny quelque chose », dit Zack.

Deniz et Sandra ouvrent de grands yeux.

« On… on n'a pas donné suite. Il était mort depuis longtemps, non ? Et puis, il n'avait pas d'enfant.

— Je crois que quelqu'un a vérifié tout ça, mais que ça n'a rien donné », dit Sandra.

Zack remercie pour le morceau de gâteau et se dirige vers le bureau de Sirpa.

« Est-ce que tu as les données personnelles du troisième propriétaire de la firme que les pères d'Axel Hultqvist et de Desiree Larsson géraient ensemble ?

— Je dois bien avoir ça quelque part. Je t'envoie ça par mail. »

Zack s'assoit à son bureau et se connecte au réseau interne.

Quatre cent vingt-trois mails en absence.

Celui de Sirpa est le dernier.

Il l'ouvre et lit le nom du troisième homme.

Conny Åkesson. Oui, c'était ça, son nom.

Il cherche sur le fichier interne de la police et tombe sur un numéro d'enquête. Pour un suicide présumé en 1998.

Il se redresse sur sa chaise.

Un suicide ? Est-ce que cela aurait un lien avec l'entreprise, avec la collaboration avec les deux autres ?

Il retrouve un rapport de police et le parcourt.

Conny Åkesson, décédé le 15 février 1998. Par overdose de somnifères. Son épouse Karin Åkesson, en état de choc, ne comprenait pas pourquoi son mari avait commis un tel acte contre lui-même et contre elle.

Peut-être le sait-elle à présent ? Mais en quoi cela aurait-il un lien avec l'enquête ?

Il sait seulement que l'argent et les affaires peuvent conduire les gens à faire n'importe quoi. Contre les autres et contre eux-mêmes.

C'est peut-être un coup d'épée dans l'eau, mais il ne faut négliger aucune piste.

Il faut qu'il se remette au boulot et prouve aux autres qu'il est encore bon à quelque chose.

Qu'au moins il réussit à trouver des pistes inexploitées.

Il trouve le numéro d'identité de Karin Åkesson dans le rapport, vérifie qu'elle n'a pas déménagé, trouve un numéro de téléphone fixe et appelle.

La voix sur le répondeur est posée et réservée, comme c'est souvent le cas quand des personnes âgées parlent dans des appareils modernes.

« Vous êtes bien chez Karin Åkesson. Je ne peux pas vous répondre pour le moment, mais si vous laissez… »

Zack laisse un message avec son numéro de portable et la prie de le rappeler.

Il vient de remettre son téléphone dans sa poche quand Deniz l'appelle.

« Prends ta veste, on file tout de suite chez Prechemo à Sollentuna. »

Il ajuste la ceinture avec son arme et va chercher sa veste.

Deniz l'attend à la sortie.

« Et Sandra ? demande-t-il.

— Tu es mon partenaire. Pas elle. »

54

Le quartier général suédois de la société Prechemo consiste en un bâtiment cubique de verre avec vue sur la baie d'Edsviken.

L'assistante du P.-D.G. conduit Zack et Deniz dans une salle de conférences au mobilier anguleux en chrome et cuir noir, avec des rangées de formules chimiques sur des tableaux noirs encadrés aux murs. Certaines d'entre elles contiennent plus de cinquante signes.

À la fenêtre, Zack regarde le parking de l'entreprise, quelques étages plus bas.

Une Tesla Model S est garée près de l'entrée. Il admire la carrosserie noire de cette voiture de sport électrique et se demande quel effet ça fait d'être sur le siège conducteur et d'appuyer à fond sur la pédale de l'accélérateur. Il paraît que la puissance du véhicule est assez impressionnante.

Il pense à sa Suzuki Hayabusa rouge et noire qu'il n'a pas utilisée depuis trois mois. Et s'il faisait un tour avec, ce soir-là ? C'est généralement un bon moyen de se vider la tête.

La porte derrière lui s'ouvre et le P.-D.G. de Prechemo entre dans la pièce.

Josefine Wecksell. Une belle femme dure, froide. Les cheveux noirs coupés court, chemisier blanc, épaules larges sous une veste à la coupe impeccable. Des yeux vert clair derrière des lunettes rondes cerclées d'une épaisse monture noire.

Zack la reconnaît. Où l'a-t-il déjà vue ?

« Bonjour », dit-elle avec un sourire las.

Ça lui revient.

C'est l'amie de Hebe du Burger King.

Elle ne portait pas de lunettes alors, mais c'est bien elle.

Ça alors.

Comment se fait-il qu'elle soit ici ?

Elle leur sert la main et ils se présentent.

Zack lit dans ses yeux qu'elle le reconnaît elle aussi, mais n'en laisse rien paraître.

Josefine Wecksell s'assied et regarde l'heure de manière appuyée.

« Vous avez apparemment quelques questions à propos d'un produit chimique que nous avons utilisé, dit-elle.

— Oui, la benzodioxiprine, dit Deniz. Nous aimerions savoir quel usage vous en faites.

— Nous n'en faisons aucun usage », répond Josefine Wecksell.

Deniz hausse les sourcils.

« Le stock qui nous restait a disparu lors d'un cambriolage il y a six mois de cela.

— Vous avez fait une déclaration à la police ? » veut savoir Zack.

Josefine Wecksell se cale dans son fauteuil et fait un geste d'impuissance avec les mains.

« Vos collègues sont venus, ont fait leurs constatations, puis l'affaire a été classée par manque de pistes. »

Deniz ne relève pas son ton sarcastique et pose une question :

« À quoi destiniez-vous ce produit chimique avant le vol ?

— C'était un ingrédient parmi d'autres que nous testions dans le cadre de l'élaboration d'un nouveau médicament.

— Un médicament plutôt dangereux », commente Deniz.

Josefine Wecksell sourit, avec une certaine bienveillance cette fois.

« Beaucoup de médicaments contiennent des composants dangereux. Les chimiothérapies ne sont pas spécialement bonnes pour la santé, pourtant elles sauvent chaque jour des vies.

— Vous en avez commandé davantage ?

— Davantage de benzodioxiprine, vous voulez dire ? »

Elle regarde de nouveau l'heure, comme si ces questions lui avaient déjà pris trop de son précieux temps.

« Non, ça revenait trop cher, et nous n'avons pas atteint les résultats escomptés. Nous avons choisi d'expérimenter une autre voie. »

Zack l'observe. Il n'en revient pas qu'elle se comporte de manière aussi différente. Il a du mal à croire qu'il puisse s'agir de la femme qu'il a vue au Burger King, quelques mois plus tôt.

Est-ce ainsi qu'elle conçoit son rôle de chef ou est-ce un mécanisme de défense ?

« Nous aimerions avoir la liste de vos employés, dit Zack.

— Puis-je vous demander pourquoi ?

— La benzodioxiprine apparaît dans une enquête sur laquelle nous travaillons, répond Zack. Nous sommes dans une phase où nous avons besoin d'exclure d'éventuelles sources de diffusion. »

Josefine Wecksell l'examine attentivement. Elle semble vouloir lire dans leurs pensées.

« Je ferai en sorte qu'on vous la transmette, finit-elle par dire. Y a-t-il autre chose ?

— Non, dit Zack.

— Dans ce cas. Je vais demander qu'on vous raccompagne. »

Elle se lève prestement et quitte la pièce.

Zack et Deniz passent devant la Tesla sur le chemin pour rejoindre leur propre voiture. Ça pue les nouveaux riches.

« Une personne vraiment froide, hein ? » dit Deniz une fois qu'ils ont pris place dans la Volvo et sortent du parking.

Zack acquiesce.

Pense à Hebe.

Pourquoi son amie surgit-elle à ce stade de l'enquête ?

Sur la E4 vers la ville, il se demande si elle est

toujours en Inde et pourquoi elle a choisi de ne pas venir à leur rendez-vous devant l'hôtel, la semaine après la Saint-Jean.

Ensuite il pense au corps de Mera déchiqueté par les balles, inerte dans ses bras, et il préférerait ne pas avoir cette image qui le hante.

55

Ils s'approchent de Stockholm et Zack prie Deniz de faire un détour par Östermalm et de le laisser dans la Karlavägen.

Elle ne lui pose pas de questions. Il devine qu'elle comprend où il va aller et qu'il n'a pas envie d'en parler.

C'est un des nombreux aspects de Deniz qu'il apprécie.

Le feuillage des tilleuls de la Birger Jarlsgatan commence à perdre sa couleur verte et les gens du quartier ont sorti les gros pulls et les doudounes au-dessus de leurs belles chemises.

Deniz s'engage dans la Karlavägen et s'arrête près d'un joli bâtiment turquoise avec de hautes fenêtres étroites à croisillons, à l'autre bout du parc Ellen Key.

« Prends soin de toi », dit-elle quand Zack descend de la voiture.

Il traverse la rue et grimpe les quelques marches en pierre qui mène à l'église d'Engelbrekt.

L'importante construction en brique jette de

grandes ombres sur le sol et Zack frissonne quand il ouvre la lourde porte et entre dans l'église.

La haute nef avec ses murs gris en pierre et son plafond voûté font que les visiteurs se sentent tout petits et insignifiants. Même l'orgue est menaçant quand, de sa position dominante, il fait résonner ses tuyaux argentés dont les sons s'étendent comme les ailes d'un gigantesque oiseau de proie.

Il s'assoit sur un des bancs et réfléchit à l'enquête.

Ses pensées vont à Prechemo, mais reviennent ensuite à Conny Åkesson, l'ancien collaborateur des deux hommes qui sont le seul lien connu entre les jeunes décédés à Kopparkobben et à Huddinge.

Pourquoi s'est-il suicidé ?

Tom Hultqvist et Torsten Larsson ont fait fortune sur son dos, et, selon Sirpa, ils n'en étaient pas à leur première escroquerie. Que s'est-il passé entre eux ?

La veuve ne l'a pas rappelé, il faudrait qu'il réessaie plus tard.

Au bout de quelques minutes, il sort de l'église et descend dans le columbarium, la pièce souterraine qu'Allan Bergenskjöld a choisie comme site funéraire pour sa fille. Un lieu qui sent la puissance, l'argent, l'entregent.

Il se demande comment va Allan.

Il lui a téléphoné depuis le centre de désintoxication afin de lui demander pardon pour son comportement durant les obsèques, mais Allan lui a raccroché au nez.

Compréhensible.

Devrait-il le recontacter ? Devrait-il lui dire que Mera attendait un enfant ?

À quoi bon ?

Un enfant qui n'a pas vu le jour n'existe pas. Il n'est qu'un souvenir qui ronge son âme, qui tourne en rond dans son esprit jusqu'à ce qu'il ne reste qu'une masse noire et puante de ce qui, un jour, était synonyme de rêves et d'avenir.

Il entend l'écho de ses pas dans le columbarium.

Il n'y a personne.

Seuls Zack et les morts.

Le columbarium est plein d'eux.

Les murs sont couverts de plaques de pierre avec leurs noms.

Il s'arrête près d'un mur à l'intérieur de ce qui ressemble à une grotte à la voûte doucement éclairée, et trouve le nom de Mera gravé dans l'avant-dernière rangée du bas. Il s'agenouille et appuie son front contre la pierre.

Ferme les yeux et essaie de sentir sa présence.

De la voir.

Mais il ne voit que les cagoules noires des meurtriers dans la voiture. Leurs yeux noirs, eux aussi.

Pourquoi ne l'as-tu pas protégée, Zack ? Pourquoi n'as-tu pas protégé ton enfant ? Pourquoi as-tu laissé les balles transpercer le corps de Mera au lieu du tien ?

C'est toi qui devais mourir, pas elle. Pas elle et l'enfant.

Tout est ta faute.

Il ouvre les yeux et regarde son nom gravé dans la pierre.

Mera Leosson.

Je vais te venger, pense-t-il.

Te venger, venger notre enfant, et rester clean.

À jamais.

Les taillis puent l'ammoniac et le vomi, comme la plupart des arbustes en ville en cette période de l'année.

Mais ils permettent de se cacher, et les branches les plus basses sont parfaites pour caler le gros objectif de 400 millimètres.

Quand le portail en bois du columbarium s'ouvre et que l'inspecteur Zack Herry apparaît, un doigt appuie et s'arrête à mi-chemin sur le déclencheur de l'appareil photo Nikon, le temps de la mise au point.

Puis le doigt va jusqu'au bout du déclencheur et l'appareil prend une rafale de photos.

Zack décide de rentrer à pied au commissariat. Il prend la Kungsgatan et se dirige vers l'ouest, tente de se concentrer sur l'enquête, mais soudain il ne pense plus qu'à Hebe.

Ça lui arrive souvent quand il vient de penser intensément à Mera.

Pourquoi ?

Il y a là quelque chose d'obscène.

D'ailleurs, à l'heure qu'il est, elle doit encore être en Inde, occupée à faire entrer des millions dans l'entreprise familiale.

Admets-le une bonne fois pour toutes. Elle ne voudra jamais de toi.

Tu devrais la chasser de ton esprit.

Tu es seul à présent.

Avec des démons qui exigent que tu leur laisses le champ libre.

Un taxi noir libre débouche dans la rue et il lui fait signe.

Il est las de marcher.

Las de penser.

56

Un homme jeune en chemise blanche et pantalon noir tape prudemment sur la cloison en verre du bureau.

Hebe lui fait signe, il entre avec un plateau en argent et pose un grand verre de thé sur sa table.

Elle le regarde à travers ses lunettes quand il quitte le bureau et s'éloigne parmi les rangées de programmateurs qui pianotent sur leurs claviers.

Des gens ambitieux, obéissants.

Ou comme dirait Olympia : efficaces en regard de leur coût.

Elle goûte son thé chai sucré, pivote sur sa chaise et jette un œil par la fenêtre sur l'autoroute à quatre voies qui traverse le parc immense de l'entreprise et la relie à cette ville de huit millions d'habitants.

Il n'y a pas que la chaleur et les gaz d'échappement qui fassent trembler l'air ici.

C'est l'énergie.

C'est ici que ça se passe, maintenant.

Electronics City, Bangalore. La Silicon Valley de l'Inde.

Des multinationales du monde entier y ont ouvert des bureaux. Même le groupe Heraldus.

Hebe se plaît bien. Elle commence à mieux comprendre la culture locale et a désormais droit à du respect, même de la part des hommes plus âgés qu'elle qui occupent des postes d'encadrement.

Tout est devenu plus facile depuis qu'elle a renvoyé les trois qui avaient le plus de mal à recevoir des ordres d'une Suédoise.

Mais tout est un combat ici.

Soit on mange, soit on est mangé.

Au début, elle s'était donné du mal pour apprendre à connaître quelques employées. Elle avait naïvement cru qu'elles pourraient sortir ensemble après le travail. Dîner dans un bon restaurant, boire de bonnes choses. Rire et plaisanter ensemble. Découvrir leur culture. Se faire expliquer le mode de pensée des hommes. Et la manière de les manipuler pour arriver à ses fins.

Mais ça ne marche pas comme ça, ici.

Elle pense à Zack plus souvent qu'elle ne devrait.

Comment va-t-il ?

A-t-il pu continuer à avancer dans la vie ?

Elle sait qu'il avait une petite amie, et a ressenti de la jalousie quand elle a cherché sur Internet pour savoir ce qui s'était passé et est tombée sur une photo de téléphone portable prise de loin sur laquelle on le voyait assis sous la pluie, tenant blottie contre lui Mera Leosson mourante.

Selon les journaux, c'était après lui qu'en avaient les assassins.

Est-ce que cela aurait changé quelque chose si Zack et elle s'étaient revus la veille du jour où le meurtre avait été commis ?

Elle ne comprend toujours pas comment elle a pu dormir et laisser passer ce rendez-vous.

Selon Olympia, elle était livide d'épuisement, avait dit qu'elle allait se reposer un instant et se serait endormie profondément.

Peut-être. Hebe ne se rappelle rien.

Elle avait beaucoup travaillé, mais quand même. Cela ne lui ressemblait pas.

Elle repense au visage de Zack, à son nez droit, à ses boucles claires.

Ils se reverront.

Il faut qu'il en soit ainsi.

Un signal sonore dans l'ordinateur lui indique qu'elle a reçu un nouveau message. Elle fait tourner de nouveau sa chaise vers le bureau, pose son thé et clique sur la souris.

C'est Olympia.

Il est temps de faire tes bagages. Tu rentres à la maison dans quelques jours.

Eh bien salut, Olympia. C'est gentil de me demander comment je vais. Ça va, merci. Et toi ?

Elle ferme le mail, pivote sur sa chaise pour regarder de nouveau la ville, les voitures et les camions qui vont et viennent sur l'autoroute. Comme s'ils n'avaient pas de volonté, n'étaient que des pièces préprogrammées d'un organisme qui les dépasse.

Parfois, c'est comme ça qu'elle-même se sent.

Comme si elle obéissait à la volonté de quelqu'un d'autre.

Comme si elle n'était qu'un pion dans le sale jeu de sa mère.

57

Douglas Juste vient d'ouvrir la porte du bureau d'Ellen Lundman, la directrice générale de la police nationale, dans le bâtiment peu accueillant de la Polhemsgatan, à quelques encablures des locaux de l'Unité spéciale. La porte recouverte d'aluminium est beaucoup plus lourde qu'il n'aurait cru.

C'est la première fois qu'il est convoqué pour s'expliquer.

Ellen Lundman a tiré les rideaux blancs devant ce qui ressemble davantage à des lucarnes qu'à des fenêtres, de sorte que toute l'attention se porte sur elle et sur les photographies en noir et blanc d'hommes de couleur accrochées aux murs.

Elle porte un tailleur noir et ne sourit pas quand il entre. D'un mouvement de tête, elle lui indique la chaise en face du bureau et il s'assied. Il sent le poids des soixante années d'expérience dans le regard que lui jette cette femme, et c'est tout sauf agréable. Comme si elle voulait le réduire à un petit garçon – une attitude qu'elle a dû avoir toute sa vie avec les hommes.

Elle a la réputation d'être une brillante juriste et elle aurait pu être P.-D.G. du cabinet d'avocats Vinge à l'heure qu'il est, si seulement elle l'avait voulu, ou encore directrice du service juridique chez Ericsson. Mais elle a préféré le réel pouvoir dont elle dispose en tant que directrice générale de la police nationale. D'aucuns affirment qu'elle vise le poste de ministre de la Justice dans le prochain gouvernement conservateur.

« Vous vous appelez Douglas Juste, c'est ça ? » dit-elle.

La technique habituelle pour poser d'emblée le rapport de force en sa faveur, pense Douglas. Faire semblant de ne pas connaître le nom de son interlocuteur…

Vas-y, fais-toi plaisir.

« Douglas Juste, c'est ça.

— Je vais aller droit au but, annonce-t-elle. Ça ne m'intéresse pas d'entendre pourquoi l'affaire sur les comprimés Bambi piétine. Je veux que l'enquête aboutisse. Et vite. Avec les moyens supplémentaires que vous avez à votre disposition, cela aurait dû être le cas depuis longtemps. »

Douglas ouvre la bouche pour se défendre, sent l'irritation le gagner : que sait-elle du travail de policier, cette juriste carriériste ? Que fait-on quand l'enquête part dans tous les sens ? Mais elle le menace du doigt avant qu'il n'ait pu en placer une :

« J'exige des résultats. Je ne veux pas que ça se reproduise, c'est compris ?

— Je… »

Il est tombé dans le panneau.

Il se sent tout petit sur une chaise immense, un lilliputien dans un pays de dragons.

« Des résultats. »

Elle marque un temps d'arrêt.

« Si une unité d'élite comme la vôtre veut justifier son existence, vous devez montrer une plus grande efficacité que les autres. »

Ellen Lundman détourne les yeux, fixe son écran et Douglas comprend que l'entretien est terminé.

Il se lève.

Quitte son bureau et sent monter la colère. Dans l'ascenseur, il se retient de briser le miroir avec son poing.

De quoi elle se mêle, cette bonne femme ? Elle est pathétique dans ce jeu de pouvoir.

Sauf qu'elle a raison.

Et elle est importante.

Il faut que j'entretienne de bonnes relations avec elle.

L'affaire n'est pas résolue.

Il faut impérativement la résoudre. Mais de la bonne manière.

Et c'est ma responsabilité.

À ce moment, Oscar Langer l'appelle. Pour la énième fois.

Il ne s'est pas endurci avec le temps. Et chaque fois, il a préféré ne pas prendre l'appel, ne pas écouter le message vocal ni lire le SMS.

La douleur est trop envahissante, trop crue, elle manque d'élégance et de distance.

Mais cette fois, Douglas décroche.

« Allô ? Oscar ?

— Pourquoi tu ne réponds jamais quand je t'appelle ? Je ne sais pas combien de fois j'ai essayé… »

Car je suis un être faible, pense Douglas qui répond simplement :

« Parce que je n'ai rien de nouveau à raconter. Nous travaillons sur l'affaire, tu dois me faire confiance quand je dis que ça avance. Je suis obligé de rester concentré.

— Mais il ne se passe rien, bordel ! »

Oscar crie maintenant, et Douglas aimerait lui dire de se calmer.

« Écoute, je vais trouver celui qui est responsable de la mort d'Ebba. »

Puis il raccroche et ne répond pas quand Oscar le rappelle une minute plus tard.

58

Près d'une table au bureau, Zack et Deniz lisent le rapport de police suite au cambriolage perpétré chez Prechemo au printemps.

Quelqu'un a placé une échelle à l'extérieur du bâtiment et s'est introduit par une fenêtre non reliée au système d'alarme, au second étage. De là, le voleur est descendu à la cave, a brisé une des six portes permettant d'accéder aux réserves, a emporté trois paquets de benzodioxiprine et disparu sans laisser de traces.

Plus loin dans l'open space, ils entendent Sirpa Hemälainen taper sur le clavier.

« Penses-tu comme moi à la lecture de ce rapport ? demande Zack.

— Un vol en interne, tu veux dire ? Cela ne fait aucun doute. Sinon, comment le voleur aurait-il pu savoir quelle fenêtre ne déclencherait pas l'alarme et derrière quelle porte se trouvaient les réserves de benzodioxiprine ?

— Mais les imbéciles qui ont rédigé ce compte

rendu sont visiblement passés à côté de ce détail », dit Zack.

Il appuie son dos contre le dossier et se masse les tempes.

« Tu veux rentrer chez toi ? demande Deniz. Tu n'as pas besoin de mettre les bouchées doubles le premier jour où tu reviens au boulot.

— Ça va. Ça me fait du bien d'être là », dit-il.

En tout cas, ce n'est pas pire que d'être à la maison et d'avoir toutes ces pensées qui tournent dans ma tête, a-t-il envie d'ajouter.

Deniz hoche la tête.

« Tu sais ce que je crois ? Qu'un employé de la société a piqué les produits chimiques, fabriqué les comprimés Bambi et ensuite les a vendus aux jeunes.

— Oui, quelque chose dans ce goût-là, dit Zack.

— Mais pourquoi utiliser un ingrédient aussi inhabituel que la benzodioxiprine ? Il existe des milliers de composants plus accessibles si on veut fabriquer de la came.

— Oui, mais cela va à l'encontre du vol en interne. Celui qui a commandité le vol connaît visiblement bien son sujet », déclare Zack.

Deniz fait rouler sa chaise de bureau jusqu'à son ordinateur et ouvre sa messagerie.

« Nous n'avons pas encore reçu la liste des employés de l'entreprise. Je devrais peut-être téléphoner à leur P.-D.G. pour insister.

— Oui, fais ça. »

Sirpa Hemälainen laisse échapper un soupir.

« Qu'est-ce que tu cherches ? veut savoir Deniz.

— J'ai essayé d'y voir plus clair dans les actionnaires de Prechemo, mais c'est une entreprise construite de manière assez tordue. En d'autres termes, tout pour éviter la transparence. Mais moi, ça m'intéresse toujours, ce genre d'entreprises qui joue au plus malin.

— Qu'espères-tu trouver ? demande Zack.

— Je ne sais pas. Parfois, il arrive qu'on tombe sur un nom intéressant parmi les propriétaires, des gens à qui on a déjà eu affaire. Mais pour l'instant je ne suis pas arrivée jusque-là. »

Zack s'assoit à son bureau pour s'attaquer à sa messagerie qui déborde. Au bout de quelques minutes, il tombe sur un mail de Sirpa avec un topo sur la benzodioxiprine.

Pas étonnant que le fabricant américain ait retiré le produit de la vente, pense Zack. *Le poison n'a pas seulement tué des animaux nuisibles, mais tout ce qui était vivant. Une fois sur le sol, il continuait son œuvre de mort pendant des années sans être détruit.*

Plusieurs fonds d'actions suédois avaient investi dans l'entreprise du fabricant, ce qui avait provoqué en Suède un débat assez court mais intense. Finalement, elle avait fait faillite et l'actualité de ce produit n'était plus aussi brûlante.

L'entreprise polonaise Wiszła Chemicals avait acquis le stock restant de benzodioxiprine en échange de l'assurance que le fabricant ne serait sous aucun prétexte tenu pour responsable des dommages éventuels provoqués par ce produit.

Après cela, on n'avait plus entendu parler de la benzodioxiprine.

Jusqu'à présent.

Zack ferme le mail et lit les derniers développements de l'enquête. Qu'est-ce que les autres auraient bien pu laisser passer ?

Trois heures plus tard, il est seul dans les bureaux de l'Unité spéciale.

Il a mis de côté l'affaire des comprimés Bambi et se penche sur l'enquête concernant le meurtre de Mera.

Mais là non plus, aucun raté ne lui saute aux yeux.

Ses collègues ont fait un sacré boulot.

Mera est morte, il en a la conviction, pour l'empêcher d'enquêter sur la mort des jeunes.

Si je résous l'affaire Bambi, je pourrai retrouver le fil qui me mènera jusqu'aux meurtriers de Mera.

À moins que…

Il repense à l'enquête classée qu'il a cachée sous un tapis en plastique chez lui. Va-t-elle avoir la compagnie d'une autre affaire ?

Cette pensée lui est insupportable.

Il se penche sur son bureau et repose son front sur ses mains.

Il se masse de nouveau les tempes.

Ses yeux le brûlent. Son corps est lourd.

Comme si chaque muscle était plein de parasites endommageant les fibres et l'obligeant à se coucher au sol.

Tiens bon, Zack.

Tu en as la force.

Les amphétamines l'aideraient. Ou la coke.

Pense à autre chose.

Qu'est-ce qu'il y a que nous ne voyons pas ?

Quelles pistes avons-nous négligées jusqu'ici ?

Conny Åkesson ressurgit dans son esprit.

La piste la plus éloignée de toutes.

Il songe encore une fois à téléphoner à sa veuve, Karin Åkesson, mais il est dix heures passées. Elle a dû aller se coucher.

Je devrais l'imiter.

Il se déconnecte et quitte le bureau.

Il se prépare à une nouvelle nuit de cauchemars et de sommeil troublé.

59

Sur le balcon, Rudolf Gräns hume les senteurs humides de la nuit.

Il sait ce qu'il y a devant lui. Des immeubles des années 20 avec des façades qui un jour arboraient des couleurs gaies, mais que les gaz d'échappement ont rendues toutes grises. Derrière les fenêtres, des familles et des gens qui mangent seuls, des pièces qui attendent d'être pleines de vie.

Il fait sombre. Il le sent sur sa peau. Le noir est en passe de l'emporter, chaque jour la lumière perd un peu plus tôt son combat.

Dans toute cette enquête, il y a quelque chose qui cloche.

Mais quoi ?

Qu'est-ce que je ne vois pas ?

Parfois, j'aimerais recouvrer la vue, reconstituer le puzzle de la vérité avec toutes ses formes et ses couleurs.

Mais cette possibilité est à jamais exclue.

Je suis obligé de mener la lutte contre les ténèbres en étant moi-même sur ce terrain.

Les lampes Led intégrées s'allument automatiquement quand Douglas Juste ouvre les portes en chêne de son dressing. Il passe en revue la centaine de cravates méticuleusement accrochées, en choisit une cousue main de Marrakech et l'accroche sur le valet, près du costume sur mesure gris clair d'Anderson & Sheppard à Londres. Ensuite il met son réveil sur six heures et demie et grimpe dans son lit, l'œuvre d'un ébéniste.

Il s'allonge d'abord sur le dos.

Repousse mentalement le visage d'Oscar Langer. Ses remontrances désespérées au téléphone.

Puis il pense au mauvais moment qu'il a passé chez la directrice générale de la police nationale. Comment a-t-il pu se laisser avoir par ces techniques éculées de domination ?

En ce qui le concerne, il essaie de ne pas s'en servir, il sait par expérience que cela énerve et démotive ses collaborateurs plus qu'autre chose.

Quelle salope !

Que sait-elle de la vie des policiers qui, jour et nuit, se meuvent dans l'univers du mal ? Sondent en eux-mêmes pour tenter de comprendre le mode de pensée et de raisonnement d'un assassin ou d'un violeur ? Les meilleurs policiers qui sont dans son unité ont cette capacité, même s'ils s'en servent le plus souvent inconsciemment. S'ils en avaient conscience, ils deviendraient fous, comme Zack a failli le devenir. Parce que, à la fin, on n'a plus d'endroit où se cacher, pas même dans les coins les plus obscurs de son âme, et toutes ces forces se retournent alors contre vous.

Il se met sur le flanc. Regarde fixement l'oreiller moelleux en plume dans la moitié inoccupée du lit. Le serre contre lui, enfouit son nez au milieu et essaie de sentir le parfum de la personne particulière et effrayante qui, il y a bien longtemps, y a posé sa tête.

Une personne autrement pire qu'Ellen Lundman.

Beaucoup plus puissante, quand bien même Ellen Lundman deviendrait un jour ministre de la Justice.

Une personne qui croit pouvoir diriger le monde à l'image d'un dieu.

Qui peut-être en est un.

Deniz pousse l'oreiller afin d'avoir davantage de place pour enrouler ses jambes autour du corps de Sandra Sjöholm.

Elle est assise face à elle, dans le lit à une personne de Sandra. Leurs poitrines qui se touchent, leurs jambes emmêlées, leurs souffles contre leurs peaux.

De l'appartement du dessus résonnent des pas légers. Puis de l'eau coule dans les canalisations derrière les murs peu épais.

Sandra caresse du bout des doigts la colonne vertébrale de Deniz. Elle atteint sa nuque et fait se dresser les poils de ses bras, comme cela a été le cas la première fois qu'elle a été avec une femme.

Cette fois-là aussi, elle se trouvait dans un lit

simple. Dans une chambre d'étudiante aux cloisons fines comme du papier cigarette à Lappkärrsberget.

Elle avait dix-neuf ans. Elle n'avait pas osé regarder l'autre femme dans les yeux, le feu lui était monté aux joues, exactement comme le décrit le jeune Mishima dans son livre *Confession d'un masque.*

Elle savait que ce qu'elle faisait était mal et connaissait la punition à laquelle elle aurait eu droit si cela s'était passé dans son village natal au Kurdistan.

Sept ans plus tôt, elle avait vu de ses propres yeux ce qui était arrivé à une femme qui n'avait pas su réprimer sa sexualité.

Elle sc souvient encore de l'odeur piquante de l'essence quand ils en avaient aspergé sa meilleure amie, Jasmina. La lueur du feu qui s'était embrasé. Les cris qui l'avaient transpercée jusqu'à l'âme, même si elle s'était bouché les oreilles si fort qu'elle avait cru que son crâne allait exploser.

Les doigts de Sandra caressent ses clavicules. Puis le côté de sa poitrine, vers sa taille. Elle a les joues en feu, mais ce n'est pas de la honte, juste du désir qui enflamme son corps et qui est aussi nécessaire que le souffle, une condition sine qua non pour continuer à vivre.

Deniz attire Sandra contre elle.

Ses mains descendent vers son ventre, ses hanches, plus bas encore, jusqu'à ne plus faire qu'un avec la nuit.

Sirpa Hemälainen dort, la bouche ouverte, dans le fauteuil devant la télévision. Sa jambe droite est sur un repose-pied. Son pantalon est remonté jusqu'au genou et la poche de glace a glissé par terre sur le tapis à carreaux noirs et blancs.

Recroquevillé près du repose-pied, Zeus lèche l'humidité de la poche de glace.

Les images de la télévision se reflètent sur sa fourrure d'un brun jaune et il lève la tête quand les pneus d'une voiture crissent sur l'écran dans une scène d'action.

Mais Sirpa ne se réveille pas. Elle rêve de Jari. S'imagine le sortir des griffes de la drogue, si seulement elle parvient à résoudre l'affaire des comprimés Bambi. Il se présenterait un jour à un déjeuner de famille, bien habillé en costume et cravate, et déclarerait :

« J'ai trouvé du travail comme ingénieur. »

Jari a toujours été bon en calcul. Dans son rêve, il est d'abord assis à une table de dessin, puis devant un écran d'ordinateur, des chiffres coulent comme de l'eau et donnent à Jari une nouvelle vie.

Mais au cœur même du rêve, Sirpa sait que c'est seulement un rêve.

Elle se réveille une demi-heure plus tard, en sentant qu'elle doit se remettre au travail, qu'elle va découvrir quelque chose d'important.

Bientôt la lueur de l'écran éclaire son visage.

Dans la pièce de repos de l'Unité spéciale, Zack est allongé tout habillé. Son carnet à spirale posé sur sa poitrine se soulève et se baisse au rythme de sa respiration.

Il a réussi à écrire quatre mots avant de s'endormir :

Appeler la veuve Åkesson !

Il sursaute et fait tomber le calepin par terre quand il sent que le matelas s'affaisse parce qu'une personne vient de s'y asseoir.

C'est Mera.

Elle le regarde. Sans tendresse, avec une expression de défi. Et d'impatience.

« Venge-moi, Zack, dit-elle sans bouger les lèvres.

« Venge-moi. J'entends crier notre enfant ici dans le noir et je ne peux pas le consoler. »

Dans son rêve, Zack entend même les cris de l'enfant qui se transforment en gémissements inquiets.

Elle ouvre de nouveau la porte en grand.

Lui crie quelque chose, le secoue.

« Réveille-toi, Zack ! Allez, debout ! »

Ce n'est pas Mera.

Mais Deniz.

Le plafonnier s'allume et Zack porte la main en visière pour se protéger de la forte lumière.

« Je t'ai cherché partout, dit-elle, stressée. C'est Sirpa qui m'a dit que tu étais peut-être resté ici.

— Qu'est-ce qu'il y a ? Il est quelle heure ?

— Une heure et quart du matin et on vient de nous signaler par quatre coups de fil différents que quelqu'un vend des pilules roses avec un motif d'animal à l'intérieur de Sturecompagniet. »

Zack sort du lit.

Boucle la ceinture avec son arme.

« Raconte.

— Douglas essaie de coordonner l'opération avec les forces d'intervention. On y va dans cinq minutes. »

60

Jeudi 8 septembre

Le fourgon de police remonte la Kungsgatan en direction de Stureplan.

La place de Hötorget est déserte et la pierre éclairée en bleu du Konserthus semble s'enfoncer dans le sol sous la pression de forces surnaturelles.

Dans le rétro, Zack voit deux voitures de patrouille juste derrière eux.

Deux autres sont en route.

Douglas Juste a mis le paquet. Zack le soupçonne de s'être fait passer un savon dans l'après-midi par la directrice générale de la police nationale.

En tout quatorze policiers vont participer à l'opération. Deux éclaireurs en civil de la section locale sont déjà sur place à Sturecompagniet pour essayer d'identifier le ou les revendeurs des comprimés Bambi.

Zack regarde Deniz et Sandra Sjöholm, puis les six collègues en uniforme à l'intérieur du fourgon.

Mâchoires serrées. La phase décisive est proche et des heures difficiles les attendent. Peut-être les pires de leur carrière.

La drogue et les armes sont une combinaison dangereuse et, dans les bars à Stureplan, on n'a aucun problème pour trouver les deux.

Si les clients des bars ont commencé à consommer les comprimés Bambi, des scènes cauchemardesques peuvent attendre les policiers à l'intérieur. Qui sait s'ils ne se feront pas attaquer par des gens qui voudront leur arracher les yeux et leur trancher la gorge ?

Le chef de l'intervention fait un bref rappel du déroulement des opérations. Leur répète ce qu'ils savent déjà : deux hommes postés à l'entrée principale empêcheront toute sortie de la boîte de nuit, quatre autres couvriront les issues de secours et deux autres encore se précipiteront à l'intérieur et bloqueront les portes des toilettes pour éviter que des preuves matérielles ne viennent à disparaître dans les cuvettes des W.-C. Le gros de la troupe suivra le chef dans les locaux pour gérer la situation : éteindre la musique, allumer les plafonniers, mettre les clients en ligne le long du mur, les fouiller un par un.

Le fourgon croise la Birger Jarlsgatan et doit freiner à mort quand une femme ivre en escarpins titube au milieu de la rue.

Il y a une foule de gens habillés pour sortir et la file d'attente pour le Spybar s'allonge de manière démesurée sur le trottoir.

Le fourgon de police passe devant la boutique

Zara de la Sturegallerian. S'arrête ensuite juste devant l'entrée de Sturecompagniet.

Comme partout, une file immense pour entrer, mais aucun signe que cela ait commencé à dégénérer dans la boîte de nuit.

Les portières s'ouvrent.

« Les flics ! » crie quelqu'un.

Les policiers foncent à l'intérieur. Ceux en uniforme d'abord, puis Zack, Deniz et Sandra. Grimper les marches en pierre, franchir la porte d'entrée et se retrouver dans les lumières violettes, la chaleur humide. Une foule dense, hystérique, et une musique assourdissante.

Zack se souvient de cet endroit. Des souvenirs pas particulièrement agréables.

Mais cela fait longtemps qu'il n'est pas venu là.

Les lumières s'allument, la musique se tait. Les gens hurlent et des bagarres éclatent parmi la foule. Zack ne voit pas ce qui se passe, il y a trop de monde.

Il se fraie un chemin pour atteindre l'escalier qui mène à l'étage. Il faut qu'il ait une vue d'ensemble, mais il n'arrive nulle part. Les gens se précipitent vers lui, vers la sortie qu'ils ignorent être bloquée. Ça sent le parfum, l'ivresse, et les gens poussent, paniqués, comme s'il y avait des kamikazes dans la salle.

Ou des gens qui ont pris des comprimés Bambi ?

Quelqu'un lui met sa paume en plein visage. Il écarte le type.

Non loin de lui, une jeune femme crie au secours. Son amie s'est agenouillée pour récupérer son portable qui lui a glissé des mains et elle est en train de se faire piétiner. Zack pousse quelques personnes en utilisant tout le poids de son corps et parvient à la tirer vers le haut.

Puis il sent deux poings de géant sur ses épaules, qui l'entraînent dans un coin.

Zack se dégage et se retourne.

Les yeux noirs d'Abdula lui font face.

Le temps s'arrête.

Tous les sons disparaissent.

Ça devait bien finir par arriver un jour ou l'autre.

C'est donc aujourd'hui.

Ils se rencontrent sur le champ de bataille.

Zack d'un côté, Abdula de l'autre.

Le duel s'annonce serré.

Est-ce toi, Abdula, qui es derrière Bambi ? Toi qui as provoqué la mort de ces jeunes ?

Est-ce pour ça que tu as répété sans arrêt que tu ne savais rien ?

Parce que c'était toi.

Espèce d'enfoiré.

L'expression sur le visage d'Abdula change subitement. La surprise laisse place à autre chose. De la haine ? Du mépris ?

« Pourquoi tu ne m'as pas prévenu ? »

La voix est clairement irritée.

La colère de Zack se réveille. Mais pour qui il se prend, Abdula, à lui faire des reproches ?

« C'est toi, enfoiré ? C'est toi qui vends Bambi ? »

Abdula respire par le nez, tel un animal excité.

« Mais tu crois quoi, putain ! Ici je vends mes trucs et pas ces foutues pilules Bambi ! Ce sont des comprimés habituels. C'est juste qu'ils sont roses. »

Il en sort un de sa poche et le lui tend. Rose clair brillant. De la taille d'un M&M, avec l'image d'un lapin qui sourit. Panpan, le copain de Bambi dans le film de Disney.

C'est quand même drôlement tordu d'en vendre des comme ça maintenant. Il y a quelque chose d'obscène à flirter avec l'interdit, à exploiter la mort de neuf jeunes pour refiler sa came.

Abdula jette un regard stressé autour de lui.

« Les issues de secours sont surveillées ? »

Zack réfléchit un instant avant de répondre.

Doit-il vraiment laisser Abdula s'échapper ?

« Mais réponds, putain ! Elles sont bloquées ou pas ? »

Zack reçoit un coup d'épaule dans le dos et un peu de bière lui tombe sur la nuque.

Il se retourne. Arrache le verre des mains d'un type et le repousse.

Puis il se tourne de nouveau vers Abdula.

Mais il n'est plus là.

Zack se dresse sur la pointe des pieds pour essayer de voir où il est passé et se dirige vers le bar pour se débarrasser du verre à moitié plein. Il est plus facile de bouger maintenant. Ses collègues en uniforme contrôlent la situation et la plupart des clients se sont calmés, ayant compris qu'ils n'iraient nulle part.

Il saute sur le comptoir. Jette un regard dans la salle.

Mais où a-t-il filé ? Il y a tellement d'arrière-salles dans un endroit comme celui-ci.

Réfléchis, Zack, réfléchis.

Où va-t-on quand on veut s'enfuir ?

Il cherche dans ses souvenirs. Ils ont déjà été là ensemble.

Mais ils étaient alors à l'extérieur.

Dans la cour intérieure.

Abdula était chargé et vantard. Il racontait qu'il était entré à Sture un jour, avait dévalisé le bar et disparu sans avoir eu besoin de fracturer la moindre porte.

Zack descend du comptoir.

Trouve la porte de la cour intérieure. Elle était fermée, mais a été forcée, à ce qu'il voit.

Il l'ouvre et sort.

Une douce brise frappe son visage. L'air est acide.

Mais la cour est déserte. Comme un marché terminé, seulement éclairé par les fenêtres des hautes façades environnantes.

Soudain il entend un raclement derrière des chariots où s'entassent des cartons. Un bruit de quelque chose de lourd qu'on traîne par terre.

Il s'approche et aperçoit Abdula qui tire la grille du caniveau.

Abdula le regarde.

Se redresse, la lourde grille entre les mains.

On entend des pas derrière Zack.

Il a le temps de voir deux policiers en uniforme dans l'embrasure de la porte.

« Y a quelqu'un là-dehors ? demande l'un d'eux.

— Non, ment Zack qui se dirige vers eux pour les empêcher de sortir dans la cour. C'est complètement vide. On peut refermer la porte. »

61

Treize interpellations et cinquante-sept comprimés roses confisqués. En bonus, trois couteaux, deux armes à feu et presque dix grammes de cocaïne coupés en de plus petites unités.

« Quelle nuit de merde ! dit Deniz à Zack en s'asseyant à son ordinateur et en se connectant au réseau interne, peu avant huit heures du matin. T'as lu le mail de Koltberg ? »

Zack fait signe que oui.

Koltberg a réussi à obtenir d'un chimiste de l'hôpital universitaire Karolinska, quasiment au lever du jour, qu'il analyse rapidement un des comprimés trouvés à Sturecompagniet.

Selon les résultats provisoires, le comprimé contient bien de la MDMA, mais on n'a trouvé aucune trace de benzodioxiprine.

De l'ecstasy donc. Pas de la drogue mortelle.

Et aucun dealer de Bambi parmi les interpellés.

« J'ai parcouru les interrogatoires de cette nuit, poursuit Deniz. Plusieurs ont dit qu'ils ont acheté les pilules à un Arabe assez balèze connu sous le nom de Salé, mais ils affirment ne pas connaître son vrai nom. »

Zack sait.

« Salé » est un des noms d'artiste d'Abdula, d'après celui de son village natal au Maroc.

Mais il ne dit rien. Se branche sur son propre ordi.

La porte de leur unité s'ouvre et Sirpa Hemälainen entre dans le service. Elle se déplace plus rapidement que d'habitude en murmurant quelque chose.

Zack n'est pas sûr de l'avoir déjà vue faire ça.

« Bonjour, dit-elle. J'ai trouvé un truc qui devrait vous intéresser. »

La réunion matinale se tient finalement près du bureau de Sirpa plutôt que dans la salle attitrée. Zack et les autres font cercle autour d'elle.

« Regardez, dit-elle en agrandissant quelques lignes minuscules dans un document estampillé Prechemo. Ce sont les éléments qui prouvent que Josefine Wecksell, la P.-D.G. de Prechemo, possède en pratique quarante-neuf pour cent de la société, ce qu'elle a fait tout son possible pour dissimuler. La question est : pourquoi ? »

Zack se penche pour mieux voir et se cogne presque la tête contre celle de Douglas Juste qui l'a devancé.

« Tu as recoupé tes informations ? demande Douglas.

— Oui. J'ai envoyé dans la nuit un mail à Eva, du Service de lutte contre la criminalité financière, et quand je suis arrivée ce matin au bureau, elle m'avait déjà répondu. Je crois qu'elle était un peu impressionnée, elle a écrit que c'était vraiment une manière sophistiquée de dissimuler la véritable structure de la société en question.

— Qui possède les cinquante et un pour cent qui restent ? demande Zack.

— Akteon, une autre société aux Antilles, qui à son tour semble être possédée par une société aux îles Caïmans, mais ça reste encore flou. Une foule de sociétés-écrans. L'enfumage habituel.

— Tout ça pour qu'on s'y perde », marmonne Rudolf Gräns en prenant une gorgée de café.

Sandra Sjöholm lit par-dessus l'épaule de Sirpa, mais semble avoir du mal à interpréter les formules bureaucratiques.

« Je suis contente de ne pas travailler au service de lutte contre la criminalité financière, dit-elle en secouant la tête.

— Tu t'y retrouveras peut-être plus vite que tu ne crois, réplique Douglas. Si nous ne résolvons pas cette affaire rapidement, nous allons avoir la directrice générale de la police nationale aux fesses, je vous aurai prévenus. »

Zack voit que Deniz étouffe un petit rire tandis que les autres regardent Douglas avec des mines étonnées.

Ce vocabulaire ne lui ressemble pas.

Le portable de Deniz reçoit un signal. Elle le sort et ouvre un mail qui vient d'arriver.

« C'est la liste des employés de Prechemo.

— Transfère-la-moi », dit Sirpa.

Elle ouvre sa boîte mail et clique sur le dossier Excel que Deniz vient de lui envoyer.

« Eh, regardez ! » dit Deniz en montrant le troisième nom sur la liste. « Sverker Blådahl. C'est un des premiers dealers auxquels j'ai eu affaire quand je suis passée à la brigade criminelle. Il faisait du trafic de cocaïne à grande échelle. Il livrait à domicile, des célébrités et des chefs d'entreprise lui passaient commande. »

Sirpa tape son nom sur le registre d'état civil.

« Il n'y a qu'une seule personne en Suède sous ce nom. Un homme de quarante-deux ans qui habite à Kungsängen », annonce-t-elle.

Zack lance un coup d'œil à Douglas.

« Alors un ancien dealer de cocaïne à grande échelle travaille à présent dans la seule entreprise suédoise qui fabrique de la benzodioxiprine. Je pense qu'il est temps qu'on l'interroge un peu, qu'est-ce que vous en pensez ? »

Douglas approuve et Deniz dit :

« Je pense que Rudolf devrait s'en charger. J'ai le souvenir que Sverker Blådahl est expert dans l'art d'esquiver les réponses. Il ne faut pas se laisser embrouiller par quelqu'un comme lui. »

Rudolf cache de son mieux un sourire de fierté.

« Je veux bien m'entretenir avec lui, si personne n'y voit d'objection. »

Zack regarde Douglas qui se tourne vers Rudolf et Sandra.

« Allez à Prechemo. »

Sandra se lève aussitôt et tape Rudolf sur l'épaule.

« Je vais chercher votre veste. »

Rudolf montre son mug encore à moitié rempli.

« Vous allez encore m'empêcher de finir mon café du matin ?

— Nous en achèterons un autre en chemin ! lui crie-t-elle en se dirigeant vers le vestiaire. Allez, venez ! »

62

Dans la voiture qui se dirige vers les bureaux de Prechemo, Rudolf Gräns réfléchit à une question qui est revenue sur la table lors de l'enquête.

Les comprimés Bambi ont-ils été produits pour tuer ou bien sont-ils le résultat d'une tentative ratée pour fabriquer une nouvelle drogue ?

Est-ce aussi simple que cela : Sverker Blådahl aurait volé un stock de benzodioxiprine pour produire une nouvelle drogue appelée à rencontrer un grand succès, et aurait vendu les comprimés aux jeunes de Lidingö et de Huddinge avant l'annonce des premiers décès ?

Peut-être se serait-il alors rendu compte que la drogue était beaucoup plus puissante que ce qu'il avait cru.

Que fait un homme dans pareille situation ? Il efface ses traces et continue sa vie comme si de rien n'était ?

Pourquoi pas ?

Mais combien de temps tiendra-t-il avant que les ténèbres ne le rattrapent ?

Quelques mois ? Ou bien toute la vie ?

Rudolf pense à Zack et à la culpabilité qu'il ressent vis-à-vis de la mort de sa fiancée. Cela l'a éteint, il a failli y laisser sa vie et ça doit continuer de le hanter la nuit.

Et sans doute le jour aussi.

Voire chaque seconde.

On ne remonte pas aussi facilement d'un gouffre.

Zack le sait. Je le sais.

« Que pensons-nous de David Mathias pour l'instant ? demande Sandra Sjöholm. Est-ce que Sverker Blådahl et lui auraient pu travailler ensemble ?

— Je crois que Mathias a eu la malchance de se retrouver dans le champ de notre enquête, dit Rudolf, mais je lui poserai naturellement la question.

— Vous croyez qu'il refusera de nous répondre ?

— Pas s'il est entouré de ses collègues. La plupart font le maximum pour sauver la face dans ce genre de situations.

— Mais s'il est coupable et en plus conscient de ce qu'il a vendu aux jeunes... »

Elle ne finit pas sa phrase. Rudolf complète pour elle.

« Alors il est le genre d'hommes qui tue par personnes interposées. Cela nous renseigne sur sa personnalité. Nous allons faire du bon travail. »

Il entend les clignotants de la voiture et sent la voiture ralentir et faire un virage serré sur la droite.

« Nous sommes arrivés à Prechemo, déclare Sandra. Bon, je vais chercher une place pour me garer. Cela a l'air assez plein. »

Elle freine si brusquement que le corps de Rudolf est projeté en avant et retenu au dernier moment par la ceinture de sécurité.

« C'est lui ! s'écrie Sandra. Sverker Blådahl. Il se dirige vers sa voiture de l'autre côté du parking. Il faut l'empêcher de partir. »

Elle recule et fait demi-tour.

« Merde !

— Qu'est-ce qu'il y a ? demande Rudolf.

— Il nous a regardés fixement et voilà qu'il s'est précipité au volant et a démarré en trombe. »

Sandra accélère et tourne si vite que l'épaule de Rudolf est projetée contre la portière.

« Oh, putain, il fout le camp ! Il coupe par la pelouse ! »

Rudolf saute sur le siège quand la Volvo de l'Unité spéciale monte sur le trottoir pour suivre Sverker Blådahl.

« Qu'est-ce qu'il a comme voiture ? demande Rudolf.

— Une Renault Mégane. On devrait pouvoir le rattraper. Mets le gyrophare ! »

Rudolf fouille dans le compartiment latéral, puis il appuie sur le bouton pour baisser la vitre et sent l'air frais sur son visage quand il tend le bras pour fixer l'aimant du gyrophare sur le toit. Il a l'impression qu'ils font du cent à l'heure sur ce chemin plein de virages.

« Comment a-t-il su qu'on était de la police ? se demande Sandra.

— Un taulard flaire un flic en civil à des kilomètres. Les phares supplémentaires, les antennes, la caméra sur le tableau de bord…

— On va le rattraper. Il n'a que cinquante mètres d'avance. Mais qu'est-ce qu'il fabrique ?

— Dites-moi ce qu'il fait, demande Rudolf calmement.

— Il a baissé sa vitre et il a quelque chose dans la main. Un carton ouvert qu'il jette derrière lui. »

Un bruit métallique résonne sur la route, comme lorsqu'on fait tomber un carton de ferraille.

La voiture se met à zigzaguer.

« Merde ! »

Un pneu éclate et la Volvo tangue terriblement. Sandra doit freiner et Rudolf sent qu'elle lutte pour garder le véhicule sur la chaussée.

Les secousses sont de plus en plus fortes et la voiture penche dangereusement avant de s'immobiliser.

L'épaule de Rudolf est pressée contre sa portière, mais il garde le silence pendant que Sandra lance une alerte par radio. Elle déclare ensuite :

« On a versé dans le fossé. Le carton qu'il a balancé contenait des clous. J'ai roulé dessus et on a crevé.

— En d'autres termes, il était sur ses gardes, dit Rudolf. Je crois que nous avons trouvé notre homme.

— Et nous l'avons laissé filer », ajoute Sandra.

63

Il règne au bureau une gaieté de chapelle funéraire.

Une heure plus tôt, Zack et Deniz ont forcé la porte de l'appartement de Blådahl avec l'appui des troupes d'intervention.

Mais il n'y était pas.

Ils surveillent son domicile, évidemment, mais il y a peu de chances que Sverker Blådahl y revienne, maintenant qu'il sait que la police est à ses trousses.

L'alerte a été donnée au niveau national et toutes les polices de Stockholm sont sur les dents. Pourtant Blådahl semble s'être volatilisé. Sa voiture aussi.

Douglas Juste assiste à une réunion extraordinaire pour coordonner les moyens mis en œuvre, tandis que Sandra Sjöholm et Rudolf Gräns sont allés chez Prechemo discuter avec la P.-D.G. et les proches collaborateurs de Sverker Blådahl, pour tenter de savoir où il pourrait être.

Zack sait d'avance que cela ne servira à rien. Ils

se heurtent à une rare résistance depuis le début de cette enquête, alors il n'y a pas de raison pour que ça change tout d'un coup.

Sirpa Hemälainen pousse de gros soupirs derrière ses écrans, Deniz donne un coup de pied à une corbeille à papier et des assiettes en carton poisseuses des gâteaux de la veille s'éparpillent sur le sol.

Il doit avoir des enfoirés de collègues qui l'aident à se cacher. Des gens qui s'en foutent qu'il ait assassiné neuf ados.

Zack ne répond pas. Il a eu comme l'impression que cette phrase lui était adressée.

Est-ce que Deniz a compris que c'était Abdula à qui ils ont rendu visite à Sturecompagniet et qu'il l'a aidé à s'enfuir ?

Abdula lui a envoyé un SMS le matin. Un seul mot.

Merci.

Zack l'a effacé. Ce n'est pas le moment de discuter avec lui.

Il téléphone à Karin Åkesson, plutôt pour avoir l'air de faire quelque chose. Mais il tombe encore sur son répondeur.

Pourquoi ne puis-je pas laisser Conny Åkesson tranquille ? Nous savons à présent qui est l'homme que nous recherchons.

« Écoutez ça, vous autres, dit Sirpa d'une voix qui a repris de la force, en levant les yeux de ses écrans. Il y a un chalet d'été à l'extérieur de Tumba qui est répertorié sous le nom de la mère de Sverker Blådahl. Ça vaudrait peut-être le coup d'aller y jeter un œil ? »

64

Les moustiques sont impitoyables. À croire qu'ils sont affamés depuis des semaines, vu la frénésie avec laquelle ils se jettent sur les deux policiers en uniforme qui apparaissent dans la forêt de sapins près de Tumba, dans la banlieue de Stockholm.

Zack écrase un moustique sur son front. Le centième, au moins.

« Qui peut bien avoir l'idée d'avoir son chalet d'été par ici ? » dit Deniz en relâchant ses cheveux pour mieux se protéger la nuque.

Zack regarde l'heure.

« Ça doit être infernal ici le soir. »

Une ancienne cabane de soldats au toit couvert de mousse surgit au loin parmi les pins.

Ils s'approchent lentement, progressent à tour de rôle, d'arbre en arbre. Tous deux ont sorti leurs armes et essaient d'éviter la ligne de tir à partir des fenêtres de la cabane.

Sverker Blådahl se sait recherché. Il peut être désespéré. Prêt à faire n'importe quoi pour échapper à sa condamnation.

Zack écrase un moustique sur sa joue.

Ils sont arrivés à la hauteur de la cabane maintenant. On dirait que personne n'est venu ici depuis un bon moment. Le bout de pelouse est envahi de mauvaises herbes et il y en a même devant le perron qui mène à la porte d'entrée.

Ils s'approchent de la porte.

Tiennent leurs armes prêtes.

« Police ! Ouvrez ! » crie Deniz.

Aucun bruit à l'intérieur.

Zack baisse la poignée.

Fermée.

« Ouvrez ! Police ! » répète Deniz.

Zack donne un coup de pied dans la porte, le pistolet pointé en avant.

Pas un mouvement.

Il entre et fait le tour de l'unique pièce.

« C'est bon, tu peux venir », dit-il en baissant le bras.

Deniz ferme la porte derrière elle.

Elle se retrouve plongée dans la pénombre et cherche en vain un interrupteur au mur.

« Il n'y a pas l'électricité dans ce genre d'endroits », dit Zack en montrant une table avec une lampe à pétrole et un globe en verre sale.

La cabane fait à peine vingt mètres carrés. Il y a un coin cuisine avec une cuisinière à gaz rouge et un évier rouillé sans robinet.

« Ils n'ont pas l'air de venir souvent », dit Zack.

Deniz prend un journal dans une corbeille en osier par terre.

« Encore que ce journal n'ait que trois semaines, donc l'endroit n'est pas si abandonné que ça. »

Ils fouillent dans les quelques placards et tiroirs, mais ne trouvent rien d'intéressant. Si ce n'est un répulsif en spray que Deniz utilise sur elle-même. Ils vérifient l'extérieur du lieu, cherchant en vain une remise qui aurait pu être utilisée pour dissimuler du matériel de laboratoire.

Ils restent encore dix minutes avant de quitter les lieux infectés de moustiques.

« On fait quoi maintenant ? demande Deniz quand ils laissent enfin le chemin en gravier derrière eux.

— On va poursuivre l'enquête au bureau, tout ce que j'aime… »

Des journées de travail devant l'ordinateur l'attendent pour retracer la vie de Sverker Blådahl. Retrouver ses camarades de travail, son cercle d'amis, ses proches.

C'est le genre de recherches qui d'ordinaire porte ses fruits.

Mais qui est d'un ennui mortel.

Il se sent rétamé. Retourner au boulot est une épreuve. Qu'il ait participé en outre à un raid nocturne et ait dû faire une mise au point en privé avec son meilleur ami au milieu de tout ça, c'est la goutte d'eau qui a fait déborder le vase.

Il décide de se déconnecter dès qu'ils auront trouvé des éléments, de rentrer chez lui se coucher.

D'essayer de dormir.

Le téléphone vibre. Un SMS. Il sort l'appareil de sa poche et le lit.

De la sueur froide perle à son front. Son moment de repos dans le canapé lui semble soudain à des années-lumière.

Il n'est pas sûr d'avoir envie de remuer ces questions.

En a-t-il seulement la force ?

Sauf qu'il n'a pas vraiment le choix.

65

Zack gare sa moto dans l'allée du garage, grimpe les trois marches d'un bond pour arriver sous le porche, ravale une remontée acide et sonne à la porte.

Son cœur a des battements irréguliers.

Et s'il faisait demi-tour ? Enfourchait sa moto et s'en allait simplement ? N'importe où.

Il parcourt la propriété du regard. Il est six heures et la lumière du soir rend les couleurs douces et chaudes.

Derrière quelques arbres fruitiers noueux se dresse un gigantesque trampoline, et devant le double garage, il voit une Porsche Cayenne et une Mini Cooper rouge aux carrosseries rutilantes.

Il entend des pas de l'autre côté de la porte. Des pleurs d'enfants en arrière-plan.

Sam Koltberg lui ouvre, vêtu d'un chino et d'un T-shirt bleu délavé, avec une grosse tache sur l'épaule. Il a au fond des yeux quelque chose qui ressemble à de la compassion.

« Entre », dit-il.

Une bonne odeur de thé et de saucisses grillées émane de la cuisine.

Une femme au physique sud-américain et aux cheveux en bataille essaie de consoler un bébé qu'elle tient dans ses bras. Sur le sol de l'entrée traînent des cubes de construction Duplo et un petit chien à roulettes renversé.

Zack accroche sa veste Rick Owens sur un perroquet en tubes d'acier et retire ses chaussures, même si la femme a dit que ce n'était pas nécessaire.

Au fond, il ne sait rien de Koltberg. Il y a encore quelques mois, il croyait qu'il vivait seul quelque part dans un appartement. Pas dans une jolie villa au bord de la mer à Tyresö, avec des voitures de luxe dans le garage.

Et il s'avère maintenant qu'il a une famille.

Koltberg présente Zack à son épouse María et son fils Filip.

— Nous avons aussi une fille, Carmen, mais elle est déjà au lit. Et tant mieux, dit María avec un fort accent et un sourire fatigué.

Koltberg précède Zack dans une pièce dont les murs sont tapissés de livres, du sol au plafond.

« Assieds-toi », dit Koltberg en indiquant un fauteuil en cuir brun au dossier recouvert d'une peau de mouton.

Lui-même s'installe à un petit bureau.

« Je ne savais pas que tu avais des enfants, dit Zack.

— Ça a pris du temps. Ma première femme est morte d'un cancer avant que nous n'ayons pu mettre le premier en route. »

Zack regarde son collègue. Ne sait pas quoi dire.

En dix secondes, Koltberg lui a raconté plus de choses sur sa vie privée que pendant les quatre années où ils ont travaillé ensemble.

Il y a autre chose ?

Koltberg pose ses mains à plat sur ses cuisses d'un geste déterminé, comme pour chasser ces souvenirs.

« Bon. Comme je te l'ai écrit dans mon SMS, la boucle de cheveux a été analysée. J'ai eu la réponse il y a déjà deux semaines, mais je ne voulais pas te communiquer le résultat quand tu étais en cure de désintoxication. »

Il se tait. Ses paumes tapotent un peu ses cuisses.

Zack a du mal à respirer.

Il sent qu'il n'est pas prêt du tout à entendre ce que Koltberg va lui dire.

Koltberg tourne la tête vers lui, mais sans croiser son regard, ses yeux paraissent se fixer sur un point du menton ou du cou.

« Il y aurait beaucoup à commenter sur le plan technique, mais je vais aller droit au but : tu ne présentes aucun lien de parenté avec la personne qui a eu cette boucle sur la tête. »

Le cœur de Zack est frappé d'arythmie. Des battements précipités sont suivis de longs intervalles inquiétants.

« Tu es sûr ?

— À cent pour cent.

— Alors elle appartient à qui, cette boucle ?

— Je n'en ai malheureusement aucune idée. »

Il sort en titubant. Arrache sa veste avec une telle violence qu'il en fait tomber le perroquet.

Le ciel s'est assombri, les réverbères s'allument, et il se demande s'il est resté toute sa vie dans la bibliothèque de Koltberg ou seulement quelques minutes.

Il rentre chez lui.

Roule lentement.

Se sent comme la dernière étoile dans le ciel. Seul dans des ténèbres insondables.

Il pense à Mera, à l'enfant. *Qui aurait été ta grand-mère ?*

Une fois dans l'appartement, il s'assied sur le canapé et se prend la tête entre les mains.

Il lui faut un truc.

Déconnecter de toutes ces émotions.

Mais ses réserves sont vides, lui-même y a veillé.

Tant mieux.

Encore qu'il pourrait passer un coup de fil à Abdula. Le prier de lui envoyer quelque chose.

Non, ne pas craquer.

Tiens bon, Zack, tiens bon.

Koltberg a dû se tromper dans l'interprétation des analyses.

Sauf qu'il ne se trompe jamais.

Si cette boucle n'était pas celle de sa mère, alors à qui appartient-elle ?

Et qui était ma mère ?

Qui, bordel de merde, est ma vraie mère ?

Il se souvient du policier qui lui a donné la boucle de cheveux. Un commissaire gentil, avec des poings de boxeur. Peut-être qu'il a donné à Zack les cheveux de quelqu'un d'autre, rien que pour permettre au petit garçon de cinq ans d'avoir quelque chose à quoi se cramponner ?

Je n'aurais jamais dû donner la boucle de cheveux à Koltberg.

Je dois continuer. Ne pas reculer. Sinon je vais sombrer avant d'être allé au bout de ce qui m'importe le plus au monde.

Putain.

Il se lève. Saisit un livre de poche sur la table basse et le balance de toutes ses forces contre le mur.

Un coup violent.

Comme ses gifles à elle.

C'était pour ça qu'elle me frappait : je n'étais pas son enfant.

Pourquoi papa ne m'a-t-il jamais rien dit ?

Il se dirige vers le vieux bureau en chêne dans un coin de la pièce, celui qu'il avait déjà dans sa chambre de jeune garçon à Bredäng.

Il y a là une photo encadrée : un homme à forte carrure en costume sombre enlace une jeune femme en uniforme de police.

Tous deux rient, ils sont bronzés. Les cheveux bruns bouclés de papa coupés court. Maman avec des cheveux blonds très clairs, raides, qui semblent flotter dans le vent.

Il jette un coup d'œil à la femme.

Mais tu n'es pas ma mère. Alors qui es-tu ?

Il regarde son père. Encore fort et en bonne santé. Sans les marques rouges ressemblant à des papillons sur le visage. Le symptôme de la maladie.

Le lupus.

Ce qui l'a affaibli, a détruit sa vie – et l'enfance de Zack.

Les souvenirs le terrassent maintenant. Le déménagement à Bredäng. Son père qui passe de plus en plus de temps allongé sur le canapé. Jusqu'à ne presque plus le quitter.

Zack qui portait de lourds cartons de nourriture, faisait le ménage, préparait à manger. Faisait revenir du bacon, sans faire fonctionner la hotte aspirante, pour essayer de cacher l'odeur de la maladie.

Mais c'était longtemps après.

Quand la photo a été prise, papa était grand et fort.

Roy Herry, le meilleur garde du corps de Stockholm. Constamment au service des artistes et des gens d'affaires.

Des pointures. Des crooners latinos de passage à Stockholm. Des patrons de grands groupes industriels lors de réunions confidentielles avec des chefs d'État.

Zack enlève un peu de poussière sur la photo.

Examine de nouveau son père. Tente de lire le secret dissimulé au fond de ce regard.

Était-elle une maîtresse ?

Ou bien es-tu allé voir une prostituée ? Suis-je le fruit d'une baise tarifée dans la Malmskillnadsgatan ?

Ou as-tu eu une aventure avec quelqu'un parmi tes employeurs ?

Son père a fière allure sur la photo. Grand, avec une douceur attirante, le genre d'hommes qui fait craquer toutes les femmes. Oh, il a dû avoir des aventures avec plusieurs de ses commanditaires.

Peut-être suis-je le fils inconnu d'une milliardaire ou d'une célèbre actrice d'Hollywood ?

Mais pourquoi est-ce lui, dans ce cas, qui s'est occupé de moi et pas elle ? Ce n'est pas si courant…

Il déplace son regard sur Anna Herry.

Est-ce pour ça que tu m'as haï ? Parce que j'étais la preuve vivante de l'infidélité de ton mari ?

Qui était-elle, la femme qui m'a mise au monde ?

Qui suis-je ?

Cette question ne cesse de le tarauder. L'empêche de dormir quand peu après il se traîne jusqu'à son lit.

Il reste éveillé à fixer le plafond, y voyant les lumières glisser chaque fois qu'une voiture passe dans la rue. Elles éclairent l'appartement un bref instant puis s'éteignent.

Comme les gens dans sa vie.

Cela le ronge. Cette béance au fond de lui aussi grande qu'un océan qui menace de l'engloutir.

Il se tourne pour la centième fois, tend la main pour regarder l'heure sur son portable. Onze heures et quart.

Ce n'est plus tenable.

Il se lève, va dans l'entrée et sort en prenant au vol son blouson en cuir.

66

Un quart d'heure plus tard, sur sa Hayabusa, Zack fonce à vive allure sur la E20 en direction de la cabane d'été de la mère de Sverker Blådahl à l'extérieur de Tumba.

L'autoroute est peu encombrée et Zack en profite pour monter à presque deux cents kilomètres à l'heure.

Ça lui a manqué.

Cette poussée d'adrénaline. Presque comme un flash. Mais sans bousiller le cerveau.

Comme si la vitesse lui offrait un contrôle qui frise le surhumain et une puissance qui l'effraie presque.

Puis le souvenir de Mera s'interpose. La lumière vespérale sur son visage, le soir de la Saint-Jean, lorsqu'elle était sortie sur le balcon avec sur un plateau le paquet contenant la bague de fiançailles.

Il entend sa voix derrière le bruit du moteur.

Puis le cri de l'enfant qui devait naître.

Et il a envie de s'écraser contre la paroi rocheuse à côté de l'autoroute.

Que tout ceci s'arrête une bonne fois pour toutes.

Faire taire l'enfant, les rejoindre, lui et Mera.

Et il tourne le guidon vers le bas-côté, mais Mera lui chuchote : « Pas encore, pas encore », et il corrige la trajectoire, cesse de zigzaguer et met de nouveau les gaz. Pour tenir à distance les pensées et les souvenirs.

Près du centre d'Alby, il quitte l'autoroute et s'engage sur la 258. Il aime coucher la moto dans les virages sans perdre de vitesse.

Cinq minutes plus tard, il laisse la Hayabusa à l'endroit où Deniz et lui avaient garé la Volvo V50 de l'Unité spéciale.

Il ôte son casque et pense enfiler une cagoule pour se protéger des moustiques, mais ils sont plus calmes maintenant. Comme si la fraîcheur du soir tempérait leur agressivité.

La cabane est sombre et déserte dans la forêt.

Aucun signe de vie.

Il sort sa lampe de poche et entre.

Ça ne sent pas la même chose que tout à l'heure.

Un désodorisant ou du parfum peut-être ?

À moins que ce ne soit le répulsif que Deniz a emprunté quand ils étaient là ?

Le faisceau de la lampe de poche balaie les murs en bois sombre, tachetés d'humidité. La table, le canapé et la petite cuisine.

Qu'est-ce que nous n'avons pas su voir ? Il faut qu'il y ait quelque chose. Quelque chose qui nous permette d'avancer.

Une branche craque tout près, Zack s'accroupit

instinctivement sous la fenêtre et éteint sa lampe de poche.

Il tâte sa hanche, mais le holster n'y est pas. Il a été obéissant ce jour-là en quittant le bureau. Il l'a enfermé dans l'armoire prévue à cet effet comme le stipule le règlement.

De nouveaux sons au-dehors. Des pas dans la forêt. Des feuilles sèches qui crissent sous le poids des pieds.

Sverker Blådahl ?

Ou quelqu'un d'autre ?

Zack cherche ce qui pourrait lui servir à se défendre, le cas échéant.

De nouveau des pas. Sur le chemin maintenant.

Zack se redresse en silence et jette un coup d'œil par la fenêtre.

Devine une ombre dans le bois.

Voit le pelage d'un chevreuil qui disparaît.

Il respire, attends encore quelques minutes avant de rallumer sa lampe pour continuer à fouiller.

Que peut-on cacher dans un pareil endroit ?

Et où le cache-t-on ?

Il inspecte le sol. Soulève une carpette et cherche des lattes qui trahiraient une ouverture dans le plancher.

Dehors, il entend de nouveau le chevreuil qui foule les feuilles mortes.

Zack inspecte les murs, regarde derrière un tableau avec un enfant qui pleure. Puis derrière les rideaux qui bordent les fenêtres. Il appuie sur les murs avec ses mains.

Ça craque près de l'encadrement de la fenêtre.

Une latte de la boiserie semble être détachée.

Il cherche un point d'appui pour la faire bouger.

Quelque chose siffle dans l'air.

La lampe de poche de Zack tombe et roule sous le canapé.

Il se retrouve par terre, la joue contre le linoléum tiède.

Il a les oreilles qui bourdonnent et quelqu'un est assis à califourchon sur lui.

Ça sent le parfum. Celui d'une femme ? Ou celui d'un homme ?

Sverker Blådahl.

Une batte de baseball est brandie au-dessus de sa tête.

Il se dégage et a juste le temps de se protéger de ses avant-bras quand le deuxième coup part.

Son avant-bras gauche est engourdi par la douleur fulgurante et Zack donne un coup de poing avec le droit, touchant une épaule. Son agresseur tombe sur le côté.

Zack s'est relevé maintenant. Des cercles orange, jaune et rouge, dansent devant ses yeux et il n'aperçoit qu'une silhouette noire dans la pénombre.

Il donne de grands coups de pied, mais elle esquive avec une agilité inattendue et les chaussures de Zack cassent une latte pourrie dans le lambris.

Il marque un temps d'arrêt, s'attend à une nouvelle attaque avec la batte de baseball et se tient prêt à riposter.

Il cligne des yeux pour mieux voir, mais son adversaire n'est toujours qu'une ombre. Une ombre qui sort quelque chose de sa poche.

Zack se précipite à l'extérieur au moment où retentit le premier coup de feu.

Il roule de nouveau à tombeau ouvert, voit les phares de la voiture dans ses rétroviseurs.

Cela fait bien un quart d'heure que la poursuite a commencé.

Il s'est précipité hors de la cabane, a couru comme un fou, mais son poursuivant est plus rapide que lui. Alors il a changé de tactique, s'est caché, posté en embuscade, mais l'autre a eu l'air plus rompu à ce jeu que lui. Finalement il a enfourché sa Hayabusa et s'est enfui.

Il a roulé longtemps, et vite. Il s'est imaginé avoir sauvé sa peau et s'est arrêté pour sortir son téléphone et donner l'alerte. Mais voilà que les phares ont surgi derrière une crête.

Il n'a même pas entendu le bruit du moteur.

Il s'est vite remis en selle et a essayé de semer la voiture en s'engageant plusieurs fois sur des routes secondaires.

Maintenant il ne sait plus du tout où il est.

Vraisemblablement quelque part dans la forêt entre Tumba et Nynäshamn.

Des insectes s'écrasent contre la visière de son casque. Avec la vitesse, le vent tel un mur contre son corps s'engouffre dans sa veste aux pans ouverts.

De grands troncs défilent à toute allure, tout près

de lui, sur l'étroit chemin forestier. Le compteur de vitesse de la moto affiche cent soixante à l'heure.

Quelque chose siffle tout près de son casque.

Une balle.

Puis encore une.

Putain, c'est pas vrai !

Des virages serrés devant lui.

Trop serrés.

Il va vers la droite mais arrive trop loin.

Il dérape sur les graviers du bas-côté, valse dans le décor et se retrouve un bras coincé sous une racine.

Une portière de voiture claque.

Il voit la lumière d'une lampe de poche balayer la carrosserie noire.

Il a déjà vu cette voiture. Mais où ?

Le faisceau de lumière pointe vers la forêt et lui tombe en plein visage.

Il parvient à dégager son bras.

Nouveau coup de feu. Il se met à courir. Arrache son casque.

Plus de lampe derrière lui. Il continue d'avancer, trébuche. Une violente douleur l'élance à la taille et au tibia.

Il a foncé droit dans une clôture de fils barbelés, et il est comme harponné à cent endroits différents.

Il se débat, et cela fait du bruit dans la clôture quand enfin il parvient à se dégager.

Il aperçoit quelque chose du coin de l'œil.

Son poursuivant qui n'est plus qu'à dix mètres l'observe.

Tu n'as pas été assez rapide, Zack.

Exactement comme quand ils ont abattu Mera.

Tu es trop lent.

Mais qui est donc aussi rapide que moi ?

La lampe de poche se rallume.

Le bras se lève à nouveau.

Le bras avec le pistolet.

Zack recule malgré lui en rampant.

Nulle part où aller.

Il est couché sur le dos.

La lampe de poche est braquée sur lui.

Il voit Mera intérieurement, il entend le cri de l'enfant qui lui demande de le rejoindre.

« Tire donc ! crie-t-il. Ou t'as la trouille ? Hein ? Qu'est-ce que t'attends ? Vas-y, tire ! »

67

Tout est lumière. Une lampe en plein visage l'éblouit.

Ma dernière heure est arrivée.

Et ma lignée meurt avec moi.

J'étais le dernier.

Terminus.

Au fond c'est tout aussi bien.

Je ne fais que répandre la mort et la violence autour de moi.

Que me disait Maman ? Maman qui n'était pas ma mère ?

Savait-elle quel genre d'homme j'allais devenir ?

Est-ce pour cela qu'elle me haïssait ?

La lumière si forte dans ses yeux.

Mais bientôt viendra la grande obscurité.

Une sonnerie de téléphone retentit soudain et le bruit est si perçant que Zack croit d'abord qu'il provient de son portable à lui. Mais son poursuivant met la main dans sa poche, en sort un portable et le colle à son oreille.

Une voix discrète, à la limite du chuchotement, lui parvient vaguement.

Une femme ou un homme ? Impossible à déterminer.

Son adversaire se tait. Puis répond :

« OK, j'arrête. »

Zack ne comprend pas.

Arrêter quoi ? Qu'est-ce qu'on doit arrêter ?

La lumière de la lampe de poche s'intensifie, son agresseur se jette sur lui et Zack reçoit un nouveau coup violent sur la tempe.

68

Vendredi 9 septembre

Zack se réveille en grelottant.

La lumière du soleil lui pique les yeux et il est recroquevillé quelque part dans un jardin humide de rosée. Ses vêtements sont trempés.

Il essaie de s'asseoir, mais la douleur à la tête est si vive que sa vue s'obscurcit. Il a, ici et là, des éraflures à cause du fil barbelé et son corps lui fait mal après la bagarre de cette nuit.

Il s'allonge de nouveau, sent l'odeur du sang et de l'herbe.

Les souvenirs lui reviennent par vagues successives, et il n'a pas la force de les repousser. Il se retrouve des années en arrière sur une autre prairie, une nuit d'été.

Il y avait alors un garçon à côté de lui.

Zack n'a pas osé le regarder. N'a pas osé avoir la confirmation visuelle de ce qu'il savait déjà.

Le garçon était mort.

Peut-être était-il mort avant que Zack ne le

porte sur son dos quand il avait traversé avec lui la prairie en courant. Jusqu'à trébucher et rester allongé dans l'herbe haute.

Il avait levé les yeux vers les étoiles avec un goût de sang dans la bouche.

Les avait priées de venir le chercher.

Il s'était senti soulevé vers elles, mais ensuite il avait entendu les aboiements des chiens et les étoiles étaient revenues à leur place, inaccessibles dans l'espace infini.

Il s'était levé, quand bien même il n'en avait pas la force.

S'était remis à courir.

Avait laissé le garçon dans l'herbe haute.

Le garçon qui était mort à cause de lui.

Il fait une nouvelle tentative pour s'asseoir. Plus lentement cette fois. Il sort son portable de la poche de son jean et voit qu'il est sept heures et quart du matin.

Il appelle Deniz.

« Tu commences tôt, dis donc, répond-elle.

— Il s'est passé quelque chose. Tu peux venir me chercher ?

— T'es où ?

— Je ne sais pas très bien. Je t'envoie une capture d'écran avec ma position GPS, d'accord ?

— Je saute dans la voiture et j'arrive. »

Une demi-heure plus tard, Zack monte au maximum le chauffage de la Renault Clio rouge de Deniz et lui raconte tout ce qui s'est passé depuis qu'il est retourné à la cabane de soldats.

Tout, sauf la conversation téléphonique.

A-t-elle réellement eu lieu ou bien est-ce une hallucination à cause des coups portés à sa tête – bref un faux souvenir ?

Comment la personne qui a appelé pouvait-elle savoir ce qui se passait ?

Et pourquoi ce quelqu'un aurait-il voulu le sauver ?

Il se souvient de la voix qu'il a entendue dans le téléphone. Une voix qui aurait aussi bien pu être celle d'un homme que d'une femme.

Mais comment aurait-il pu l'entendre ? Il était allongé par terre. Et il pleuvait. Oui, il a dû pleuvoir. Il était mouillé quand il s'est réveillé. Ou était-ce seulement la rosée ?

« Elle n'est pas très belle, ta blessure à la tempe, dit Deniz. Tu crois que c'est Sverker Blådahl qui t'a frappé ? »

À son intonation, il devine qu'elle lui en veut de s'être rendu seul dans cette cabane.

« Oui, ce devait être lui. Mais je n'ai jamais pu le voir distinctement.

— Tu n'as pas pu relever la plaque d'immatriculation ? Ou voir quel modèle de voiture c'était ? »

Il secoue la tête.

Il n'a rien vu. Et voilà que Blådahl leur file une nouvelle fois entre les doigts.

De colère, il frappe violemment sur le tableau de bord avec la paume.

Il voit bien que Deniz voudrait lui dire que ce n'est pas la peine de se mettre dans cet état, mais elle demande simplement :

« Bon, et maintenant ? Direction l'hôpital ?

— Non, on retourne à la cabane de Tumba. Nous savons que Blådahl a été là-bas et on va faire en sorte que les techniciens passent au peigne fin le moindre centimètre carré. Ça nous donnera des indices. Forcément. »

À la hauteur du centre de Tumba, ils croisent d'abord deux voitures de pompiers, mais sans sirènes ni gyrophares. Ensuite une voiture radio et une ambulance. Toutes roulent calmement, ce qui semble signifier que l'intervention est terminée.

« On dirait que la nuit a été agitée », commente Deniz.

Ils s'engagent sur le chemin en gravier et, en s'approchant de la cabane, aperçoivent d'autres véhicules de pompiers garés sur le terrain où ils ont eux-mêmes stationné la veille au soir.

« Qu'est-ce qui s'est passé ? » demande Deniz.

Zack bondit de la voiture et se précipite vers la cabane. Sa tête menace d'exploser à chaque pas, mais il ne peut s'empêcher de courir. Il passe par la forêt qui ne paraît plus aussi dense à la lumière du jour, et arrive pour découvrir des braises fumantes là où se trouvait la cabane jaune.

Même les sapins les plus proches sont calcinés et plusieurs autres troncs sont noirs, mais les pompiers ont réussi à stopper la propagation du feu.

Un cordon de sécurité a été installé et un pompier arrose les grumes noires qui assuraient la fondation de la cabane. De grandes flaques grises à cause de la cendre se sont formées à l'endroit où Zack, cette nuit-là, a lutté pour sa vie.

Il ne reste plus rien.

Aucune trace.

Deniz se tient à ses côtés. Regarde les dégâts et dit :

« Je préviens Douglas. »

69

Zack a emprunté le pardessus de Douglas Juste et, au soleil, à l'abri du vent, derrière une voiture de pompiers, il commence enfin à se réchauffer.

Selon les services de secours, l'incendie a été déclenché par une explosion de gaz.

— Ce sont des choses qui arrivent parfois dans les chalets avec de vieilles cuisinières, dit le chef des pompiers.

Mais Zack sait que l'incendie a été provoqué. Ça ne sentait pas le gaz à l'intérieur, cette nuit-là.

Un craquement de branches le fait se retourner et il aperçoit Koltberg qui porte une caisse en bois pourrie.

Il a l'air content, presque excité, et il fait des signes à ses collègues pour leur montrer sa trouvaille.

« J'ai trouvé ça à moitié enterré dans un compost dégoûtant. »

Il enlève de la terre de la caisse et montre une marque brûlée dans le bois sur un des côtés.

Wiszła Chemicals.

« En outre, les pompiers ont trouvé plusieurs récipients en verre et tubes à essai intacts dans la cendre, dit-il. Qu'ils n'aient pas été détruits par la chaleur signifie qu'ils sont fabriqués en verre trempé. Ce genre de récipients s'utilise dans les laboratoires.

— Une preuve supplémentaire que Sverker Blådahl est celui qui fabriquait la drogue, dit Deniz.

— On dirait bien, en effet, dit Douglas. Reste à savoir où il se cache. »

Le chef des pompiers les appelle.

« Je pense que ça pourrait vous intéresser. »

Zack, Deniz, Douglas et Koltberg s'approchent de la cabane consumée.

Les pompiers ont enlevé une grande partie du toit effondré, mettant au jour un escalier en béton qui mène à une cave.

Comment avons-nous pu passer à côté ? pense Zack. L'ouverture a dû être dissimulée sous la cuisinière à gaz ou peut-être sous le linoléum.

« Nous ne pouvons pas vous laisser descendre à cause du risque d'effondrement, mais je viens d'y jeter un coup d'œil et apparemment il s'agit d'un petit laboratoire. »

Les quatre policiers échangent un regard.

« C'est donc ici qu'il travaillait », conclut Deniz.

Un des pompiers jette par terre des tuiles qui s'écrasent sur le sol en faisant un bruit insupportable pour Zack qui s'accroupit tant la douleur est vive.

Il entend Douglas dire à Deniz :

« Emmène Zack à l'hôpital maintenant. »

Ils se dirigent lentement vers la voiture. Chaque pas lui envoie une décharge sourde dans le crâne.

« C'est sans doute Sverker Blådahl, l'auteur du cambriolage chez Prechemo, ce qui lui a permis de se procurer le stock de benzodioxiprine, dit Deniz. J'ai l'impression qu'on commence enfin à y voir plus clair. »

Zack ne dit rien.

Il repense au coup de fil qui a arrêté Sverker Blådahl.

OK, j'arrête.

Quelqu'un l'a appelé et lui a donné l'ordre de l'épargner.

Sverker Blådahl n'est qu'un subalterne.

Quelqu'un d'autre tire les ficelles.

70

Les soirs de fin septembre, il fait très sombre à l'intérieur. Le seul éclairage de l'appartement est une veilleuse rouge sur la télévision.

Allongé sur le dos dans son canapé, Zack laisse l'obscurité atténuer son mal de crâne. Sa tomographie numérique à l'hôpital de Sabbatsberg remonte à quelques heures. Sa tête va bien, apparemment. Aucune fracture ni hémorragie interne, juste un léger traumatisme crânien. Mais être enfermé dans un caisson gigantesque qui le bombardait d'ultrasons à une poignée de centimètres de ses oreilles n'a pas aidé son mal de crâne.

Il est onze heures et il n'a rien avalé de la journée. Il allait trop mal après les coups reçus à la tête, mais à présent son estomac crie famine.

Tant pis pour la faim.

Se concentrer sur l'enquête maintenant.

Mais en a-t-il seulement la force ?

Il baisse la garde, laisse le chagrin prendre le dessus. La solitude corrosive et la certitude que c'est peut-être tout ce qui lui reste.

Il aurait besoin d'avoir quelqu'un près de lui.

Quelqu'un qui lui serait proche.

Avec qui il pourrait parler.

Ou se taire.

Mais Deniz est certainement avec Sandra Sjöholm maintenant.

Et il n'a aucune envie de revoir Abdula.

Alors qui ?

Il prend son portable et regarde un SMS qu'il a écrit sans l'envoyer.

Il devrait le supprimer.

Finalement, il appuie sur « envoyer ».

Hebe se réveille dans l'obscurité, son téléphone vibre sur la table de chevet.

Elle se redresse et jette un coup d'œil à l'océan de lumière qui s'étend à des kilomètres à la ronde derrière la baie panoramique de la chambre à coucher. La lumière qui perce dans l'obscurité et peint le ciel nocturne dans des couleurs diffuses d'incendie.

Il lui arrive de ne pas fermer l'œil de la nuit. Elle se contente de contempler le paysage nocturne de Bangalore.

Elle tend la main vers son téléphone et lit le message.

Où es-tu ? J'aimerais te revoir.

Elle se lève. Reste nue près de la fenêtre du vingt-quatrième étage.

Parfois, elle s'imagine que l'appartement sous

les toits est un vaisseau spatial qui a atterri dans un autre univers. Une décoration intérieure toute de métal et de cuir blanc, les peintures blanches sur les murs, les effluves de parfums forts.

Tout ce que l'Inde n'est pas.

Comme si Olympia tenait à la protéger de la saleté d'en bas, repoussante, colorée, comme si elle craignait que cela ne déteigne sur elle.

Ne la contamine. Ne la change.

C'est peut-être déjà trop tard.

À moins que ce n'ait été précisément l'intention d'Olympia ?

Cela aussi fait-il partie de son plan ?

Comme tout le reste dans la vie.

À la lumière de la lampe de bureau, les stylos dans le pot à crayons en bronze vert-de-gris jettent des ombres pointues sur la table de style gustavien, dans la pièce de travail d'Olympia Karlsson.

Deux photos sont placées l'une à côté de l'autre sur son bureau.

Une de Zack Herry.

L'autre de son fils Peter.

Elle prend les deux photos.

Son visage se tord en une grimace et elle les déchire, laisse les petits morceaux s'éparpiller dans la pièce comme des poussières d'étoiles éteintes.

Elle lève le visage vers le ciel et un rugissement monte de ses entrailles, un cri qui fait vibrer les vitres.

Il se redresse à moitié. Les tendons de son cou sont tendus comme des cordes de violon, c'est toujours ce qui lui arrive quand il s'endort sur le canapé, mais son mal de tête s'est un peu calmé, Dieu soit loué.

Zack se réveille en sursaut car quelque chose vibre.

Il entend le camion poubelle s'éloigner, mais ça continue de vibrer. Sur son ventre.

Il prend son portable et ouvre le message.

> Je suis loin pour l'instant. Mais plus pour très longtemps. Je veux te voir.

Une chaleur se répand dans sa poitrine à la lecture des mots de Hebe.

Il veut répondre, mais il ressent aussi autre chose : un courant d'air froid qui s'infiltre sous la chaleur et fait s'ouvrir plus profondément encore sa béance intérieure.

Qu'est-ce que je fabrique, bon sang ? Vais-je la revoir uniquement parce que je ne veux pas être seul ?

J'ai des dettes à payer.

Je dois retrouver le meurtrier de Mera.

Celui a qui a tué notre enfant.

Mais d'abord il faut que je mette la main sur ceux qui sont à l'origine de cette came mortelle. Oui, c'est ça l'urgence.

Mera est morte parce que quelqu'un a voulu m'empêcher d'enquêter sur la mort de ces jeunes.

71

Samedi 10 septembre

Il est bientôt sept heures et demie du matin et Sirpa Hemälainen avale son deuxième comprimé de caféine de la journée avec la dernière gorgée de son café en poudre tiède.

Elle tente de se lever de la table de la cuisine pour aller chercher plus de café, mais ses genoux se sont bloqués. Elle pose les mains sur la table et se force à se relever. Ses ménisques et ses articulations usés l'élancent, comme des coups de poignard. Et la pièce se met à tourner.

Elle serre les dents et prend appui avec une main sur le dossier de la chaise tandis que le sol cesse de tanguer.

Tu ne peux t'en prendre qu'à toi-même, toi qui restes assise nuit et jour devant l'ordi…

Mais cette nuit, ça a vraiment valu le coup de veiller.

Pour deux raisons.

D'abord, elle a réussi à retracer le parcours de

Sverker Blådahl et cela a achevé de la convaincre qu'il est bien l'homme qu'ils recherchent.

Sverker Blådahl a étudié la chimie à Lund pendant la même période que David Mathias. Ils ne suivaient pas le même cursus, mais avaient des cours en commun.

Peut-être Mathias l'a-t-il aidé à fabriquer la drogue mortelle ? Il disposait des connaissances suffisantes pour monter son propre labo.

Il est temps d'inscrire de nouveau son nom à l'ordre du jour.

Ensuite, elle a entrebâillé une porte sur le Darknet et a pu établir un contact sérieux. Quelqu'un qui semble être au courant, pour les comprimés Bambi, et qui peut-être leur fournira un renseignement leur permettant de valider les soupçons pesant sur Sverker Blådahl.

Elle avait presque perdu espoir. Tant de cinglés dans les eaux troubles du Web et, dans le même temps, des seuils de méfiance si élevés envers les intrus de tout bord.

Mais elle a continué à travailler avec son identité fictive, s'est fait passer pour un revendeur de drogue. Un de ceux qui ont vu leurs revenus baisser à cause des comprimés Bambi. Et elle a été claire dans ses intentions : faire en sorte que les créateurs de Bambi disparaissent une bonne fois pour toutes.

Il ne lui a pas été difficile de trouver quelqu'un partageant le même point de vue.

Toutefois, dénicher des infos intéressantes a été autrement compliqué.

Mais c'était comme si Jari lui donnait des ailes et elle a fini par aboutir.

Un dealer qui vend de la scopolamine, du Benzo Fury, du Krokodil et de l'étorphine. Ce qu'il y a de pire.

Et maintenant, il est prêt à la rencontrer *in real life* pour lui donner une info.

Il faut qu'elle vienne seule. C'est ça ou rien. Le lieu de rendez-vous est aussi glauque que les produits qu'il vend : sous les piliers du pont de Sankt Eriksbron, du côté du quartier de Vasa.

Sirpa a cherché l'endroit avec Google Street View. Un endroit idéal pour observer de loin et s'assurer qu'on ne vient pas accompagné.

Elle devrait naturellement prévenir Douglas Juste. Le mettre au courant du rendez-vous qu'elle a réussi à obtenir.

Mais pas cette fois.

Il est occupé à resserrer l'étau autour de Sverker Blådahl. N'a-t-il pas envoyé un mail tout à l'heure pour reporter la réunion matinale ?

Au lieu de demander de l'aide, elle a écrit un mail codé aux autres pour les prévenir de cette rencontre et de ce qu'elle a découvert cette nuit-là. Son message sera envoyé à onze heures, si elle ne le supprime pas.

Elle prend son téléphone sur le plan de travail et appelle Taxi Stockholm.

« Bonjour, j'ai besoin d'un taxi pour aller au restaurant Lilla Pakistan dans la Sankt Eriksgatan. J'aurai un chien avec moi. Et je voudrais un chauffeur qui conduise calmement. »

Elle glisse son portable dans sa poche, va dans l'entrée et décroche la laisse de la patère.

Zeus remue la queue.

Elle devrait en profiter pour faire une grande promenade avec lui jusqu'au lieu du rendez-vous. Suivre pour une fois les directives du médecin.

Mais c'est trop loin. Elle s'effondrerait avant d'être à mi-chemin.

Elle est heureusement surprise par la conduite tout en souplesse du chauffeur de taxi. Il maintient une vitesse assez constante, freinant et accélérant toujours avec douceur.

Elle pense à l'homme qu'elle va rencontrer. Ou la femme. Ou le groupe de gens. Comment le savoir ?

N'aurait-elle pas dû appeler Douglas ?

Il n'est pas trop tard.

Sauf qu'il enverrait alors Zack et Deniz à sa place et la forcerait à rester au bureau.

Comme d'habitude.

Ce qui serait logique et normal à tout point de vue.

Mais cela fait trop longtemps qu'elle n'a pas été sur le terrain. Cette tension particulière que seule procure une rencontre en chair en en os avec un criminel inconnu lui manque trop.

Elle veut faire ça au nom de Jari.

Pour empêcher les autres de perdre leur sang-froid.

Et Zeus l'accompagne.

Il est assis à côté d'elle sur la banquette arrière

et regarde par la fenêtre. Il agite la queue quand le taxi dépasse un homme qui promène ses deux labradors.

Sirpa lui caresse le dos, suivant la raie marron foncé le long de sa colonne vertébrale.

Avec lui à ses côtés, elle n'a jamais peur, même si ces derniers temps il lui a paru plus nerveux que d'ordinaire.

Elle sait d'expérience que même les types les plus durs reculent quand un chien qui fait soixante centimètres au garrot gronde et montre les dents.

Le chauffeur ralentit, se range contre le trottoir et s'arrête exactement devant le rideau baissé de Lilla Pakistan.

Sirpa sort prudemment de la voiture et s'avance en clopinant vers le soutènement du pont. Elle entend le vacarme d'un train sur une des nombreuses voies ferrées qui passent là-dessous.

L'escalier qui descend est un cauchemar.

Zeus est excité mais patient. Il a appris que sa maîtresse est une créature lente.

Enfin, ils arrivent en bas des marches.

Elle scrute la berge devant elle, avec une furieuse envie de remonter là-haut.

De l'autre côté, elle distingue une silhouette sombre sous le pont, là où chaque centimètre de béton est couvert de graffitis et où de faibles ampoules, ici et là, ne parviennent pas à chasser les ténèbres.

Zeus renifle avec une certaine nervosité. Pousse de petits gémissements en levant la tête vers Sirpa.

« Je sais, dit-elle. Ce n'est pas très gai par ici, mais on ne va pas rester longtemps. »

Elle s'arrête. L'odeur aigre d'urine et de béton humide lui monte aux narines.

Un pilier de deux mètres de largeur se dresse devant elle, mais on peut le contourner d'un côté comme de l'autre. Sirpa opte pour la gauche et dépasse des glissières de sécurité fixées au sol.

L'obscurité l'enveloppe à présent. Zeus tire comme un fou sur la laisse. Hurle plus qu'il ne gémit.

« Allez, viens. Il n'y a aucun danger », dit-elle en continuant d'avancer.

Un bruit de raclement quelque part devant elle lui parvient. Comme celui d'un sac plastique qu'on traîne sur le sol.

Zeus n'arrête pas de tirer et Sirpa perd l'équilibre et lâche la laisse. Le chien se hâte de revenir vers la lumière.

« Zeus ! crie-t-elle. Reviens ici ! »

Mais il a disparu.

Toujours ce son traînant. Plus fort maintenant.

Sirpa se retourne.

Quelqu'un surgit de l'obscurité et vient à sa rencontre.

72

Le soleil matinal brille au-dessus des pavés qui recouvrent le Riksbron et des groupes de touristes chinois s'arrêtent pour regarder les gens du coin qui pêchent du haut du pont dans le fleuve de Stockholm.

C'est étrange quand on y pense, se dit Li Jing, une Chinoise bien en chair de trente-cinq ans, en sortant son appareil-photo, *que l'eau au milieu de la capitale suédoise soit assez propre pour qu'on puisse y pratiquer la pêche et qu'on puisse, d'ailleurs, se déplacer librement ici. Qu'on ait le droit de longer les façades du Parlement et du siège du gouvernement.*

Un homme et une femme du groupe prient Li Jing de les photographier. Ils prennent la pose près de la rambarde en fer noir du pont. Surtout qu'elle ait bien le château en arrière-plan !

Certains pêcheurs se mettent à crier en pointant du doigt en direction du fleuve. Le couple de Chinois se retourne. Peut-être l'un d'eux a-t-il attrapé un gros poisson ?

Li Jing se précipite avec son appareil pour prendre un cliché de ce poisson exotique.

Elle se penche par-dessus la balustrade et, quand elle voit ce que les autres lui montrent du doigt, elle lâche son appareil-photo qui tombe à l'eau.

Lentement, le corps qui flotte passe sous elle. Le visage tourné vers le fond, le dos gonflé comme un ballon sous le T-shirt relevé.

Un bras bouge et Li Jing pousse un cri, persuadé que l'homme est en vie.

Ensuite, elle observe un gros poisson mordre dans un doigt, prendre un petit bout de la chair tendre et disparaître dans les profondeurs.

73

La silhouette sort de l'ombre.

S'avance vers Sirpa.

Comment a-t-elle été assez idiote pour se pointer là toute seule ?

Ellc veut de nouveau appeler Zeus, mais n'ose pas. L'homme dans l'obscurité pourrait croire qu'elle appelle une autre personne.

Et que fera-t-elle s'il pense qu'elle s'est jouée de lui ?

L'homme n'est plus qu'à une poignée de mètres d'elle. Son bonnet bien tiré sur les oreilles dissimule son visage et il a une main dans la poche.

L'autre bras pend mollement sur le côté, mais quelque chose brille dans sa main.

Un couteau.

Sirpa fait un pas en arrière. Se retourne. Cherche son chien des yeux.

Elle ne fera pas deux mètres avant que l'homme ne la rattrape. Elle le sait mais ne peut s'empêcher de reculer encore. Pour grappiller quelques secondes de vie supplémentaires.

Peut-être que Zeus perçoit que j'ai peur, qu'il va débouler en montrant les dents et attaquer l'homme.

Elle tend l'oreille pour guetter ses pas, mais non, elle n'entend rien. Continue à reculer, manque de trébucher et de tomber à la renverse.

« Du calme », dit l'homme au bonnet d'une voix fluette, presque enfantine, qui ne correspond pas du tout à son physique menaçant.

Il s'approche, replie son canif d'un geste du poignet, le fourre dans sa poche et lui tend les deux paumes pour lui montrer qu'elle ne craint rien.

Son visage se distingue clairement maintenant. Un jeune homme boutonneux qui n'a pas vingt ans, avec de grands yeux marron et un visage long, anguleux.

« Je vais te filer une adresse IP. Je la dirai qu'une seule fois, alors écoute bien. »

Sa prononciation est mauvaise. Traînante. Pas comme quelqu'un de ivre, mais comme s'il sortait de chez le dentiste et avait encore la bouche anesthésiée.

« Pourquoi une seule fois ? »

Il paraît décontenancé. Cette réplique ne fait visiblement pas partie du scénario qu'il a prévu.

« Écoute bien », dit-il et il énumère les chiffres.

Sirpa ferme les yeux. Tente de les mémoriser. Les associe à des images. Les deux premiers correspondent aux derniers de son numéro d'identité. Les quatre suivants sont comme la fin de l'ancien numéro de téléphone de sa mère en Finlande. Les trois autres sont les mêmes que les trois précédents moins un, et ensuite… c'étaient quoi déjà les deux derniers ?

« Est-ce que tu peux répéter simplement les derniers chiffres ? » demande-t-elle en levant la tête.

Mais il est parti.

Elle sort son portable et inscrit les chiffres dont elle se souvient dans l'application « Notes ». Prend le risque d'écrire les deux derniers, puis les inverse et écrit encore une autre variante.

Elle fourre le téléphone dans sa poche et sursaute quand un museau humide se presse contre sa main.

« Zeus, sale trouillard ! Je devrais te faire bouillir dans de l'huile », dit-elle.

Le chien la regarde avec de grands yeux et remue la queue.

Sirpa ramasse la laisse et tourne le dos à l'obscurité. Elle se retrouve dans la rue, où les rayons du soleil matinal font s'évaporer l'humidité froide du bitume.

74

La forte luminosité du soleil, ce matin-là, pénètre par les fenêtres étroites du sous-sol, fait briller la table d'autopsie en acier inoxydable et les murs carrelés blancs.

Koltberg met son masque stérilisé, enfile ses gants en caoutchouc jaune presque jusqu'aux coudes et découpe le jean et le T-shirt du cadavre.

La peau est blanche, ridée et gonflée. Mais l'épiderme ne s'est pas encore détaché des mains et des pieds et le processus de décomposition n'est pas visible à la surface. La rigidité cadavérique a diminué et sur le côté droit de l'abdomen apparaît un début de coloration verdâtre.

Selon ses estimations, le corps est resté dans l'eau pendant au moins quarante-huit heures et il y a été balancé peu de temps après que l'homme a perdu la vie.

La mort a été rapide, constate-t-il. La balle de pistolet s'est logée dans le ventricule droit du cœur, de sorte que l'approvisionnement en sang dans les poumons a été stoppé net.

Un calibre de neuf millimètres. Ce qu'il y a de plus courant. S'ils trouvent une arme suspecte, il pourra voir si la balle correspond, sinon autant chercher une aiguille dans une botte de foin.

Mais pour l'heure, le plus important est d'avoir la confirmation que le mort est bien l'homme figurant sur le permis de conduire dans le portefeuille qui se trouvait dans une poche de son jean.

Koltberg tire la table à roulettes sur laquelle sont posés ses instruments et s'assoit sur un escabeau à la droite de l'homme. Puis il prend sa main dans la sienne.

La peau à l'extrémité des doigts est bien conservée, hormis quelques morsures de poissons, et il peut sans difficulté prélever les empreintes digitales.

Il aurait pu d'ailleurs le faire même si le corps avait traîné dans l'eau pendant des semaines et que l'épiderme avait totalement disparu. Les empreintes seraient de toute façon restées.

Il s'assied devant l'ordinateur, scanne le résultat et fait une recherche dans les différentes bases de données auxquelles il a accès.

D'habitude, il faut se montrer patient. Il va se lever quand un signal de l'ordinateur lui indique un résultat qui correspond.

Il ouvre le dossier avec les infos sur l'homme en question.

Sverker Blådahl.

C'est bien lui.

Zack s'est donc trompé.

Le corps de Sverker Blådahl flottait dans l'eau

du Mälaren quand il s'est fait attaquer la veille au soir.

Mais qui l'a tué ?

Et pourquoi ?

Et qui a poursuivi Zack ?

75

Appuyé à l'évier dans la salle de pause, Zack avale deux cachets d'Ibuprofène avec une gorgée de café brûlant.

Il est presque onze heures du matin et il est seul au bureau. Tous les autres sont sur le terrain.

Même la chaise de Sirpa Hemälainen est vide. Peut-être travaille-t-elle depuis chez elle ?

Douglas Juste voulait qu'il prenne une journée de congé ce jour-là, malgré tout le travail qui les attendait, sauf qu'une grasse matinée lui a suffi. Au réveil, il s'est senti frais et dispo, mais dès qu'il a allumé son ordi et lu le rapport qui remplaçait la réunion matinale, son mal de crâne s'est rappelé à son bon souvenir.

L'homme qui l'a frappé et qui l'a poursuivi l'avant-veille au soir n'était donc pas Sverker Blådahl.

Car ce dernier a été retrouvé mort à Strömmen dans la matinée. Et, selon Koltberg, il a été abattu, peu de temps après que Sandra et Rudolf l'ont pourchassé.

Alors, qui m'a pris en chasse ?

Était-ce l'assassin de Sverker Blådahl ?

Auquel cas, qui est cet homme ? Un concurrent ? Ou son supérieur ? Qui l'a appelé au téléphone quand il avait son pistolet dirigé sur moi ?

Derrière chaque question, une nouvelle surgit.

La porte du bureau s'ouvre et Sirpa entre avec son chien.

Cela n'est pas dans ses habitudes. Douglas n'est pas vraiment un ami des animaux.

Zeus trottine vers lui en frétillant de la queue, Zack tend la main et le laisse le renifler.

« Salut, Zack », dit Sirpa en s'asseyant devant son bureau sans même prendre la peine d'ôter sa veste.

Elle ne lui demande pas comment il va ou s'il est au courant de ce qui est arrivé à Blådahl.

Cela ne lui ressemble pas, pense Zack. *D'ordinaire elle aime s'enquérir de la santé de chacun. La seule personne qu'elle laisse toujours de côté, c'est elle-même.*

Sirpa sort aussitôt son ordinateur portable d'un tiroir.

Zack parie qu'elle a la tête pleine de données informatiques cryptées qu'elle a trouvées sur le Darknet. Il préfère attendre qu'elle marque une pause dans son travail pour lui poser des questions.

Ce qui finalement peut prendre un certain temps.

Et s'il lui apportait une tasse de café ? Il s'apprête à se lever quand son téléphone portable sonne.

La voix au bout du fil est fragile comme du papier de soie.

« Bonjour, c'est moi, Karin Åkesson. »

Il faut quelques secondes à Zack avant de pouvoir resituer le nom. La veuve de Conny Åkesson, qu'il a essayé de joindre plusieurs fois.

« Bonjour, répond-il.

— Vous m'avez laissé un message.

— Effectivement. J'aurais aimé parler avec vous de votre mari. »

Silence au bout du fil. Zack voit Zeus venir renifler sa corbeille à papier. Elle finit par dire :

« Cela fait longtemps qu'il est mort.

— Je sais et je regrette de vous importuner, mais il a travaillé avec deux personnes dont les noms apparaissent dans une enquête que nous menons actuellement. Alors j'aurais bien aimé vous rencontrer et vous poser quelques questions dans ce cadre-là.

— Ah, dit-elle, étonnée, oui, ce devrait être possible. Ce serait quand ?

— Quand est-ce que ça vous arrange ?

— Je suis presque tout le temps à la maison.

— Et si on disait quatre heures, cet après-midi ? »

Il voudrait d'abord consacrer quelques heures à tenter de cerner qui s'est lancé à sa poursuite la veille.

« Vous serez le bienvenu. »

Sirpa ouvre son ordinateur privé et se connecte au réseau wifi du café de l'autre côté de la rue.

Elle n'ose pas tester la combinaison de chiffres qu'elle a obtenue du type sur les ordinateurs de la police, de crainte de faire entrer un cheval de Troie dans tout le système.

Zeus farfouille maintenant dans la corbeille à papier de Sandra Sjöholm qu'il finit par renverser.

« Zeus, arrête. »

Douglas serait furieux s'il le voyait là, il a été très clair sur ce point : le bureau n'est pas une garderie pour chiens.

Mais on est dans une situation d'urgence.

Si jamais elle pouvait enfin expliquer pourquoi David Mathias est impliqué dans cette affaire et de quelle manière il a collaboré avec Sverker Blådahl…

Sirpa ouvre son moteur de recherches et écrit l'adresse IP dans la fenêtre. Aucun résultat.

Merde.

Elle intervertit les deux derniers chiffres. Quarante-cinq au lieu de cinquante-quatre.

Aucun résultat là non plus.

Réfléchis, Sirpa. Concentre-toi. Qu'a-t-il dit exactement ?

Elle ferme les yeux. Tente d'entendre ce que lui disait la voix du jeune type.

Cinquante-quatre, croit-elle avoir entendu.

Mais il ne parlait pas très distinctement. Ce pouvait tout aussi bien être quarante-quatre.

Elle tape les chiffres.

Ça marche.

Mais…

C'est l'adresse IP de la Fédération d'athlétisme de Suède.

Comment est-ce possible ?

Ou est-ce que le type l'a menée en bateau ?

Elle appelle la Fédération. Se présente et demande à pouvoir parler avec le responsable du service informatique.

Son appel est transféré et après quelques sonneries quelqu'un décroche.

« Allô ? Stefan à l'appareil. »

Une voix énergique, au timbre juvénile.

Sirpa expose la raison de son coup de fil et lui demande à quel ordinateur correspond cette adresse IP.

Elle l'entend taper les chiffres sur le clavier.

Il est rapide, pense-t-elle.

Mais pas encore aussi rapide que moi.

Le bruit des doigts qui pianotent s'arrête.

« Vous êtes toujours là ? L'ordinateur est au nom de Lennart Kuhlin. Mais il ne l'utilise plus.

— Qui s'en sert maintenant ?

— Si seulement je le savais. Cet ordinateur a été dérobé lors d'une conférence à Halmstad en mai. Une conférence sur le dopage parmi les athlètes d'élite.

— Est-ce que vous pouvez me communiquer la liste des participants à la conférence ?

— Non, il faudra demander ça au service info. Mais je peux vous mettre en relation avec eux. Un instant, s'il vous plaît. »

76

Zack est dans une rame de la ligne rouge du métro qui va vers le sud et regrette de ne pas avoir pris de taxi.

Dans sa tête, les freins crissent comme des dents de scie rouillées, et chaque fois que les portes s'ouvrent il a l'impression qu'on le frappe avec une massue.

Pendant qu'il déjeune avec Deniz, il a l'impression d'avoir le crâne pris dans un étau, et l'après-midi il reste allongé dans la salle de repos, la lampe éteinte, pendant presque deux heures.

À un moment, il a pensé téléphoner à Karin Åkesson pour décommander le rendez-vous, mais il sent qu'elle sait des choses qui feront avancer l'enquête.

Il descend à la station Zinkensdamm et monte la Ringvägen.

Il passe devant le Southside Pub et se rappelle vaguement s'y être battu, dans l'été, quand il était défoncé.

Mais pourquoi cette bagarre ? Et avec qui ?

Est-ce qu'Abdula était là ?

Il n'en a aucun souvenir.

Peut-être a-t-il cru que le type qu'il a passé à tabac savait quelque chose sur le meurtre de Mera ?

Son malaise n'en est que plus grand.

Qu'ai-je fait d'autre dont je n'ai nul souvenir ?

Laisse tomber. Il y a plus urgent maintenant.

Il croise la Hornsgatan et tourne à droite dans la Krukmakargatan juste en face de la salle de sports de Zinkendamm. De l'autre côté du mur de béton couvert de graffitis, il entend une équipe de football s'entraîner sur le gazon synthétique.

La rue se fait raide et, arrivé au sommet, il s'arrête sur le trottoir de droite devant un immeuble de six étages.

La façade en brique a dû être jaune pâle dans le passé, mais désormais elle est grise de saleté. Comme le château de Stockholm, finalement. Il n'y a pas moyen d'entrer par la Krukmakargatan, alors Zack fait le tour de l'immeuble et passe par l'arrière.

La veuve de Conny Åkesson habite au quatrième étage. Elle refuse d'abord de le laisser entrer quand elle voit par le judas son visage couvert de bleus.

« Les policiers ont des uniformes. Pourquoi vous n'en avez pas ? » crie-t-elle à travers la porte.

Sa voix perçante lui fait aussi mal à la tête que le crissement du métro, mais il répond d'une voix forte que beaucoup de policiers sont habillés en civil.

Il lui présente sa carte de police devant le judas, et quelques secondes plus tard il entend qu'elle tourne la clé dans la serrure. C'est une femme maigre aux cheveux gris et ternes qui porte un chemisier à motifs de triangles de différentes couleurs, datant des années 80. Elle n'a que cinquante et un ans, mais en paraît soixante-quinze.

Est-ce le chagrin qui change ainsi les gens ?

En sera-t-il de même avec moi ?

Zack lui tend la main, mais Karin Åkesson cache sa main droite derrière son dos.

« Mes articulations me font horriblement souffrir, dit-elle. C'est toujours comme ça quand le temps va changer. Je crois qu'il va bientôt pleuvoir. Je vous trouve bien jeune pour être de la police… Qu'est-ce qui vous est arrivé au visage ? »

Zack tente de répondre le plus calmement possible.

« J'ai vingt-huit ans et cela fait six ans que je suis dans la police. Je me suis fait attaquer hier par un criminel qui nous a filé entre les doigts. D'où mes blessures.

— Ah. Vous voulez du café, je pense ? » dit Karin Åkesson qui part en trottant dans la cuisine sans attendre la réponse.

Les placards jaunes sont accrochés un peu de travers et le lino est usé. Sur la table, la revue *Allers* est ouverte à la page des mots croisés et la radio est branchée sur P4.

Zack baisse le son, Karin Åkesson sort un filtre et le place dans une vieille cafetière crasseuse qui doit bien avoir trente ans.

Tout en prenant du café moulu dans une boîte en fer, elle demande :

« Qu'est-ce que vous voulez savoir sur Conny ?

— Votre mari s'est suicidé. »

Karin Åkesson en perd sa cuillère à café et la poudre noire se répand sur le sol.

« Excusez-moi », dit-elle en sortant d'un placard une brosse et une balayette. Après avoir nettoyé et fini de préparer le café, Karin Åkesson s'assied. Elle repousse du revers de la main quelques grains de poussière invisibles sur la table et regarde pour la première fois Zack droit dans les yeux.

« Un jeune homme comme vous ne peut pas savoir ce que c'est, un chagrin comme celui-là, mais…

— Ma petite amie est décédée il y a deux mois. Nous venions de nous fiancer. »

Et nous attendions un enfant, se retient-il d'ajouter.

Elle le regarde différemment. De petit garçon, il semble tout à coup avoir accédé au statut d'adulte à ses yeux.

« J'aimerais pouvoir dire que ça va mieux avec le temps. »

Elle tourne la tête pour voir où en est le café, comme pour s'assurer que l'eau commence à descendre dans le filtre.

« Mon mari n'a jamais pu accepter de s'être fait rouler, dit-elle enfin. Il prenait des cachets. Il a fait plusieurs tentatives, la dernière a été la bonne.

— Comment s'est-il fait rouler ? »

Karin Åkesson prend une pomme d'une corbeille de fruits et la tend à Zack.

« Parfois on mord dans une très jolie pomme et on découvre trop tard qu'elle est complètement pourrie à l'intérieur. C'est ce qui s'est passé avec les deux autres actionnaires de l'entreprise. Toujours aimables et bien habillés, mais de vrais escrocs. Conny était beaucoup trop gentil et crédule, et ils l'ont roulé dans la farine. Ils ont créé une nouvelle société à son insu et y ont transféré tous les avoirs, de sorte qu'il s'est retrouvé seul propriétaire de l'ancienne société couverte de dettes. Mais il ne m'en a jamais parlé. C'est quelque temps après son suicide que l'administrateur judiciaire m'a expliqué ce qui s'était passé. »

Elle repose la pomme et regarde fixement la table. Des tressaillements nerveux agitent sa bouche.

Zack jette un coup d'œil à deux photographies sur un mur, jaunies par le temps.

Une photo de mariage et celle d'une adolescente souriante de quinze ans. Une nièce peut-être, pense Zack.

« Ma fille », dit Karin Åkesson, et Zack en oublie instantanément son mal de crâne.

En voyant sa surprise, elle poursuit :

« J'ai eu Rebecka avec un autre homme, mais Conny est arrivé dans sa vie quand elle avait deux ans, alors c'est lui qui a été son papa. Son seul papa, de fait. Rebecka et lui étaient incroyablement proches. Parfois on aurait dit que les deux se liguaient contre moi. Me tenaient à l'écart. C'était si… »

Elle s'interrompt, jette un regard par la fenêtre et semble se perdre dans l'entraînement de foot sur la pelouse là-bas.

Soudain, elle se secoue comme pour chasser les souvenirs douloureux et reprend :

« Peu importe. C'est en tout cas Rebecka qui a trouvé Conny sans vie dans la salle de bains et, d'une certaine façon, sa vie à elle aussi a pris fin ce jour-là. Elle avait seize ans et elle s'est éloignée de moi. Elle pouvait disparaître plusieurs jours d'affilée. Rentrer avec des vêtements complètement différents. Noirs, rien que du noir. En un rien de temps, elle n'a plus eu que la peau et les os. J'ai alerté l'école, les services sociaux, j'ai fait tout mon possible, mais je ne pouvais plus l'atteindre. »

Elle s'interrompt, porte la main devant sa bouche et se racle la gorge.

« Un an plus tard, à la date anniversaire de la mort de Conny, deux policiers sont venus m'annoncer que Rebecka avait été retrouvée morte sous un porche à Haninge. D'une overdose d'héroïne. »

Karin Åkesson regarde Zack droit dans les yeux.

« Ces foutus dealers… Comment peut-on vendre de la drogue à une adolescente fragile ? Je veux bien que vous me l'expliquiez. »

Elle le regarde avec une telle intensité qu'il a l'impression, un bref instant, qu'elle l'a démasqué, qu'elle a deviné sa double vie et son amitié pour un dealer.

Les pensées se mettent à tourner dans sa tête quand Karin Åkesson déclare :

« Ma fille se faisait appeler Bambi. »

Elle hoche la tête devant la mine concentrée de Zack comme pour montrer qu'elle comprend le poids de ce nom dans leur enquête.

« J'ai lu ce qu'on a écrit à propos de ces comprimés… et après avoir entendu votre message sur mon répondeur, je n'ai pas pu m'empêcher d'y repenser. »

Sur ce, elle se lève pour prendre la cafetière.

Rebecka Åkesson avait dix-sept ans quand elle est morte, pense Zack, *exactement l'âge des victimes à Kopparkobben et à Huddinge. Et elle avait pour surnom Bambi…*

Mais sa mort est survenue en 1999.

Comment cette histoire peut-elle être liée avec le drame de l'été ?

Karin Åkesson pose deux tasses et verse le café.

« Du lait ou du sucre ?

— Non merci. »

Il y a forcément un lien, pense Zack.

Les pères de Rebecka Åkesson, de Desiree Larsson et d'Axel Hultqvist travaillaient ensemble et celui de Rebecka s'est fait escroquer par les deux autres. Oui, il s'est fait plumer comme un pigeon. Et n'ayant plus la force d'affronter cette réalité, il a préféré se supprimer, ce qui a entraîné la mort par overdose de sa fille.

Il s'agirait donc d'une sorte de vengeance. Mais orchestrée par qui ?

Par la femme en face de moi ? Difficile à croire. Sverker Blådahl connaissait-il Conny Åkesson ?

Il jette de nouveau un regard à Karin Åkesson. Elle a mis un sucre dans sa tasse et le mélange avec une petite cuillère dorée.

« Qu'est-ce que vous en avez conclu ? demande Zack. Vous croyez que la mort de Conny et de Rebecka peut avoir un lien avec les comprimés Bambi ?

— J'ai cherché ce lien, comme vous dites, mais je ne l'ai pas trouvé. »

Zack sort son portable et ouvre l'appli « Notes ».

« J'aurais besoin des noms des amis qu'avait Rebecka vers la fin.

— C'est justement ça le problème. Je n'ai aucune idée de qui elle fréquentait à ce moment-là.

— Mais plus tôt, avant la mort de Conny ?

— Elle n'avait pas tellement d'amis. Elle passait surtout du temps avec Conny. Ils faisaient tout ensemble.

— Elle n'avait pas d'amis proches à l'école ?

— Si, il y avait une fille dans sa classe dont elle me parlait parfois. Elle est même venue chez nous quelques fois. Mais je ne me souviens plus de son nom. »

Zack écrit sur son portable.

« Pourquoi Rebecka se faisait-elle appeler Bambi ?

— Je crois que c'est Conny qui en a eu l'idée. Ils avaient beaucoup patiné dans le parc de Kungsträdgården un hiver et il trouvait qu'elle ressemblait à Bambi sur la glace. Ensuite, le nom lui est resté. Même moi je trouvais que ça lui allait bien. Elle était si mignonne avec ses grands yeux noisette. »

Un instant, elle paraît plongée dans ses souvenirs. Puis elle secoue la tête comme pour se détacher du passé.

Elle regarde Zack et dit :

« Il faut apprendre à accepter que les morts soient partis à jamais. Sinon on sombre. »

77

Zack a la sensation que sa tête va exploser après son rendez-vous avec Karin Åkesson, alors au lieu de retourner au commissariat, il rentre chez lui.

Il a besoin d'un peu d'obscurité et de silence autour de lui.

En franchissant la porte d'entrée, il aperçoit un sac de muffins tout frais accroché à sa porte et ne peut s'empêcher de sourire.

Son mal de crâne lui donne un répit et il monte un étage de plus pour frapper à la porte de l'appartement des Nilsson. Quand Ester lui ouvre, il tend le sac de muffins en disant :

« Je refuse de les manger sans toi. »

Elle sourit et file dans le salon pour prévenir sa mère qu'elle descend chez Zack un petit moment.

Zack passe la tête par la porte et salue Veronica.

La femme de cinquante-cinq ans en chemise de nuit est allongée sur le canapé, sous une couverture.

Elle lui adresse un vague salut de la main en expliquant :

« J'ai eu une journée un peu difficile. »

Du coin de l'œil, Zack voit Ester lever les yeux au ciel à l'écoute du mensonge de sa mère, mais ne dit rien.

Ils descendent dans l'appartement de Zack. Il fait chauffer de l'eau pour le thé dans son coin cuisine et elle lui demande pourquoi il a une blessure et des bleus au visage.

« Quelqu'un a trouvé que je me mêlais de ce qui ne me regardait pas », répond-il en prenant deux sachets de thé dans le placard.

« Vous avez trouvé celui qui fabrique les pilules Bambi ? » demande-t-elle, une fois qu'ils sont assis dans le canapé.

Zack qui portait la tasse à ses lèvres s'arrête net.

« On ne l'a pas encore trouvé. Mais on y arrivera.

— On parle beaucoup de ça à l'école. Hier, plusieurs élèves ont refusé de manger parce que le bruit a couru que quelqu'un avait mis la drogue mortelle dans la sauce pour les boulettes de viande. Ensuite, un imbécile n'a rien trouvé de mieux que de mettre des Smarties roses dans la salade de haricots et alors ça a été la panique totale. »

Zack pense qu'il ne devrait pas s'en étonner.

C'est toujours comme ça quand il se produit des événements spectaculaires. Avant qu'on ne trouve quoi que ce soit, les rumeurs se répandent comme une traînée de poudre – ou le virus du Zika, tant qu'à faire – dans les réseaux sociaux.

« Tu ne prendrais jamais un comprimé de ce genre, dis-moi ? » demande Zack.

Elle le regarde comme s'il avait posé la question la plus crétine qui soit.

« De nous deux, c'est plutôt toi qu'on devrait mettre en garde, non ? »

Il sent qu'il rougit comme un gosse.

« Écoute, si tu crois que j'ai le temps pour ces conneries… Je dois potasser mes cours, moi, poursuit-elle en souriant. Demain je vais au ciné avec Jenny. Elle a les cheveux les plus cool du monde. Tout roses. J'aurai mon album de classe la semaine prochaine, je te montrerai à quoi elle ressemble. »

Il la regarde.

Tu t'en sortiras.

Contre toute attente.

Tu vas y arriver.

Il ne peut s'empêcher de repenser à Mera.

À leur enfant qu'elle portait.

À sa mère qui n'est pas sa mère.

Il serre les mâchoires et les poings, n'a pas la force d'essayer de comprendre ce qu'il éprouve.

Ester lui pose une main sur l'épaule.

« Ça va s'arranger », dit-elle.

Rien ne s'arrange.

Ester partie, il appelle Karin Åkesson.

Son histoire d'album de classe lui a donné une idée.

Karin a dit qu'il y avait une fille dans la classe que Rebecka fréquentait.

Peut-être quelqu'un qu'ils reconnaîtront.

Quelqu'un dont ils auront vu le nom au cours de l'enquête.

Au bout de quatre sonneries, Karin Åkesson décroche. Zack la prie de l'excuser de la déranger, mais il voudrait savoir si elle a gardé les albums de classe de Rebecka, à l'époque du lycée.

« Non, je ne crois pas. J'ai jeté tout ce que j'ai pu quand j'ai quitté l'ancien appartement.

— Vous ne vous rappelez pas, par hasard, le nom de sa copine de classe ?

— Non, malheureusement, toujours pas.

— Et est-ce que vous vous rappelez le nom de son prof principal ?

— Beatrice Stoork, avec deux « o ». Une femme futée, si vous voulez mon avis. »

Une fois la conversation terminée, Zack cherche ce nom dans l'annuaire et obtient les coordonnées d'une sexagénaire à Upplands Väsby.

Il fait une capture d'écran et décide qu'il l'appellera tôt le lendemain matin.

Peut-être lui racontera-t-elle quelque chose sur Rebecka qui pourrait déboucher sur une nouvelle piste liée à leur affaire. Les professeurs savent souvent des choses sur leurs élèves que les parents ignorent.

78

Sandra Sjöholm cale le coussin sous sa tête et soupire d'aise.

« Parfois l'envie me prend de fumer une cigarette après, au lit. On voit souvent ça dans les films ct ça a de l'allure, dit-elle.

— Parce qu'on n'a pas à supporter l'odeur. Je suis contente que tu ne fumes pas », dit Deniz en écartant une mèche de son front en sueur.

Une fine veine est visible sur son cou, qui lui rappelle la fragilité de la vie.

Sandra se tourne vers elle et toutes deux se regardent en silence. Deniz trouve que c'est précieux de rester ainsi allongées en silence, en sueur, proches l'une de l'autre.

Mais elle n'est pas aussi présente qu'elle voudrait l'être. L'enquête la ronge. Tout semble contre eux. Les suspects meurent à peine identifiés. D'abord David Mathias et maintenant Sverker Blådahl…

Peut-être sont-ils impliqués tous les deux. Ce n'est pas un hasard s'ils ont fait des études de chimie à Lund en même temps.

En tout cas, il y a au moins une autre personne qui est dans le coup : celle qui a attaqué Zack.

Ils n'ont aucune idée de son identité. Est-ce la même qui a tué Blådahl ? Et auquel cas, pourquoi ?

Il faudrait pouvoir effacer tous ces points d'interrogation, mais elle a le sentiment que ses collègues se trompent d'objet. Sirpa Hemälainen s'enferre dans une fausse piste avec cet ordinateur qui a été volé à la Fédération d'athlétisme, une info qu'elle a obtenue par une source louche sur le Darknet. Et Zack est plongé dans une histoire de veuve, elle ne sait d'ailleurs même plus de qui.

Elle pense aux jeunes gens morts. Leurs proches connaîtront-ils jamais la vérité sur les comprimés Bambi, ou bien Sverker Blådahl a-t-il emporté son secret dans la tombe ?

Elle refuse de le croire.

Son portable sonne quelque part sous la pile de vêtements sur le sol.

Elle espère que c'est Zack ou Douglas Juste qui l'appelle pour lui annoncer une avancée spectaculaire dans l'enquête, mais quand elle finit par mettre la main sur son téléphone, elle constate que c'est un numéro inconnu.

Un numéro officiel ou quelqu'un qui a quelque chose à cacher.

Il est onze heures cinq.

Donc plutôt la deuxième option.

« Allô ?

— Salut Deniz. »

Elle reconnaît la voix instantanément.

Barzan Marouf.

Un pote datant d'une époque qu'elle préfère oublier.

Elle avait fini par croire qu'il n'était plus en vie.

« Salut, Barzan, dit-elle d'un ton froid en s'asseyant sur le lit.

— Eh, meuf, on croirait que t'as le mec des impôts au bout du fil. T'es pas contente de m'entendre ? »

Sandra plisse le front, mais Deniz lui fait un geste rassurant. Pas de problème.

« Il est tard, dit-elle. J'étais couchée et je dormais.

— OK, OK, pigé. »

Elle n'arrive pas à déterminer si Barzan a bu ou pas. Il a toujours eu cette mollesse dans la voix.

« Qu'est-ce que tu veux ?

— Je veux te voir. »

Deniz se penche et pose ses coudes sur ses genoux. Que répondre ?

« Ça concerne les pilules du bonheur.

— Quelles pilules du bonheur ?

— Les comprimés roses avec Bambi dessus. »

Les pilules du bonheur. Un nom vraiment pourri, songe-t-elle.

« OK. Et t'as quoi à me raconter ?

— Pas au téléphone.

— Où ça, alors ?

— Dans les toilettes de T-Centralen. Dans une demi-heure.

— Putain, t'exagères.

— J'ai des infos. J'te jure. »

Elle se tait. Réfléchit. Il poursuit :

« Je t'attends dans le quatrième box à partir de la droite. Tu prendras le cinquième. On se parlera à travers le mur. »

Elle rit.

« Écoute, on n'est pas dans un film de gangsters…

— Dans une demi-heure. »

Deniz raccroche. Regarde Sandra. Préférerait rester ici avec elle, mais dit :

« Il faut que je file. Je viens d'avoir un bon tuyau.

— Tu ne veux pas que je t'accompagne ?

— Pas cette fois-ci. »

À minuit moins vingt, Deniz descend du métro à la station T-Centralen et finit par trouver les toilettes payantes près des escaliers qui mènent au grand hall. Elle a beau avoir vécu vingt-cinq ans à Stockholm, elle n'est encore jamais venue là.

L'espace toilettes est vaste et propre, ça sent plus les produits désinfectants que l'urine. Un homme d'affaires en costume sombre se lave les mains à un long lavabo, et elle ne voit rien qui trahisse un quelconque trafic de drogue.

Une rangée de box blancs court le long du mur du fond et elle voit aussitôt que le plan de Barzan Marouf ne peut pas marcher : les murs en carrelage entre deux toilettes font bien dix centimètres d'épaisseur et vont du sol au plafond. Pas moyen de chuchoter entre eux.

Le quatrième box des toilettes est fermé. Elle se penche et voit des chaussures dans la fente.

Il est là.

Elle sort un calepin et un stylo de la poche intérieure de sa veste. *Salut, impossible de chuchoter ici. Je t'attends près du lavabo*, écrit-elle avant de glisser la feuille sous la porte.

Puis elle se plante devant le lavabo.

Il arrive quinze secondes plus tard. En sweat-shirt à capuche et doudoune. Une barbe broussailleuse et une grande croûte sur le nez. Son regard papillonne dans toutes les directions.

« On va aux box automatiques, murmure-t-il. Moi d'abord, toi dans trente secondes. »

Elle lève les yeux au ciel puis hoche la tête.

Il s'en va.

Les box automatiques se trouvent seulement à dix mètres de là et sont cachés par une longue cloison avec un accès de chaque côté.

Barzan Marouf se tient près d'une entrée pour surveiller.

Deniz s'accroupit un peu plus loin et fait semblant de tripatouiller une serrure.

« Bon, je t'écoute. Qu'est-ce que t'as à me dire ?

— Le dealer que vous avez poursuivi, ton pote et toi, et qui s'est fait écraser par une rame de métro, eh bien je le connaissais, chuchote-t-il sans quitter le couloir des yeux.

— C'est lui qui a choisi de sauter sur les rails.

— Je dis pas que c'est de ta faute. Mais je l'ai croisé quelques semaines seulement avant. Il était mort de trouille, putain. Il arrêtait pas de regarder derrière lui, comme s'il était accro au speed ou à un truc du genre. Je lui ai demandé ce qu'il avait, et au début il voulait pas parler. Puis il m'a dit qu'on lui avait filé un boulot qu'il voulait pas faire, et que maintenant il pissait dans son froc.

— Quel genre de boulot ? »

Barzan Marouf fait quelques pas.

« C'était une nana qui avait créé un site pour vendre un certain produit et maintenant elle voulait qu'il livre la marchandise aux clients.

— Comment s'appelait le site ?

— Aucune idée.

— Thinice, ça te dit quelque chose ?

— Aucune idée, putain, je t'ai dit. »

Il était clairement agacé.

« OK, c'est bon, calme-toi, dit Deniz de sa voix la plus douce possible. C'était quoi comme drogue ?

— Il l'a pas dit. Sauf que c'était un truc qui défonçait grave. Ça lui a vraiment foutu les jetons. »

Des pas se rapprochent. Une femme en veste bleu marine s'approche d'un box, jette un regard rapide à Deniz et Barzan, cherche le numéro du sien.

Une fois qu'elle a récupéré son sac à dos et s'est éloignée, Deniz murmure :

« Comment ton pote a-t-il été en contact avec elle ?

— Ils avaient étudié ensemble. À Malmö, je crois que c'était. Non, à Lund. »

Lund. Là où David Mathias a étudié la chimie. Et Sverker Blådahl.

Serait-ce la femme qu'on cherche ? Est-ce elle qui a abattu Blådahl ?

Mais Zack a bien été poursuivi par un homme ? Il croyait avoir Blådahl à ses trousses. Y a-t-il d'autres personnes impliquées ? Tout un foutu réseau ?

« Pourquoi tu me racontes ça maintenant ? demande-t-elle à Barzan. Cela fait plusieurs mois que Mathias est mort. »

Il lui dit de parler moins fort et jette des regards inquiets autour de lui.

« Pas de nom, putain !

— Mais pourquoi seulement maintenant ? répète-t-elle.

— Dans mon milieu, on se mêle pas de ce qui nous regarde pas. Tu le sais bien, bordel. Mais j'ai été sur sa tombe hier. Et j'ai trouvé que ce serait trop moche qu'il soit mort pour rien. Alors je t'ai appelée. Pour que tu trouves un putain de sens à tout ça. Tu nous dois bien ça.

— Je te dois que dalle.

— Pas à moi. À lui.

— C'était son choix, je te l'ai déjà dit. »

Il la regarde.

« Il serait peut-être en vie aujourd'hui si t'étais restée à l'écart.

— Qui était cette femme qui faisait si peur à ton copain ?

— Je ne sais pas.

— Est-ce que tu sais à combien de personnes il a livré la drogue ?

— À personne. C'est ça le truc. Il a refusé

parce qu'elle faisait pas de quartiers. Et on parle là d'un type qui en principe disait jamais non à rien. Mais vu qu'elle était pas du genre qui tolère qu'on lui dise non, il avait sacrément la trouille et regardait toujours par-dessus son épaule. Puis on a appris dans les journaux le carnage dans l'archipel et cette histoire de comprimés roses. Putain de merde ! C'est là qu'on a compris ce qu'il était censé vendre. »

Barzan Marouf se tait. Jette un coup d'œil dans le couloir.

« Pars maintenant, murmure-t-il. Vite. Tu ne m'as jamais parlé. OK ? »

79

Dimanche 11 septembre

Il est huit heures dix et la ventilation dans la salle de réunion fait encore des siennes. Elle semble charger l'air d'acide au lieu de le renouveler.

Tous ont pourtant l'air en forme, pense Zack en regardant les visages autour de la table. Des visages qui ont faim.

Ils ont écouté le compte rendu que leur a fait Deniz de la rencontre avec sa source et ils sentent que les choses commencent à se dénouer.

La clé de tout cela, c'est l'université de Lund qui la détient.

Sverker Blådahl et David Mathias ont dû faire la connaissance de cette inconnue quand ils étudiaient là-bas.

Blådahl avait accès à la benzodioxiprine, Mathias avait les connaissances nécessaires pour fabriquer la drogue à partir de ça, et cette femme a créé une page sur Internet pour la vendre.

Mais qui est-elle ?

« Nous devons demander la liste des cours qu'ils ont suivis et vérifier celle de leurs camarades de classe pour voir s'il n'y aurait pas des noms intéressants, dit Sandra Sjöholm. Je m'en charge.

— Parfait », dit Douglas Juste.

Zack parle de son entretien avec la veuve de Conny Åkesson et aussi de Rebecka, sa fille. L'adolescente malheureuse, droguée, qui se faisait appeler Bambi.

« Deniz et moi avons rendez-vous dans une heure avec l'ancien professeur principal de la classe de Rebecka Åkesson au lycée. On verra bien si on peut apprendre quelque chose. »

Douglas paraît dubitatif.

« Apprendre quoi exactement ?

— Je ne sais pas. Trouver de nouvelles pistes, des réponses pour comprendre pourquoi cette drogue a été fabriquée au départ.

— Selon toi, il y aurait un motif de vengeance à l'origine ? »

Oh que oui, pense Zack. *Mais se venger de quoi ? Du conflit qui a poussé Conny Åkesson à se suicider et Rebecka à se droguer à mort ? Mais pourquoi maintenant, si longtemps après ? Il faut qu'il y ait eu un nouvel élément qui jette une lumière différente sur le passé. Exactement comme une boucle de cheveux a jeté un nouvel éclairage sur toute mon enfance…*

« Peut-être, répond-il. Il y a quand même un vieux conflit qui s'est terminé par la mort de Conny et de Rebecka Åkesson, et il existe un lien entre ce conflit et deux des jeunes gens morts. Sans parler du nom de Bambi. J'ai envie de voir jusqu'où cette piste me mène. Cela ne devrait pas me prendre trop de temps.

— Et quel rapport ça a avec David Mathias, Sverker Blådahl et la femme inconnue ? » demande Sandra.

Bonne question, pense Zack. *C'est là que ma théorie bute sur un hic.*

« Je n'en ai pour l'instant pas la moindre idée », admet-il.

Douglas le regarde un long moment avant de dire :

« Bon, vas-y, avec Deniz. Mais ne perdez pas trop de temps. »

Il griffonne quelque chose dans son carnet puis se tourne vers Sirpa Hemälainen.

« Du nouveau du côté de la Fédération d'athlétisme et de l'ordinateur volé ?

— Je n'ai jamais vu un informateur aussi agaçant. C'est la croix et la bannière pour obtenir la liste des participants à la conférence qui se tenait au moment du vol de l'ordinateur. Mais je vais m'adresser directement au secrétaire général et le prier de retrouver personnellement cette liste et de me l'envoyer.

— Très bien. Si tu ne l'as pas dans une heure, préviens-moi. Je le connais. »

Évidemment que tu le connais, songe Zack qui imagine très bien Douglas avec d'autres hommes de pouvoir aux tempes grisonnantes, discuter entre eux du partage du monde.

Puis il repense à l'inconnue de Lund.

Est-ce elle qui m'a poursuivi depuis la maison ?

Mais avec une telle force ? Une telle rapidité ?

Non, ce devait être un homme.

À moins que…

Le parfum qu'il a senti lorsqu'il a été agressé dans la maison le trouble. Un parfum à la note ni spécialement féminine ni masculine non plus.

Et il n'a jamais vu le visage de son adversaire.

80

Zack et Deniz garent la Volvo dans un quartier résidentiel à Upplands Väsby, non loin de la rue où, l'hiver précédent, ils s'étaient rendus dans un centre d'accueil pour enquêter sur l'assassinat d'un jeune garçon réfugié.

Un autre enfant que la mort avait emporté.

Des rafales de vent glaciales font s'envoler les feuilles mortes sur les trottoirs, de la fumée noire s'élève de la cheminée de la villa en brique et leur pique les yeux.

Que font brûler ces gens ? pense Zack. *Des produits chimiques ?*

Une femme anorexique, emmitouflée dans un gros pull en laine, avec des chaussons ressemblant à des cochons d'Inde, leur ouvre la porte. Beatrice Stoork. Le professeur principal de Rebecka Åkesson.

Elle les fait entrer et les prévient qu'elle vient de se lever et qu'elle savoure sa nouvelle vie de retraitée après quarante-trois ans de bons et loyaux services comme professeur de lycée.

Il fait une chaleur épouvantable dans la maison, et quand elle prie Zack et Deniz de s'asseoir près du feu qui crépite dans le salon Zack doit rester en T-shirt s'il ne veut pas fondre sur place.

Beatrice Stoork, en revanche, resserre son gros pull autour d'elle, relève ses jambes dans le canapé et étale sur elle un plaid rouge à carreaux.

Un album de classe est ouvert sur la table basse et Zack se penche dessus.

« Vous la reconnaissez ? » demande Beatrice Stoork.

C'est la photo d'un groupe d'élèves prise en 1999, en première, l'année même où Rebecka Åkesson est morte.

Zack n'a pas besoin de lire les noms sous la photo pour l'identifier. C'est aussi facile que repérer un loup parmi un troupeau de moutons.

Si vingt-cinq élèves sont bronzés, portent des vêtements de marque, que les filles sont maquillées comme des camions volés, la vingt-sixième – la troisième à partir de la gauche sur la troisième rangée – est pâlichonne, a les cheveux noir corbeau, porte un T-shirt usé et affiche un regard si agressif que Zack a l'impression qu'elle réfléchit aux différentes manières de torturer le photographe.

« C'est elle », dit-il à Deniz en indiquant Rebecka Åkesson.

Ils examinent un à un les visages de ses camarades de classe. Zack s'arrête sur une fille très maquillée au milieu de la rangée et sent comme une boule dans son ventre.

Putain…

Il cherche le nom dans la liste au-dessous.

Si, c'est bien elle.

Aucun doute n'est permis.

Une coïncidence si improbable et si inattendue que ce ne peut pas être un hasard…

Un lien.

Qu'est-ce que ça signifie au juste ?

Un point vert clignotant à droite sur l'écran d'ordinateur de Sirpa Hemälainen indique qu'elle a reçu un nouvel e-mail.

Elle clique sur sa messagerie et voit que l'expéditeur est le secrétaire général de la Fédération d'athlétisme, alors elle l'ouvre.

Il était temps.

Il contient un document Word. Elle veut crier aux autres qu'elle a enfin la liste des participants à la conférence d'athlétisme, mais se rappelle qu'elle est seule au bureau.

Douglas Juste participe à une réunion avec la direction de la police nationale, Zack et Deniz sont partis voir le professeur à la retraite, et Sandra Sjöholm ainsi que Rudolf Gräns sont allés à la rencontre d'un informateur qui a quelque chose à leur raconter au sujet de Blådahl. L'individu avait une voix bizarre au téléphone, mais pas assez pour qu'on se passe de ses services.

Sirpa espère seulement que Sandra, avant de partir, a eu le temps d'appeler l'université de Lund pour demander la liste des étudiants du cours de chimie auquel assistaient David Mathias et Sverker Blådahl.

Sirpa ouvre le document. Il comporte plus de deux cents noms, mais arrivée au cent quatre-vingt unième, elle recrache presque sa gorgée de café.

Josefine Wecksell.

La P.-D.G. de Prechemo.

Sirpa se connecte au registre d'état civil.

Il existe une autre personne en Suède qui porte ce nom, mais elle a treize ans et habite à Karlstad.

Sirpa regarde fixement l'écran. Il ne peut s'agir d'une coïncidence.

Nous touchons du doigt quelque chose.

Mais quoi ?

Zack prend l'album de l'école pour étudier de plus près la jeune fille sur la photo.

Les cheveux noirs sont beaucoup plus longs qu'aujourd'hui, mais les yeux vert clair ont le même regard calculateur et les muscles de ses bras sont toujours aussi marqués. Peut-être même plus sur la photo que maintenant.

Josefine Wecksell.

La P.-D.G. de Prechemo.

La copine d'enfance de Hebe.

Tu étais donc la camarade de classe de Bambi.

Zack jette un regard à Deniz. Celle-ci lui fait un signe de tête pour lui montrer qu'elle aussi l'a reconnue.

« Cette fille-là, dit Deniz en pointant le doigt sur Josefine Wecksell, est-ce que Rebecka et elle étaient amies ? »

Beatrice Stoork se penche pour voir de qui il s'agit.

« Oui, elle était une des rares amies de Rebecka. Jossan a beaucoup souffert quand Rebecka a commencé à… se détruire. Je pense que vous êtes au courant pour la drogue ?

— Oui.

— Vous savez, Jossan voulait toujours être la meilleure et contrôler si possible tout ce qui passait autour d'elle, alors elle a vécu comme un échec personnel de ne pas avoir réussi à inverser le comportement autodestructeur de Rebecka. »

Zack examine de nouveau la photo de la jeune femme.

Ainsi Bambi était ton amie proche ?

Que s'est-il passé quand elle est morte ?

As-tu repris son surnom à ton compte ?

Es-tu l'inconnue que nous cherchons ?

Il lève les yeux vers Beatrice Stoork et demande :

« Comment s'est comportée Josefine après la mort de Rebecka ? »

Beatrice Stoork frissonne malgré la chaleur et se pelotonne encore plus dans son pull.

« Sa mort nous a tous changés. Cela a été une période troublée, la pire de ma carrière de professeur.

— Savez-vous ce que Josefine Wecksell a fait après le lycée ?

— Non.

— Elle a peut-être étudié à Lund ?

— Comme je vous l'ai dit, je n'en ai aucune idée. Il arrive qu'on rencontre d'anciens élèves, mais je n'ai jamais recroisé la route de Josefine après son diplôme de fin d'études. Mais je croyais que vous vous intéressiez à Rebecka ?

— Oh, c'est juste une pensée qui m'a traversé l'esprit », répond Zack.

Il prend une photo de la page avec son téléphone portable puis ils prennent congé.

Dans la voiture, Zack et Deniz parlent presque en même temps tellement ils bouillonnent d'idées et d'hypothèses.

« Et si le motif de Josefine Wecksell avait été de se venger de Tom Hultqvist et Torsten Larsson en tuant leurs enfants avec un produit stupéfiant, de la même façon que sa meilleure amie avait trouvé la mort ? hasarde Zack.

— Une revanche par procuration, donc, dit Deniz. Mais pourquoi attendre si longtemps ? Et pourquoi faire les choses de façon aussi compliquée ? Elle aurait tout bonnement pu leur tirer dessus.

— Peut-être avait-elle besoin de se distancier de l'acte de tuer proprement dit.

— Mais les sept autres qui sont morts ? Quel était le motif pour eux ?

— Je ne sais pas. Mais il faudra tirer ça au clair. »

Ils bifurquent pour retourner en ville et Zack trouve le numéro de Hebe dans son portable.

Il veut l'appeler, l'interroger sur Josefine Wecksell.

Mais quelle heure est-il en Inde ? Il n'en a aucune idée. On est peut-être en pleine nuit là-bas.

Non, il ne va pas la mêler à ça.

C'étaient des copines d'enfance, rien de plus. Elles étaient dans la même classe pendant quelques années.

Au Burger King, il était clair qu'elles ne s'étaient pas revues depuis longtemps.

81

« J'ai trouvé quelque chose ! »

Sirpa Hemälainen appelle Zack et Deniz dès qu'ils ont poussé la porte du bureau de l'Unité spéciale.

« Nous aussi. »

Ils s'asseyent à côté de Sirpa et se font part de ce qu'ils ont découvert.

« Josefine Wecksell est l'araignée qui tisse tous les fils, déclare Deniz en résumant les indices. Elle est la P.-D.G. de la seule entreprise en Suède qui a manipulé la substance active des comprimés Bambi. Elle était le chef de Sverker Blådahl. Elle était à la conférence où un ordinateur a été volé, dont le numéro IP a, selon la source de Sirpa, quelque chose à voir avec les Bambi. Par ailleurs, elle était la camarade de classe d'une fille qu'on appelait Bambi, dont le père en plus avait une société avec ceux de deux des jeunes qui sont morts à cause de cette drogue. »

Zack pense à la voiture noire qui l'a pris en

chasse l'autre nuit. Celle qui roulait sans bruit et qu'il a cru reconnaître.

Et si c'était une Tesla ?

La Tesla de Josefine Wecksell.

Combien de voitures de ce genre y a-t-il dans cette ville ? Il faudra vérifier ça.

Sirpa lance une recherche sur LinkedIn.

« Regardez. On peut voir son profil complet sur le site. »

Zack et Deniz s'approchent de l'écran.

Sirpa fait défiler le profil.

Elle s'arrête à la rubrique « Éducation » et lit à voix haute pour les autres.

« Elle a suivi un cursus en sciences à l'université de Lund, option chimie, de 2001 à 2004. Ensuite elle a enchaîné avec un master de 2004 à 2006.

— C'est aussi la période où Sverker Blådahl et David Mathias étudiaient là-bas », rappelle Zack.

Ils continuent à lire, découvrent que Josefine Wecksell a remporté deux médailles d'argent au championnat national junior du cent mètres haies et une médaille de bronze au soixante mètres plat en salle. Qu'elle a ensuite siégé dans un groupe d'encadrement au sein de la Fédération d'athlétisme de Suède pour les sprinters de tout le pays.

Zack repense à la personne qui l'a poursuivi dans la forêt.

Qui courait si vite. Incroyablement vite.

Comme une biche.

Comme Bambi.

Ce n'était peut-être pas un homme qui m'a pris en chasse, mais une femme.

Est-ce elle qui est derrière tout ça ? Et si oui, est-ce elle qui a tué Sverker Blådahl ?

Mais pourquoi ? Craignait-elle que cela ne puisse nous faire remonter jusqu'à elle ?

Avait-il menacé de dévoiler ce qu'il savait sur elle ?

Sirpa a ouvert une base de données médias pour trouver des articles sur Josefine Wecksell.

Une longue liste de liens s'affiche. Elle clique sur l'un d'eux.

« Tiens, voilà qui est intéressant. »

L'article date de 2014 et a été publié dans la revue *Athlétisme*.

« *La biche rapide comme le vent s'est enfuie* », est intitulé l'article, et la photo montre une Josefine Wecksell en tenue sportive dans les starting-blocks d'un stade.

Dans un coin de la page, une vignette dit : « *Qu'est-elle devenue ?* » comme le font les magazines et les hebdomadaires pour les acteurs et artistes qui ne sont plus sous les feux de la rampe.

Le reporter commence par rappeler ses anciens mérites et cite quelques phrases des entraîneurs et journalistes sportifs qui lui prédisaient une belle carrière comme coureuse.

« Vous avez vu ? dit Deniz en pointant du doigt une phrase au milieu de l'article. Elle se fait appeler Bambi. Ce doit être elle. On la tient. Il est où, Douglas ? »

Elle se précipite pour voir s'il est dans son bureau, pendant que Zack et Sirpa continuent à lire.

Les succès s'enchaînaient jusqu'à ce que Josefine Wecksell déclare, de manière tout à fait inattendue, qu'elle remisait ses crampons, une semaine seulement avant le championnat national junior :

« Il y avait une fille qui était meilleure que moi, et quand je me suis rendu compte que je n'arriverais pas à son niveau, même si je m'entraînais plus dur qu'elle et avec des méthodes que j'avais développées personnellement, j'ai raccroché. Je veux être la meilleure. Être la deuxième ne m'a jamais intéressée. »

S'ensuivait une longue partie expliquant que l'influence sur le corps humain du régime alimentaire pour les sportifs de haut niveau l'avait amenée à s'intéresser à la chimie. Elle avait commencé par des études à Lund et, des années plus tard, un chasseur de têtes l'avait contactée pour une grande entreprise de fabrication de produits chimiques dans le sud de la Suède.

La jeune femme avait rapidement grimpé les échelons avant de revenir à Stockholm où elle avait créé la société Prechemo.

Le texte se terminait par ces phrases :

« *Aujourd'hui la société de Josefine Wecksell est leader sur ce segment du marché.*

Bambi est de retour au sommet. »

À peine Deniz est-elle de retour dans le bureau de Sirpa avec Douglas Juste que la porte s'ouvre de nouveau et que Sandra Sjöholm et Rudolf Gräns font leur entrée à leur tour.

« J'ai pu avoir accès aux listes de l'université de Lund », annonce Sandra.

Elle parle si vite qu'elle trébuche presque sur les mots.

« David Mathias, Sverker Blådahl et Josefine Wecksell ont étudié là-bas en même temps. Ils avaient des cours magistraux pratiquement chaque semaine, alors ils devaient se connaître. »

Zack raconte à Douglas ce qu'il a appris chez Beatrice Stoork, et répète la théorie qu'il a conçue dans la voiture.

« On la tient, notre biche, déclare Sandra.

— Une biche est la femelle du cerf, ce n'est pas un faon, la corrige Rudolf Gräns.

— Encore que Bambi puisse être l'un et l'autre, dit Sirpa. J'ai lu des choses à ce sujet quand je cherchais à comprendre pourquoi il y avait une tête de Bambi sur les comprimés roses. Bambi est au départ un conte autrichien sur un petit chevreuil qui vit des aventures. C'est la version Disney qui a transformé Bambi en cerf de Virginie.

— Assez parlé des contes et légendes, dit Douglas. Examinons la théorie de Zack sur le motif des crimes.

— J'ai deux objections, dit Rudolf. Rebecka Åkesson est morte en 1999. Pourquoi Josefine Wecksell aurait-elle attendu jusqu'à aujourd'hui pour se venger ? »

Zack pense à ses propres souvenirs de sa mère. Après avoir été clairs pendant de nombreuses années, ils se sont récemment assombris, modifiant son image.

« Certains souvenirs peuvent croître dans la conscience au fil des ans, dit-il. Grandir et se renforcer. Josefine Wecksell n'était peut-être pas prête pour se venger jusqu'alors, pas suffisamment forte et puissante. »

Rudolf le regarde de ses yeux de non-voyant, et Zack, comme d'habitude, se sent transpercé, mis à nu.

Puis il hoche pensivement la tête, comme s'il admettait finalement le raisonnement de Zack, et dit :

« Ma seconde objection concerne les jeunes gens. Supposons que Josefine Wecksell ait voulu se venger de Torsten Larsson et de Tom Hultqvist en s'en prenant à leurs enfants, qu'en est-il des sept autres ? Est-ce que nous savons s'il existe un lien entre leurs pères et elle ?

— Pas encore, répond Zack. Mais nous n'avons peut-être pas encore cherché suffisamment. »

Douglas dit :

« Nous allons l'interpeller. Je vais faire en sorte d'avoir des hommes des forces spéciales en renfort. Nous avons à faire à une personne qui a tiré sur un policier et que nous soupçonnons, par ailleurs, d'avoir exécuté un de ses employés. Si nos hypothèses s'avèrent, elle est en outre responsable de la mort brutale de neuf jeunes. »

Il regarde Zack et Deniz.

« Prenez quatre hommes avec vous et allez chez Prechemo. Sandra, tu prendras toi aussi quatre hommes et tu iras chez Josefine Wecksell. »

82

Josefine Wecksell habite à Skillinggränd, une rue calme et étroite avec des immeubles de cinq étages de différentes couleurs, à deux pâtés de maisons de l'hôtel de ville. Les forces de police lourdement armées grimpent l'escalier jusqu'au troisième étage, où se trouve son appartement, et sonnent.

Sandra se tient plus bas dans l'escalier. Elle entend la sonnerie mais ne voit pas la porte.

Ils appuient de nouveau sur la sonnette.

Elle entend tout à coup l'ascenseur se mettre en marche. Quelqu'un l'a pris au rez-de-chaussée pour monter.

Les forces spéciales d'intervention s'accroupissent, prêtes à passer à l'action.

Le fourgon de police arrive sur le parking de Prechemo à Sollentuna.

Une vingtaine de voitures sont garées là bien qu'on soit dimanche.

La petite société de Josefine Wecksell semble fonctionner tous les jours, sans exception, pense Zack.

C'est sans doute comme ça qu'on s'enrichit. Selon la dernière déclaration d'impôt de sa société, son chiffre d'affaires est de cent quatre-vingt mille couronnes par mois.

Zack cherche des yeux la Tesla noire, mais ne la trouve pas.

Cela ne veut pas forcément dire quoi que ce soit. Elle peut encore être là.

Les forces d'intervention entrent, passent en courant devant la réception et montent l'escalier jusqu'au bureau de la P.-D.G. Deniz et Zack les suivent de près.

L'hôtesse d'accueil, l'air affolé, leur demande ce qu'ils veulent.

Mais ils continuent sans répondre.

Le bureau est vide.

Plus de meubles, plus de livres, plus de classeurs, plus le moindre objet personnel.

Rien que des câbles d'ordinateurs qui traînent sur le sol sous le bureau.

L'ascenseur se rapproche du troisième étage.

Deux hommes des forces spéciales dirigent leurs armes vers les portes de l'ascenseur.

Qui ne s'arrête pas.

À l'étage au-dessus, quand les portes s'ouvrent, ils entendent une femme parler à son chien comme à un bébé pendant qu'elle cherche les clés de son appartement.

Dès qu'elle a refermé la porte derrière elle, le chef des forces d'intervention dit à ses troupes :

« On y va. »

La femme à l'accueil penche son corps mince par-dessus le comptoir, lève ses sourcils fins dessinés au crayon et regarde Zack et Deniz qui dévalent l'escalier.

« La P.-D.G. a changé de bureau ? demande Zack à bout de souffle.

— Elle n'est pas revenue travailler depuis le lendemain du jour où vous êtes venus la première fois, répond la femme. Mais qu'est-ce qui se passe exactement ?

— Elle a arrêté ? Pourquoi ça ?

— Tout s'est passé si vite que nous n'avons pas bien compris. En tout cas, ça ne s'est pas fait en douceur. »

Ça grésille dans l'oreillette et Zack entend le chef des forces spéciales annoncer qu'il a sécurisé l'appartement.

L'hôtesse d'accueil jette de nouveau un regard vers l'escalier. Des cris de frayeur s'élèvent quand des employés qui sortent de l'ascenseur aperçoivent les policiers armés.

« Est-ce qu'on peut s'asseoir un instant ? » demande Zack.

Les forces spéciales se trouvent dans l'entrée de l'appartement de Josefine Wecksell.

Ils attendent.

Ils entendent quelqu'un parler d'une voix rauque dans une des pièces.

Quelqu'un qui ne semble pas avoir entendu s'ouvrir la porte d'entrée.

Les hommes se relaient pour passer devant, sécurisant l'appartement une pièce après l'autre. Cuisine, salle de bains, chambre à coucher.

Ils éclatent de rire en entrant dans la salle de séjour.

Sur une table basse, dans une grande cage, sur un grossier bout de bois, les accueille un perroquet bleu et rouge.

Sandra s'approche de la cage, se penche et lui siffle quelque chose. Le gros ara se déplace sur le côté jusqu'à presser son corps contre la grille.

Sandra recule, de peur de se prendre un coup de bec.

Mais elle siffle une nouvelle fois et le perroquet incline la tête, comme s'il essayait de se rappeler qui elle peut bien être.

« *Bambi* », jase-t-il ensuite en montant dans les aigus sur la seconde syllabe, ce qui fait que le nom sonne comme une question. « *Bambi ? Bambi ?* »

Les forces spéciales quittent les bureaux de Prechemo et retournent à leur fourgon, tandis que Zack et Deniz s'asseyent avec l'hôtesse d'accueil autour d'une table de bar, dans une salle de pause qui sent bon le café qu'on vient de faire et les petits pains chauds.

L'éclairage est tamisé et les murs sont couverts de tableaux avec des formules chimiques encadrées, comme ceux que Zack et Deniz ont vus dans la salle de conférences lors de leur précédente visite.

La femme leur raconte que Prechemo vient

d'ętre racheté par Wiszła Chemicals en Pologne, pour deux cent cinquante millions de couronnes.

Zack et Deniz échangent un regard et retiennent leur souffle quelques secondes. Ils savent qu'ils pensent la même chose.

Wiszła Chemicals. L'entreprise qui produit de la benzodioxiprine.

« Connaissez-vous la somme qu'a reçue Jossan ? demande la femme qui grimace comme si elle avait avalé du citron pur.

— Aucune idée, répond Deniz.

— Elle a touché cent vingt-cinq millions de couronnes. Sans clause de *stay put.* Elle est partie, c'est tout. Elle nous a laissés en plan. Maintenant, personne ne sait ce qui va arriver.

— Est-ce que vous savez où elle est partie ? » demande Zack.

Dans un soupir, la femme lâche :

« Essayez les Maldives. »

Puis elle se lève et les laisse seuls dans la salle.

Zack la regarde s'éloigner.

Non, certainement pas les Maldives.

Il repense à ce déjeuner au Burger King, à ce que Josefine Wecksell a confié à Hebe.

Alors il prend son téléphone et appelle Sirpa.

83

Sirpa Hemälainen termine sa conversation avec Zack et va sur le site de Hemnet.

Tape avec fébrilité sur le clavier, mais ses doigts ne vont pas encore assez vite à son goût.

Josefine Wecksell a donc foutu le camp avec plus de cent millions de couronnes, et maintenant Zack veut que Sirpa jette un coup d'œil sur les dernières transactions immobilières dans l'archipel.

« Elle a toujours voulu habiter une grande maison sur une île de l'archipel avec vue sur la mer. De préférence avec de grandes surfaces dégagées », a-t-il précisé.

Il n'a pas dit d'où il tenait cette info.

Sirpa limite sa recherche à Stockholm et ses environs, coche villa, maison de campagne, propriété, et écrit « terrain au bord de la mer » comme mot clé. Ensuite elle clique sur les prix définitifs et trie les propriétés par ordre « des plus récentes aux plus anciennes »

Cinquante-sept résultats.

Parmi ceux-là, quatre propriétés ont été vendues la semaine passée. Deux d'entre elles sont situées dans l'archipel.

L'une est une maison en brique de quatre-vingt-quinze mètres carrés, entourée d'une épaisse forêt de sapins. Prix définitif : huit millions quatre cent mille couronnes.

Cela n'a pas l'air d'être ce que recherche Zack.

L'autre, par contre…

Une vague de chaleur l'envahit.

Elle clique sur le lien de la propriété et lit le descriptif. L'agent immobilier a abusé des superlatifs : résidence d'exception dans un cadre magnifique, conçue par un architecte, opportunité rare, salle de réception lumineuse, maison secondaire pour invités, garage, accès direct à la mer.

Elle regarde les photos. La villa semble n'être qu'à une vingtaine de mètres de la mer, et sur un des clichés, pris de la terrasse au soleil, on aperçoit quelques îlots en arrière-plan.

Elle appelle son contact à l'Ordre des géomètres-experts pour connaître le nom de l'acquéreur.

Dans le fourgon de police qui les ramène en ville, Zack et Deniz restent silencieux.

Ils l'ont manquée à un cheveu cette fois.

Est-ce que Josefine Wecksell a senti qu'ils étaient sur ses traces ?

Zack reçoit un SMS et sort vite son portable de sa poche de jean. Peut-être une bonne nouvelle de Sirpa ?

Mais le SMS est de Hebe.

Je viens d'atterrir à Stockholm. Je veux te voir.

Et moi aussi, songe-t-il en le ramenant vers lui quand il s'aperçoit que Deniz y jette un coup d'œil.

Il sait qu'il devrait appeler Hebe, mais pas pour convenir d'un rendez-vous. Pour lui demander si elle a connaissance d'un lieu secret où Josefine Wecksell se cache d'habitude quand elle veut être tranquille.

Il lui revient soudain une phrase que Hebe a dite à son sujet.

« En cas de nécessité, elle sera toujours là pour moi. »

Et inversement ?

Il se rend compte que Hebe ne l'aidera pas. Elle choisira de protéger son amie.

Le téléphone sonne de nouveau.

Sirpa.

« Une énorme villa à Runmarö a été vendue pour vingt millions. Devine qui l'a achetée ?

— Envoie l'adresse. On y va. »

Sandra est toujours auprès du perroquet dans l'appartement de Josefine Wecksell. Elle tente de le faire parler davantage.

Mais il s'est tu maintenant. Il se balance simplement et regarde les policiers vêtus de noir qui inspectent les lieux.

Sandra se lève et fait le tour de l'appartement.

Dans une des pièces, elle trouve un vélo

d'intérieur, un tapis de course, une installation avec des haltères, ainsi qu'un bureau avec un trieur à courrier et un Macbook Air en veille.

Elle enfile des gants en plastique et ouvre l'ordinateur.

L'écran s'allume et une image très floue apparaît.

La flèche indique où il faut inscrire le mot de passe.

Quel peut-il bien être ?

Le perroquet cause à nouveau.

Bambi.

Serait-ce vraiment si simple ?

Sandra écrit les cinq lettres et appuie sur *enter*. La case du mot de passe disparaît et le fond d'écran retrouve sa netteté et montre un paysage de montagne au crépuscule.

À droite de l'écran surgissent six dossiers bien alignés les uns sous les autres, intitulés *Prechemo*, *SFIF*, *Entraînement*, *Croquis*, *Études*, *Finances.*

Sandra double-clique sur le dossier *Croquis* et une dizaine de nouveaux dossiers s'ouvrent.

L'un s'appelle *Bambi.*

Elle l'ouvre.

Une foule d'images. jpg de la tête du faon apparaissent. Plusieurs proviennent du vieux dessin animé de Disney. D'autres sont des photos de vrais faons. À droite, un autre dossier s'intitule *Terminés.*

À l'intérieur se trouvent cinq dessins en noir et blanc presque identiques de la tête du Bambi de Walt Disney. Seule change l’épaisseur du trait.

Sandra agrandit l’un d’eux.

C’est le même dessin que sur les comprimés.

84

De lourds nuages gris foncé bouchent le ciel, menaçant d'ouvrir les vannes à tout moment et de laisser s'abattre la pluie.

Zack essuie les embruns salés sur son visage et baisse la manette des gaz au maximum. La coque du bateau rebondit sur les vagues et Deniz doit se cramponner au bastingage.

Aucun des bateaux de la police n'étant disponible, ils ont loué cher une embarcation d'un pêcheur de Hölö à Värmdö pour se rendre à Runmarö.

Si le détroit n'est pas particulièrement large, l'île en revanche est assez étendue, environ trois kilomètres sur cinq, et la maison récemment achetée par Josefine Wecksell se trouve côté sud, à plusieurs kilomètres du quai de Styrvik où ils auraient accosté s'ils avaient pris le ferry de Stavsnäs.

Douglas Juste trouvait qu'ils auraient dû attendre et prendre l'hélicoptère avec les forces d'intervention. Mais ces dernières viennent d'être appelées en renfort contre une bande de jeunes équipés d'armes automatiques dans la banlieue Nord, et on ne sait pas quand elles seront disponibles.

Alors Zack et Deniz les ont devancés pour surveiller la propriété et empêcher Josefine Wecksell de leur glisser une nouvelle fois entre les doigts.

Elle doit se douter que nous sommes en route, pense Zack. *Quelqu'un de Prechemo peut l'avoir appelée pour lui raconter que les policiers ont donné l'assaut.*

Qui sait si elle ne s'est pas déjà préparée à les recevoir ?

Ils sont à mi-trajet quand la pluie se met à tomber. D'abord de petites gouttes qu'ils remarquent à peine à cause des embruns, puis c'est le déluge.

Ils n'ont pas les vêtements qu'il faut pour un temps comme celui-là. Zack dans sa veste Rick Owens et Deniz avec son coupe-vent léger.

Elle fouille dans une caisse pour trouver des vêtements de pluie, mais ne trouve qu'un suroît et une vieille casquette avec l'inscription « Yamaha » sur le devant.

Deniz prend la vareuse imperméable et donne la casquette à Zack. Celle-ci sent le poisson, il l'enfile quand même.

Il essaie d'accélérer, mais il n'est pas un marin expérimenté. Il sent bien qu'il ne prend pas les vagues comme il devrait, l'arrière du bateau s'enfonce et il laboure l'eau devant lui au lieu de glisser à la surface.

De gros rochers surgissent plus loin vers le sud

et, intérieurement, Zack imagine les cadavres des jeunes livrés à la pluie.

Cette fois, ils ont un petit enfant à côté d'eux.

L'enfant de Zack et de Mera.

Le ciel s'est ouvert et ce sont à présent des trombes d'eau avec des milliards de gouttes pointues qui s'abattent sur eux. Quand ils s'engagent enfin dans l'étroit chenal entre cette partie de Runmarö qu'on appelle Storön et la petite île tout en longueur qui se trouve devant, ils sont si trempés et glacés qu'ils tremblent de tous leurs membres.

Des coups de tonnerre éclatent à intervalles de plus en plus courts, venant de l'est, et ils voient des éclairs zébrer les nuages sombres à l'horizon.

« Je crois que je vois la maison maintenant ! » crie Deniz par-dessus le bruit du vieil hors-bord.

Il la voit à son tour. Une somptueuse maison blanche à deux étages, idéalement située sur une hauteur, à peine à une vingtaine de mètres du rivage.

Peut-être que Josefine Wecksell les observe à la jumelle par une des grandes fenêtres ?

Il lève les yeux vers la propriété mais, à cette distance, les vitres deviennent des miroirs qui reflètent seulement le ciel gris et l'océan agité.

Il enfonce la casquette sur son front et met le cap sur le ponton des voisins pour ne pas trop éveiller de soupçons.

Il se demande quel plan de fuite Josefine Wecksell a imaginé.

Un long ponton s'avance dans l'eau à partir de

sa propriété. Mais aucun bateau n'y est amarré, alors elle ne peut pas s'échapper par là. Ni dans sa Tesla, puisqu'il n'y a aucun car-ferry pour Runmarö.

La maison voisine est située cinquante mètres plus loin, de l'autre côté de gros rochers qui jaillissent de l'eau et forment une frontière naturelle entre les deux terrains. La maison peinte en rouge est plus grande qu'une villa normale, mais comparée à la nouvelle demeure de Josefine Wecksell, on dirait une cabane de jardin.

Zack cherche à voir si quelqu'un est à la maison, mais aucun drapeau n'est hissé sur le mât, le mobilier de jardin est rentré, et le trampoline est à la verticale contre un des murs de la maison.

Ils accostent contre le grand ponton flottant pourvu de pneus de voiture sur un des côtés. Les mains de Zack sont raidies par le froid quand il noue la corde à un anneau en fer.

Derrière les rochers se dresse la maison de Josefine Wecksell.

La radio de Zack grésille et il court sous le toit de la terrasse pour répondre à l'appel.

C'est Douglas.

« Les forces d'intervention sont en route maintenant, mais l'hélicoptère ne peut pas décoller par ce temps. Il va falloir que vous attendiez », dit-il.

Deniz le rejoint sur la terrasse. Se tient à côté de lui sous le toit et frissonne. Ses lèvres sont toutes bleues.

« Combien de temps ? demande Zack dans la radio.

— Le temps que ça se calme », répond Douglas.

Autant dire que ce n'est pas pour tout de suite, songe Zack en voyant un nouvel éclair illuminer le ciel sombre.

« Mais ils ne peuvent pas prendre le ferry ?

— Je vérifie et je te rappelle. »

Zack fourre la radio dans sa ceinture et fait part à Deniz du retard.

Elle paraît d'abord découragée puis le regarde avec un petit sourire.

« Écoute, je n'ai nullement l'intention de me les geler ici pendant plusieurs heures. Et toi ?

— Moi non plus.

— Dans ce cas… Que dirais-tu d'entrer chez Josefine Wecksell pour se réchauffer ? »

85

Par la fenêtre ronde du couloir, à l'étage de la maison qu'elle vient d'acheter, Josefine Wecksell les voit arriver.

Ils se déplacent prudemment sur les rochers glissants. Leurs mouvements sont un peu raides, ils doivent être transis de froid s'ils sont venus en bateau dans ces vêtements.

Elle les reconnaît.

L'un est Zack Herry, celui qui a déjeuné avec Hebe au Burger King. Après les avoir vus ensemble, elle a tapé son nom sur Google.

Un mec plutôt pas mal. Musclé, ce qui ne gâche rien. De beaux yeux. Pas étonnant que Hebe soit tombée sous son charme.

L'autre est la collègue qui était avec lui chez Prechemo. Elle a une dureté intéressante dans le regard, ça en dit long sur une vie jalonnée d'épreuves.

Comme la mienne.

Un coup de vent venu de la mer rabat la pluie contre la vitre et emporte les feuilles mouillées.

Elle avale une bonne rasade de cognac et pose ensuite la bouteille sur une commode blanche au coin du couloir.

Le pistolet qu'elle tient est lourd mais rassurant. Elle sort le chargeur, compte le nombre de balles et le remet en place. Vérifie ensuite le canon, exactement comme elle a appris à le faire grâce aux tutoriels sur YouTube.

Elle quitte la fenêtre et descend le bel escalier en bois. Celui-ci décrit une douce courbe qui la conduit dans une grande salle de réception avec un poêle en faïence.

Elle s'arrête au milieu de la pièce. S'imprègne de cet espace lumineux.

Vingt-quatre heures seulement.

C'est le temps durant lequel elle a eu le droit de vivre comme Hebe.

De jouir de ce luxe et de cette richesse auxquels elle a aspiré depuis le jour où elle a franchi pour la première fois le seuil de la gigantesque maison de Hebe.

Quel âge pouvait-elle avoir ? Six, sept ans peut-être. Cela avait été comme entrer dans un château. Même le mobilier paraissait plus grand que chez elle, dans le deux-pièces où l'on ne pouvait pas sauter à la corde sans toucher le mur ou une chaise.

Rebecka Åkesson, son autre camarade de classe, vivait à peu près dans les mêmes conditions qu'elle. Dans un appartement étroit sans balcon.

Alors que chez Hebe on aurait même pu sauter à la grande corde. Dans toutes les pièces.

Exactement comme ici.

Elle jette un coup d'œil par la fenêtre, voit la pluie s'abattre sur le revêtement en bois clair et la couverture de la piscine. Celle qui s'ouvre et se ferme en appuyant simplement sur un bouton.

Les policiers sont à présent dans sa propriété, ils s'approchent des arbres fruitiers. Elle se demande comment ils ont réussi à faire le lien entre elle et les comprimés. Peut-être sont-ils parvenus à résoudre l'ancien crime. Celui qu'elle a commis à l'âge de dix-sept ans.

C'était la semaine précédant ce qui devait être ses débuts en championnat de Suède junior. Le championnat le plus important de sa vie, celui qu'elle devait impérativement remporter. Mais qu'elle ne pouvait pas gagner puisque Jennifer allait aussi y participer.

Jennifer, l'imbattable. Qui jaillissait toujours comme une fusée de l'avant-dernière haie.

Mais cette fois, il en irait autrement.

Josefine savait où Jennifer faisait ses séances d'entraînement dans la forêt. Quels jours, à quels moments.

Sept jours avant le championnat, elle s'était faufilée en avance et avait tendu un fil barbelé à hauteur de genoux sur le chemin.

Elle ne voulait pas la blesser gravement.

Juste ce qu'il fallait pour l'empêcher de participer au championnat la semaine suivante.

Cela ne lui ressemblait pas de tricher de cette manière.

Ou plus exactement : pas avant la mort de Rebecka.

Après cela, tout avait été différent.

La joie avait disparu.

Elle était devenue cynique.

Avec l'envie de se venger.

Elle avait compris à quel point la vie pouvait être injuste.

À présent, Jennifer allait goûter un peu à cette injustice.

Or ce soir-là, ce ne fut pas Jennifer qui courut la première sur ce chemin, mais un papa qui jouait au chat avec son enfant.

Le fil barbelé s'enfonça dans la gorge du petit garçon et y resta quand l'enfant tomba à terre. Déchirant la carotide.

Quand elle lut le compte rendu dans les journaux, elle fut aussitôt prise de vomissements.

Ne quitta pas son lit pendant quatre jours.

Chaque fois que son père ou sa mère ouvrait la porte de sa chambre pour voir comment ça allait, elle sursautait, persuadée que c'était la police qui venait l'arrêter.

Mais la police ne vint jamais.

Elle avait eu une chance incroyable. Une caméra vidéo qui captait les mouvements avait été installée sur un poteau près du sentier par une association d'ornithologues qui cherchait à observer un oiseau rare.

Mais le lendemain du drame, la caméra avait été volée et l'enquête abandonnée faute de preuves.

Elle avait déménagé dans le comté de Scanie, pour poursuivre ses études.

Pour essayer de tourner la page.

Peut-être Olympia, la mère de Hebe, avait-elle joué un rôle tout aussi déterminant que l'enquête de police dans sa décision de quitter Stockholm.

Olympia les avait croisées, Hebe et elle, assises sur le grand sapin dans la forêt à Lidingö en train de fumer le mélange spécial de marijuana de Josefine.

Olympia était entrée dans une colère noire et avait interdit à Josefine de s'approcher dorénavant de sa fille.

Par la suite, elles s'étaient rencontrées en cachette. Et après son déménagement, elles s'étaient fréquentées de plus en plus rarement.

Alors, Josefine s'était mise à bûcher comme une folle à l'université de Lund. Et avait décroché un bon boulot.

Elle avait joué des coudes et piétiné les gens pour réussir.

Elle n'en avait rien à faire des autres, s'était rendue invulnérable.

Avait coupé tous les liens.

Sauf avec Hebe.

Elle ne pouvait s'y résoudre. Après la mort de Rebecka, Hebe était la seule vraie amie qui lui restait, même si elles ne se donnaient pas souvent de nouvelles. Les deux fillettes qui se cachaient dans leur cabane sous la grande table dans la maison de Hebe, et qui s'étaient promis une amitié éternelle.

Elles avaient fait carrière chacune dans leur domaine.

Hebe dans l'entreprise familiale.

Josefine toute seule.

Elle ne pensait presque plus jamais au petit garçon dans la forêt, espérant enfin que tout cela était derrière elle.

Jusqu'à ce jour où elle avait reçu une vidéo noir et blanc de mauvaise qualité, qui la montrait en train de tendre le fil barbelé sur le sentier dix ans plus tôt.

La vidéo était suivie d'un message : *Nous savons que c'était toi.*

Josefine remonte maintenant à l'étage et jette un coup d'œil par la fenêtre ronde.

Les policiers sortent prudemment des buissons. Ils ne sont plus désormais qu'à une poignée de mètres de la maison. Elle les voit essayer de regarder à travers les fenêtres.

Mais elle est prête.

Elle reprend la bouteille de cognac et en boit encore une grande gorgée.

Puis elle se rend dans une autre pièce et se met en position.

Elle repense à cette vidéo. Elle a d'abord cru que quelqu'un voulait la faire chanter. Mais il n'y a eu aucune demande d'argent.

Rien.

La vie a continué, avec ce poids sur les épaules.

Elle a éprouvé le besoin de se rendre encore plus invulnérable.

D'être parfaitement indépendante.

De monter sa propre affaire. De cacher l'argent dans des paradis fiscaux.

Elle a eu besoin d'aide dans la phase initiale. Et cette aide est venue sans qu'elle ait besoin de la demander.

Pour la première fois après plusieurs années, elle avait été invitée à déjeuner chez Hebe à Lidingö.

Un déjeuner de réconciliation, comme l'avait qualifié Olympia.

« Nous faisons tous des erreurs dans la vie, avait-elle déclaré au moment où l'on servait le foie gras. J'ai été dure avec toi, Josefine, et j'ai envie de me racheter. »

Josefine avait mentionné qu'elle projetait de créer sa propre société et Olympia lui avait proposé son aide. À la fois comme conseillère et comme financière, en échange d'une minuscule part dans la société.

Son aide avait été d'une valeur inestimable.

Dès la première année, sa société avait dégagé des bénéfices. De nouveaux salariés presque chaque mois, un chiffre d'affaires qui double chaque année.

Puis l'hiver précédent, ils avaient reçu une offre de Pologne.

Olympia lui avait conseillé de la refuser.

« Sinon ils ne vont pas surenchérir. »

Alors elle avait gardé la tête froide et dit non aux Polonais.

Et ils avaient proposé plus d'argent.

Toujours plus.

À la fin, les enchères avaient atteint la somme vertigineuse de deux cent cinquante millions.

C'était extraordinaire.

Elle allait pouvoir réaliser son rêve. Acheter une maison comme celle de Hebe. Avec des pièces suffisamment grandes pour pouvoir sauter à la corde à l'intérieur. Et avec vue sur la mer.

Mais voilà que la vidéo avait ressurgi. Avec cette fois une lettre posant des conditions. Le texte le plus tordu qu'elle ait jamais lu.

Josefine devait produire une drogue de synthèse à petite échelle, contenant de la benzodioxiprine.

Il lui avait suffi d'étudier le rapport de synthèse sur les expérimentations animales de Wiszła Chemicals pour comprendre les effets mortels qu'aurait une telle drogue à un tel dosage.

« Comme si des cannibales affamés tentaient de s'accoupler », telle était la phrase d'un des responsables pour décrire le comportement des cobayes.

Et si Josefine refusait de fabriquer cette drogue ?

Dans ce cas, une condamnation de plusieurs années d'emprisonnement l'attendait pour meurtre d'enfant, une honte publique infamante et la perte de millions de couronnes après la vente de la société.

En lisant ces derniers mots, elle avait compris qui lui avait envoyé la vidéo et la lettre.

Olympia Karlsson.

En revanche, elle n'avait pas compris pourquoi.

Et elle n'a toujours pas compris.

Certes la société d'Olympia avait perdu des millions de couronnes quand l'entreprise américaine qui produisait les composants chimiques avait fait faillite, mais quand même, il ne pouvait pas s'agir de quelque chose d'aussi minable que de récupérer de l'argent après un investissement raté.

Olympia ne se préoccupait même pas de savoir qui allait mourir.

« Tu choisiras toi-même tes victimes », était-il écrit dans la lettre.

Elle avait vingt-quatre heures pour répondre oui.

Elle avait refusé, bien entendu.

Une minute après le délai, elle avait reçu un SMS avec un lien.

Elle l'avait ouvert. Elle avait vu que la vidéo pixellisée de la forêt était sur YouTube et avait été prise de panique.

« OK, avait-elle répondu par SMS. Je le ferai. »

Une minute plus tard, la vidéo avait été retirée. Sans que quiconque l'ait visionnée ou partagée.

Le soir même, elle avait bu comme un trou et s'était assise pour écrire la liste des gens qu'elle pouvait s'imaginer tuer.

Longtemps la feuille était restée blanche.

Écrire un nom sur cette page blanche était comme se prendre pour Dieu.

Elle avait repensé à Rebecka Åkesson et à ce qui avait causé sa mort.

Les hommes d'affaires qui avaient soutiré au père de Rebecka tellement d'argent que le suicide lui avait paru la seule issue possible, ce qui par contrecoup avait conduit Rebecka à se droguer.

Indirectement, c'était les anciens compagnons du père de Rebecka qui l'avaient tuée. Maintenant, ils auraient droit au même traitement.

Josefine avait choisi l'un d'eux. Le plus riche. Avait fait en sorte que son fils se procure cette drogue par le site Thinice qu'elle avait créé sur le Darknet.

Elle avait indirectement tué le fils avec la drogue. Tout comme son père avait indirectement tué Bambi.

Une justice poétique.

Et les autres jeunes ?

Comment l'armée américaine appelait-elle ce genre de victimes déjà ?

Des dommages collatéraux.

Un manque de bol, tout simplement. Ils étaient au mauvais endroit au mauvais moment.

Ça peut coûter la vie.

Josefine s'appuie contre la vitre.

Elle voit les policiers monter les marches en bois qui mènent à la terrasse couverte ; perçoit ensuite le bruit de la poignée de la porte verrouillée qu'on abaisse.

Ils parlent entre eux à voix basse, se demandent peut-être s'ils doivent briser ou pas un carreau.

Son pouls s'affole.

Elle pose ses doigts sur son cou. 110-115, au jugé.

Exactement comme dans les starting-blocks en championnat.

Elle a toujours eu un problème avec ce pouls trop rapide. N'a jamais réussi à maîtriser sa nervosité. Cela l'affaiblissait au lieu de la rendre plus forte.

Les policiers font le tour de la maison.

Ils se dirigent sans doute vers l'entrée principale, de l'autre côté.

Josefine change de position. Choisit une pièce avec vue sur la terrasse.

Zack Herry apparaît dans son champ de vision. Trempé.

Lui aussi a souffert. Elle a lu dans le journal que sa petite amie s'était fait tuer.

Elle sent confusément qu'Olympia est liée à cette affaire. Qu'elle a voulu punir Zack de s'être approché trop près de sa fille.

Tout comme elle continue de la punir, elle.

Car elle avait formulé une nouvelle exigence : Josefine allait devoir recommencer.

Elle s'était résignée en lisant le message, comprenant qu'elle serait toujours coincée.

Pourquoi a-t-elle accepté la première fois ? Pourquoi n'a-t-elle pas prévenu la police et déclaré que c'était elle qui avait mis le fil barbelé ?

La mort de l'enfant était accidentelle. Elle n'aurait pas été condamnée pour meurtre mais pour homicide involontaire. Elle s'en serait sortie avec deux ans d'emprisonnement.

Sauf que désormais… elle avait consciemment envoyé six jeunes à la mort.

Si elle refusait cette fois d'obéir aux ordres, elle ne pourrait jamais quitter sa minuscule cellule.

Alors elle avait recommencé, presque exactement de la même façon.

En choisissant pour victime l'autre homme d'affaires répugnant. Torsten Larsson. Faisant en sorte que sa fille Desiree ait accès aux comprimés. Étonnant de voir à quel point tous les jeunes sans exception ont envie de goûter à la drogue.

Un éclair illumine le ciel lourd, le grondement du tonnerre fait vibrer les vitres.

Josefine voit que Zack Herry s'est mis à l'abri sous le toit de la terrasse.

A-t-elle laissé passer sa chance ?

Elle ouvre sans bruit la fenêtre, en se félicitant d'avoir pensé ce matin-là à huiler les gonds.

Prudemment, elle se penche au-dehors. Ils doivent être tous les deux sur la terrasse.

On sonne à la porte. Elle se rend compte qu'elle n'a encore jamais entendu ce son, et qu'elle aime bien ce timbre doux qui reste en suspens.

Cela aurait dû être Hebe à la porte. Avec un luxueux cadeau dans les bras pour sa crémaillère.

Nouvelle sonnerie.

Elle inspire profondément, saisit le pistolet des deux mains.

Pas de cage pour moi, pense-t-elle.

N'importe quoi sauf ça.

86

Trois marches permettent d'accéder au porche en bois à l'avant de la maison. L'auvent au-dessus de la porte d'entrée avance de quelques mètres du mur.

Zack est agenouillé devant la porte et tente de bidouiller la serrure. Ses doigts froids ne lui obéissent pas, et quand il croit avoir réussi à aligner les cylindres à l'intérieur, il ne parvient toujours pas à ouvrir la porte.

Il se relève. Son jean mouillé se colle à ses cuisses.

« On va plutôt la faire sauter au pistolet », dit-il.

Le tonnerre gronde au-dessus de leurs têtes.

« Tu ne penses pas qu'on devrait attendre les renforts finalement ? demande Deniz.

— Et rester là pendant deux heures à se les geler jusqu'à ce qu'ils arrivent ? Si tant est qu'ils arrivent. Les derniers ferries ne partent peut-être pas à cause du mauvais temps. »

Deniz le regarde. L'inquiétude dans ses yeux fait place à de la détermination.

« OK, on entre. »

Zack sort son Sig Sauer et ils reculent de quelques pas pour éviter d'être touchés par les projections. Ils ne sont plus sous l'auvent de la terrasse maintenant et Zack sent la pluie sur ses cheveux et ses épaules quand il soulève le pistolet.

Il tremble de froid et le premier coup part trop à droite de la serrure. La détonation résonne parmi les rochers.

Concentre-toi maintenant.

Il lève l'arme à nouveau.

Sent un appel d'air dans ses cheveux avant d'entendre le coup de feu tout près de lui.

Putain ! On se fait tirer dessus.

Mais d'où ?

Ils se jettent de nouveau sous l'auvent.

Une nouvelle détonation retentit.

Mais aucun coup de feu cette fois, juste le bruit du tonnerre.

Zack se passe la main sur la tête et au niveau des tempes. Pas de sang, mais la balle l'a frôlé.

Où est le tireur ?

Il lui semble que le tir venait d'en haut, de pas très loin.

Zack voit Deniz se hisser prudemment par-dessus la balustrade pour regarder par-dessus l'auvent et vite baisser la tête.

« Il y a une fenêtre ouverte au premier étage, chuchote-t-elle.

— Ce qui signifie qu'elle ne peut pas viser si on se plaque contre la porte, répond Zack tout bas. Je tente encore une fois le coup avec la serrure.

— Non, je m'en charge. Tu trembles trop.

— Ne te tiens pas trop près. »

Nouveau grondement de tonnerre et Zack tourne le dos quand Deniz tire. La serrure vole en éclats, elle ouvre la porte et se précipite à l'intérieur.

« Entrée sécurisée ! » crie-t-elle.

Zack la suit.

L'entrée est tout en longueur et Deniz est juchée sur un escabeau, à droite de ce qui semble être la porte de la cuisine.

Zack se poste de l'autre côté de cette porte et tend l'oreille.

La maison est silencieuse, on entend seulement le bruit du tonnerre à l'extérieur.

Il jette un coup d'œil dans la cuisine. Un parquet clair avec des lattes larges. Des placards en bois teinté en gris. Cuisinière, frigo et congélo en acier inoxydable.

Pas un chat.

Il recule de quelques pas. Au fond d'un couloir, une large porte ouverte donne sur une vaste salle de séjour avec vue sur la mer et Zack aperçoit les premières marches d'un escalier qui mène à l'étage.

Là où doit se tapir la personne qui a tiré.

Josefine Wecksell. Ou quelqu'un d'autre ?

Celui ou celle qui l'avait appelée, cette nuit-là dans la forêt.

Peut-être que les deux sont là maintenant.

Cela changerait beaucoup la donne, mais il a intérêt à garder ça en tête.

Il pénètre dans la pièce le Sig Sauer brandi devant lui et fait signe à Deniz de le suivre.

Elle fait deux pas en avant et se fige en percevant un bruit sourd quelque part derrière elle. Contre la porte d'entrée.

Ou était-ce au-dessus ?

Zack s'empresse de retourner dans la cuisine pour regarder par la fenêtre et aperçoit Josefine Wecksell au moment précis où elle se relève, sur le gravier devant la terrasse.

Elle a dû sauter par la fenêtre du premier étage sur l'auvent du porche et ensuite par terre dans l'allée.

« C'est Josefine ! crie Zack. Elle fout le camp ! »

Il se précipite vers la porte et l'ouvre violemment.

Josefine s'est déjà mise à courir. Pour rejoindre la forêt de sapins en contrebas de ce grand terrain.

Zack reconnaît la longueur des foulées et les mouvements de bras. C'était donc elle qui l'a pourchassé, il y a trois nuits de cela, il est prêt à en mettre sa main au feu.

Putain, ce qu'elle est rapide.

Il s'élance à sa poursuite, entend les pas de Deniz juste derrière lui.

Il continue à pleuvoir des cordes.

Josefine Wecksell a déjà vingt mètres d'avance. Elle est quasiment à la hauteur de la vieille ferme qui marque la séparation entre le terrain de la propriété et la forêt de sapins.

Zack la voit faire un bond, tendre une jambe à l'horizontale et replier l'autre sur le côté, le geste parfait d'une coureuse de haie, le corps suspendu en l'air.

Comme une biche.

Il fonce derrière elle, pose la main gauche sur un poteau et saute par-dessus la clôture.

Un sentier pierreux serpente entre les sapins et des bouleaux denses. Il le suit jusqu'à ce que le chemin se sépare en deux.

Il marque un temps d'arrêt et essaie de repérer ses traces dans la terre humide. En vain. Elle a dû sauter de pierre en pierre.

Deniz l'a rattrapé.

« On va chacun d'un côté, dit-il en reprenant sa respiration, je prends à droite, toi à gauche.

— OK », dit-elle en disparaissant aussitôt.

Zack s'élance dans l'autre direction. Il n'a pas fait dix mètres qu'il entend Josefine Wecksell faire feu à nouveau.

Deniz pousse un cri.

Merde.

Zack revient sur ses pas, court sur le chemin de gauche, aperçoit Deniz sur le dos, les mains pressées contre son ventre.

Merde, merde, merde.

Il la soulève par les épaules dans sa veste trempée et la traîne derrière un sapin.

Un éclair zèbre le ciel et la seconde d'après le tonnerre fait trembler le sol.

Quand le grondement s'éloigne, ils entendent une voiture qui démarre.

Comment Josefine Wecksell a-t-elle pu faire venir sa voiture sur l'île ? Au bruit du moteur, ce n'est pas une Tesla. En a-t-elle emprunté une autre ?

« Rattrape-la, gémit Deniz. Moi ça va aller. Rattrape-la vite ! »

Du sang coule entre ses doigts

Je ne peux pas la laisser là, pense Zack.

Il s'accroupit, mais Deniz l'arrête d'une main tendue, ensanglantée.

« Qu'est-ce que t'attends, putain ? crie-t-elle. Je vais appeler un hélicoptère de secours. Tu ne peux rien faire pour moi. »

Il file.

Suit le sentier étroit et détrempé.

Voit une route asphaltée un peu plus loin.

Entend la voiture s'éloigner.

Non, non, non.

Il arrive sur la route et aperçoit l'arrière d'une Saab 900 qui disparaît dans un virage.

Josefine Wecksell, ou quelqu'un qui l'a récupérée ?

Va-t-elle disparaître pour de bon ? Parviendrons-nous à entourer l'île avec des bateaux de police avant qu'il ne soit trop tard ?

Un nouvel éclair traverse les nuages sombres. Le coup de tonnerre éclate presque en même temps, puis il entend une voix :

« Lâchez votre arme. »

La voix de Josefine Wecksell.

Encore une fois, elle a réussi à le prendre par surprise.

Il commence à se retourner.

« Non, restez où vous êtes. Lâchez votre arme.

— OK. »

Il écarte le Sig Sauer de son flanc. Se penche lentement vers le sol pour gagner du temps.

Elle vise mal, pense-t-il.

Elle m'a raté quand elle a tiré de la fenêtre de l'étage.

Exploite ça, Zack.

Prends le risque.

Il se jette sur le côté, roule sur le bitume, entend partir un coup et ressent une vive douleur dans sa joue tandis qu'il dirige l'arme vers elle et tire.

La jambe droite est touchée et Josefine Wecksell s'écroule.

Elle atterrit sur le côté, veut viser à nouveau mais Zack est déjà sur elle et, d'un coup de pied, fait valser son arme.

Celle-ci rebondit et tombe dans le fossé.

Zack recule légèrement pour éviter de se prendre un coup de pied. Dirige le Sig Sauer sur elle et touche sa joue avec l'autre main.

Une blessure bénigne. Des bouts de bitume et de gravier bien coupants qui ont dû lui entrer dans la peau quand la balle a touché le sol près de sa tête.

« Qu'est-ce que vous attendez ? Tuez-moi », lâche-t-elle.

La pluie fouette son visage et son corps.

« C'était vous, dans la forêt, hein ? »

Elle ne dit rien. Presse seulement ses mains sur sa cuisse blessée.

Mais il sait que c'était elle.

« Vous avez participé au meurtre de Mera ? À la fusillade ? »

Elle ne répond pas, serre les dents pour ne pas gémir de douleur.

Un nouvel éclair illumine le ciel, donnant un éclat particulier à ses yeux verts.

Zack pose le pied sur la cuisse blessée et appuie.

« Répondez ! »

Le cri de Josefine Wecksell est presque couvert par le bruit du tonnerre.

Mais elle tient le choc.

Elle crie mais ne cède pas.

Il retire son pied.

Josefine Wecksell roule sur le dos et respire violemment, comme un sprinter qui vient de franchir la ligne d'arrivée.

Ses cheveux noirs sont collés sur son crâne. Des gouttes de pluie l'obligent à fermer les yeux.

« Qui vous a téléphoné quand vous dirigiez l'arme sur moi ? Qui ? »

Elle retire sa main de la blessure. Puis tourne le regard vers Zack et lâche entre ses dents serrées :

« Personne ne m'a téléphoné.

— Qu'est-ce que vous racontez ? Je vous ai entendue. »

Ou ai-je rêvé ?

Non, je l'ai entendue.

« Pour qui vous travaillez ? Je sais qu'il y a quelqu'un au-dessus de vous.

— Vous ne savez rien. »

Il lève le pied pour l'appuyer de nouveau sur sa cuisse blessée. Mais Josefine Wecksell serre les dents pour se préparer à la douleur.

Zack repose le pied sur le bitume.

« Pourquoi avez-vous vendu la came ? Pour venger votre amie Rebecka Åkesson ? »

Josefine Wecksell se met sur le côté et fixe le bitume.

Elle hoche simplement la tête.

Zack l'observe, il ne comprend toujours pas ses motivations. C'est tellement dément de se venger en faisant mourir une flopée de jeunes innocents…

Un truc de terroriste.

Josefine Wecksell a le front posé contre l'asphalte mouillé. Son visage a perdu toute couleur, la pluie coule sur ses joues telles des larmes et elle paraît tout à coup petite et fragile.

L'image d'une adolescente qui a voulu venger la mort de sa meilleure amie.

Ellc toussote, grimace de douleur, et Zack ne peut s'empêcher d'avoir de l'empathie pour sa souffrance.

Qui est-il pour juger quelqu'un qui veut venger une personne qui lui était si proche ?

Puis il pense à tous ces jeunes décédés à Kopparkobben et à Huddinge. Et à Deniz qui saigne, blessée, au milieu des sapins.

Il tourne Josefine Wecksell sur le ventre, lui met les bras derrière le dos et la relève.

Ensuite il l'adosse contre un arbre, détache les menottes de sa ceinture et lui attache les bras autour du tronc.

87

Lundi 12 septembre

Zack, Sandra Sjöholm et Douglas Juste attendent chacun sur une chaise, devant une chambre des soins intensifs de Karolinska.

Tous les trois ont des écouteurs et suivent avec attention l'interrogatoire auquel Rudolf Gräns soumet Josefine Wecksell, de l'autre côté de la porte.

Il fait du bon boulot comme d'habitude, pense Zack. *Il doit être assis en face d'elle, tel un vieil oncle inoffensif, et poser des questions ouvertes, innocentes, qui la font se découvrir et en dévoiler un peu plus qu'elle n'avait pensé le faire au départ.*

« Elle était ma meilleure amie, entend-il Josefine Wecksell dire. Et j'ai considéré que c'était la faute de Tom Hultqvist et de Torsten Larsson si elle était morte. »

Sa voix est très lasse, pense Zack. Sans doute l'effet des antalgiques.

« Je vous comprends vraiment, dit Rudolf.

J'aurais sans doute pensé la même chose que vous. »

Un grincement résonne dans les écouteurs et Zack devine que Rudolf rapproche sa chaise du lit.

« En revanche, il y a une chose que je ne comprends pas, poursuit Rudolf, c'est pourquoi vous avez attendu si longtemps. Rebecka est morte il y a presque vingt ans. »

Long silence.

C'est aussi une des forces de Rudolf, pense Zack, *de savoir utiliser le silence. Il peut rester des heures face à un suspect récalcitrant sans proférer un mot. À la fin, le suspect craque et parle sans que Rudolf ait posé la moindre question.*

Josefine Wecksell tousse faiblement. Puis elle dit :

« Je croyais que ma haine se calmerait avec le temps. Que je pourrais continuer à avancer. Mais je n'ai pas réussi. Alors j'ai commencé à réfléchir : comment faire pour leur infliger la plus grande souffrance possible ? Je ne voulais pas les tuer, car ils auraient ainsi échappé à la douleur. Par contre, s'ils perdaient leurs enfants… »

Zack entend que le timbre de sa voix a changé. Son intonation aussi. Il croirait entendre une actrice de second ordre qui lit un texte.

Elle ment, réalise-t-il, *tout comme elle l'a fait à Runmäro. Pour protéger quelqu'un, alors qu'elle risque de prendre la perpétuité.*

Qui détient un si grand pouvoir sur elle ?

Il regarde au fond du couloir, voit une infirmière entrer dans la chambre de Deniz, à l'autre bout.

Ils étaient là-bas tout à l'heure pour la saluer, et Zack l'a trouvée dans une forme assez étonnante. Elle se plaignait de devoir rester allongée à fixer le plafond, et estimait qu'on devrait l'autoriser à rentrer bientôt chez elle.

La situation avait eu l'air pire qu'elle ne l'était en réalité quand Zack l'avait vue sur le chemin à Runmäro. La balle l'avait touchée au flanc et était ressortie de l'autre côté. Aucun organe vital n'avait été atteint et l'opération s'était bien déroulée.

« Pourtant, ils m'obligent à rester encore cette nuit », avait-elle dit.

Zack ajuste ses écouteurs pour suivre la suite de l'interrogatoire.

Josefine Wecksell continue de parler et explique qu'elle a voulu attendre que la fille de l'homme d'affaires ait à peu près le même âge que Rebecka à l'époque. Et que c'était seulement maintenant qu'elle avait eu les moyens et les connaissances pour mener à bien son plan.

« Qui d'autre a participé à ce plan ? interroge Rudolf.

— Personne, répond aussitôt Josefine.

— Personne, vraiment ? »

Nouveau silence. Puis ils entendent Josefine Wecksell dire :

« Si, Sverker Blådahl et David Mathias. Je les ai rencontrés à Lund. David maîtrisait bien certains processus chimiques et Sverker m'a aidée à installer le laboratoire dans le salon de ma mère. Ils ont été bien payés, tous les deux.

— Le labo de David Mathias à Rinkeby, est-ce que vous l'avez aussi utilisé ?

— Non, j'ignorais qu'il en avait un.

— Pouvez-vous me parler de la mort de Sverker Blådahl ?

— Il est mort ? »

Zack ferme les yeux pour mieux saisir les différentes nuances de sa voix, mais Josefine Wecksell semble sincèrement surprise.

« Vous aviez de bonnes raisons de vouloir vous débarrasser de lui, dit Rudolf sans tenir compte de sa réponse. Pour effacer vos traces.

— Il n'aurait jamais parlé.

— Qu'est-ce qui vous fait dire ça ? »

Josefine Wecksell émet un gémissement de douleur.

« Ma jambe me fait un mal de chien. Je n'ai plus le courage de parler maintenant. »

Une lampe clignote au-dessus de la porte et le signal d'alarme retentit. Zack devine qu'elle l'a déclenché pour que Rudolf sorte.

Ils entendent un bruit de sabots plus loin dans le couloir et voient une infirmière arriver en courant.

L'interrogatoire est terminé pour aujourd'hui.

Lorsque Rudolf sort de la chambre, ils se lèvent et ôtent leurs écouteurs.

« Est-ce que nous avons des gardes pour la surveiller ? demande Rudolf.

— Oui, ils sont dans la salle de pause. Je vais les chercher, dit Douglas.

— Bien, dit Rudolf en s'avançant vers les

ascenseurs avec Zack et Sandra. Il ne faut pas laisser s'échapper notre biche. »

Ils le regardent, interrogateurs.

Rudolf a dû sentir leur perplexité car il ajoute :

« Selon le mythe, la biche de Cérynie parvient à s'enfuir juste au moment où elle aurait dû être remise au roi qui avait ordonné sa capture. À moins qu'en réalité, elle n'ait été relâchée ? »

Rudolf se tourne vers Zack comme s'il détenait la réponse à sa question.

Devant les ascenseurs, Douglas les rattrape. Il brandit un téléphone et leur montre un SMS qu'il vient de recevoir.

Crime résolu, félicitations. Ellen Lundman

« Au moins on ne l'aura plus sur le dos pendant un moment », dit Douglas.

Puis il leur montre un autre SMS, d'Oscar, le père d'Ebba Langer :

Merci mon ami. Désormais elle peut reposer en paix.

Sandra sourit :

« Tu nous offres un verre, maintenant ? »

Seul Zack reste silencieux.

Ont-ils vraiment quelque chose à fêter ?

88

La sortie du métro devant Åhléns, dans la Drottninggatan, est le lieu de rendez-vous préféré des banlieusards dans la journée.

Maintenant, à neuf heures du soir passées de quelques minutes, Zack et un mendiant roumain sont les seules personnes à traîner devant les portes vitrées fermées du magasin.

La pluie a cessé, mais le bitume reste brillant comme un miroir.

Zack regarde sa montre.

Viendra-t-elle cette fois-ci ?

Oui, il en est sûr.

Elle lui a envoyé un SMS il y a un quart d'heure en disant qu'elle aurait cinq minutes de retard.

Quatre heures plus tôt il en a reçu un premier.

Il prend son téléphone et le relit.

> Salut Zack.
>
> Tu n'as pas envie de me revoir ? Auquel cas dis-le-moi (même si ça me rendra triste).
>
> Bises, Hebe

Il a d'abord pensé répondre « Pas envie », mais ses doigts refusaient de lui obéir.

Et je devais la rencontrer, se persuade-t-il. *Ne serait-ce que pour l'interroger sur Josefine Wecksell.*

Alors il a répondu que ce serait cool de se voir, et ils sont convenus de se retrouver à neuf heures le soir même devant Åhléns.

Il regarde de nouveau sa montre. Neuf heures quatre.

Elle arrive. Mais la question est de savoir dans quel état d'esprit elle va être.

Il a arrêté celle qui est peut-être sa meilleure amie d'enfance.

Le nom de Josefine Wecksell n'est pas encore sorti dans les médias, mais Zack est persuadé que Hebe est déjà au courant.

« Il faut qu'on se revoie bientôt », avait-elle dit à Josefine Wecksell quand elles s'étaient rencontrées au Burger King.

Auquel cas, ce sera plutôt à la prison de Hinseberg. C'est là que Josefine Wecksell va passer les vingt prochaines années. Au moins.

Il pense à la conversation téléphonique qu'elle a eue au moment où elle allait lui tirer dessus dans la forêt. Lui à sa merci, couché dans l'herbe, l'entendant répondre : « OK, j'arrête. »

Ou plus exactement, croyant l'entendre répondre ça.

Malgré tout, quelque chose clochait.

Quelques heures plus tôt, il a examiné la liste

des conversations entrantes dans le portable de Josefine Wecksell. Aucun appel la nuit où elle l'a pourchassé dans les bois.

En outre il ne pleuvait pas, comme il se l'était imaginé. Il a vérifié à la fois avec SMHI et yr.no. Ce devait être la rosée qui a mouillé ses vêtements.

À moins que tout n'ait été qu'une hallucination ? De faux souvenirs qu'il se serait créés à cause de sa commotion cérébrale ?

Un taxi noir s'arrête tout près du passage donnant vers la Klarabergsgatan et Hebe en sort.

Enfuis-toi ! crie une voix intérieure dont la force surprend Zack lui-même.

Tous ceux qui te sont chers meurent.

Ton père, Mera, l'enfant qu'elle portait. Ta mère qui n'était pas ta mère.

Enfuis-toi, Zack !

Laisse vivre Hebe !

Mais il ne bouge pas, la regarde claquer la portière et venir vers lui. Plus belle encore que dans son souvenir, à supposer que ce fût possible.

Elle est bronzée. Porte un blouson en cuir vert foncé et un jean slim élimé.

Elle lui fait signe en l'apercevant, se fend d'un large sourire, lui fait la bise suffisamment longtemps pour qu'il respire son parfum et sente son corps contre le sien. Il a les bras autour d'elle et tombe, fait une plongée en lui-même, puis remonte à la surface, loin du manque, du vide et de la solitude. Puis il relâche sa respiration, lentement, comme s'il avait retenu son souffle durant toute sa vie.

Ils remontent la Drottninggatan. Les boutiques sont fermées et un vent aigre fouette les façades, les attaque de tous côtés.

Hebe frissonne, frotte ses paumes l'une contre l'autre et dit qu'elle n'est pas amie du froid.

« Laisse-moi te réchauffer », dit-il en prenant sa main dans la sienne.

L'espace d'un instant, il voit surgir le visage de Mera et il l'entend lui chuchoter : « Ne nous oublie pas. Tu nous dois la vérité. Trouve celui qui a éteint nos vies. »

Le chagrin le submerge. Il a honte d'être en vie et de tenir la main de quelqu'un d'autre. Il voudrait lâcher Hebe, mais ne le fait pas. Sa voix intérieure lui susurre que son amour pour Mera est intact et qu'il trouvera son meurtrier.

« Je te le promets, dit-il à haute voix.

— Quoi donc ? demande Hebe en plissant le front.

— Excuse-moi, je pensais tout haut.

— À quoi ?

— Rien. »

Elle inspire profondément et dit :

« Il n'y a pas de mal à essayer d'être heureux. »

Ils marchent ainsi un moment, main dans la main.

Elle parle de Bangalore, raconte des anecdotes qui le font rire, et il se demande si elle essaie seulement de lui faire baisser sa garde avant de lui déclarer qu'elle est venue par gentillesse, pour finir ce qu'ils n'ont même pas commencé.

Mais le coup ne vient pas.

Elle laisse sa main dans la sienne, lui demande quel temps il a fait cet été en Suède et il répond qu'il ne sait pas.

Il lui parle de son effondrement.

De la mort de Mera qu'elle a lue dans les journaux. Mais pas de l'enfant. Et ça lui fait du bien de parler de Mera, comme si elle sortait de son chagrin et de l'ombre pour arriver à un endroit plus lumineux, un endroit où il peut se reposer jusqu'à ce qu'il retrouve son meurtrier.

Parce que c'est ce qu'il va faire.

À n'importe quel prix.

Il regarde Hebe tandis qu'ils remontent lentement la rue presque déserte à cette heure, et dans ses yeux il ne voit aucune surprise à l'écoute de ce qu'il raconte. Pas de jalousie non plus.

Ils passent devant un 7-Eleven, tournent à droite dans la Tegnérgatan et entrent au Rolfs Kök.

Le restaurant est assez bruyant et le patron vient à leur rencontre, se frayant un chemin pour embrasser chaleureusement Hebe. Il salue ensuite Zack et les conduit à une table de deux le long d'un mur où des chaises sont suspendues à des crochets au-dessus de la tête des clients.

Hebe attire les regards des hommes qui se demandent si elle est un mannequin ou quelque célébrité qu'ils ont vue à la télévision.

Ils s'installent à la table, Zack le dos contre le mur comme il le fait toujours quand il peut. Pour avoir une vue d'ensemble, et une chance de réagir à temps s'il devait se passer quelque chose.

Ils mangent et discutent sans silences, librement.

Leurs mains se frôlent au-dessus de la table et Zack se rappelle un autre repas, il n'y a pas si longtemps, où il s'était passé une bague au doigt en se promettant de n'aimer que Mera.

Il retire sa main, serre le poing et elle lui demande ce qui ne va pas.

Il la regarde dans les yeux. S'interroge sur qui elle est réellement.

« Tu connaissais bien Josefine Wecksell ? »

Elle retire aussi sa main, fait tourner le vin dans son verre, et semble réfléchir à la signification de sa question.

« Nous jouions pas mal ensemble, quand nous étions gamines. Mais pas plus qu'avec d'autres camarades de classe. Puis ma mère m'a inscrite dans une école privée et nous n'avons plus fait qu'échanger un rapide salut quand on se croisait dans la rue. Nous n'étions pas des amies proches. »

Zack la regarde en silence.

Peut-être est-ce ainsi que les gens fonctionnent. Quand quelqu'un que nous avons cru connaître se révèle capable de commettre des crimes affreux, nous prenons nos distances avec cette personne pour ne pas risquer d'être sali par son contact.

Hebe lui sourit :

« Est-ce que je t'ai raconté comment je me suis perdue la première semaine en Inde ? »

Et elle lui raconte une nouvelle anecdote de Bangalore qui fait éclater de rire Zack et chasse des yeux de Hebe la lueur glaciale qu'il y a vu il y a quelques minutes. Très vite, c'est comme si la conversation sur Josefine Wecksell n'avait jamais eu lieu.

Leurs mains se caressent de nouveau.

Il n'y a plus qu'eux deux maintenant.

Personne d'autre ne pourra les déranger.

Pas même leurs démons.

Une heure plus tard, ils s'attardent devant le pub, pendant que Hebe attend un taxi.

Zack se demande ce qu'elle a fait de son chauffeur privé, mais ne pose pas de questions.

Elle l'attire vers elle et l'embrasse doucement. Ses lèvres sont chaudes.

Le vent joue avec ses cheveux, les pousse vers la joue de Zack comme une caresse, et il voudrait l'avoir près de lui pour toujours.

Rentre avec moi. Et ne t'en va plus jamais.

Et elle presse de nouveau ses lèvres contre les siennes. Elle pense la même chose.

Mais c'est trop tôt.

Mera se faufile entre eux et les sépare. Et pas seulement elle. Quelque chose d'autre aussi. Mais quoi ?

Il y a un truc qui ne va pas, pense Hebe.

Et elle tente de s'écarter de Zack. Mais devançant son geste, il lui saisit les deux bras comme pour se tenir à distance, loin d'elle.

Elle est d'une beauté surnaturelle. Le visage comme sculpté dans du marbre par les plus grands maîtres de l'Antiquité.

Elle a envie de lui. Corps et âme. Elle a envie de s'ouvrir à lui, de le sentir en elle, de lui chuchoter des choses à l'oreille qu'il n'oubliera jamais, se soumettre à son poids, se l'approprier, encore et encore. Ne pas parler, seulement agir, sentir, disparaître ensemble, avec lui, dans une contrée qui ne serait qu'à eux.

Pourtant, quelle est cette espèce d'obscurité qu'elle sent s'immiscer entre eux ?

Comment un sentiment qui semble si juste peut-il en même temps sembler être une erreur ?

Comme si les dieux condamnaient cet amour.

Le taxi est arrivé.

Elle monte dedans et voit Zack marcher vers le Tegnérlunden dans l'obscurité.

Tout lui paraît si simple avec lui.

Comme si elle pouvait lui raconter n'importe quoi sans jamais avoir honte. Sans être jugée.

Seulement comprise comme jamais quelqu'un ne l'a comprise auparavant.

Le taxi s'éloigne. La silhouette de Zack est enveloppée par les ombres des arbres, et il lui manque déjà.

89

Mardi 13 septembre

Dès qu'il ouvre la porte de l'Unité spéciale peu avant huit heures du matin, Zack comprend que quelque chose cloche.

Deniz est assise au bureau de Sirpa Hemälainen et le regarde comme une adolescente prise en flagrant délit avec le portefeuille de son père à la main.

« Ferme l'onglet », chuchote-t-elle beaucoup trop fort, et Sirpa s'exécute prestement.

Zack se précipite vers elles. Sirpa essaie d'éviter de croiser son regard.

« Qu'est-ce qui se passe ? Vous regardez quoi ?

— Rien. Juste… », commence Sirpa.

Dans ses yeux, il voit du chagrin et de la pitié plus que de la culpabilité.

« Quoi ? »

Il tourne les yeux vers l'écran.

Dans la fenêtre du navigateur, il voit la page d'accueil de l'intranet. Comme si Sirpa avait eu à l'ouvrir.

Il oblige Sirpa et Deniz à pousser leurs chaises et parcourt rapidement l'historique.

La dernière recherche est Liveleak.

La voix de Deniz s'est élevée, derrière lui :

« Zack, arrête. »

La main sur son épaule. Il l'écarte et clique sur le lien dans l'historique.

Une fenêtre s'ouvre avec un clip vidéo.

Supercop's girlfriend killed by drive-in assassins[1].

Ce n'est pas possible.

Sur l'image floue, il se voit lui-même, agenouillé sur le trottoir avec Mera dans les bras.

Il y a donc un imbécile qui a filmé ce qui s'est passé et a posté ensuite la vidéo pour que tout le monde puisse la voir.

« Quelqu'un du service informatique m'a envoyé le lien, dit Sirpa. Il voulait savoir si nous voulions y jeter un coup d'œil avant qu'ils n'essaient de le retirer de la page.

— Il faut le retirer ! s'écrie Zack. Évidemment, et tout de suite ! »

Sirpa rapproche sa chaise à roulettes et veut reprendre le contrôle du clavier.

« Je peux essayer de le supprimer, Zack, si seulement tu me…

— Non, dégage. Je veux d'abord le regarder.

— Je ne crois pas que ce soit une bonne idée », dit Deniz.

Il se retourne, la regarde droit dans les yeux :

1. La petite amie du superflic abattue par des tueurs en voiture.

« Mais toi, ça ne t'a pas gênée de le regarder, hein ? Tu y as peut-être pris du plaisir ? »

Il se rend compte qu'il va trop loin, mais il s'en fout. Qu'est-ce qu'elles ont à rester là et à regarder un film où sa fiancée meurt dans ses bras ?

« Va-t'en, dit-il. Toi aussi, Sirpa. Je veux regarder ça. Seul. »

Il voit qu'elles sont tentées d'ajouter quelque chose, mais elles se ravisent au dernier moment.

Sirpa aide Deniz à se lever de sa chaise. Celle-ci se tient sur le côté et grimace quand elle suit Sirpa vers la machine à café.

« Y a d'autres personnes qui l'ont regardé ? » leur crie-t-il quand elles s'éloignent.

Deniz s'arrête et se retourne.

« Non. Douglas est à une réunion, et Rudolf et Sandra sont à l'hôpital Karolinska pour interroger de nouveau Josefine Wecksell », lui répond-elle.

Mais Zack n'écoute déjà plus. Il s'assied sur la chaise de Sirpa, met ses écouteurs et démarre la vidéo.

C'est filmé d'en haut, d'une fenêtre, semble-t-il, et ça commence au milieu de l'action. Il n'est pas préparé à ça. Les coups de feu partent et il voit de petits nuages de poussière s'échapper de la façade quand les balles s'enfoncent dans le béton.

Son cœur s'emballe. Il se met à battre irrégulièrement et Zack doit cligner des yeux pour garder une vision claire.

Il se voit tenter de protéger Mera et il peste contre lui-même de ne pas s'être jeté de l'autre côté, de sorte que les hommes dans la voiture l'auraient touché lui, et non elle.

« *Shit, shit,* putain ! » entend-il crier dans l'écouteur et il réalise que c'est le type en train de filmer à la fenêtre.

Plusieurs coups de feu sont tirés et il est à présent agenouillé sur le trottoir mouillé par la pluie, protégeant Mera avec son dos. Mais les balles ont déjà traversé son corps et l'ont dévasté.

La caméra qui tremble se dirige vers la rue et il voit la voiture s'éloigner.

Ensuite la caméra revient sur eux. Il est toujours penché au-dessus de Mera. Il examine ses blessures et comprend tout de suite qu'elles sont gravissimes. La tête de la jeune femme tombe en avant, il lève les yeux et hurle sa douleur.

Son cœur s'apaise un peu.

Il a l'impression de voir quelqu'un d'autre, et ce doit être le cas, sinon il deviendrait fou.

La caméra balaie la rue, filme un groupe d'écoliers qui pleurent et crient, et c'est la fin de la vidéo.

Zack pose les coudes sur le bureau, touche ses joues pour effacer des larmes mais il n'y en a pas. Il a passé ce stade, il doit retrouver ces meurtriers, les meurtriers de son enfant tué avant de naître, car il est quoi, sinon ?

Un parasite. Rien de plus.

Il revient au début du film. Veut le revoir avec un regard plus critique, pour capter des détails qui lui auraient échappé.

Il se le passe encore une fois.

Met sur pause après quelques secondes, revient en arrière. Scrute les images.

Est-ce qu'on voit les plaques d'immatriculation de la voiture ?

Non. Merde !

Il revient encore en arrière. Ne regarde que les hommes dans la voiture.

Ils ne sont qu'à cinq mètres grand maximum quand ils tirent leurs premiers coups de feu.

Lui vient de trébucher et il se trouve à moins de cinquante centimètres de Mera. Et pourtant aucune balle ne l'atteint.

Deux d'entre elles touchent directement Mera. L'une au visage, l'autre au ventre. Déchire le placenta.

Il revient au début. S'intéresse à un passage où la caméra se déplace du trottoir à la voiture. Une fraction de seconde, la voiture est dans le champ visuel de Zack et de Mera.

Il met sur pause. Fixe l'écran.

Il est à genoux au-dessus de Mera. Tout son dos est visible et les hommes avec leurs armes automatiques ne sont qu'à quatre ou cinq mètres d'eux.

Ils ont tout loisir de le tuer. Mais il n'y a plus de coups de feu. Ils rentrent leurs armes et partent.

Ce qu'il comprend le submerge. Une énorme vague sombre à laquelle il ne s'attendait pas.

Ce n'était pas après lui qu'ils en avaient.

C'était après Mera.

Mais pourquoi ?

Qui, putain, enverrait des tueurs professionnels la liquider ?

Il se lève. Le sol tangue sous ses pieds.

Il se dirige lentement vers la sortie, se tourne vers Sirpa restée près de la machine à café et lui lance :

« Garde-moi une copie de la vidéo. Après, fais tout ce que tu peux pour l'effacer. »

Il descend vers la mer. Marche vite. Son cerveau est une chambre haute pression avec tous les voyants au rouge.

C'était après Mera qu'ils en avaient.

Pas après moi.

Cela rend-il ma faute moindre ?

Non, plus grande au contraire. J'aurais dû la protéger, et protéger aussi l'enfant qu'elle portait.

Au fond de lui, il entend le cri d'une vie minuscule qui a été pulvérisée par une balle, il voit des étoiles s'éteindre dans le ciel.

Pourquoi Mera a-t-elle été assassinée ?

Qui désirait sa mort ? Et pourquoi juste à ce moment-là, au milieu de l'enquête criminelle la plus déconcertante dans laquelle j'aie jamais été impliqué ?

Il arrive à Norr Mälarstrand, traverse la rue, s'approche du quai et laisse le vent froid rafraîchir son front fiévreux.

Était-ce une pure coïncidence que ce soit arrivé juste à ce moment-là ? Avait-elle, comme lui, des secrets ? A-t-elle pu être impliquée dans une activité illégale ?

Non.

C'est en lien avec leur enquête. Il le sait, c'est tout.

Et il sait intuitivement qui connaît la réponse.

90

Quand Zack retourne au bureau un quart d'heure plus tard, ses collègues sont réunis autour de Rudolf Gräns et de Sandra Sjöholm. Même Douglas Juste est là.

Zack croit d'abord qu'ils parlent de lui, mais ils ne lèvent même pas les yeux quand il entre, trop occupés à discuter d'autre chose.

« Mais elle n'a rien dit d'autre ? » entend-il Deniz demander pendant qu'il s'approche d'eux.

« Non, rien de plus que ce qu'elle nous a dit hier, répond Sandra. Elle n'avait pas envie de parler. Sa jambe lui faisait très mal. Nous ne pourrons pas la mettre en détention avant demain.

— Mais pourquoi ne s'est-elle pas contentée de tuer les enfants de ces pères auxquels elle en voulait tellement ? demande Deniz. Pourquoi était-elle obligée de supprimer sept autres jeunes par la même occasion ?

— Pour elle, ce n'est pas sa faute s'ils ont partagé les comprimés entre eux, répond Rudolf.

— Alors pourquoi n'a-t-elle pas vendu seulement un comprimé à la fois ?

— Elle dit que les jeunes voulaient en acheter plus. Qu'ils l'ont exigé si elle voulait faire affaire avec eux. »

Douglas remarque la présence de Zack et lui tape sur l'épaule.

« Ta théorie était juste, Zack. Bon boulot.

— Mais elle en sait plus qu'elle ne veut le dire, fait remarquer Rudolf. Aujourd'hui comme hier, sa voix l'a trahie. »

Tu as raison, pense Zack en regardant Rudolf. *Toi comme moi l'avons clairement entendu.*

Il repense à la nuit dans la forêt. Au souvenir qu'il a d'un téléphone qui sonnait.

OK. J'arrête.

Au fond de lui, il entend encore le chuchotement au bout du fil.

La voix qui donne à Josefine Wecksell l'ordre de ne pas tirer. La voix qui appartient à quelqu'un qui détient assez de pouvoir pour avoir droit de vie ou de mort sur les autres.

Il est tout à coup convaincu que cette voix est celle de la personne qui a décidé que Mera devait mourir.

Pourquoi n'ont-ils pas arrêté leur geste cette fois-là ?

Qu'avait fait Mera pour ne pas mériter de vivre ?

« Je crois que Josefine Wecksell ment pour ne pas être condamnée aussi pour le meurtre de Sverker Blådahl, dit Sandra. Mais laissons à Koltberg et ses collègues encore un peu de temps, et je suis persuadée qu'ils trouveront des preuves scientifiques qui la lient aussi à ce meurtre. »

Là, tu te trompes, pense Zack. *Ce n'est pas elle qui l'a commis. Sa surprise en apprenant sa mort était authentique.*

Il y a quelqu'un au-dessus dans la hiérarchie.

Zack quitte le bureau juste avant le déjeuner, ne dit pas où il va, mais fait confiance à Sirpa et Deniz pour raconter aux autres qu'il a vu la vidéo des derniers moments de Mera et qu'il a besoin qu'on le laisse tranquille.

Il prend un taxi pour l'hôpital Karolinska. Passe devant les nouveaux bâtiments avec leurs façades vitrées indiscrètes et arrive aux anciens en brique, tristes, où l'on continue de soigner des patients.

L'ascenseur grimpe en faisant du bruit jusqu'aux soins intensifs et il s'apprête à appuyer sur l'interphone du service quand il aperçoit, par la fenêtre de la porte vitrée, Douglas qui arrive dans le couloir.

Zack a juste le temps de faire un pas de côté, d'ouvrir une porte pour se cacher.

Que fait Douglas à l'hôpital ? Rudolf et Sandra ont interrogé Josefine Wecksell il y a quelques heures à peine.

Zack jette un coup d'œil par le hublot et voit Douglas entrer dans l'ascenseur.

Une fois qu'il s'est assuré que l'ascenseur a commencé à descendre, il sort de sa cachette, appuie sur l'interphone des soins intensifs. Une infirmière d'une cinquantaine d'années le fait entrer.

« Ça n'a pas arrêté aujourd'hui, dites donc », déclare-t-elle avec son accent du Värmland.

Zack se rend dans la salle 4, salue les deux policiers qui montent la garde à l'extérieur et ouvre doucement la porte.

Josefine Wecksell est assise dans son lit avec une jambe repliée et celle qui est blessée étendue devant elle.

Elle porte une tenue blanche, a des écouteurs dans les oreilles avec de la musique à fond, et fait des mouvements de haut en bas avec la jambe blessée comme si elle était en plein échauffement.

En apercevant Zack, elle allonge aussitôt ses deux jambes et tire la couverture sur elles.

Elle retire ses écouteurs et les laisse pendre autour de son cou puis demande :

« Vous aussi vous allez m'interroger ? Les autres étaient ici il n'y a pas très longtemps.

— Et il n'y a pas aussi eu quelqu'un, il y a quelques minutes ?

— Hein ? Ah oui, votre chef. J'ai la tête dans le coton avec tous les médicaments qu'on me donne. Il voulait me poser plusieurs questions pénibles.

— Vous y avez répondu ?

— Non. »

Zack s'assied dans un fauteuil confortable pour les visiteurs, avec une assise moelleuse.

« Comment allez-vous ? » demande-t-il.

Elle paraît étonnée de sa question et se contente pour toute réponse de hausser les épaules.

« Ma petite amie, Mera, a été assassinée cet été », dit-il en déglutissant.

Il ne faut pas que sa voix le lâche maintenant. Il ne doit pas laisser entrevoir son chagrin.

Josefine Wecksell se penche en arrière.

« Je n'ai rien à voir là-dedans.

— Je vous crois.

— Ah ? »

Elle a du mal à cacher la surprise qui transparaît dans son regard et sa voix.

« Mais je crois que vous savez qui se cache derrière tout ça. »

Elle le regarde longuement.

Encore un long moment de silence.

« Elle était enceinte, dit Zack. Notre enfant qui devait naître est mort à ce moment-là. »

Josefine Wecksell fixe la fenêtre.

« Vous entendez ? Un enfant est mort, *mon enfant*. J'entends ses cris tous les jours. »

Aucune réaction.

Zack décide d'appliquer la tactique de Rudolf et d'attendre qu'elle craque.

Elle fixe maintenant un point sur le mur et il devine qu'elle pèse le pour et le contre.

Elle reste ainsi un bon moment, puis finit par le regarder et dire calmement :

« Si vous m'aidez à m'enfuir et que vous ne me suivez pas, je ferai en sorte que vous ayez la réponse à votre question. Je vous le promets. Sinon, vous resterez toujours dans l'incertitude. »

Il rit.

« Alors comme ça je devrais vous laisser partir

et, disons, peut-être dans quelques années, vous me direz quelque chose. Une chose dont je ne sais même pas si vous *pouvez* me la dire. »

Elle le regarde avec un visage inexpressif.

« C'est à peu près ça.

— OK, alors moi je vais vous dire autre chose : si vous ne me racontez pas maintenant ce que vous savez, je ferai en sorte que vous vous retrouviez dans la pire des cellules sans fenêtres qui soient. Vous en pensez quoi ? »

Elle le regarde fixement avec une expression neutre sur le visage.

« Alors on risque de me retrouver morte. Et vous n'aurez toujours pas votre réponse. »

Ils se défient longuement du regard. Quand elle cède la première, Zack demande :

« Est-ce que vous savez pourquoi ils voulaient tuer Mera ? »

Elle secoue la tête.

« Non.

— Est-ce que cela a un lien avec notre enquête sur les comprimés Bambi ?

— Pas que je sache.

— Pourquoi vous les couvrez ? Vous pourriez réduire considérablement votre peine si vous nous aidiez. »

Elle regarde de nouveau par la fenêtre.

« Cinq ou dix ans, quelle différence ? finit-elle par dire. Ma vie s'arrêtera quand la porte se refermera derrière moi. »

Silence.

Le tic-tac d'une horloge au mur.

Zack n'a pas remarqué ce bruit jusque-là.

Il appuie son dos contre le fauteuil, met les mains dans ses poches et scrute le plafond.

Cinq minutes passent. Dix.

Zack pense à ce que Rolf lui a raconté sur ce mythe. Que la biche s'est enfuie à la fin ou qu'on l'a aidée à s'échapper.

Au diable toutes ces histoires ! Cette biche va rester longtemps enfermée dans sa cage.

Il se lève et se plante à côté du lit. Josefine regarde fixement dans l'autre direction, vers la porte.

« Vous avez raison, dit-il. Quand la porte se refermera derrière vous, ce sera terminé. »

Sur ce, il quitte la pièce.

Retrouve ce cri en lui que rien ne fait taire.

91

Quelques jours plus tard

Devant l'ordinateur, Zack regarde fixement le formulaire concernant les heures supplémentaires que Douglas Juste lui a demandé de remplir.

Il faut spécifier chaque fois la date et les horaires exacts dans différentes colonnes, et y joindre les factures. Qu'est-ce qui a motivé ces heures supplémentaires ? Quelles tâches a-t-il accomplies ? Pourquoi et avec qui ? Les frais de déplacement sont-ils correctement inscrits ?

Il soupire tout haut, ferme le fichier, le glisse dans la corbeille de l'ordinateur et la vide. Puis il se déconnecte et éteint l'appareil.

Au plafond, la climatisation ronronne légèrement.

Il est peu après dix-sept heures, et l'enquête étant derrière eux tous ont quitté le bureau à l'heure normale.

Les preuves contre Josefine Wecksell se sont confirmées jour après jour, surtout depuis que

Sirpa Hemälainen est parvenue à retrouver une série de mails effacés qui prouvent qu'elle a eu des contacts répétés à la fois avec David Mathias et Sverker Blådahl, au sujet des comprimés Bambi.

Il semble bien, en effet, comme l'avait affirmé Deniz, que Mathias ait refusé de l'aider pour la drogue.

Même Blådahl semble avoir été réticent au départ, mais Wecksell l'a fait chanter. Elle pouvait prouver qu'il avait recommencé à se droguer et a menacé de le virer s'il n'aidait pas à écouler la marchandise.

Dans l'historique de son ordinateur portable, Sirpa a trouvé que Josefine a consulté des dizaines de pages sur la fabrication de nouveaux produits de synthèse, et qu'elle a enregistré les transactions qui montrent où elle a acheté les ingrédients nécessaires pour les comprimés Bambi.

Toutefois, en ce qui concerne la vente de Prechemo et le virement de cent vingt-cinq millions de couronnes sur le compte personnel de Josefine Wecksell, beaucoup de questions restent en suspens.

La structure de l'entreprise est parfaitement opaque, même pour le Trésor public et les spécialistes de la brigade financière.

Wiszła Chemicals, le nouveau propriétaire de Prechemo, appartient à une société basée sur l'île de Man, qui à son tour est la propriété d'une société basée aux Seychelles.

Et ainsi de suite.

Derrière chaque société se cache une nouvelle

société-écran. Derrière chaque fondation, une nouvelle fondation-écran. Toutes sont basées dans les paradis fiscaux que sont le Luxembourg, les îles Caïmans, l'île Maurice…

C'est comme s'il y avait une force qui gouvernait tout en coulisses et qui n'apparaissait jamais sur le papier.

Un autre joueur, comme Zack en est persuadé.

Il regarde fixement le tableau blanc sur le mur, vide désormais. Il est comme une illustration de tout ce qui manque, et il repense à l'offre que lui a faite Josefine Wecksell. Sa liberté contre la réponse qu'il cherche.

Aurait-il pu accepter le marché et la laisser libre ?

Non.

Elle a dû bluffer.

Il a envie de le croire et essaie de s'en persuader.

Mais il n'y parvient pas.

Il s'apprête à se lever de sa chaise quand il découvre que le tableau blanc n'est pas tout à fait vide.

Il reste une photo dans le coin en bas à droite.

Mera.

Elle lui jette un regard accusateur.

Se faufile dans sa tête.

Tu aurais pu me venger, Zack.

Pourquoi ne l'as-tu pas fait ?

Ne valais-je pas plus que ça à tes yeux ?

Je ne peux pas laisser un assassin en liberté, dit-il à la petite voix dans sa tête.

Mais elle n'écoute pas.

Entends-tu l'enfant, Zack ? insiste-t-elle.

Entends-tu ses cris ?

Il se lève de sa chaise, saisit sa veste suspendue au dossier et quitte le bureau.

92

La longue robe noire d'Olympia Karlsson brille à la lumière des écrans sur le mur derrière le bureau.

Le crépuscule est tombé. Des nuages rougeoyants se reflètent dans l'eau de la piscine, luisent comme des bûches dans le poêle en faïence au coin de la pièce.

Olympia Karlsson tend la main vers le coupe-papier en or et ouvre une lettre recommandée de la Bank van de Nederlandse Antillen.

Le document émis sur un papier épais filigrané prouve que Heraldus, via une société à Jersey, est le propriétaire d'Akteon qui possède cinquante et un pour cent des actions de Prechemo.

Olympia pose le document de banque près de l'édition du matin du *Dagens Industri*.

La nouvelle principale s'affiche en grandes lettres à la une :

Une affaire en or à prix bradé.

Olympia trouve le titre bien choisi – et vrai.

Elle n'a pas payé très cher pour l'entreprise horlogère.

Les deux autres actionnaires n'avaient pas à cœur de faire grimper les enchères après la mort tragique de leurs enfants. Ils semblaient plutôt reconnaissants à Heraldus de ne pas s'être retiré de la course au dernier moment, comme les autres spéculateurs.

Comme s'ils l'avaient fait de leur plein gré, sourit Olympia en son for intérieur.

Elle se tourne vers l'ordinateur sur son bureau et ouvre sa boîte mail.

Une note de Peter. En anglais. Sans faute d'orthographe à part un mot.

Il est désespéré.

Elle ferme les yeux, pense à la pauvre Josefine Wecksell.

Elle croyait vraiment que je lui avais pardonné quand je l'ai invitée à ce déjeuner ? Que c'est par remords que j'ai proposé de la conseiller dans ses affaires ?

Pourtant c'est une femme intelligente. Mais avec un peu trop de carrure, comme tous les athlètes.

C'est pour ça qu'elle était si facile à manipuler, il était facile avec elle de prévoir ses coups.

Par exemple qui elle choisirait de tuer.

Si seulement sa fille était aussi prévisible, pense-t-elle.

Comment Hebe a-t-elle pu accepter de revoir Zack Herry ?

Cela n'entrait pas dans son plan. Pas du tout.

Hebe aurait dû être furieuse contre lui d'avoir fait incarcérer son amie.

Elle aurait dû rompre tout contact.

Pour toujours.

Empêcher que n'arrive ce qui ne doit pas arriver.

Olympia prend le document de la banque et se dirige vers le poêle. Elle en ouvre la porte et pose le papier sur les bûches.

Il commence à fumer et s'enflamme. Olympia sent la chaleur sur son visage. Les flammes ne font plus qu'un avec le feu intérieur qui la dévore.

Elle referme la porte, va vers la bibliothèque et appuie sur un bouton caché sous une étagère basse.

On entend un léger bourdonnement, puis le lourd meuble en chêne coulisse et dévoile l'entrée d'une pièce secrète.

Des spots de lumière tamisée s'allument au plafond quand Olympia entre. Derrière elle, la bibliothèque revient à sa place. Elle s'installe dans un fauteuil en cuir qui craque et qui a appartenu autrefois à son arrière-grand-père paternel, le fondateur de cet empire économique.

Sur un guéridon près du fauteuil sont posées deux télécommandes. Elle les prend et dirige l'une vers l'écran concave sur le mur d'en face, et l'autre vers le lecteur VHS posé à côté de l'installation Blue Ray, sur une étagère sous la télévision.

Une image zébrée apparaît sur l'écran quand la vieille cassette démarre. Le son est faible, inégal. Les couleurs passées.

Elle aurait dû depuis longtemps faire transférer le film sur un disque dur, le faire restaurer, améliorer la netteté des images et la qualité du son.

Cela dit, elle veut le garder sous ce format. Garder la sensation d'un souvenir qui lentement se flétrit et se décompose.

La caméra filme des personnes en tenue de gala dans une vaste salle de bal. D'immenses lustres en cristal pendent du plafond et le parquet est astiqué comme un miroir.

Une ravissante jeune femme de vingt-neuf ans en robe longue rouge apparaît sur l'écran.

Olympia croit encore sentir le tissu soyeux contre ses jambes nues. Se rappelle cette sensation d'être déshabillée des yeux quand cet homme la regardait.

Pourtant ce qu'elle voit est aussi une douleur, car elle sait qu'elle ne pourra jamais retrouver cela.

Elle en veut à ce temps inexorable qui lui a volé cette partie de sa vie. Qui a fait d'elle ce qu'elle est devenue.

L'image est de nouveau floue, tangue dans toutes les directions.

Puis redevient nette.

Un homme grand, aux larges épaules, se tient juste derrière elle.

Il ne sourit pas comme les autres. Pointe attentivement dans toutes les directions son regard bleu glacier. Il fait son job. Remet une mèche derrière son oreille et barre le passage à un photographe excité qui s'approche trop près.

Il la protège.

La jeune femme de vingt-neuf ans qu'elle était à l'époque se retourne, regarde son garde du corps et sourit.

Il sourit à son tour.

Roy Herry.

Le plus bel homme qu'elle ait jamais rencontré.

Puis l'image se fige. Juste à cet instant, quand leurs regards se croisent.

Elle voit intérieurement le corps de cet homme se presser contre le sien, elle sent sa chaleur, son poids. Et le voilà qui la pénètre. Et la vie renaît. Et elle ne fera rien pour l'empêcher.

Elle veut que ça arrive.

Elle sent que le monde entier repose sur ses épaules et elle ne sait pas très bien ce qu'elle veut en faire.

Ce qu'elle veut en tirer.

Olympia repose la télécommande. Regarde pendant plusieurs minutes l'image arrêtée qui tremble.

Les règles, les normes et la morale, cela ne vaut pas pour moi, pense-t-elle.

Pas pour les miens.

On n'en a jamais tenu compte et il n'y a aucune raison pour que ça change.

Elle éteint ensuite la télévision et le magnétoscope, ainsi que l'éclairage intégré au plafond.

Elle fait corps avec l'obscurité.

93

Zack et Hebe sont assis chacun dans un coin du canapé usé dans son appartement de Kungsholms strand.

Deux verres de vin à moitié pleins traînent sur la table, avec une bouteille qui sera bientôt vide.

Cela fait des heures qu'ils sont là.

Et Zack pourrait rester éternellement.

Le silence s'est fait en lui. Il est simplement là, pour un court moment.

Hebe lui sourit, incline la tête.

Zack l'embrasse.

D'une main, elle saisit sa nuque. Sa bouche a un goût sucré de vin, son haleine est chaude et douce.

De l'autre, elle cherche la lampe, la trouve et suit la tige métallique jusqu'à l'interrupteur. La pièce est plongée dans le noir. Les baisers s'arrêtent, ils s'écartent l'un de l'autre, mais pas pour longtemps.

Elle lui tend la main. Il ne peut qu'en deviner les mouvements dans l'obscurité.

Puis elle lui touche le visage, les lèvres et il embrasse ses doigts, l'attire contre lui. Il faut que cela ait lieu maintenant.

Ça devait arriver.

Il a glissé la main sous son pull, si doux et chaud, et elle le retire, dégrafe son soutien-gorge pour libérer ses seins. Il lui caresse le ventre et elle le presse contre elle, plus près, essaie d'abolir la distance entre eux. Et y parvient.

Ils sont seuls au monde désormais.

Ensemble.

Comme ils doivent l'être.

En eux explosent toutes les étoiles de la Voie lactée, les millions d'yeux divins qui fusionnent en un seul regard, dont la force fait vibrer de colère tout l'univers.

DES MÊMES AUTEURS

Aux Éditions Gallimard

LEON, Série Noire, 2017, Folio Policier n° 861.

ZACK, Série Noire, 2016, Folio Policier n° 824.

DE MONS KALLENTOFT

Chez d'autres éditeurs

LES ANGES AQUATIQUES, Éditions du Seuil, 2014 ; rééd. Points, coll. Points Policier, 2015.

LA 5e SAISON, Éditions du Seuil, 2013 ; rééd. Points, coll. Points Policier, 2014.

PRINTEMPS, Le Serpent à Plumes, coll. Serpent Noir, 2011 ; rééd. Points, coll. Points Policier, 2013.

AUTOMNE, Le Serpent à Plumes, coll. Serpent Noir, 2011 ; rééd. Points, coll. Points Policier, 2012.

ÉTÉ, Le Serpent à Plumes, coll. Serpent Noir, 2010 ; rééd. Points, coll. Points Policier, 2012.

HIVER, Le Serpent à Plumes, coll. Serpent Noir, 2009 ; rééd. Points, coll. Points Policier, 2011.

Composition Nord Compo
Impression Novoprint
à Barcelone, le 4 novembre 2019
Dépôt légal : novembre 2019

ISBN 978-2-07-284148-4. / Imprimé en Espagne.

347735